猫と庄造と二人のおんな

大活字本シリーズ⑤

谷崎潤一郎

三和書籍

谷崎潤一郎大活字本シリーズ⑤
猫と庄造と二人のおんな／目次

猫《ねこ》と庄造《しょうぞう》と二人《ふたり》のおんな　1
私《わたくし》　275
金色《こんじき》の死《し》　327
途上《とじょう》　421

猫《ねこ》と庄造《しょうぞう》と二人《ふたり》のおんな

福子《ふくこ》さんどうぞゆるして下《くだ》さいこの手紙《てがみ》雪《ゆき》ちゃんの名借《なか》りましたけどほんとうは雪《ゆき》ちゃんではありません、そう云《い》うたら無論《むろん》貴女《あなた》は私《わたくし》が誰《だれ》だかお分《わか》りになったでしょうね、いえいえ貴女《あなた》はこの手紙《てがみ》の封切《ふうき》って開《あ》けたしゅん間《かん》「さてはあの女《おんな》か」ともうちゃんと気《き》がおつきになるでしょう、そしてきっと腹立《はらた》てて、まあ失礼《しつれい》な、……友達《ともだち》の名前無断《なまえむだん》で使《つか》って、私《わたくし》に手紙《てがみ》よこすとは何《なん》と云《い》う厚《あつ》かましい人《ひと》と、お思《おも》いになるでしょう、でも福子《ふくこ》さん察《さっ》して下《くだ》さいな、もしも私《わたくし》が封筒《ふうとう》の裏《うら》へ自分《じぶん》の本名《ほんみょう》書《か》いたらきっとあの人《ひと》が見《み》つけて、中途《ちゅうと》で横取《よこど》りしてしまうことよう分《わか》ってるのですもの、是非《ぜひ》ともあなたに読《よ》んで頂《いただ》こう思《おも》うたらこうするより外《ほか》ないのですもの、けれど安心《あんしん》して下《くだ》さいませ、私《わたくし》決《けっ》して貴女《あなた》に恨《うら》み云《い》うたり泣《な》き言《ごと》聞《き》かしたりするつもりではないのです。そりゃ、本気《ほんき》で云《い》うたらこの手紙《てがみ》の十倍《じゅうばい》も二十倍《にじゅうばい》もの長《なが》い手紙《てがみ》書《か》いたかて足《た》りない位《くらい》に思《おも》いますけど、今更《いまさら》そんなこと云《い》うても何《なん》にもなりはしませんもののねえ。オホホホホホホ、私《わたくし》も苦労《くろう》しましたお蔭《かげ》で大変強《たいへんつよ》くなりましたのよ、そういつもいつも泣《な》いてばかりいませんのよ、泣《な》きたいことや口惜《くや》しいことたんとたんとありますけど、もうもう考《かんが》えないことにして、できるだけ朗《ほがら》かに暮《く》らす決心《けっしん》しましたの。ほんとうに、人間《にんげん》の運命《うんめい》云《い》うものいつ誰《だれ》がどうなるか神様《かみさま》より外《ほか》知《し》る者《もの》はありませんのに、他人《たにん》の幸福《こうふく》を羨《うらや》んだり憎《にく》んだりするなんて馬鹿《ばか》げてますわねえ。

私《わたくし》がなんぼ無教育《むきょういく》な女《おんな》でも直接《ちょくせつ》貴女《あなた》に手紙《てがみ》上《あ》げたら失礼《しつれい》なことぐらい心得《こころえ》てますのよ、それかてこの事《こと》は塚本《つかもと》さんからたびたび云《い》うて貰《もら》いましたけど、あの人《ひと》どうしても聞《き》き入《い》れてくれませんので、今《いま》は貴女《あなた》にお願《ねが》いするより手段《しゅだん》ないようになりましたの。でもこう云《い》うたら何《なん》やたいそうむずかしいお願《ねが》いするように聞《きこ》えますけど、決《けっ》して決《けっ》してそんな面倒《めんどう》なことではありません。私《わたくし》あなたの家庭《かてい》から唯一《ただひと》つだけ頂《いただ》きたいものがあるのです。と云《い》うたからとて、勿論貴女《もちろんあなた》のあの人《ひと》を返《かえ》せと云《い》うのではありません。実《じつ》はもっともっと下《くだ》らないもの、つまらないもの、……リリーちゃんがほしいのです。塚本《つかもと》さんの話《はなし》では、あの人《ひと》はリリーなんぞくれてやってもよいのだけれど、福子《ふくこ》さんが離《はな》すのいやや云《い》うてなさると云《い》うのです、ねえ福子《ふくこ》さん、それ本当《ほんとう》でしょうか？たった一《ひと》つの私《わたくし》の望《のぞ》み、貴女《あなた》が邪魔《じゃま》してらっしゃるのでしょうか。福子《ふくこ》さんどうぞ考《かんが》えて下《くだ》さい私《わたくし》は自分《じぶん》の命《いのち》よりも大切《たいせつ》な人《ひと》を、……いいえ、それればかりか、あの人《ひと》と作《つく》っていた楽《たの》しい家庭《かてい》のすべてのものを、残《のこ》らず貴女《あなた》にお譲《ゆず》りしたのです。茶碗《ちゃわん》のかけ一《ひと》つも持《も》ち出《だ》した物《もの》はなく、輿入《こしいれ》の時《とき》に持《も》って行《い》った自分《じぶん》の荷物《にもつ》さえ満足《まんぞく》に返《かえ》しては貰《もら》いません。でも、悲《かな》しい思《おも》い出《で》の種《たね》になるようなもののない方《ほう》がよいかも知《し》れませんけれど、せめてリリーちゃん譲《ゆず》って下《くだ》すってもよくはありません？私《わたくし》は外《ほか》に何《なに》も無理《むり》なこと申《もう》しません、蹈《ふ》まれ蹴《け》られ叩《たた》かれてもじっと辛抱《しんぼう》して来《き》たのです。その大《おお》きな犠牲《ぎせい》に対《たい》して、たった一匹《いっぴき》の猫《ねこ》を頂《いただ》きたいと云《い》うたら厚《あつ》かましいお願《ねが》いでしょうか。貴女《あなた》に取《と》ってはほんにどうでもよいような小《ちい》さい獣《けもの》ですけれど、私《わたくし》にしたらどんなに孤《こ》独慰《どくなぐさ》められるか、……………私《わたくし》、弱虫《よわむし》と思《おも》われたくありませんが、リリーちゃんでもいいててくれなんだら淋《さび》しくて仕様《しよう》がありませんの、………猫《ねこ》より外《ほか》に私《わたくし》を相手《あいて》にしてくれる人間世《にんげんよ》の中《なか》に一人《ひとり》もいないのですもの。貴女《あなた》は私《わたくし》をこんなにも打《う》ち負《ま》かしておいて、この上苦《うえくる》しめようとなさるのでしょうか。今《いま》の私《わたくし》の淋《さび》しさや心細《こころぼそ》さに一点《いってん》の同情《どうじょう》も寄《よ》せて下《くだ》さらないほど、無慈悲《むじひ》なお方《かた》なのでしょうか。

いえいえ貴女《あなた》はそんなお方《かた》ではありません、私《わたくし》よく分《わか》っているのですが、リリーちゃんを離《はな》さないのは、ぁなたでなくて、あの人《ひと》ですわ、きっときっとそうですわ。

あの人《ひと》はリリーちゃんが大好《だいす》きなのです。あの人《ひと》いつも「お前《まえ》とならよう別《わか》れられても、この猫《ねこ》とやったらよう別《わか》れん」と云《い》うてたのです。そして御飯《ごはん》の時《とき》でも夜寝《よるね》る時《とき》でも、リリーちゃんの方《ほう》がずっと私《わたくし》より可愛《かわい》がられていたのです。けど、そんなら何《なん》で正直《しょうじき》に「自分《じぶん》が離《はな》しともないのだ」と云《い》わんと、あなたのせいにするのでしょう？

さあその訳《わけ》をよう考《かんが》えて御覧《ごらん》なさりませ、……

あの人《ひと》は嫌《いや》な私《わたくし》を追《お》い出《だ》して、好《す》きな貴女《あなた》と一緒《いっしょ》になりました。私《わたくし》と暮《くら》してた間《あいだ》こそリリーちゃんが必要《ひつよう》でしたけど、今《いま》になったらもうそんなもん邪魔《じゃま》になる筈《はず》ではありませんか。それともあの人《ひと》、今《いま》でもリリーちゃんがいなかったら不足《ふそく》を感《かん》じるのでしょうか。そしたら貴女《あなた》も私《わたくし》と同《おな》じに、猫以下《ねこいか》と見《み》られてるのでしょうか。まあ御免《ごめん》なさい、つい心《こころ》にもないこと云《い》うてしもうて。……よもやそんな阿呆《あほ》らしいことあろうとは思《おも》いませんけれど、でもあの人《ひと》、自分《じぶん》の好《す》きなこと隠《かく》して貴女《あなた》のせいにする云《い》うのは、やっぱりいくらか気《き》が咎《とが》めている証拠《しょうこ》では、……オホホホホホホ、もうそんなこと、どっちにしたかて私《わたくし》には関係《かんけい》ないのでしたわねえ、けどほんとうに御用心《ごようじん》なさいませ、たかが猫《ねこ》ぐらいと気《き》を許《ゆる》していらしったら、その猫《ねこ》にさえ見《み》かえられてしまうのですわ。私《わたくし》決《けっ》して悪《わる》いことは申《もう》しません、私《わたくし》のためより貴女《あなた》のため思《おも》うて上《あ》げるのです、あのリリーちゃんあの人《ひと》の側《そば》から早《はよ》う離《はな》してしまいなさい、あの人《ひと》それを承知《しょうち》しないならいよいよ怪《あや》しいではありませんか。……

福子《ふくこ》はこの手紙《てがみ》の一字一句《いちじいっく》を胸《むね》に置《お》いて、庄造《しょうぞう》とリリーのすることにそれとなく眼《め》をつけているのだが、小鰺《こあじ》の二杯酢《にはいず》を肴《さかな》にしてチビリチビリ傾《かたむ》けている庄造《しょうぞう》は、一《ひ》と口飲《くちの》んでは猪口《ちょく》を置《お》くと、

「リリー」

と云《い》って、鰺《あじ》の一《ひと》つを箸《はし》で高々《たかだか》と摘《つ》まみ上《あ》げる。リリーは後脚《うしろあし》で立《た》ち上《あが》って小判型《こばんがた》のチャブ台《だい》の縁《ふち》に前脚《まえあし》をか

け、皿《さら》の上《うえ》の肴《さかな》をじっと睨《にら》まえている恰好《かっこう》は、バアのお客《きゃく》がカウンターに倚《よ》りかかっているようでもあり、ノートルダムの怪獣《かいじゅう》のようでもあるのだが、いよいよ餌《えさ》が摘《つ》まみ上《あ》げられると、急《きゅう》に鼻《はな》をヒクヒクさせ、大《おお》きな、悧巧《りこう》そうな眼《め》を、まるで人間《にんげん》がびっくりした時《とき》のようにまん円《まる》く開《ひら》いて、下《した》から見上《みあ》げる。だが庄造《しょうぞう》はそう易々《やすやす》とは投《な》げてやらない。

「そうれ!」

と、鼻《はな》の先《さき》まで持《も》って行《い》ってから、逆《ぎゃく》に自分《じぶん》の口《くち》の中《なか》へ入《い》れる。そして魚《さかな》に滲《し》みている酢《す》をスッパスッパ吸《す》い取《と》ってやり、堅《かた》そうな骨《ほね》は噛《か》み砕《くだ》いてやってから、又《また》もう一遍《いっぺん》摘《つ》まみ上《あ》げて、遠《とお》くしたり、近《ちか》くしたり、高《たか》くしたり、低《ひく》くしたり、いろいろにして見《み》せびらかす。それにつられてリリーは前脚《まえあし》をチャブ台《だい》から離《はな》し、幽霊《ゆうれい》の手《て》のように胸《むね》の両側《りょうがわ》へ上《あ》げて、よちよち歩《ある》き出《だ》しながら追《お》いかける。するとリリーの頭《あたま》の真上《まうえ》へ持《も》って行《い》って静止《せいし》させるので、今度《こんど》はそれに狙《ねら》いを定《さだ》めて、一生懸命《いっしょうけんめい》に跳《と》び着《つ》こうとし、跳《と》び着《つ》く拍子《ひょうし》に素早《すばや》く前脚《まえあし》で目的物《もくてきぶつ》を掴《つか》もうとするが、アワヤと云《い》う所《ところ》で失敗《しっぱい》しては又跳《またと》び上《あが》る。こうしてようよう一匹《いっぴき》の鰺《あじ》をせしめる迄《まで》に五分《ごふん》や十分《じっぷん》はかかるのである。

この同《おな》じことを庄造《しょうぞう》は何度《なんど》も繰《く》り返《かえ》しているのだった。

一匹《いっぴき》やっては一杯《いっぱい》飲《の》んで、

「リリー」

と呼《よ》びながら次《つぎ》の一匹《いっぴき》を摘《つ》まみ上《あ》げる。皿《さら》の上《うえ》には約二《やくに》寸程《すんほど》の長《なが》さの小鰺《こあじ》が十二三匹《じゅうにさんびき》は載《の》っていた筈《はず》だが、恐《おそ》らく自分《じぶん》が満足《まんぞく》に食《た》べたのは三匹《さんびき》か四匹《よんひき》に過《す》ぎまい、あとはスッパスッパ二杯酢《にはいず》の汁《しる》をしゃぶるだけで、身《み》はみんなくれてやってしまう。

「あ、あ、あ痛《いた》！　痛《いた》いやないか、「こら！」

やがて庄造《しょうぞう》は頓興《とんきょう》な声《こえ》を出《だ》した。リリーがいきなり肩《かた》の上《うえ》へ跳《と》び上《あが》って、爪《つめ》を立《た》てたからなのである。

「こら！　降《お》り！　降《お》りんかいな！」

残暑《ざんしょ》もそろそろ衰《おとろ》えかけた九月《くがつ》の半《なか》ば過《す》ぎだったけれど、太《ふと》った人《ひと》にはお定《さだ》まりの、暑《あつ》がりやで汗《あせ》ッ掻《か》きの庄《しょう》造《ぞう》は、この間《あいだ》の出水《でみず》で泥《どろ》だらけになった裏《うら》の縁鼻《えんはな》へチャブ台《だい》を持《も》ち出《だ》して、半袖《はんそで》のシャツの上《うえ》に毛糸《けいと》の腹巻《はらまき》をし、麻《あさ》の半股引《はんももひき》を穿《は》いた姿《すがた》のまま胡坐《あぐら》をかいているのだが、その円々《まるまる》と膨《ふく》らんだ、丘《おか》のような肩《かた》の肉《にく》の上《うえ》へ跳《と》び着《つ》いたリリーは、つるつる滑《すべ》り落《お》ちそうになるのを防《ふせ》ぐために、勢《いきお》い爪《つめ》を立《た》てる。と、たった一枚《いちまい》のちぢみのシャツを透《とお》して、爪《つめ》が肉《にく》に喰《く》い込《こ》むので、

「あ痛《いた》！　痛《いた》！」

と、悲鳴《ひめい》を挙《あ》げながら、

「ええい、降《お》りんかいな!」

と、肩《かた》を揺《ゆ》す振《ぶ》ったり一方《いっぽう》へ傾《かたむ》けたりするけれども、そうすると猶落《なおお》ちまいとして爪《つめ》を立《た》てるので、しまいにはシャツにポタポタ血《ち》がにじんで来《く》る。でも庄造《しょうぞう》は、

「無茶《むちゃ》しよる。」

とボヤキながらも決《けっ》して腹《はら》は立《た》てないのである。リリーはそれをすっかり呑《の》み込《こ》んでいるらしく、頬《ほっ》ぺたへ顔《かお》を擦《こす》りつけてお世辞《せじ》を使《つか》いながら、彼《かれ》が魚《さかな》を啣《ふく》んだと見《み》ると、自分《じぶん》の口《くち》を大胆《だいたん》に主人《しゅじん》の口《くち》の端《はた》へ持《も》って行《い》く。そして庄造《しょうぞう》が口《くち》をもぐもぐさせながら、舌《した》で魚《さかな》を押《お》し出《だ》してやると、ヒョイとそいつへ咬《か》み着《つ》くのだが、一度《いちど》に喰《く》い

ちぎって来《く》ることもあれば、ちぎったついでに主人《しゅじん》の口《くち》の周《まわ》りを嬉《うれ》しそうに舐《な》め廻《まわ》すこともあり、主人《しゅじん》と猫《ねこ》とが両端《りょうはし》を咬《くわ》えて引《ひ》っ張《ぱ》り合《あ》っていることもある。その間《あいだ》庄造《しょうぞう》は「うッ」とか、「ペッ、ペッ」とか、「ま、待《ま》ちいな!」とか合《あい》の手《て》を入《い》れて、顔《かお》をしかめたり唾液《つばき》を吐《は》いたりするけれども、実《じつ》はリリーと同《おな》じ程度《ていど》に嬉《うれ》しそうに見《み》える。

「おい、どうしたんや?――」

だが、やっとのことで一《ひ》と休《やす》みした彼《かれ》は、何気《なにげ》なく女房《にょうぼう》の方《ほう》へ杯《さかずき》をさし出《だ》すと、途端《とたん》に心配《しんぱい》そうな上眼使《うわめづか》いをした。どうした訳《わけ》か今《いま》しがたまで機嫌《きげん》の好《よ》かった女房《にょうぼう》が、酌《しゃく》をしようともしないで、両手《りょうて》を懐《ふところ》に入《い》れてしまって、真正面《ましょうめん》からぐっと此方《こちら》を視詰《みつ》めている。

「そのお酒《さけ》、もうないのんか？」

出《だ》した杯《さかずき》を引《ひ》っ込《こ》めて、オッカナビックリ眼《め》の中《なか》を覗《のぞ》き込《こ》んだが、相手《あいて》はたじろぐ様子《ようす》もなく、

「ちょっと話《はなし》があるねん。」

と、そう云《い》ったきり、口惜《くや》しそうに黙《だま》りこくった。

「なんや？　え、どんな話《はなし》？――」

「あんた、その猫品子《ねこしなこ》さんに譲《ゆず》ったげなさい。」

「何《なん》でやねん？」

藪《やぶ》から棒《ぼう》に、そんな乱暴《らんぼう》な話《はなし》があるものかと、つづけざまに眼《め》をパチクリさせたが、女房《にょうぼう》の方《ほう》も負《ま》けず劣《おと》らず険《けん》

悪《あく》な表情《ひょうじょう》をしているので、いよいよ分《わか》らなくなってしまった。

「何《なん》で又急《またきゅう》に、……」

「何《なん》ででも譲《ゆず》ったげなさい、明日塚本《あすつかもと》さん呼《よ》んで、早《は》よ渡《わた》してしまいなさい。」

「いったい、それ、どう云《い》うこッちゃねん？」

「あんた、否《いや》やのん？」

「ま、まあ待《ま》ち！　訳《わけ》も云《い》わんとそう云《い》うたかて無理《むり》やないか。何《なん》ぞお前《まえ》、気《き》に触《さわ》ったことあるのんか。」

リリーに対《たい》する焼餅《やきもち》？——と、一応思《いちおうおも》いついてみたが、それも腑《ふ》に落《お》ちないと云《い》うのは、もともと自分《じぶん》も猫《ねこ》が好《す》きだった筈《はず》なのである。まだ庄造《しょうぞう》が前《まえ》の女房《にょうぼう》の品子《しなこ》と暮《くら》していた時分《じぶん》、品子《しなこ》がときどき猫《ねこ》のことで焼餅《やきもち》を焼《や》く話《はなし》を聞《き》くと、福子《ふくこ》は彼女《かのじょ》の非常識《ひじょうしき》を笑《わら》って、嘲弄《ちょうろう》の種《たね》にしたものだった。そのくらいだから、勿論庄造《もちろんしょうぞう》の猫好《ねこず》きを承知《しょうち》の上《うえ》で来《き》たのであるし、それから此方《こっち》、庄造《しょうぞう》ほど極端《きょくたん》ではないにしても、自分《じぶん》も彼《かれ》と一緒《いっしょ》になってリリーを可愛《かわい》がっていたのである。現《げん》にこうして、三度々々《さんどさんど》の食事《しょくじ》には、夫婦《ふうふ》さし向《むか》いのチャブ台《だい》の間《あいだ》へ必《かなら》ずリリーが割《わ》り込《こ》むのを、今迄《いままで》兎《と》や角云《かくい》ったことは一度《いちど》もなかった。それどころか、いつでも今日《きょう》のような風《ふう》に、夕飯《ゆうはん》の時《とき》にはリリーとゆっくり戯《たわむ》れながら晩酌《ばんしゃく》を楽《たの》しむのであるが、亭主《ていしゅ》と猫《ねこ》とが演出《えんしゅつ》するサーカスの曲芸《きょくげい》にも似《に》た珍《ちん》風景《ふうけい》を、福子《ふくこ》とても面白《おもしろ》そうに眺《なが》めているばかりか、時《とき》には自分《じぶん》も餌《えさ》を投《な》げてやったり跳《と》び着《つ》かせたりするくらいで、リリーの介在《かいざい》することが、新婚《しんこん》の二人《ふたり》を一層仲好《いっそうなかよ》く結《むす》び着《つ》け、食卓《しょくたく》の空気《くうき》を明朗化《めいろうか》する効能《こうのう》はあっても、邪魔《じゃま》になってはいない筈《はず》だった。とすると一体《いったい》、何《なに》が原《げん》因《いん》なのであろう。つい昨日《きのう》まで、いや、ついさっき、晩《ばん》酌《しゃく》を五六杯重《ごろくはいかさ》ねるまでは何《なん》のこともなかったのに、いつの間《ま》にか形勢《けいせい》が変《かわ》ったのは、何《なに》かほんの些細《ささい》なことが癪《しゃく》に触《さわ》ったのでもあろうか。それとも「品子《しなこ》に譲《ゆず》ってやれ」と云《い》うのを見《み》ると、急《きゅう》に彼女《かのじょ》が可哀《かわい》そうにでもなったのか知《し》らん。

そう云《い》えば、品子《しなこ》が此処《ここ》を出《で》て行《い》く時《とき》に、交換条件《こうかんじょうけん》の一《ひと》つとしてリリーを連《つ》れて行《い》きたいと云《い》う申《もう》し出《い》でがあり、その後《ご》も塚本《つかもと》を仲《なか》に立《た》てて、二三度《にさんど》その希望《きぼう》を伝《つた》えて来《き》たことは事実《じじつ》である。だが庄造《しょうぞう》はそんな云《い》い草《ぐさ》は取《と》り上《あ》げない方《ほう》がよいと思《おも》って、そのつど断《ことわ》っているのであった。塚本《つかもと》の口上《こうじょう》では、連《つ》れ添《そ》う女房《にょうぼう》を追《お》い出《だ》して余所《よそ》の女《おんな》を引《ひ》きずり込《こ》むような不実《ふじつ》な男《おとこ》に、何《なん》の未練《みれん》もないと云《い》いたいところだけれども、やっぱり今《いま》も庄造《しょうぞう》のことが忘《わす》れられない、恨《うら》んでやろう、憎《にく》んでやろうと努《つと》めながら、どうしてもそんな気《き》になれない、ついては思《おも》い出《で》の種《たね》になるような記念《きねん》の品《しな》が欲《ほ》しいのだが、それにはリリーちゃんを此方《こちら》へ寄越《よこ》して貰《もら》えまいか、一緒《いっしょ》に暮《くら》していた時分《じぶん》には、あんまり可愛《かわい》がられているのが忌《い》ましくて、蔭《かげ》でいじめたりしたけれども、今《いま》になっては、あの家《いえ》の中《なか》にあった物《もの》が皆《みな》なつかしく、分《わ》けてもリリーちゃんが一番《いちばん》なつかしい、せめて自分《じぶん》は、リリーちゃんを庄造《しょうぞう》の子供《こども》だと思《おも》って精一杯《せいいっぱい》可愛《かわい》がってやりたい、そうしたら辛《つら》い悲《かな》しい気持《きもち》がいくらか慰《なぐさ》められるであろう。——

「なあ、石井君《いしいくん》、猫一匹《ねこいっぴき》ぐらい何《なん》だんね、そない云《い》われたら可哀《かわい》そうやおまへんか。」

と、そう云《い》うのだったが、

「あの女《おんな》の云《い》うこと、真《ま》に受《う》けたらアキまへんで。」

と、いつも庄造《しょうぞう》はそう答《こた》えるに極《き》まっていた。あの女《おんな》は兎角懸引《とかくかけひき》が強《つよ》くって、底《そこ》に底《そこ》があるのだから、何《なに》を云《い》うやら眉唾物《まゆつばもの》である。第一剛情《だいいちごうじょう》で、負《ま》けず嫌《ぎら》いの癖《くせ》に、別《わか》れた男《おとこ》に未練《みれん》があるの、リリーが可愛《かわい》くなったのと、しおらしいことを云《い》うのが怪《あや》しい。彼奴《あいつ》が何《なん》でリリーを可《か》愛《わい》がるものか。きっと自分《じぶん》が連《つ》れて行《い》って、思《おも》うさまいじめて、腹癒《はらい》せをする気《き》なのだろう。そうでなかったら、庄造《しょうぞう》の好《す》きな物《もの》を一《ひと》つでも取《と》り上《あ》げて、意地悪《いじわる》をしようと云《い》うのだろう。――いや、そんな子供《こども》じみた復讐心《ふくしゅうしん》より、もっともっと深《ふか》い企《たくら》みがあるのかも知《し》れぬが、頭《あたま》の単純《たんじゅん》な庄造《しょうぞう》には相手《あいて》の腹《はら》が見透《みとお》せないだけに、変《へん》に薄気味《うすきみ》が悪《わる》くもあれば、反感《はんかん》も募《つの》るのだった。それでなくてもあの女《おんな》は、随分勝手《ずいぶんかって》な条件《じょうけん》を沢山《たくさん》持《も》ち出《だ》しているではないか。しかしもともと此方《こちら》に無理《むり》があるのだし、一日《いちにち》も早《はや》く出《で》て貰《もら》いたいと思《おも》ったればこそ、大概《たいがい》なことは聞《き》いてやったのに、その上《うえ》リリーまで連《つ》れて行《い》かれてたまるものか。それで庄造《しょうぞう》は、いくら塚本《つかもと》が執拗《しつッこ》く云《い》って来《き》ても、彼一流《かれいちりゅう》の婉曲《えんきょく》な口実《こうじつ》でやんわり逃《に》げているのであったが、福子《ふくこ》もそれに賛成《さんせい》なのは無論《むろん》のことで、庄造以上《しょうぞういじょう》に態度《たいど》がハッキリしていたのである。

「訳《わけ》を云《い》いな！　何《なん》のこッちゃ、僕《ぼく》さっぱり見当《けんとう》が付《つ》かん。」

そう云《い》うと庄造《しょうぞう》は、銚子《ちょうし》を自分《じぶん》で引《ひ》き寄《よ》せて、手酌《てじゃく》で飲《の》んだ。それから股《また》をぴたッと叩《たた》いて、

「蚊遣線香《かやりせんこう》あれへんのんか。」

と、ウロウロその辺《へん》を見廻《みまわ》しながら、半分《はんぶん》ひとりごとのように云《い》った。あたりが薄暗《うすぐら》くなったので、つい鼻《はな》の先《さき》の板塀《いたべい》の裾《すそ》から、蚊《か》がワンワン云《い》って縁側《えんがわ》の方《ほう》へ群《むら》がって来《く》る。少《すこ》し食《く》い過《す》ぎたと云《い》う恰好《かっこう》でチャブ台《だい》の下《した》にうずくまっていたリリーは、自分《じぶん》のことが問題《もんだい》になり出《だ》した頃《ころ》こそこそと庭《にわ》へ下《お》りて、塀《へい》の下《した》をくぐって、何処《どこ》か

へ行《い》ってしまったのが、まるで遠慮《えんりょ》でもしたようで可笑《おか》しかったが、鱈《たら》ふく御馳走《ごちそう》になった後《あと》では、いつでも一遍《いっぺん》すうっと姿《すがた》を消《け》すのであった。

福子《ふくこ》は黙《だま》って台所《だいどころ》へ立《た》って行《い》って、渦巻《うずまき》の線香《せんこう》を捜《さが》して来《く》ると、それに火《ひ》をつけてチャブ台《だい》の下《した》へ入《い》れてやった。

そして、

「あんた、あの鰺《あじ》、みんな猫《ねこ》に食《た》べさせなはったやろ？ 自分《じぶん》が食《た》べたのん二《ふた》つか三《みっ》つよりあれしまへんやろ？」

と、今度《こんど》は調子《ちょうし》を和《やわら》げて云《い》い出《だ》した。

「そんなこと僕《ぼく》、覚《おぼ》えてエへん。」

「わてちゃんと数《かぞ》えててん。そのお皿《さら》の上《うえ》に最初十三匹《さいしょじゅうさんびき》あってんけど、リリーが十匹《じっぴき》食《た》べてしもて、あんたが食《た》べたのん三匹《さんびき》やないか。」

「それが悪《わる》かったのんかいな。」

「何《なん》で悪《わる》い云《い》うこと、分《わか》ってなはんのんか。なあ、よう考《かんが》えて御覧《ごらん》。わて猫《ねこ》みたいなもん相手《あいて》にして焼餅焼《やきもちや》くのんと違《ちが》いまっせ。けど、鰺《あじ》の二杯酢《にはいず》わては嫌《きら》いや云《い》うのんに、僕好《ぼくす》きやよってに拵《こしら》えてほしい云《い》いなはったやろ。そない云《い》うといて、自分《じぶん》ちょっとも食《た》べんとおいといてからに、猫《ねこ》にばっかり遣《や》ってしもて、……」

彼女《かのじょ》の云《い》うのは、こうなのである。——

阪神電車《はんしんでんしゃ》の沿線《えんせん》にある町々《まちまち》、西宮《にしのみや》、蘆屋《あしや》、魚崎《うおざき》、住吉《すみよし》あたりでは、地元《じもと》の浜《はま》で獲《と》れる鰺《あじ》や鰯《いわし》を、「鰺《あじ》の取《と》れ取《と》れ」「鰯《いわし》の取《と》れ取《と》れ」と呼《よ》びながら大概毎日《たいがいまいにち》売《う》りに来《く》る。「取《と》れ取《と》れ」とは「取《と》りたて」と云《い》う義《ぎ》で、値段《ねだん》は一杯十銭《いっぱいじっせん》から十五銭《じゅうごせん》ぐらい、それで三四人《さんよにん》の家族《かぞく》のお数《かず》になるところから、よく売《う》れると見《み》えて一日《いちにち》に何人《なんにん》も来《く》ることがある。が、鰺《あじ》も鰯《いわし》も夏《なつ》の間《あいだ》は長《なが》さ一寸《いっすん》ぐらいのもので、秋口《あきぐち》になるほど追《お》い追《お》い寸《すん》が伸《の》びるのであるが、小《ちい》さいうちは塩焼《しおやき》にもフライにも都合《つごう》が悪《わる》いので、素焼《すや》きにして二杯酢《にはいず》に漬《つ》け、茗荷《しょうが》を刻《きざ》んだのをかけて、骨《ほね》ごと食《た》べるより仕方《しかた》がない。ところが福子《ふくこ》は、その二杯酢《にはいず》が嫌《きら》いだと云《い》ってこの間《あいだ》から反対《はんたい》していた。彼女《かのじょ》はもっと温《あたた》かい脂《あぶら》ッこいものが好《す》きなので、こんな冷《つ》めたいモソモソしたものを食《た》べさせられては悲《かな》しくなると、彼女《かのじょ》らしい贅沢《ぜいたく》を云《い》うと、庄造《しょうぞう》は又《また》、お前《まえ》はお前《まえ》で好《す》きなものを拵《こしら》えたらよい。僕《ぼく》は小鯵《こあじ》が食《た》べたいから自分《じぶん》で料理《りょうり》すると云《い》って、「取《と》れ取《と》れ」が通《とお》ると勝手《かって》に呼《よ》び込《こ》んで買《か》うのである。福子《ふくこ》は庄造《しょうぞう》と従兄弟同士《いとこどうし》で、嫁《よめ》に来《き》た事情《じじょう》が事《じ》情《じょう》だから、姑《しゅうとめ》には気《き》がねが要《い》らなかったし、来《き》た明《あ》くる日《ひ》から我《わ》が儘《まま》一杯《いっぱい》に振舞《ふるま》っていたけれど、まさか亭主《ていしゅ》が庖丁《ほうちょう》を持《も》つのを見《み》ている訳《わけ》に行《い》かないから、結局自分《けっきょくじぶん》がその二杯酢《にはいず》を拵《こしら》えて、いやいやながら一緒《いっしょ》にたべることになってしまう。おまけにそれが、もう此処《ここ》のところ五六日《ごろくにち》も続《つづ》いているのであるが、二三日前《にさんにちまえ》にふと気《き》が付《つ》いたことと云《い》うのは、女房《にょうぼう》の不平《ふへい》を犯《おか》してまでも食膳《しょくぜん》に上《のぼ》せる程《ほど》のものを、庄造《しょうぞう》は自分《じぶん》で食《た》べることか、リリーにばかり与《あた》えている。それでだんだん考《かんが》えて見《み》たら、成《な》る程《ほど》あの鯵《あじ》は姿《すがた》が小《ちい》さくて、骨《ほね》が柔《やわら》かで、身《み》をむしってやる面倒《めんどう》がなくて、値段《ねだん》のわりに数《かず》がある、それに冷《つ》めたい料理《りょうり》であるから、毎晩《まいばん》あんな風《ふう》にして猫《ねこ》に食《く》わせるには最《もっと》も適《てき》している訳《わけ》で、つまり庄造《しょうぞう》が好《す》きだと云《い》うのは、猫《ねこ》が好《す》きだと云《い》うことなのである。此処《ここ》の家《いえ》では、亭主《ていしゅ》が女房《にょうぼう》の好《す》き嫌《きら》いを無視《むし》して、猫《ねこ》を中心《ちゅうしん》に晩《ばん》のお数《かず》をきめていたのだ。そして亭主《ていしゅ》のためと思《おも》って辛抱《しんぼう》していた女房《にょうぼう》は、その実猫《じつねこ》のために料理《りょうり》を拵《こしら》え、猫《ねこ》のお附《つ》き合《あ》いをさせられていたのだ。

「そんなことあれへん、僕《ぼく》、いつかて自分《じぶん》が食《た》べよう思《おも》うて頼《たの》むねんけど、リリーの奴《やつ》があないに執拗《ひつこ》う欲《ほ》しがるさかいに、ついウカッとして、後《あと》から後《あと》から投《な》げてまうねんが。」

「譃云《うそい》いなさい、あんた始《はじ》めからリリーに食《た》べさそう思《おも》うて、好《す》きでもないもん好《す》きや云《い》うてるねんやろ。あんた、わてより猫《ねこ》が大事《だいじ》やねんなあ。」

「ま、ようそんなこと。……」

仰山《ぎょうさん》に、吐《は》き出《だ》すようにそう云《い》ったけれど、今《いま》の一言《ひとこと》ですっかり萎《しお》れた形《かたち》だった。

「そんなら、わての方《ほう》が大事《だいじ》やのん？」

「きまってるやないか！　阿呆《あほ》らしなって来《く》るわ、ほんまに！」

「口《くち》でばっかりそない云《い》わんと、証拠《しょうこ》見《み》せてエな。そやないと、あんたみたいなもん信用《しんよう》せエへん。」

「もう明日《あす》から鯵《あじ》買《か》うのん止《や》めにしょう。な、そしたら文句《もんく》ないねんやろ。」

「それより何《なに》より、リリー遣《や》ってしまいなはれ。あの猫《ねこ》いんようになったら一番《いちばん》ええねん。」

まさか本気《ほんき》で云《い》うのではないだろうけれど、タカを括《くく》り過《す》ぎて依怙地《えこじ》になられては厄介《やっかい》なので、是非《ぜひ》なく庄造《しょうぞう》は膝頭《ひざがしら》を揃《そろ》え、キチンと畏《かしこ》まってすわり直《なお》すと、前屈《まえかが》みに、その膝《ひざ》の上《うえ》へ両手《りょうて》をつきながら、

「そうかてお前《まえ》、虐《いじ》められること分《わか》っててあんな所《とこ》へやれるかいな。そんな無慈悲《むじひ》なこと云《い》うもんやないで。」

と、哀《あわ》れッぽく持《も》ちかけて、嘆願《たんがん》するような声《こえ》を出《だ》した。

「なあ、頼《たの》むさかいに、そない云《い》わんと、……」

「ほれ御覧《ごらん》、やっぱり猫《ねこ》の方《ほう》が大事《だいじ》なんやないかいな。リリーどないぞしてくれへんだら、わて去《い》なして貰《もら》いまっさ。」

「無茶云《むちゃい》いな！」

「わて、畜生《ちくしょう》と一緒《いっしょ》にされるのん嫌《いや》ですよってにな。」

あんまりムキになったせいか、急《きゅう》に涙《なみだ》が込《こ》み上《あ》げて来《き》たのが、自分《じぶん》にも不意討《ふいう》ちだったらしく、福子《ふくこ》は慌《あわ》てて亭《てい》主《しゅ》の方《ほう》へ背中《せなか》を向《む》けた。

雪子《ゆきこ》の名《な》を使《つか》った品子《しなこ》のあの手紙《てがみ》が届《とど》いた朝《あさ》、最初《さいしょ》に彼《かの》女《じょ》が感《かん》じたのは、こんないたずらをして私達《わたしたち》の間《あいだ》へ水《みず》を挿《さ》そうとするなんて、何《なん》と云《い》う嫌《いや》な人《ひと》だろう、誰《だれ》がその手《て》に乗《の》ってやるもんか、と云《い》うことだった。品子《しなこ》の腹《はら》は、こう云《い》う風《ふう》に書《か》いてやったら、結局《けっきょく》福子《ふくこ》はリリーのいることが心配《しんぱい》になって、此方《こちら》へ寄越《よこ》すかも知《し》れない、そうなったら、それ見《み》たことか、人《ひと》を笑《わら》ったお前《まえ》さんも猫《ねこ》に焼餅《やきもち》を焼《や》くじゃないか、やっぱりお前《まえ》さんだってそう御亭主《ごていしゅ》に大事《だいじ》にされてもいないのだねえと、手《て》を叩《たた》いて嘲《あざけ》ってやろう、そこまで巧《うま》く行《い》かないとしても、この手紙《てがみ》をキッカケに家庭《かてい》に風波《ふうは》が起《おこ》るとしたら、それだけでも面白《おもしろ》いと、そう思《おも》っているに違《ちが》いないので、その鼻《はな》を明《あ》かしてやるのには、いよいよ夫婦《ふうふ》が仲好《なかよ》く暮《くら》すようにして、こんな手紙《てがみ》などてんで問題《もんだい》にならなかったと云《い》う所《ところ》を見《み》せてやり、二人《ふたり》が同《おな》じようにリリーを可愛《かわい》がって、とても手放《てばな》す気《き》がないことをもっとハッキリ知《し》らしてやる、——もうそれに越《こ》したことはないのであった。

だが、生憎《あいにく》なことにこの手紙《てがみ》の来《き》た時期《じき》が悪《わる》かった。と云《い》うのは、ちょうどこの二三日《にさんにち》小鯵《こあじ》の二杯酢《にはいず》の一件《いっけん》が福子《ふくこ》の胸《むね》につかえていて、一遍亭主《いっぺんていしゅ》を取《と》っちめてやろうと考《かんが》えていた矢先《やさき》だったのである。一体《いったい》、彼女《かのじょ》は庄造《しょうぞう》が思《おも》っているほど猫好《ねこず》きではないのだが、庄造《しょうぞう》の気持《きもち》を迎《むか》えるためと、品子《しなこ》への面当《つらあ》てと、両方《りょうほう》の必要《ひつよう》から自然《しぜん》猫好《ねこず》きになってしまい、自分《じぶん》もそう思《おも》えば人《ひと》にも思《おも》わせていたのであって、それは彼女《かのじょ》がまだこの家《いえ》へ乗《の》り込《こ》まない時分《じぶん》、蔭《かげ》で姑《しゅうとめ》のおりんなどとグルになって専《もっぱ》ら品《しな》子《こ》の追《お》い出《だ》し策《さく》にかかっている間《あいだ》のことだった。そんな次第《しだい》で、此処《ここ》へ来《き》てからもリリーを可愛《かわい》がってやって、精々猫好《せいぜいねこず》きで通《とお》していたのだが、だんだん彼女《かのじょ》はその一匹《いっぴき》の小《ちい》さい獣《けもの》の存在《そんざい》を、呪《のろ》わしく思《おも》うようになった。何《なん》でもこの猫《ねこ》は西洋種《せいようしゅ》だと云《い》うことだったが、以前《いぜん》、此処《ここ》へお客《きゃく》で遊《あそ》びに来《き》て膝《ひざ》の上《うえ》などへ乗《の》せてやると、手触《てざわ》りの工合《ぐあい》が柔《やわら》かで、毛《け》なみと云《い》い、顔《かお》だちと云《い》い、姿《すがた》と云《い》い、ちょっとこの辺《へん》には見当《みあた》らない綺麗《きれい》な雌猫《めすねこ》であったから、その時《とき》はほんとうに愛《あい》らしいと思《おも》い、こんなものを邪魔《じゃま》にするとは品子《しなこ》さんと云《い》う人《ひと》も変《かわ》っている、やっぱり亭主《ていしゅ》に嫌《きら》われると、猫《ねこ》にまで僻《ひが》みを持《も》つのか知《し》らんと、面当《つらあ》てでなくそう感《かん》じたものだったけれど、今度自分《こんどじぶん》が後釜《あとがま》へ直《なお》ってみると、自分《じぶん》は品子《しなこ》と同《おな》じ扱《あつか》いを受《う》ける訳《わけ》でもなく、大切《たいせつ》にされていることは分《わか》っていながら、どうも品子《しなこ》を笑《わら》えない気持《きもち》になって来《く》るのが不思議《ふしぎ》であった。それと云《い》うのは、庄造《しょうぞう》の猫好《ねこず》きが普通《ふつう》の猫好《ねこず》きの類《たぐい》ではなくて、度《ど》を越《こ》えているせいなのである。実際《じっさい》、可《か》愛《わい》がるのもいいけれども、一匹《いっぴき》の魚《さかな》を（而《しか》も女房《にょうぼう》の見《み》ている前《まえ》で！）口移《くちうつ》しにして、引張《ひっぱ》り合《あ》ったりするなどは、あまり遠慮《えんりょ》がなさすぎる。それから晩《ばん》の御飯《ごはん》の時《とき》に割《わ》り込《こ》んで来《こ》られることも、正直《しょうじき》のところは愉快《ゆかい》でなかった。夜《よる》は姑《しゅうとめ》が気《き》を利《き》かして、自分《じぶん》だけ先《さき》に食事《しょくじ》を済《す》まして二階《にかい》へ上《あが》ってくれるのだから、福子《ふくこ》にしてみればゆっくり水入《みずい》らずを楽《たの》しみたいのに、そこへ猫奴《ねこめ》が這入《はい》って来《き》て亭主《ていしゅ》を横取《よこど》りしてしまう。好《い》いあんばいに今夜《こんや》は姿《すがた》が見《み》えないなと思《おも》うと、チャブ台《だい》の脚《あし》を開《ひら》く音《おと》、皿小鉢《さらこばち》のカチャンと云《い》う音《おと》を聞《き》いたら直《す》ぐ何処《どこ》かから帰《かえ》って来《く》る。たまに帰《かえ》らないことがあると、怪《け》しからないのは庄《しょう》造《ぞう》で、「リリー」「リリー」と大《おお》きな声《こえ》で呼《よ》ぶ。帰《かえ》って来《く》る迄《まで》は何度《なんど》でも、二階《にかい》へ上《あが》ったり、裏口《うらぐち》へ廻《まわ》ったり、往《おう》来《らい》へ出《で》たりして呼《よ》び立《た》てる。今《いま》に帰《かえ》るだろうから一杯《いっぱい》飲《の》んでいらっしゃいと、彼女《かのじょ》がお銚子《ちょうし》を取《と》り上《あ》げても、モジモジしていて落《お》ち着《つ》いてくれない。そう云《い》う場合《ばあい》、彼《かれ》の頭《あたま》はリリーのことで一杯《いっぱい》になっていて、女房《にょうぼう》がどう思《おも》うかなどと、ちょっとも考《かんが》えてみないらしい。それにもう一つ《ひと》愉快《ゆかい》でないのは、寝《ね》る時《とき》にも割《わ》り込《こ》んで来《く》ることである。庄造《しょうぞう》は今迄《いままで》猫《ねこ》を三匹《さんびき》飼《か》ったが、蚊帳《かや》をくぐることを知《し》っているのはリリーだけだ、全《まった》くリリーは悧巧《りこう》だと云《い》う。成《な》る程《ほど》、見《み》ていると、ぴったり頭《あたま》を畳《たたみ》へ擦《こす》り付《つ》けて、するすると裾《すそ》をくぐり抜《ぬ》けて這入《はい》る。そして大概《たいがい》は庄造《しょうぞう》の布団《ふとん》の側《そば》で眠《ねむ》るけれども、寒《さむ》くなれば布団《ふとん》の上《うえ》へ乗《の》るようになり、しまいには枕《まくら》の方《ほう》から、蚊帳《かや》をくぐるのと同《おな》じ要領《ようりょう》で夜具《やぐ》の隙間《すきま》へもぐり込《こ》んで来《く》ると云《い》う。そんな風《ふう》だから、この猫《ねこ》にだけは夫婦《ふうふ》の秘密《ひみつ》を見《み》られてしまっているのである。

それでも彼女《かのじょ》は、今更猫《いまさらねこ》好《ず》きの看板《かんばん》を外《はず》して嫌《きら》いになり出《だ》すキッカケがないのと、「相手《あいて》はたか・・が猫《ねこ》だから」と云《い》う己惚《うぬぼ》れに引《ひ》き擦《ず》られて、腹《はら》の虫《むし》を押《お》さえて来《き》たのであった。あの人《ひと》はリリーを玩具《おもちゃ》にしているだけなので、ほんとうは私《わたし》が好《す》きなのである、あの人《ひと》に取《と》って天《てん》にも地《ち》にも懸《か》け換《が》えのないのは私《わたし》なのだから、変《へん》な工合《ぐあい》に気《き》を廻《まわ》したら、自分《じぶん》で自分《じぶん》を安《やす》っぽくする道理《どうり》である。もっと心《こころ》を大《おお》きく持《も》って、何《なん》の罪《つみ》もない動物《どうぶつ》を憎《にく》むことなんか止《や》めにしようと、そう云《い》う風《ふう》に気《き》を向《む》けかえて、亭主《ていしゅ》の趣味《しゅみ》に歩調《ほちょう》を合《あ》わせていたのだが、もともと怺《こら》え性《しょう》のない彼女《かのじょ》にそんな我慢《がまん》が長《なが》つづきする筈《はず》がなく、少《すこ》しずつ不愉快《ふゆかい》さが増《ま》して来《き》て顔《かお》に出《で》かかっていたところへ、降《ふ》って湧《わ》いたのが今度《こんど》の二杯酢《にはいず》の一件《いっけん》だった。亭主《ていしゅ》が猫《ねこ》を喜《よろこ》ばすために、女房《にょうぼう》の嫌《きら》いなものを食膳《しょくぜん》に上《のぼ》せる、而《しか》も自分《じぶん》が好《す》きなふりをして、女房《にょうぼう》の手前《てまえ》を繕《つくろ》ってまでも！――これは明《あきら》かに、猫《ねこ》と女房《にょうぼう》とを天秤《てんびん》にかけると猫《ねこ》の方《ほう》が重《おも》い、と云《い》うことになる。彼女《かのじょ》は見《み》ないようにしていた事実《じじつ》をまざまざと鼻先《はなさき》へ突《つ》き付《つ》けられて、最早《もは》や己惚《うぬぼ》れの存《そん》する余地《よち》がなくなってしまった。ありていに云《い》うと、そこへ品子《しなこ》の手紙《てがみ》が舞《ま》い込《こ》んで来《き》たことは、彼女《かのじょ》の焼餅《やきもち》を一層煽《いっそうあお》ったようでもあるが、一面《いちめん》には又《また》、それを爆発《ばくはつ》の一歩手前《いっぽてまえ》で抑制《よくせい》すると云《い》う働《はたら》きをした。品子《しなこ》さえおとなしくしていたら、リリーの介在《かいざい》をもう一日《いちにち》も黙視《もくし》出来《でき》なくなった彼女《かのじょ》は、早速亭主《さっそくていしゅ》に談判《だんぱん》して品子《しなこ》の方《ほう》へ引《ひ》き渡《わた》させる積《つも》りでいたのに、あんないたずらをされてみると、素直《すなお》に註文《ちゅうもん》を聴《き》いてやるのが忌《い》ま忌《い》ましい。つまり亭主《ていしゅ》への反感《はんかん》と、品子《しなこ》への反感《はんかん》と、孰方《どっち》の感情《かんじょう》で動《うご》いたらよいか板挟《いたばさ》みになってしまったのである。手紙《てがみ》の来《き》たことを亭主《ていしゅ》に打《う》ち明《あ》けて相談《そうだん》すれば、事実《じじつ》はそうでないにも拘《かか》わらず品子《しなこ》にケシカケられたような形《かたち》になるのが心外《しんがい》であるから、それは内証《ないしょう》にして置《お》いて、孰方《どっち》が余計憎《よけいにく》らしいかと考《かんが》えると、品子《しなこ》の遣《や》り方《かた》も腹《はら》が立《た》つけれども、亭主《ていしゅ》の仕打《しう》ちも堪忍《かんにん》がならない。殊《こと》にこの方《ほう》は毎日眼《まいにちめ》の前《まえ》で見《み》ているのだから、どうにもムシャクシャする訳《わけ》だし、それに、本当《ほんとう》のことを云《い》うと、「用心《ようじん》しないと貴女《あなた》も猫《ねこ》に見換《みか》えられる」と書《か》いてあったのが、案外《あんがい》・・ぐんと胸《むね》にこたえた。まさかそんな馬鹿《ばか》げたことがとは思《おも》うけれども、リリーを家庭《かてい》から追《お》い払《はら》ってしまいさえすれば、イヤな心配《しんぱい》をしないでも済《す》む。ただそうすると品子《しなこ》に溜飲《りゅういん》を下《さ》げさせることになるのが、いかにも残念《ざんねん》でたまらないので、その方《ほう》の意地《いじ》が昂《こう》じて来《く》ると、猫《ねこ》のことぐらい辛抱《しんぼう》しても誰《だれ》があの女《おんな》の計略《けいりゃく》なんぞにと、云《い》う風《ふう》になる。——で、今日《きょう》の夕方《ゆうがた》チャブ台《だい》の前《まえ》にすわる迄《まで》は、彼女《かのじょ》はそう云《い》うグルグル廻《まわ》りの状態《じょうたい》に置《お》かれて懊《じ》れていたのだが、皿《さら》の上《うえ》の鯵《あじ》が減《へ》って行《い》くのを数《かぞ》えながらいつものいちゃ・・・・・つきを眺《なが》めていると、つい・・かあッとして亭主《ていしゅ》の方《ほう》へ鬱憤《うっぷん》を破裂《はれつ》させてしまったのである。

しかし最初《さいしょ》は嫌《いや》がらせにそう云《い》った迄《まで》で、本気《ほんき》でリリーを追《お》い出《だ》す積《つも》りはなかったらしいのであるが、へんに問《もん》題《だい》をコジレさせて退《の》っ引《ぴ》きならないようにしたのは、庄《しょう》造《ぞう》の態度《たいど》が大《おお》いに原因《げんいん》しているのである。庄造《しょうぞう》としては、福子《ふくこ》が腹《はら》を立《た》てたのは至極尤《しごくもっと》もなのであるから、イザコザなしに、あっさり彼女《かのじょ》の希望《きぼう》を入《い》れて納得《なっとく》してしまえば一番《いちばん》よかった。そうして意地《いじ》を通《とお》してさえやったら、却《かえ》って後《あと》は機嫌《きげん》が直《なお》って、それには及《およ》ばぬと云《い》うことになったかも知《し》れないのに、道理《どうり》のないところへ道理《どうり》をつけて、逃《に》げを打《う》った。これは庄造《しょうぞう》の悪《わる》い癖《くせ》なので、イヤならイヤときっぱり云《い》ってしまうならいいのだが、なるたけ相手《あいて》を怒《おこ》らせないように、追《お》い詰《つ》められるまでは瓢簞鯰《ひょうたんなまず》に受《う》け流《なが》していて、土壇場《どたんば》へ来《く》るとヒョイと寝《ね》返《がえ》る。もう少《すこ》しで承知《しょうち》しそうな口《くち》ぶりを見《み》せて、その実《じつ》決《けっ》して「うん」と云《い》わない。気《き》が弱《よわ》そうで、案外《あんがい》ネチネチした狡《ずる》い人《ひと》だと云《い》う印象《いんしょう》を与《あた》える。福子《ふくこ》は亭主《ていしゅ》が、外《ほか》のことなら彼女《かのじょ》の我《わ》が儘《まま》を通《とお》すくせに、この問題《もんだい》に関《かん》する限《かぎ》り、「たかが猫《ねこ》なんぞ」と何《なん》でもなさそうに云《い》いながら、中々同意《なかなかどうい》しないのを見《み》ると、リリーに対《たい》する愛着《あいちゃく》が想像以上《そうぞういじょう》に深《ふか》いものとしか思《おも》えないので、いよいよ捨《す》てて置《お》けない気《き》がした。

「ちょっと、あんた!……」

その晩彼女《ばんかのじょ》は、蚊帳《かや》の中《なか》に這入《はい》ってから又始《またはじ》めた。

「ちょっと、此方向《こっちむ》きなさい。」

「ああ、僕眠《ぼくねむ》たい、もう寝《ね》さして。……」

「あかん、さっきの話《はなし》きめてしまわなんだら、寝《ね》させへん。」

「今夜《こんや》に限《かぎ》ったことあるかいな、明日《あす》にして。」

表《おもて》は四枚《よんまい》の硝子戸《ガラスど》にカーテンを引《ひ》いてあるだけなので、軒燈《けんとう》のあかりがぼんやり店《みせ》の奥《おく》へ洩《も》れて来《き》て、もやもやと物《もの》が見《み》える中《なか》で、庄造《しょうぞう》は掛《か》け布団《ぶとん》をすっかり剥《は》いで仰《あお》向《む》きに臥《ね》ていたが、そう云《い》うと女房《にょうぼう》の方《ほう》へ背中《せなか》を向《む》けた。

「あんた、そっち向《む》いたらあかん！」

「頼《たの》むさかいに寝《ね》さしてエな、ゆうべ僕《ぼく》、蚊帳《かや》ん中《なか》に蚊《か》ア這入《はい》っててちょっとも寝《ね》られへなんでん。」

「そしたら、わての云《い》う通《とお》りしなはるか。早《はよ》う寝《ね》たいなら、それきめなさい。」

「殺生《せっしょう》やなあ、何《なに》をきめるねん。」

「そんな、寝惚《ねぼ》けたふりしたかて、胡麻化《ごまか》されまっかいな。リリー遣《や》んなはるのんか孰方《どっち》だす？　今《いま》はっきり云《い》うて頂戴《ちょうだい》。」

「明日《あす》、——明日《あす》まで考《かんが》えさして貰《もら》お。」

そう云《い》っているうちに、早《はや》くも心地《ここち》よさそうな寝息《ねいき》を立《た》てたが、

「ちょっと!」

と云《い》うと、福子《ふくこ》はムックリ起《お》き上《あが》って亭主《ていしゅ》の側《そば》にすわり直《なお》すと、いやと云《い》う程臀《ほどしり》の肉《にく》を抓《つね》った。

「痛《いた》い! 何《なに》をするねん!」

「あんた、いつかてリリーに引《ひ》っ掻《か》かれて、生傷絶《なまきずた》やしたことないのんに、わてが抓《つね》ったら痛《いた》いのんか。」

「痛《いた》! ええい、止《や》めんかいな!」

「これぐらい何《なん》だんね、猫《ねこ》に掻《か》かすぐらいやったら、わ

てかて体《からだ》じゅう引《ひ》っ掻《か》いたるわ！」

「痛《いた》、痛《いた》、痛《いた》、……」

庄造《しょうぞう》は、自分《じぶん》も急《きゅう》に起《お》き直《なお》って防禦《ぼうぎょ》の姿勢《しせい》を取《と》りながら、続《つづ》けざまに叫《さけ》んだ。二階《にかい》の年寄《としより》に聞《き》かせたくないので、大《おお》きな声《こえ》は立《た》てなかったが、抓《つね》るかと思《おも》うと今度《こんど》は引《ひ》っ掻《か》く。顔《かお》、肩《かた》、胸《むね》、腕《うで》、腿《もも》、所嫌《ところきら》わず攻《せ》めて来《く》るので、慌《あわ》てて避《さ》ける度毎《たびごと》にバタン！　と云《い》う地響《じひび》きが家《いえ》じゅうへ伝《つた》わる。

「どないや？」

「もう堪忍《かんにん》、……堪忍《かんにん》！」

「眼《め》エ覚《さ》めなはったか？」

「覚《さ》めいでかいな！　ああ痛《いた》、ヒリヒリするわ。……」

「そしたら、今《いま》のこと返事《へんじ》しなさい、孰方《どっち》だす？」

「ああ痛《いた》、……」

それには答《こた》えないで、顔《かお》をしかめながら方々《ほうぼう》をさすっていると、

「又《また》だっか、胡麻化《ごまか》したらこれだっせ！」

と、二三本《にさんぼん》の指《ゆび》でモロに頬《ほ》っぺたをがりッと行《い》かれたのが、飛《と》び上《あが》るほど痛《いた》かったらしく、思《おも》わず、

「いたアーーー」

と泣《な》き声《ごえ》を出《だ》したが、途端《とたん》にリリーまでがびっくりして、蚊帳《かや》の外《そと》へ逃《に》げ出《だ》して行《い》った。

「僕《ぼく》、何《なん》でこんな目《め》に遭《あ》わんならん。」

「ふん、リリーのためや思《おも》うたら、本望《ほんもう》だっしゃろが。」

「そんな阿呆《あほ》らしいこと、まだ云《い》うてるのんか。」

「あんたがはっきりせんうちは、何《なん》ぼでも云《い》いまっせ。――

さあ、わてを去《い》なすかリリー遣《や》んなはるか、孰方《どっち》だす?」

「誰《だれ》がお前《まえ》を去《い》なす云《い》うた?」

「そんならリリー遣《や》んなはるのんか?」

「そない孰方《どっち》かにきめんならんこと……」

「あかん、きめて欲《ほ》しいねん。」

そう云《い》うと福子《ふくこ》は、胸倉《むなぐら》を取《と》って小突《こづ》き始《はじ》めた。

「さあ孰方《どっち》や、返事《へんじ》しなさい、早《はよ》う! 早《はよ》う!」

「何《なん》とまあ手荒《てあら》な、………」

「今夜《こんや》はどないなことしたかて堪忍《かんにん》せエしまへんで。さあ、早《はよ》う！　早《はよ》う！」

「ええ、もう、ショウがない、リリー遣《や》ってしもたるわ。」

「ほんまだっかいな。」

「ほんまや。」

庄造《しょうぞう》は眼《め》をつぶって、観念《かんねん》の臍《ほぞ》を固《かた》めたと云《い》う顔《かお》つきをした。

「――その代《かわ》り、あと一週間《いっしゅうかん》待《ま》ってくれへんか。なあ、こないに云《い》うたら又怒《またおこ》られるか知《し》れへんけど、なんぼ畜生《ちくしょう》にしたかて、此処《ここ》の家《いえ》に十年《じゅうねん》もいてたもん、今日《きょう》云《い》うて今日《きょう》追《お》い出《だ》す訳《わけ》に行《い》くかいな。そやさかいに、心残《こころのこ》りのないようにせめてもう一週間《いっしゅうかん》置《お》いてやって、たんと好《す》きなもん食《た》べさして、出来《でき》るだけのことしてやりたいねん。なあ、どないや？　お前《まえ》かてその間《あいだ》ぐらい機嫌直《きげんなお》して可《か》愛《わい》がってやりいな。猫《ねこ》は執念深《しゅうねんぶか》いよってにな。」

いかにも懸引《かけひき》のない真情《しんじょう》らしく、そうしんみりと訴《うった》えられてみると、それには反対《はんたい》が出来《でき》なかった。

「そしたら一週間《いっしゅうかん》だっせ。」

「分《わか》ってる。」

「手工出《てだ》しなさい。」

「何《なん》や？」

と云《い》っている隙《すき》に、素早《すばや》く指切《ゆびき》りをさせられてしまった。

「お母《かあ》さん」

それから二三日《にさんにち》過《す》ぎた夕方《ゆうがた》、福子《ふくこ》が銭湯《せんとう》へ出《で》かけた留守《るす》に、店番《みせばん》をしていた庄造《しょうぞう》は奥《おく》の間《ま》へ声《こえ》をかけながら這《は》入《い》って来《く》ると、自分《じぶん》だけの小《ちい》さなお膳《ぜん》で食事《しょくじ》している母《はは》親《おや》の側《そば》へ、モジモジしながら中腰《ちゅうごし》にかがんだ。

「お母《かあ》さん、ちょっと頼《たの》みがありまんねん。——」

毎朝別《まいあさべつ》に炊《た》いている土鍋《どなべ》の御飯《ごはん》の、お粥《かゆ》のように柔《やわら》かいのがすっかり冷《ひ》えてしまったのを茶碗《ちゃわん》に盛《も》って、塩昆布《しおこんぶ》を載《の》せて食《た》べている母親《ははおや》は、お膳《ぜん》の上《うえ》へ背《せ》を円々《まるまる》と蔽《おお》いかぶさるようにしていた。

「あのなあ、福子《ふくこ》が急《きゅう》にリリー嫌《きら》いや云《い》い出《だ》してなあ、品子《しなこ》んとこへ遣《や》ってしまえ云《い》いまんね。……」

「このあいだ、えらい騒《さわ》ぎしてたやないか。」

「お母《かあ》さん知《し》ってなはったんか。」

「夜中《よなか》にあんな音《おと》さすよって、わてびっくりして、地震《じしん》か思《おも》うたわ。あれ、そのことでかいな?」

「そうだんが。これ見《み》て御覧《ごらん》、――」

と、庄造《しょうぞう》は両腕《りょううで》を突《つ》き出《だ》して、シャツの袖《そで》をまくり上《あ》げた。

「これ、そこらじゅう蚯蚓脹《みみずばれ》や痣《あざ》だらけだ。顔《かお》にかてこれ、まだ痕残《あとのこ》ってるやろ。」

「何《なん》でそんなことしられたんや?」

「焼餅《やきもち》だんが。——阿呆《あほ》らしい、猫可愛《ねこかわい》がり過《す》ぎる云《い》うて焼餅《やきもち》やくもん、何処《どこ》の国《くに》にあるか知《し》らん、気違《きちが》い沙汰《ざた》や。」

「品子《しなこ》かてよう何《なん》のかんの云《い》うてたやないか。お前《まえ》みたいに可愛《かわい》がったら、誰《だれ》にしたかて焼餅《やきもち》ぐらい起《おこ》すわいな。」

「ふうん、——」

幼《おさな》い時《とき》から母親《ははおや》に甘《あま》える癖《くせ》がついているのが、この歳《とし》になってもまだ抜《ぬ》け切《き》れない庄造《しょうぞう》は、だだッ児《こ》のように鼻《はな》の孔《あな》を膨《ふく》らがして、さも面白《おもしろ》くなさそうに云《い》った。

「――お母《かあ》さん福子《ふくこ》のこと云《い》うたら、味方《みかた》ばっかりするねんなあ。」

「けどお前《まえ》、猫《ねこ》であろうと人間《にんげん》であろうと、外《ほか》のもん可《か》愛《わい》がってて、来《き》たばかりの嫁《よめ》のこと思《おも》うてやらなんだら、気《き》イ悪《わる》うするのん当《あた》り前《まえ》やで。」

「そら可笑《おか》しい。僕《ぼく》、いつかて福子《ふくこ》のこと思《おも》うてまんが。一番大事《いちばんだいじ》にしてまんが。」

「そうに違《ちが》いないのんやったら、ちょっとぐらいの無理《むり》聴《き》いてやりいな。わてあの娘《こ》からもその話聞《はなしき》かされてるねんが。」

「それ、いつのことだんね？」

「昨日《きのう》そない云《い》うてなあ、――リリーいてたらよう辛抱《しんぼう》せんさかい、五六日《ごろくにち》うちに品子《しなこ》の方《ほう》へ渡《わた》すことに、もうちゃんと約束《やくそく》したある云《い》うねんけど、ほんまかいな。」

「それや。――したことはしたけど、そんな約束実行《やくそくじっこう》せんかて済《す》むように、何《なん》とかそこんとこ、あんじょう云《い》うて貰《もら》えんやろか。僕《ぼく》お母《かあ》さんにそれ頼《たの》もう思《おも》うててん。」

「そうかて、約束通《やくそくどお》りしてくれなんだら、去《い》なして貰《もら》う云《い》うてるねんで。」

「威嚇《おどか》しや、そんなこと。」

「威嚇《おどか》しかも知《し》れんけど、そないまでに云《い》うもん聴《き》いてやったらどないいや？　又《また》うるさいで、約束違《やくそくたが》えたら。――」

庄造《しょうぞう》は酸《す》っぱいような顔《かお》をして、口《くち》を尖《とが》らせて俯向《うつむ》いてしまった。母《はは》から云《い》わせて福子《ふくこ》を宥《なだ》める目算《もくさん》でいたのが、すっかり外《はず》れてしまったのである。

「あの娘《こ》あんな気象《きしょう》やよってに、ほんまに逃《に》げて行《い》くかも知《し》れん。それもええけど、嫁《よめ》を放《ほう》っといて猫可愛《ねこかわい》がるようなとこへ内《うち》の娘《むすめ》遣《や》っとけん！　云《い》われたらどないする？　お前《まえ》よりわてが困《こま》るわいな。」

「そしたら、お母《かあ》さんもリリー追《お》い出《だ》してしまえ云《い》やはりまんのんか。」

「そやさかいにな、兎《と》に角《かく》ここのとこはあの娘《こ》の気持《きもち》済《す》むように、一遍《いっぺん》すうッと品子《しなこ》の方《ほう》へ遣《や》ってしまいイな。

そないしといて、ええ折《おり》を見《み》て、機嫌直《きげんなお》った時分《じぶん》に取《と》り戻《もど》すこと出来《でき》んもんかいな。――」

そんな、渡《わた》してしまったものを先方《せんぽう》が返《かえ》す筈《はず》もなし、受《う》け取《と》る筋《すじ》でもないことは分《わか》っていながら、庄造《しょうぞう》が母親《ははおや》に甘《あま》えるように、母親《ははおや》も見《み》え透《す》いた気休《きやす》めを云《い》って、子供《こども》を賺《すか》すような風《ふう》に庄造《しょうぞう》をあやなす癖《くせ》があった。そして彼《かの》女《じょ》は、いつでも結局《けっきょく》この忰《せがれ》を自分《じぶん》の思《おも》い通《どお》りに動《うご》かしているのだった。

もう若《わか》い者《もの》はセルを着出《きだ》した頃《ころ》だのに、袷《あわせ》の上《うえ》に薄綿《うすわた》の這入《はい》ったジンベエを着《き》て、メリヤスの足袋《たび》を穿《は》いている彼女《かのじょ》は、小柄《こがら》で、痩《や》せていて、生活力《せいかつりょく》の衰《おとろ》えきった老婆《ろうば》のように見《み》えるけれども、頭《あたま》の働《はたら》きは案外確《あんがいたし》かで、云《い》うことやすることにソツがないので、「息子《むすこ》よりも婆《ばあ》さんの方《ほう》がしっかりしている」と、近所《きんじょ》ではそう云《い》う評判《ひょうばん》だった。品子《しなこ》が追《お》い出《だ》されたのも、実《じつ》は彼女《かのじょ》が糸《いと》を操《あやつ》ったからなので、庄造《しょうぞう》にはまだ未練《みれん》があったのだと云《い》う人《ひと》もある。それやこれやで、「この附近《ふきん》では母親《ははおや》を憎《にく》む者《もの》が多《おお》く、一般《いっぱん》の同情《どうじょう》は品子《しなこ》の方《ほう》に集《あつ》まっていたが、彼女《かのじょ》に云《い》わせると、いくら姑《しゅうとめ》の気《き》に入《い》らない嫁《よめ》でも、悴《せがれ》が好《す》きなものならば、出《で》る筈《はず》もないし出《だ》せる訳《わけ》もない、やっぱりあれは庄造《しょうぞう》に飽《あ》かれたからだと云《い》う。なるほどそれもそうだけれども、彼女《かのじょ》と福子《ふくこ》の父親《ちちおや》が手《て》を貸《か》さなければ、庄《しょう》造一人《ぞうひとり》であの女房《にょうぼう》をいびり出《だ》す勇気《ゆうき》はなかったと云《い》うのが、間違《まちが》いのない事実《じじつ》であった。いったい母親《ははおや》と品子《しなこ》とは、どう云《い》うものか初《はじ》めから反《そ》りが合《あ》わなかった。勝気《かちき》な品子《しなこ》は、落《お》ちどを拾《ひろ》われないように気《き》を附《つ》けて、随分《ずいぶん》姑《しゅうとめ》には勤《つと》めていたけれども、そう云《い》う風《ふう》に抜《ぬ》け目《め》なく立《た》ち廻《まわ》って行《い》かれることが、又母《またはは》親《おや》の癪《しゃく》に触《さわ》った。うちの嫁《よめ》は何処《どこ》と云《い》って悪《わる》いところはないようなものの、何《なん》だか親身《しんみ》に世話《せわ》をして貰《もら》う気《き》になれない、それと云《い》うのが、心《こころ》から年寄《としより》を労《いた》わってやろうと云《い》う優《やさ》しい情愛《じょうあい》がないからなのだと、母親《ははおや》はよくそう云《い》ったが、つまり嫁《よめ》も姑《しゅうとめ》も、孰方《どっち》もしっかり者《もの》だったのが不和《ふわ》の原因《げんいん》になったのである。それでも一年半《いちねんはん》ばかりの間《あいだ》は、表面《ひょうめん》だけは無事《ぶじ》に治《おさ》まっていたのだったが、その時分《じぶん》から母親《ははおや》のおりんは嫁《よめ》が面白《おもしろ》くないと云《い》って、始終今津《しじゅういまづ》の兄《あに》の所《ところ》、庄造《しょうぞう》には伯父《おじ》に当《あた》る中島《なかじま》の家《いえ》へ泊《と》まりに行《い》って、二日《ふつか》も三日《みっか》も帰《かえ》って来《こ》ないようになった。あまり逗留《とうりゅう》が長《なが》いので、品子《しなこ》が様子《ようす》を見《み》に行《い》くと、お前《まえ》は帰《かえ》って庄造《しょうぞう》を迎《むか》いに寄越《よこ》せと云《い》う。庄造《しょうぞう》が行《い》くと、伯《お》父《じ》や福子《ふくこ》までが一緒《いっしょ》になって引《ひ》き止《と》めて、晩《ばん》になっても帰《かえ》してくれない。それには何《なに》か魂胆《こんたん》があるらしいことは、庄造《しょうぞう》もうすうす気《き》が付《つ》いていながら、甲子園《こうしえん》の野球《やきゅう》だの、海水浴《かいすいよく》だの、阪神《はんしん》パークだのと、福子《ふくこ》に誘《さそ》われるままに、何処《どこ》へでもふらふらと喰《く》っ着《つ》いて行《い》って、呑気《のんき》に遊《あそ》んでいるうちに、とうとう彼女《かのじょ》と妙《みょう》な仲《なか》になってしまった。この伯父《おじ》と云《い》うのは菓子《かし》の製造販売《せいぞうはんばい》をしていて、今津《いまづ》の町《まち》に小《ちい》さな工場《こうじょう》を持《も》っていたばかりでなく、国道沿線《こくどうえんせん》に五六軒《ごろくけん》の家作《かさく》を建《た》てたりして裕福《ゆうふく》に暮《く》らしていたのだったが、福子《ふくこ》のことでは大分今迄《だいぶいままで》に手《て》を焼《や》いていた。母親《ははおや》が早《はや》く亡《な》くなったせいもあるのだろうが、女学校《じょがっこう》を二年《にねん》の途中《とちゅう》で止《や》めさせられたか、勝手《かって》に止《や》めてしまったかしてから、さっぱり尻《しり》が落《お》ち着《つ》かない。家出《いえで》をしたことも二度《にど》ぐらいあって、神戸《こうべ》の新聞《しんぶん》に素《す》ッ葉抜《ぱぬ》かれたりしたものだから、縁付《えんづ》けようと思《おも》っても中々貰《なかなかもら》い手《て》がなかったし、自分《じぶん》も窮屈《きゅうくつ》な家庭《かてい》などへは行《い》きたくない。そんなこんなで、何《なん》とか早《はや》く身《み》を固《かた》めさせなければと、父親《ちちおや》が焦《あせ》っている事情《じじょう》に眼《め》を付《つ》けたのがおりんであった。福《ふく》子《こ》は自分《じぶん》の娘《むすめ》のようなもので、気心《きごころ》はよく分《わか》っているから、アラがあることとは差支《さしつか》えない、品行《ひんこう》の悪《わる》いのは困《こま》るけれども、もうそろそろ分別《ふんべつ》が出《で》てもいい歳《とし》だから、亭《てい》主《しゅ》を持《も》ったらまさか浮気《うわき》をすることもあるまい、それにそんなことは大《たい》した問題《もんだい》でないと云《い》うのは、この娘《むすめ》にはあの国道《こくどう》の家作《かさく》が二軒《にけん》附《つ》いていて、そこから上《あが》る家賃《やちん》が六十三円《ろくじゅうさんえん》になる。おりんの計算《けいさん》だと、父親《ちちおや》がそれを福《ふく》子《こ》の名義《めいぎ》に直《なお》したのが二年《にねん》も前《まえ》のことであるから、その積立《つみたて》が元金《がんきん》だけでも一千五百十二円《いっせんごひゃくじゅうにえん》ある、それだけのものは持参金《じさんきん》として持《も》って来《く》る上《うえ》に、月々今《つきづきいま》の六十三円《ろくじゅうさんえん》が這入《はい》るとすると、それらを銀行《ぎんこう》へ預《あず》けておいたら、十年《じゅうねん》もすれば一《ひ》と財産出来《ざいさんでき》るので、これが何《なに》よりの附《つ》けめであった。

尤《もっと》も彼女《かのじょ》は老《お》い先《さき》の短《みじ》かい体《からだ》であるから慾張《よくば》ったところで仕方《しかた》がないが、甲斐性《かいしょう》のない庄造《しょうぞう》がこの先《さき》どうして凌《しの》いで行《い》くつもりか、それを考《かんが》えると安心《あんしん》して死《し》んで行《い》けないのであった。何《なに》しろ蘆屋《あしや》の旧国道《きゅうこくどう》は、阪急《はんきゅう》の方《ほう》が開《ひら》けたり新国道《しんこくどう》が出来《でき》たりしてから、年々《ねんねん》さびれつつあるので、こんなところでいつ迄荒物屋渡世《まであらものやとせい》をしていても思《おも》わしい訳《わけ》はないのだけれど、動《うご》くにはこの店《みせ》を売《う》り退《の》かなければならないし、さて売《う》り退《の》いても何処《どこ》で何《なに》を始《はじ》めようと云《い》う成算《せいさん》がない。庄造《しょうぞう》はそんなことについてひどく呑気《のんき》に生《うま》れついた男《おとこ》で、貧乏《びんぼう》を苦《く》にしない代《かわ》りには、一向商売《いっこうしょうばい》に身《み》を入《い》れない。十三四《じゅうさんし》の頃《ころ》、夜学《やがく》へ通《かよ》いながら西宮《にしのみや》の銀行《ぎんこう》の給仕《きゅうじ》に使《つか》われ、青木《あおぎ》のゴルフ練習場《れんしゅうじょう》のキャディーにも雇《やと》われ、年頃《としごろ》になってからはコックの見習《みならい》を勤《つと》めたりしたけれど、何処《どこ》も長《なが》つづきがしないで怠《なま》けているうちに父親《ちちおや》が亡《な》くなって、それから此方荒物《こっちあらもの》屋《や》の亭主《ていしゅ》で納《おさ》まってしまった。ぜんたい店《みせ》の商売《しょうばい》などは母親《ははおや》に任《まか》して置《お》いて、兎《と》に角男一匹《かくおとこいっぴき》が何《なに》かしら職《しょく》を求《もと》めたらよいのに、国道筋《こくどうすじ》でカフェエを始《はじ》めたいからと伯父《おじ》に出資《しゅっし》を申《もう》し込《こ》んで、意見《いけん》されたことがあった外《ほか》には、猫《ねこ》を可愛《かわい》がることと、球《たま》を撞《つ》くことと、盆栽《ぼんさい》をいじくることと、安《やす》カフェエの女《おんな》をからかいに行《い》くことぐらいより、何《なん》の仕事《しごと》も思《おも》い付《つ》かない。そうして今《いま》から足《あし》かけ四《よ》年前《ねんまえ》、二十六《にじゅうろく》の歳《とし》に畳屋《たたみや》の塚本《つかもと》を仲人《なこうど》に立《た》てて、山蘆屋《やまあしや》の或《あ》る邸《やしき》に奉公《ほうこう》していた品子《しなこ》を嫁《よめ》に貰《もら》ったのだが、その時分《じぶん》から商売《しょうばい》の方《ほう》がいよいよ上《あが》ったりになって、毎月《まいつき》の遣《や》り繰《く》りに骨《ほね》が折《お》れて来《き》た。親《おや》の代《だい》から蘆屋《あしや》に住《す》んでいるお蔭《かげ》で、長年《ながねん》の顔《かお》があるところから、暫《しばら》くは無理《むり》が利《き》いたけれども、坪十五銭《つぼじゅうごせん》の地代《ちだい》が二年近《にねんちか》くも滞《とどこお》って、百二三十円《ひゃくにさんじゅうえん》にもなっているのは、どうにも返済《へんさい》の見込《みこ》みが立《た》たない。で、もう庄造《しょうぞう》をアテにしないことにきめた品子《しなこ》は、仕立物《したてもの》などを頼《たの》まれたりして暮《く》らしの補《おぎな》いをつけていたばかりか、折角《せっかく》お給金《きゅうきん》を溜《た》めて一通《ひととお》り拵《こしら》えて来《き》た荷物《にもつ》にさえ手《て》をつけて、僅《わず》かの間《あいだ》に減《へ》らしてしまった。そんな訳《わけ》だから、今更《いまさら》その嫁《よめ》を追《お》い出《だ》そうと云《い》うのは無《む》慈悲《じひ》な話《はなし》で、近所《きんじょ》の同情《どうじょう》が彼女《かのじょ》の方《ほう》へ集《あつ》まったのも当然《とうぜん》であるが、おりんにしてみれば、背《せ》に腹《はら》は換《か》えられなかったし、子種《こだね》のないと云《い》うことが難癖《なんくせ》をつけるのに都合《つごう》が好《よ》かった。それに福子《ふくこ》の父親《ちちおや》迄《まで》が、そうすれば娘《むすめ》の身《み》が固《かた》まるし、甥《おい》の一家《いっか》を救《すく》ってもやれるし、双方《そうほう》のためだと考《かんが》えたのが、おりんの工作《こうさく》に油《あぶら》を注《そそ》ぐ結果《けっか》となった。それ故福子《ゆえふくこ》が庄造《しょうぞう》と出来《でき》てしまったのには、父親《ちちおや》やおりんの取《と》り持《も》ちがあったに違《ちが》いないのであるが、一体《いったい》そんなことがなくとも、庄造《しょうぞう》は割《わ》りに誰《だれ》にでも好《す》かれるたちであった。別《べつ》に美男子《びだんし》なのではないが、幾《いく》つになっても子供《こども》っぽいところがあって、気《き》だてが優《やさ》しいせいかも知《し》れない。キャディーの時代《じだい》にはゴルフ場《じょう》へ来《く》る紳士《しんし》や夫人《ふじん》たちに可愛《かわい》がられて、盆暮《ぼんくれ》の附《つ》け届《とどけ》を誰《だれ》よりも余計《よけい》貰《もら》ったし、カフェエなどでも案外持《あんがいも》てるので、僅《わず》かなお金《かね》で長《なが》く遊《あそ》んで来《く》ることを覚《おぼ》えてしまい、そんなところからの・・・らくらの癖《くせ》がついたのだった。が、何《なん》にしてもおりんから云《い》えば、自分《じぶん》がいろいろ細工《さいく》をしてやっと我《わ》が家《や》へ迎《むか》え入《い》れる迄《まで》に漕《こ》ぎ付《つ》けた、持参金《じさんきん》附きの嫁御寮《よめごりょう》であるから、尻《しり》の軽《かる》い彼女《かのじょ》に逃《に》げられないように、悴《せがれ》と二人《ふたり》で精々《せいぜい》機嫌《きげん》を取《と》らなければならない訳《わけ》で、猫《ねこ》のことなどは勿論《もちろん》始《はじ》めから問題《もんだい》でなかった。いや、実《じつ》を云《い》うと、おりんも内々《ないない》猫《ねこ》には閉口《へいこう》していたのであった。元来《がんらい》リリーと云《い》う猫《ねこ》は、神戸《こうべ》の洋食屋《ようしょくや》に住《す》み込《こ》んでいた庄造《しょうぞう》が帰《かえ》って来《く》る時《とき》に連《つ》れて来《き》たのだが、これがいるために家《いえ》の中《なか》が汚《よご》れること夥《おびただ》しい。庄造《しょうぞう》に云《い》わせると、この猫《ねこ》は決《けっ》して粗匆《そそう》をしない、用《よう》をする時《とき》は必《かなら》ずフンシへ這《は》入《い》ると云《い》う。いかにもその点《てん》は感心《かんしん》だけれど、戸外《こがい》にいてもわざわざフンシへ這入《はい》るために戻《もど》って来《く》ると云《い》う調《ちょう》子《し》なので、フンシが非常《ひじょう》に臭《くさ》くなって、その悪臭《あくしゅう》が家中《いえじゅう》に充満《じゅうまん》するのである。おまけに臀《しり》の端《はた》へ砂《すな》を着《つ》けたまま歩《ある》き廻《まわ》るので、畳《たたみ》がいつもザラザラになる。雨《あめ》の日《ひ》などは臭《におい》が一層《いっそう》強《つよ》く籠《こも》ってむッとするところへ持《も》って来《き》て、おもてのぬかるみを歩《ある》いたままで上《あが》って来《く》るから、猫《ねこ》の脚《あし》あとが此処彼処《ここかしこ》に点々《てんてん》とする。庄造《しょうぞう》は又《また》、この猫《ねこ》は戸《と》でも襖《ふすま》でも障子《しょうじ》でも、引《ひ》き戸《ど》でさえあれば人間《にんげん》と同《おな》じに開《あ》ける、こんな賢《かしこ》いのは珍《めずら》しいと云《い》う。だが畜生《ちくしょう》の浅《あさ》ましさには、開《あ》けるばかりで締《し》めることを知《し》らないから、寒《さむ》い時分《じぶん》には通《とお》ったあとを一々《いちいち》締《し》めて廻《まわ》らなければならない。それもいいけれども、そのために障子《しょうじ》は穴《あな》だらけ、襖《ふすま》や板戸《いたど》は爪《つめ》の痕《あと》だらけになる。それから困《こま》るのは、生物《なまもの》、煮物《にもの》、焼物《やきもの》の類《たぐい》をうっかりその辺《へん》へ置《お》くことが出《で》来《き》ない、ぼんやりしていると直《す》ぐ食《た》べられてしまうので、お膳《ぜん》立《だ》てをするほんの僅《わず》かな間《あいだ》でも、水屋《みずや》か蠅帳《はいちょう》へ一応《いちおう》入《い》れて置《お》かなければならない。いやいや、もっとひどいことは、この猫《ねこ》は臀《しり》の始末《しまつ》はよいが、口《くち》の始末《しまつ》が悪《わる》くて、ときどき嘔吐《おうと》するのである。それと云《い》うのは、庄造《しょうぞう》が例《れい》の曲芸《きょくげい》に熱中《ねっちゅう》して幾《いく》らでも餌《えさ》を投《な》げてやるので、つい食《く》い過《す》ぎるせいなのであるが、晩飯《ばんめし》の後《あと》でチャブ台《だい》を除《の》けると、その辺《へん》に一杯《いっぱい》毛《け》が落《お》ちていて、食《く》いかけの魚《さかな》の頭《あたま》だの尻尾《しっぽ》だのがたくさん散《ち》らばっているのである。

品子《しなこ》が嫁《よめ》に来《く》る迄《まで》は、台所《だいどころ》の世話《せわ》や拭《ふ》き掃除《そうじ》は一切《いっさい》おりんの役《やく》だったから、リリーのためには随分泣《ずいぶんな》かされている訳《わけ》なのだが、今日《きょう》まで我慢《がまん》していたのは一《ひと》つの出来事《できごと》があったからだった。と云《い》うのは、たしか五六年前《ごろくねんまえ》に、無理《むり》に庄造《しょうぞう》を説《と》き付《つ》けて、一度《いちど》この猫《ねこ》を尼ケ崎《あまがさき》の八百屋《やおや》へ遣《や》ったことがあったが、やがて一《ひ》と月《つき》もした時分《じぶん》に、或《あ》る日《ひ》ヒョッコリ蘆屋《あしや》の家《いえ》へ独《ひと》りで帰《かえ》って来《き》たのである。犬《いぬ》なら不思議《ふしぎ》はないけれども、猫《ねこ》が前《まえ》の主人《しゅじん》を慕《した》って五六里《ごろくり》の道《みち》を戻《もど》って来《く》るとは、あまりイジラシイ話《はなし》なので、それ以来《いらい》庄造《しょうぞう》の可愛《かわい》がりようは旧《きゅう》に倍《ばい》したのみならず、おりんも流石《さすが》に不憫《ふびん》を感《かん》じたのか、或《あるい》は多少薄《たしょううす》気味悪《きみわる》く思《おも》ったのか、もうそれからは何《なに》も云《い》わないようになった。そして品子《しなこ》が来《き》てからは、福子《ふくこ》と同《おな》じ理由《りゆう》から、——と云《い》うのは嫁《よめ》をいじめるために、却《かえ》ってリリーの存在《そんざい》が便利《べんり》を与《あた》えることがあるので、やさしい言葉《ことば》の一《ひと》つぐらいは時々《ときどき》かけてやっていたのである。だから庄《しょう》造《ぞう》は、その母親《ははおや》までが突然《とつぜん》福子《ふくこ》の味方《みかた》をし出《だ》した様子《ようす》を見《み》ては、心外《しんがい》でたまらないのであった。

「けど、リリーやったら遣《や》ったかて又戻《またもど》って来《き》まっせ。なんせ尼ケ崎《あまがさき》からでも戻《もど》って来《く》る猫《ねこ》やさかいにな。」

「ほんになあ、今度《こんど》はまるきり知《し》らん人《ひと》やあれへんよって、そこは何《なん》とも分《わか》らんけど、戻《もど》って来《き》たら又置《またお》いてやったらええがな。ま、兎《と》も角《かく》も遣《や》ってみてみいな。——」

「ああ、どうしよう、困《こま》ったなあ。」

庄造《しょうぞう》は頻《しき》りに溜息《ためいき》をついて、まだ何《なに》かしら粘《ねば》ってみようとしていたが、その時《とき》おもてに足音《あしおと》がして、福子《ふくこ》が風呂《ふろ》から帰《かえ》って来《き》た。

「塚本君《つかもとくん》、分《わか》ってまんなあ？　これ、なるべくそっ・・と持《も》って行《い》かんと、乱暴《らんぼう》に振《ふ》ったらあきまへんで。猫《ねこ》かて乗物《のりもの》に酔《よ》うさかいになあ。」

「そない何遍《なんべん》も云《い》わんかて、分《わか》ってまんが。」

「それから、これや、」

と、新聞紙《しんぶんし》にくるんだ、小《ちい》さな平《ひら》べったい包《つつ》みを出《だ》して、

「実《じつ》はなあ、いよいよこれがお別《わか》れやさかいに、出《で》がけに何《なん》ぞおいしいもん食《た》べさしてやりたい思《おも》いまんねんけど、乗物《のりもの》に乗《の》る前《まえ》に物《もの》食《た》べさしたら、えらい苦《くる》しみまんねん。それでなあ、この猫鶏《ねこかしわ》の肉《にく》が好《す》きやよってに、僕《ぼく》、自分《じぶん》でこれ買《こ》うて来《き》て、水煮《みずだ》きにしときましたさかい、彼方《あっち》へ着《つ》いたら直《じ》き食《た》べさしてやるように云《い》うとくなはれしまへんか。」

「よろしおます。あんじょう持《も》って行《い》きますよって安心《あんしん》しなはれ。――そんなら、もう用事《ようじ》おまへんか。」

「ま、ちょっと待《ま》っとくなはれ。」

そう云《い》うと庄造《しょうぞう》は、バスケットの蓋《ふた》を開《あ》けて、もう一度《いちど》しっかり抱《だ》き上《あ》げて、

「リリー」

と云《い》いながら頬擦《ほおず》りをした。

「お前《まえ》な、彼方《あっち》へ行《い》ったらよう云《い》うこと聴《き》くんやで。彼方《あっち》のあの人《ひと》、もう先《せん》みたいにいじめたりせんと、大事《だいじ》にして可愛《かわい》がってくれるさかいに、ちょっとも恐《こわ》いことないで。ええか、分《わか》ったなあ。――」

抱《だ》かれることが嫌《きら》いなリリーは、あまり強《つよ》く締《し》められたので脚《あし》をバタバタやらしたが、バスケットの中《なか》へ戻《もど》され

ると、二三度《にさんど》周囲《しゅうい》を突《つ》ツついてみただけで、とても出《で》られないとあきらめたらしく、急《きゅう》に静《しず》まり返《かえ》ってしまったのが、ひとしお哀《あわ》れをそそるのであった。

庄造《しょうぞう》は、国道《こくどう》のバスの停留所《ていりゅうじょ》まで送《おく》って行《い》きたかったのであるが、今日《きょう》から当分《とうぶん》の間《あいだ》、風呂《ふろ》へ行《い》く以外《いがい》は一歩《いっぽ》も外出《がいしゅつ》してはならぬと、女房《にょうぼう》から堅《かた》く止《と》められているので、バスケットを提《さ》げた塚本《つかもと》が出《で》て行《い》ったあと、気抜《きぬ》けがしたようにぽつねんと店《みせ》にすわっていた。福子《ふくこ》が外出《がいしゅつ》を禁《きん》じた訳《わけ》は、リリーの様子《ようす》を気遣《きづか》う余《あま》りついふらふらと品子《しなこ》の家《いえ》の近所《きんじょ》ぐらいまで行《い》くかも知《し》れないからであったが、事実庄造自身《じじつしょうぞうじしん》にも、そう云《い》う懸念《けねん》がないことはなかった。そしてこの迂闊《うかつ》な夫婦《ふうふ》は、猫《ねこ》を渡《わた》してしまってから、始《はじ》めて品子《しなこ》のほんとうの腹《はら》が分《わか》りかけて来《き》たのである。

成《な》る程《ほど》、リリーを囮《おとり》に己《おれ》を呼《よ》び寄《よ》せようと云《い》う気《き》だったのか。あの家《いえ》の近所《きんじょ》をうろうろしたら、掴《つか》まえて口説《くど》き落《おと》そうとでも云《い》うのか。——庄造《しょうぞう》はそこへ気《き》がついてみると、いよいよ品子《しなこ》の陰険《いんけん》さ加減《かげん》が憎《にく》くなったが、そんな道具《どうぐ》に使《つか》われるリリーの身《み》の上《うえ》に、一層可哀《いっそうかわい》さが増《ま》して来《き》た。唯一《ゆいいつ》の望《のぞ》みは、尼ケ崎《あまがさき》から逃《に》げて帰《かえ》って来《き》たように、阪急《はんきゅう》の六甲《ろっこう》にある品子《しなこ》の家《いえ》から逃《に》げて来《き》はせぬかと云《い》うことであった。実《じつ》は水害《すいがい》の後《あと》の仕事《しごと》で忙《いそが》しい塚本《つかもと》が、夜受《よるう》け取《と》りに来《く》ると云《い》ったのを、朝《あさ》にして貰《もら》ったのも、明《あか》るい時《とき》に連《つ》れて行《い》かれたら道《みち》を覚《おぼ》えているであろう、そうしたら逃《に》げて来《く》るのも容易《ようい》であろうと、そんな心積《こころづも》りがあったからだが、それにつけても思《おも》い出《だ》されるのは、この前《まえ》、尼ケ崎《あまがさき》から戻《もど》って来《き》たあの朝《あさ》のことだった。何《なん》でもあれは秋《あき》の半《なか》ば時分《じぶん》であったが、或《あ》る日《ひ》、ようよう夜《よ》が明《あ》けたばかりの頃《ころ》、眠《ねむ》っていた庄造《しょうぞう》は「ニャア」「ニャア」と云《い》う耳馴《みみな》れた啼《な》き声《ごえ》に眼《め》を覚《さ》ました。その時分《じぶん》は独身者《どくしんしゃ》の庄造《しょうぞう》が二階《にかい》に寝《ね》、母親《ははおや》が階下《した》に寝《ね》ていたが、朝《あさ》が早《はや》いのでまだ雨戸《あまど》が締《し》まっているのに、つい近《ちか》いところで「ニャア」「ニャア」と猫《ねこ》が啼《な》いているのを、夢《ゆめ》うつつのうちに聞《き》いていると、どうもリリーの声《こえ》のように思《おも》えて仕方《しかた》がない。一《ひ》と月《つき》も前《まえ》に尼ヶ崎《あまがさき》へ遣《や》ってしまったものが、まさか今頃《いまごろ》こんな所《ところ》にいる筈《はず》はないが、聞《き》けば聞《き》くほどよく似《に》ている。バリバリと裏《うら》のトタン屋根《やね》を踏《ふ》む音《おと》がして、直《す》ぐ窓《まど》の外《そと》に来《き》ているので、兎《と》に角正体《かくしょうたい》を突《つ》き止《と》めようと急《いそ》いで跳《は》ね起《お》きて、窓《まど》の雨戸《あまど》を開《あ》けてみると、つい鼻《はな》の先《さき》の屋根《やね》の上《うえ》を往《い》ったり来《き》たりしているのが、たいそう窶《やつ》れてはいるけれどもリリーに違《ちが》いないのであった。庄造《しょうぞう》はわが眼《め》を疑《うたが》う如《ごと》く、

「リリー」

と呼《よ》んだ。するとリリーは

「ニャア」

と答《こた》えて、あの大《おお》きな眼《め》を、さも嬉《うれ》しげに一杯《いっぱい》に開《ひら》いて見上《みあ》げながら、彼《かれ》が立《た》っている肘掛窓《ひじかけまど》の真下《ました》まで寄《よ》って来《き》たが、手《て》を伸《の》ばして抱《だ》き上《あ》げようとすると、体《たい》を躱《かわ》してすうッと二三尺向《にさんじゃくむこ》うへ逃《に》げた。しかし決《けっ》して遠《とお》くへは行《い》かないで、

「リリー」

と呼《よ》ばれると、

「ニャア」

と云《い》いながら寄《よ》って来《く》る。そこを掴《つか》まえようとすると、又《また》するするすると手《て》の中《なか》を脱《ぬ》けて行《い》ってしまう。庄造《しょうぞう》は猫《ねこ》の

こう云《い》う性質《せいしつ》がたまらなく好《す》きなのであった。わざわざ戻《もど》って来《く》るくらいだから、余程恋《よほどこ》いしかったのであろうに、そのなつかしい家《いえ》に着《つ》いて、久《ひさ》しぶりで主人《しゅじん》の顔《かお》を見《み》たのでありながら、抱《だ》こうとすれば逃《に》げてしまう。それは愛情《あいじょう》に甘《あま》えるしぐさのようでもあるし、暫《しばら》く会《あ》わなかったのがキマリが悪《わる》くて、羞渋《はにか》んでいるようでもある。リリーはそう云《い》う風《ふう》にして、呼《よ》ばれる度《たび》に「ニャア」と答《こた》えつつ屋根《やね》の上《うえ》をうろうろした。庄造《しょうぞう》は、彼女《かのじょ》が痩《や》せていることは最初《さいしょ》から気《き》が付《つ》いていたけれど、なおよく見《み》ると、一《ひ》と月前《つきまえ》よりは毛《け》の色《いろ》つやが悪《わる》くなっているばかりでなく、頸《くび》の周《まわ》りだの尾《お》の周《まわ》りだのが泥《どろ》だらけになっていて、ところどころに薄《すすき》の穂《ほ》などが喰《く》っ着《つ》いていた。貰《もら》われて行《い》った八百屋《やおや》の家《いえ》も猫好《ねこず》きだと云《い》う話《はなし》であったから、虐待《ぎゃくたい》されていた筈《はず》はないので、これは明《あきら》かに、一匹《いっぴき》の猫《ねこ》が尼ケ崎《あまがさき》から此処《ここ》までひとりで辿《たど》って来《く》る道中《どうちゅう》の難儀《なんぎ》を語《かた》るものだった。こんな時刻《じこく》に此処《ここ》へ着《つ》いたのは、昨夜《さくや》じゅう歩《ある》きつづけたのに違《ちが》いないけれども、多分《たぶん》一晩《ひとばん》ぐらいではあるまい、もう幾晩《いくばん》も幾晩《いくばん》も、恐《おそ》らくは数日前《すうじつまえ》に八百屋《やおや》の家《いえ》を逃《に》げ出《だ》して、方々《ほうぼう》で道《みち》に迷《まよ》いながら、ようよう此処《ここ》まで来《き》たのであろう。彼女《かのじょ》が人家《じんか》つづきの街道《かいどう》を一直線《いっちょくせん》に来《き》たのでないことは、あのすすきの穂《ほ》を見《み》ても分《わか》る。それにしても、猫《ねこ》は寒《さむ》がりなものであるのに、朝夕《あさゆう》の風《かぜ》はどんなに身《み》に沁《し》みたことであろう。おまけに今《いま》は村《むら》しぐれの多《おお》い季節《きせつ》でもあるから、定《さだ》めし雨《あめ》に打《う》たれて叢《くさむら》へもぐり込《こ》んだり、犬《いぬ》に追《お》われて田圃《たんぼ》の中《なか》へ隠《かく》れたりして、食《く》うや食《く》わずの道中《どうちゅう》をつづけて来《き》たのだ。そう思《おも》うと、早《はや》く抱《だ》き上《あ》げて撫《な》でてやりたくて、何度《なんど》も窓《まど》から手《て》を出《だ》したが、そのうちにリリーの方《ほう》も、羞渋《はにか》みながらだんだん体《からだ》を擦《こす》り着《つ》けて来《き》て、主《しゅ》人《じん》の為《な》すが儘《まま》に任《まか》せた。

その時《とき》のリリーは、一週間《いっしゅうかん》ほど前《まえ》から尼ヶ崎《あまがさき》の方《ほう》で姿《すがた》を見《み》なくなっていたことが、後《のち》に問《と》い合《あ》わせて知《し》れたのであったが、今《いま》も庄造《しょうぞう》は、あの朝《あさ》の啼《な》きごえと顔《かお》つきとを忘《わす》れることが出来《でき》ないのである。そればかりでなく、この猫《ねこ》についてはまだこの外《ほか》にも数々《かずかず》の逸話《いつわ》があって、あの時《とき》はあんな顔《かお》をした、あんな声《こえ》を出《だ》したと云《い》う記憶《きおく》が、いろいろの場合《ばあい》に残《のこ》っているのである。たとえば庄造《しょうぞう》は、初《はじ》めてこの猫《ねこ》を神戸《こうべ》から連《つ》れて来《き》た日《ひ》のことをはっきりと思《おも》い出《だ》すのであるが、それは最後《さいご》に奉公《ほうこう》をしていた神港軒《しんこうけん》から暇《ひま》を貰《もら》って蘆屋《あしや》へ帰《かえ》った時《とき》であるから、彼《かれ》がちょうど二十歳《はたち》の年《とし》、つまり父親《ちちおや》が亡《な》くなった年《とし》の、四十九日《しじゅうくにち》の頃《ころ》だった。その前彼《まえかれ》は、三毛猫《みけねこ》を一度《いちど》、それが死《し》んでからは「クロ」と呼《よ》んでいた真《ま》っ黒《くろ》な雄猫《おすねこ》を、コック場《ば》で飼《か》っていたのであるが、そこへ出入《でいり》の肉屋《にくや》から、欧洲種《おうしゅうしゅ》の可愛《かわい》らしいのがいるからと云《い》って、生後三ケ月《せいごさんかげつ》ばかりになる雌《めす》の仔猫《こねこ》を貰《もら》ったのが、リリーだったのである。それで暇《ひま》を貰《もら》う時《とき》にもクロはコック場《ば》へ置《お》いて来《き》てしまったが、仔猫《こねこ》の方《ほう》は手放《てばな》すのが惜《お》しくて、行李《こうり》と一緒《いっしょ》に或《あ》る商店《しょうてん》のリヤカーの隅《すみ》へ積《つ》んで貰《もら》って、蘆屋《あしや》の家《いえ》へ運《はこ》んだのであった。

肉屋《にくや》の主人《しゅじん》の話《はなし》だと、英吉利人《イギリスじん》はこう云《い》う毛並《けな》みの猫《ねこ》のことを鼈甲猫《べっこうねこ》と云《い》うそうであるが、茶色《ちゃいろ》の全身《ぜんしん》に鮮明《せんめい》な黒《くろ》の斑点《はんてん》が行《い》き亙《わた》っていて、つやつやと光《ひか》っているところは、成《な》る程研《ほどみが》いた鼈甲《べっこう》の表面《ひょうめん》に似《に》ている。何《なん》にしても庄造《しょうぞう》は、今日《きょう》までこんな毛並《けな》みの立派《りっぱ》な、愛《あい》らしい猫《ねこ》を飼《か》ったことがなかった。ぜんたい欧洲種《おうしゅうしゅ》の猫《ねこ》は、肩《かた》の線《せん》が日本猫《にほんねこ》のように怒《いか》っていないので、撫《な》で肩《がた》の美人《びじん》を見《み》るような、すっきりとした、イキな感《かん》じがするのである。顔《かお》も日本種《にほんしゅ》の猫《ねこ》だと一般《いっぱん》に寸《すん》が長《なが》くって、眼《め》の下《した》あたりに凹《くぼ》みがあったり、頬《ほお》の骨《ほね》が飛《と》び出《で》ていたりするけれども、リリーの顔《かお》は丈《たけ》が短《みじ》かく詰《つ》まっていて、ちょうど蛤《はまぐり》を倒《さかさ》まにした形《かたち》の、カッキリとした輪郭《りんかく》の中《なか》に、すぐれて大《おお》きな美《うつく》しい金眼《きんめ》と、神経質《しんけいしつ》にヒクヒク蠢《うご》めく鼻《はな》が附《つ》いていた。だが庄造《しょうぞう》がこの仔猫《こねこ》に惹《ひ》き附《つ》けられたのは、そう云《い》う毛《け》なみや顔《かお》だちや体《からだ》つきのためではなかった。もしも外形《がいけい》だけで云《い》うなら、庄造《しょうぞう》だってもっと美《うつく》しい波斯猫《ペルシャねこ》だの暹羅猫《シャムねこ》だのを知《し》っているが、でもこのリリーは性質《せいしつ》が実《じつ》に愛《あい》らしかった。蘆屋《あしや》へ連《つ》れて来《き》た当座《とうざ》は、まだほんとうに小《ちい》さくて、掌《てのひら》の上《うえ》へ乗《の》る程《ほど》であったが、そのお転婆《てんば》でやんちゃなことは、とんと七《なな》つか八《やっ》つの少女《しょうじょ》、――いたずら盛《ざか》りの、小学校一二年生《しょうがっこういちにねんせい》ぐらいの女《おんな》の児《こ》と云《い》う感《かん》じだった。そして彼女《かのじょ》は今《いま》よりもずっと身軽《みがる》で、食事《しょくじ》の時《とき》に食物《たべもの》を摘《つ》まんで頭《あたま》の上《うえ》へ翳《かざ》してやると、三四尺《さんよんしゃく》の高《たか》さまで跳《と》び上《あが》ったので、すわっていては直《す》ぐ跳《と》び着《つ》かれてしまうから、しばしば食事《しょくじ》の最中《さいちゅう》に立《た》ち上《あが》らねばならなかった。彼《かれ》はその時分《じぶん》からあの曲芸《きょくげい》を仕込《しこ》んだのであるが、箸《はし》の先《さき》に摘《つ》まんだ物《もの》を、三尺《さんじゃく》、四尺《よんしゃく》、五尺《ごしゃく》、と云《い》う風《ふう》に、跳《と》び着《つ》く毎《ごと》にだんだん高《たか》くして行《い》くと、しまいには着物《きもの》の膝《ひざ》へ跳《と》び着《つ》いて、胸《むね》から肩《かた》へすばしッこく這《は》い上《あが》って、鼠《ねずみ》が梁《はり》を渡《わた》るように、箸《はし》の先《さき》まで腕《うで》を渡《わた》って行《い》ったりした。或《あ》る時《とき》などは店《みせ》のカーテンに跳《と》び着《つ》いて、天井《てんじょう》の方《ほう》までクルクルと這《は》い上《あが》って、端《はし》から端《はし》へ渡《わた》って行《い》って、又《また》カーテンに掴《つか》まって降《お》りて来《く》る、――そんな動作《どうさ》を水車《すいしゃ》のように繰《く》り返《かえ》した。それに、そう云《い》う幼《おさな》い時《とき》から非常《ひじょう》に表情《ひょうじょう》が鮮《あざ》やかで、眼《め》や、口元《くちもと》や、小鼻《こばな》の運動《うんどう》や、息《いき》づかいなどで心持《こころもち》の変化《へんか》をあらわすことは、人間《にんげん》と少《すこ》しも違《ちが》わなかった。就中《なかんずく》そのぱっちりした大《おお》きな眼球《めだま》は、いつも生《い》き生《い》きとよく動《うご》いて、甘《あま》える時《とき》、いたずらをする時《とき》、物《もの》に狙《ねら》いを付《つ》ける時《とき》、どんな時《とき》でも愛《あい》くるしさを失《うしな》わなかったが、一番可笑《いちばんおか》しいのは怒《おこ》る時《とき》で、小《ちい》さい体《からだ》をしている癖《くせ》に、やはり猫《ねこ》なみに背《せ》を円《まる》くして毛《け》を逆立《さかだ》て、尻尾《しっぽ》をピンと跳《は》ね上《あ》げながら、脚《あし》を踏《ふ》ん張《ば》ってぐっと睨《にら》まえる恰好《かっこう》と云《い》ったら、子《こ》供《ども》が大人《おとな》の真似《まね》をしているようで、誰《だれ》でもほほ笑《え》んでしまうのであった。

庄造《しょうぞう》は又《また》、リリーが始《はじ》めてお産《さん》をした時《とき》の、あの訴《うった》えるようなやさしい眼差《まなざし》を、忘《わす》れることが出来《でき》ないのであった。それは蘆屋《あしや》へ連《つ》れて来《き》てから半年《はんとし》ほど過《す》ぎた時分《じぶん》であったが、或《あ》る日《ひ》の朝《あさ》、産気《さんけ》づいた彼女《かのじょ》はしきりにニャアニャア云《い》いながら彼《かれ》の後《あと》を追《お》って歩《ある》くので、サイダの空《あ》き函《ばこ》へ古《ふる》い座布団《ざぶとん》を敷《し》いたのを押入《おしいれ》の奥《おく》の方《ほう》に据《す》えて、そこへ抱《だ》いて行《い》ってやると、暫《しばら》くの間《あいだ》は函《はこ》に這入《はい》っているけれども、直《じ》きに襖《ふすま》を開《あ》けて出《で》て来《き》て、又《また》啼《な》きながら追《お》いかける。その啼《な》きごえは今《いま》まで彼《かれ》が聞《き》いたことのない声《こえ》だった。「ニャア」とは云《い》っているのだが、その「ニャア」の中《なか》に、今《いま》までの「ニャア」が含《ふく》んでいなかった異様《いよう》な意味《いみ》が籠《こも》っていた。まあ云《い》ってみれば、「ああどうしたらいいでしょう、何《なん》だか急《きゅう》に体《からだ》の工合《ぐあい》が変《へん》なのです、不思議《ふしぎ》な事《こと》が起《おこ》りそうな予感《よかん》がします、こんな気《き》持《もち》はまだ覚《おぼ》えがありません、ねえ、どうしたと云《い》うのでしょう、心配《しんぱい》なことはないのでしょうか？」——と、そう云《い》うように聞《きこ》えるのであった。でも庄造《しょうぞう》が、「心配《しんぱい》せんかてええねんで。もう直《じ》きお前《まえ》、お母《かあ》さんになるねんが。……」

と、そう云《い》って頭《あたま》を撫《な》でてやると、前脚《まえあし》を膝《ひざ》へ乗《の》せて来《き》て、縋《すが》り着《つ》くような様子《ようす》をして、

「ニャア」

と云《い》いながら、彼《かれ》の言葉《ことば》を一生懸命理解《いっしょうけんめいりかい》しようとするかのように、眼《め》の球《たま》をキョロキョロさせた。それからもう一度押入《いちどおしいれ》の所《ところ》へ抱《だ》いて行《い》って、函《はこ》の中《なか》へ入《い》れてやって、

「ええか、此処《ここ》にじっとしてるねんで。出《で》て来《き》たらあか

んで。ええなあ？　分《わか》ってるなあ？」

と、しんみり云《い》って聴《き》かせてから、襖《ふすま》を締《し》めて立《た》とうとすると、「待《ま》って下《くだ》さい、何卒《どうぞ》そこにいて下《くだ》さい」

とでも云《い》うように、又《また》
「ニャア」

と云《い》って悲《かな》しげに啼《な》いた。だから庄造《しょうぞう》もついその声《こえ》に絆《ほだ》されて、細目《ほそめ》に開《あ》けて覗《のぞ》いてみると、行李《こうり》だの風呂敷包《ふろしきづつ》みだのいろいろな荷物《にもつ》が積《つ》んである押入《おしいれ》の、一番奥《いちばんおく》の突《つ》きあたりにある函《はこ》の中《なか》から首《くび》を出《だ》して、

「ニャア」

と云《い》っては此方《こっち》を見《み》ている。畜生《ちくしょう》ながらまあ何《なん》と云《い》う情《じょう》

愛《あい》のある眼《め》つきであろうと、その時庄造《ときしょうぞう》はそう思《おも》った。全《まった》く、不思議《ふしぎ》のようだけれども、押入《おしいれ》の奥《おく》の薄暗《うすぐら》い中《なか》でギラギラ光《ひか》っているその眼《め》は、最早《もは》やあのいたずらな仔《こ》猫《ねこ》の眼《め》ではなくなって、たった今《いま》の瞬間《しゅんかん》に、何《なん》とも云《い》えない媚《こ》びと、色気《いろけ》と、哀愁《あいしゅう》とを湛《たた》えた、一人前《いちにんまえ》の雌《めす》の眼《め》になっていたのであった。彼《かれ》は人間《にんげん》の女《おんな》のお産《さん》を見《み》たことはないが、もしその女《おんな》が年《とし》の若《わか》い美《うつく》しい人《ひと》であったら、きっとこの通《とお》りの、恨《うら》めしいような切《せつ》ないような眼《め》つきをして、夫《おっと》を呼《よ》ぶに違《ちが》いないと思《おも》った。彼《かれ》は幾度《いくど》も襖《ふすま》を締《し》めて立《た》ち去《さ》りかけては、又戻《またもど》って来《き》て覗《のぞ》いてみたが、その度毎《たびごと》にリリーも函《はこ》から首《くび》を出《だ》して、子供《こども》が「居《い》ない居《い》ないばあ」をするように此方《こっち》を見《み》た。

そうしてそれが、もう十年《じゅうねん》も前《まえ》のことなのである。而《しか》も品子《しなこ》が嫁《よめ》に来《き》たのがようよう四年前《よねんまえ》であるから、それまで六年《ろくねん》の間《あいだ》と云《い》うもの、庄造《しょうぞう》は蘆屋《あしや》の家《いえ》の二階《にかい》で、母親《ははおや》の外《ほか》にはただこの猫《ねこ》を相手《あいて》にしつつ暮《く》らしたのである。それにつけても猫《ねこ》の性質《せいしつ》を知《し》らない者《もの》が、猫《ねこ》は犬《いぬ》よりも薄情《はくじょう》であるとか、不愛想《ぶあいそう》であるとか、利己主義《りこしゅぎ》であるとか云《い》うのを聞《き》くと、いつも心《こころ》に思《おも》うのは、自分《じぶん》のように長《なが》い間猫《あいだねこ》と二人《ふたり》きりの生活《せいかつ》をした経験《けいけん》がなくて、どうして猫《ねこ》の可愛《かわい》らしさが分《わか》るものか、と云《い》うことだった。なぜかと云《い》って、猫《ねこ》と云《い》うものは皆幾分《みないくぶん》か羞渋《はにか》みやのところがあるので、第三者《だいさんしゃ》が見《み》ている前《まえ》では、決《けっ》して主人《しゅじん》に甘《あま》えないのみか、へんに余所々々《よそよそ》しく振舞《ふるま》うのである。リリーも母親《ははおや》が見《み》ている時《とき》は、呼《よ》んでも知《し》らんふりをしたり、逃《に》げて行《い》ったりしたけれども、さし向《むか》いになると、呼《よ》びもしないのに自分《じぶん》の方《ほう》から膝《ひざ》へ乗《の》って来《き》て、お世辞《せじ》を使《つか》った。彼女《かのじょ》はよく、額《ひたい》を庄造《しょうぞう》の顔《かお》にあてて、頭《あたま》ぐるみぐいぐい・・・・と押《お》して来《き》た。そうしながら、あのザラザラした舌《した》の先《さき》で、頬《ほお》だの、頤《あご》だの、鼻《はな》の頭《あたま》だの、口《くち》の周《まわ》りだのを、所嫌《ところきら》わず舐《な》め廻《まわ》した。夜《よる》は必《かなら》ず庄造《しょうぞう》の傍《そば》に寝《ね》て、朝《あさ》になると起《おこ》してくれたが、それも顔《かお》じゅうを舐《な》めて起《おこ》すのであった。寒《さむ》い時分《じぶん》には、掛《か》け布団《ぶとん》の襟《えり》をくぐって、枕《まくら》の方《ほう》からもぐり込《こ》んで来《く》るのであったが、寝勝手《ねがって》のよい隙間《すきま》を見付《みつ》け出《だ》す迄《まで》は、懐《ふところ》の中《なか》へ這入《はい》ってみたり、股《また》ぐらの方《ほう》へ行《い》ってみたり、背中《せなか》の方《ほう》へ廻《まわ》ってみたりして、ようよう或《あ》る場所《ばしょ》に落《お》ち着《つ》いても、工合《ぐあい》が悪《わる》いと又直《またす》ぐ姿勢《しせい》や位置《いち》を変《か》えた。結局彼女《けっきょくかのじょ》は、庄造《しょうぞう》の腕《うで》へ頭《あたま》を乗《の》せ、胸《むね》のあたりへ顔《かお》を着《つ》けて、向《む》い合《あ》って寝《ね》るのが一番都合《いちばんつごう》がよいらしかったが、もし庄造《しょうぞう》が少《すこ》しでも身動《みうご》きをすると、勝手《かって》が違《ちが》って来《く》ると見《み》えて、そのつど体《からだ》をもぐもぐさせたり、又別《またべつ》の隙間《すきま》を捜《さが》したりした。だから庄造《しょうぞう》は、彼女《かのじょ》に這入《はい》って来《こ》られると、一方《いっぽう》の腕《うで》を枕《まくら》に貸《か》してやったまま、なるべく体《からだ》を動《うご》かさないように行儀《ぎょうぎ》よく寝《ね》ていなければならなかった。そんな場合《ばあい》に、彼《かれ》はもう一方《いっぽう》の手《て》で、猫《ねこ》の一番喜《いちばんよろこ》ぶ場所《ばしょ》、あの頸《くび》の部分《ぶぶん》を撫《な》でてやると、直《す》ぐにリリーはゴロゴロ云《い》い出《だ》した。そして彼《かれ》の指《ゆび》に噛《か》み着《つ》いたり、爪《つめ》で引《ひ》っ掻《か》いたり、涎《よだれ》を垂《た》らしたりしたが、それは彼女《かのじょ》が興奮《こうふん》した時《とき》のしぐさなのであった。

そう云《い》えば一度庄造《いちどしょうぞう》が布団《ふとん》の中《なか》で放屁《ほうひ》を鳴《な》らすと、その布団《ふとん》の上《うえ》の裾《すそ》の方《ほう》に寝《ね》ていたリリーが、びっくりして眼《め》を覚《さ》まして、何《なに》か奇態《きたい》な啼《な》き声《ごえ》を出《だ》す怪《あや》しい奴《やつ》が隠《かく》れているとでも思《おも》ったのであろう、さも不審《ふしん》そうな眼《め》をしながら、大急《おおいそ》ぎで布団《ふとん》の中《なか》を捜《さが》し始《はじ》めたことがあった。又《また》或《あ》る時《とき》は、嫌《いや》がる彼女《かのじょ》を無理《むり》に抱《だ》き上《あ》げようとしたら、手《て》から脱《ぬ》け出《で》て、体《からだ》を伝《つた》わって降《お》りて行《い》く拍子《ひょうし》に、非常《ひじょう》に臭《くさ》い瓦斯《ガス》を洩《も》らしたのが、まともに庄造《しょうぞう》の顔《かお》にかかった。たしかその時《とき》は食事《しょくじ》の後《あと》で、今御馳走《いまごちそう》を食《た》べたばかりの、ハチ切《き》れそうにふくらんだリリーのお腹《なか》を、偶然《ぐうぜん》庄造《しょうぞう》が両手《りょうて》でギュッと押《お》さえたのである。そして運悪《うんわる》く も、ちょうど彼女《かのじょ》の肛門《こうもん》が彼《かれ》の顔《かお》の真下《ました》にあったので、腸《ちょう》から出《で》る息《いき》が一直線《いっちょくせん》に吹《ふ》き上《あ》げたのだが、その臭《くさ》かったことと云《い》ったら、いかな猫好《ねこず》きもその時《とき》ばかりは、

「うわッ」

と云《い》って彼女《かのじょ》を床《ゆか》へ放《ほう》り出《だ》した。鼬《いたち》の最後《さいご》ッ屁《ぺ》と云《い》うのも恐《おそ》らくこんな臭《くさ》さであろうが、全《まった》くそれは執拗《しつよう》な臭《にお》い

で、一旦鼻《いったんはな》の先《さき》へこびり着《つ》いたら、拭《ふ》いても洗《あら》っても、シャボンでゴシゴシ擦《こす》っても、その日《ひ》一日《いちにち》じゅう抜《ぬ》けないのであった。

庄造《しょうぞう》はよく、リリーのことで品子《しなこ》といさかいをした時《じ》分《ぶん》に、「僕《ぼく》リリーとは屁《へ》まで嗅《か》ぎ合《お》うた仲《なか》や」などと、嫌味《いやみ》めかして云《い》ったものだが、十年《じゅうねん》の間《あいだ》も一緒《いっしょ》に暮《く》らしていたとすれば、たとい一匹《いっぴき》の猫《ねこ》であっても、因縁《いんねん》の深《ふか》いものがあるので、考《かんが》えようでは、福子《ふくこ》や品子《しなこ》より一層《いっそう》親《した》しいとも云《い》えなくはない。事実品子《じじつしなこ》と連《つ》れ添《そ》うていたのは、足《あし》かけ四年《よねん》と云《い》うけれども正味《しょうみ》は二年半《にねんはん》ほどであるし、福子《ふくこ》も今《いま》のところでは、来《き》てからやっと一《ひ》と月《つき》にしかならないのである。そうしてみれば長《なが》の年月《ねんげつ》を共《とも》にしていたリリーの方《ほう》が、いろいろな場合《ばあい》の回想《かいそう》と密接《みっせつ》につながっている訳《わけ》で、つまりリリーと云《い》うものは、庄造《しょうぞう》の過去《かこ》の一部《いちぶ》なのである。だから庄造《しょうぞう》は、今更手放《いまさらてばな》すのが辛《つら》いのは当《あた》り前《まえ》の人情《にんじょう》ではないか、それを物好《ものず》きだの、猫気違《ねこきちが》いだのと、何《なに》か大変非常識《たいへんひじょうしき》のように云《い》われる理由《りゆう》がないと思《おも》うのであった。そして福子《ふくこ》の迫害《はくがい》と、母親《ははおや》の説教《せっきょう》ぐらいで、脆《もろ》くも腰《こし》が挫《くじ》けてしまって、あの大切《たいせつ》な友達《ともだち》をむざむざ他人《たにん》の手《て》へ渡《わた》した自分《じぶん》の弱気《よわき》と腑甲斐《ふがい》なさとが、恨《うら》めしくなって来《く》るのであった。何《なん》で自分《じぶん》はもっと正直《しょうじき》に、男《おとこ》らしく、道理《どうり》を説《と》いてみなかったのだろう。

何《なん》で女房《にょうぼう》にも母親《ははおや》にも、もっともっと剛情《ごうじょう》を張《は》り通《とお》さなかったのであろう。そうしたところで最後《さいご》には矢張《やはり》負《ま》かされて、同《おな》じ結果《けっか》を見《み》たかも知《し》れぬが、でもそれだけの反抗《はんこう》もせずにしまったのでは、リリーに対《たい》して如何《いか》にも義理《ぎり》が済《す》まないのであった。

もしもリリーが、あの尼ケ崎《あまがざき》へ遣《や》った時代《じだい》にあれきり戻《もど》って来《こ》なかったとしたら？——あの時《とき》だったら、彼《かれ》も一旦同意《いったんどうい》を与《あた》えて他家《たけ》へ譲《ゆず》ったのであるから、きれいにあきらめもしたであろう。だがあの朝《あさ》、トタン屋根《やね》の上《うえ》で啼《な》いていたのをやっと掴《つか》まえて、頬《ほお》ずりをしながら抱《だ》き締《し》めた瞬間《しゅんかん》に、ああ、不憫《ふびん》なことをした、己《おれ》は残酷《ざんこく》な主人《しゅじん》だった、もうどんなことがあっても誰《だれ》にもやるものか、死《し》ぬまで此処《ここ》に置《お》いてやるのだと、心《こころ》に誓《ちか》ったばかりでなく、リリーとも堅《かた》い約束《やくそく》をした気持《きもち》だった。それを今度《こんど》、又《また》あんな風《ふう》にして追《お》い出《だ》してしまったかと思《おも》うと、非常《ひじょう》に薄情《はくじょう》な、むごいことをしたと云《い》う感《かん》じが胸《むね》に迫《せま》って来《く》るのであった。その上可哀《うえかわい》そうなのは、この二三年《にさんねん》めっきり歳《とし》を取《と》り出《だ》して、体《からだ》のこなしや、眼《め》の表《ひょう》情《じょう》や、毛《け》の色《いろ》つやなどに、老衰《ろうすい》のさまがありありと見《み》えていたのである。全《まった》く、それもその筈《はず》で、庄造《しょうぞう》が彼女《かのじょ》をリヤカーへ乗《の》せて此処《ここ》へ連《つ》れて来《き》た時《とき》は、彼自身《かれじしん》がまだ二十歳《はたち》の青年《せいねん》だったのに、もう来年《らいねん》は三十《さんじゅう》に手《て》が届《とど》くのである。まして猫《ねこ》の寿命《じゅみょう》から云《い》えば、十年《じゅうねん》と云《い》う歳月《さいげつ》は、多分人間《たぶんにんげん》の五六十年《ごろくじゅうねん》に当《あた》るであろう。それを思《おも》えば、もう一《ひ》と頃《ころ》の元気《げんき》がないのも道理《どうり》であるとは云《い》うものの、カーテンの頂辺《てっぺん》へ登《のぼ》って行《い》って綱渡《つなわた》りのような軽業《かるわざ》をした仔猫《こねこ》の動作《どうさ》が、つい昨日《きのう》のことのように眼《め》に残《のこ》っている庄造《しょうぞう》は、腰《こし》のあたりがゲッソリと痩《や》せて、俯向《うつむ》き加減《かげん》に首《くび》をチョコチョコ振《ふ》りながら歩《ある》く今日《きょう》この頃《ごろ》のリリーを見《み》ると、諸行無常《しょぎょうむじょう》の理《ことわり》を手近《てぢか》に示《しめ》された心地《ここち》がして、云《い》うに云《い》われず悲《かな》しくなって来《く》るのであった。

彼女《かのじょ》がいかに衰《おとろ》えたかと云《い》うことを証明《しょうめい》する事実《じじつ》はいくらもあるが、たとえば跳《と》び上《あが》り方《かた》が下手《へた》になったのもその一《ひと》つの例《れい》なのである。仔猫《こねこ》の時分《じぶん》には、実際庄造《じっさいしょうぞう》の身《み》の丈《たけ》ぐらい迄《まで》は鮮《あざ》やかに跳《と》んで、過《あやま》たずに餌《えさ》を捉《とら》えた。又必《またかなら》ずしも食事《しょくじ》の時《とき》に限《かぎ》らないで、いつ、どんな物《もの》を見《み》せびらかしても、直《す》ぐ跳《と》び上《あが》った。ところが歳《とし》を取《と》る毎《ごと》に跳《と》び上《あが》る度数《どすう》が少《すく》なくなり、高《たか》さが低《ひく》くなって行《い》って、もう近頃《ちかごろ》では、空腹《くうふく》な時《とき》に何《なに》か食物《たべもの》を見《み》せられると、それが自分《じぶん》の好物《こうぶつ》であるか否《いな》かをたしかめた上《うえ》で、始《はじ》めて跳《と》び上《あが》るのであるが、それでも頭上一尺《ずじょういっしゃく》ぐらいの低《ひく》さにしなければ駄目《だめ》なのである。もしもそれより高《たか》くすると、もう跳《と》ぶことをあきらめて、庄造《しょうぞう》の体《からだ》を登《のぼ》って行《い》くか、それだけの気力《きりょく》もない時《とき》は、ただ食《た》べたそうに鼻《はな》をヒクヒクさせながら、あの特有《とくゆう》な哀《あわ》れっぽい眼《め》で彼《かれ》の顔《かお》を見上《みあ》げるのである。「もし、どうか私《わたし》を可哀《かわい》そうだと思《おも》って下《くだ》さい。実《じつ》はお腹《なか》がたまらないほど減《へ》っているので、あの餌《えさ》に跳《と》び着《つ》きたいのですが、何《なに》を云《い》うにもこの歳《とし》になって、とても昔《むかし》のような真似《まね》は出来《でき》なくなりました。もし、お願《ねが》いです、そんな罪《つみ》なことをしないで、早《はや》くあれを投《な》げて下《くだ》さい。」――と、主人《しゅじん》の弱気《よわき》な性質《せいしつ》をすっかり呑《の》み込《こ》んでいるかのように、眼《め》に物《もの》を云《い》わせて訴《うった》えるのだが、品子《しなこ》が悲《かな》しそうな眼《め》つきをしてもそんなに胸《むね》を打《う》たれないのに、どう云《い》うものかリリーの眼《め》つきには不思議《ふしぎ》な傷《いた》ましさを覚《おぼ》えるのであった。

仔猫《こねこ》の時《とき》にはあんなに快活《かいかつ》に、愛《あい》くるしかった彼女《かのじょ》の眼《め》が、いつからそう云《い》う悲《かな》しげな色《いろ》を浮《う》かべるようになったかと云《い》うと、それがやっぱりあの初産《ういざん》の時《とき》からなのである。あの、押入《おしいれ》の奥《おく》のサイダの函《はこ》から首《くび》を出《だ》して術《じゅつ》なさそうに見《み》ていた時《とき》、——あの時《とき》から彼女《かのじょ》の眼差《まなざし》に哀愁《あいしゅう》の影《かげ》が宿《やど》り始《はじ》めて、そののち老衰《ろうすい》が加《くわ》わるほどだんだん濃《こ》くなって来《き》たのである。それで庄造《しょうぞう》は、ときどきリリーの眼《め》を視詰《みつ》めながら、悧巧《りこう》だと云《い》っても小《ちい》さい獣《けもの》に過《す》ぎないものが、どうしてこんな意味《いみ》ありげな眼《め》をしているのか、何《なに》かほんとうに悲《かな》しいことを考《かんが》えているのだろうかと、思《おも》う折《おり》があった。前《まえ》に飼《か》っていた三毛《みけ》だのクロだのは、もっと馬鹿《ばか》だったせいかも知《し》れぬが、こんな悲《かな》しい眼《め》をしたことは一度《いちど》もない。そうかと云《い》って、リリーは格別陰鬱《かくべついんうつ》な性質《せいしつ》だと云《い》うのでもない。幼《おさな》い頃《ころ》は至《いた》ってお転婆《てんば》だったのだし、親猫《おやねこ》になってからだって、相当《そうとう》に喧嘩《けんか》も強《つよ》かったし、活潑《かっぱつ》に暴《あば》れる方《ほう》であった。ただ庄造《しょうぞう》に甘《あま》えかかったり、退屈《たいくつ》そうな顔《かお》をして日向《ひなた》ぼっこなどをしている時《とき》に、その眼《め》が深《ふか》い憂《うれ》いに充《み》ちて、涙《なみだ》さえ浮《う》かめているかのように、潤《うるお》いを帯《お》びて来《く》ることがあった。尤《もっと》もそれも、その時分《じぶん》にはなまめかしさの感《かん》じの方《ほう》が強《つよ》かったのだが、年《とし》を取《と》るに従《したが》って、ぱっちりしていた瞳《ひとみ》も曇《くも》り、眼《め》のふちには眼脂《めやに》が溜《たま》って、見《み》るもトゲトゲしい、露《あら》わな哀傷《あいしょう》を示《しめ》すようになったのである。で、これは事《こと》に依《よ》ると、彼女《かのじょ》の本来《ほんらい》の眼《め》つきではなくて、その生《お》い立《た》ちや環境《かんきょう》の空気《くうき》が感化《かんか》を与《あた》えたのかも知《し》れない、人間《にんげん》だって苦労《くろう》をすると顔《かお》や性質《せいしつ》が変《かわ》るのだから、猫《ねこ》でもそのくらいなことがないとは云《い》えぬ、——と、そう考《かんが》えると、尚更庄造《なおさらしょうぞう》はリリーに済《す》まない気《き》がするのである。それと云《い》うのは、今迄十年《いままでじゅうねん》の間《あいだ》と云《い》うもの、成《な》る程随分《ほどずいぶん》可愛《かわい》がってはやったけれども、いつでもたった二人《ふたり》ぎりの、淋《さび》しい心細《こころぼそ》い生活《せいかつ》ばかり味《あじ》わせて来《き》たのであった。何《なに》しろ彼女《かのじょ》が連《つ》れて来《こ》られたのは、母親《ははおや》と庄造《しょうぞう》と、親一人子一人《おやひとりこひとり》の時代《じだい》だったから、とても神港軒《しんこうけん》のコック場《ば》のように賑《にぎ》やかではなかった。そこへ持《も》って来《き》て母親《ははおや》が彼《かの》女《じょ》をうるさがるので、悴《せがれ》と猫《ねこ》とは二階《にかい》でしんみり暮《く》らさなければならなかった。そう云《い》う風《ふう》にして六年《ろくねん》の歳月《さいげつ》を送《おく》った後《あと》に、品子《しなこ》が嫁《よめ》に来《き》たのであるが、それは結局《けっきょく》、この新《あたら》しい侵入者《しんにゅうしゃ》から邪魔者扱《じゃまものあつか》いされることになって、一層《いっそう》リリーを肩身《かたみ》の狭《せま》い者《もの》にしてしまった。

いや、もっともっと済《す》まないことをしたと思《おも》うのは、せめて仔猫《こねこ》を置《お》いてやって、養育《よういく》させればよかったのに、仔《こ》が生《うま》れると成《な》るべく早《はや》く貰《もら》い手《て》を捜《さが》して分《わ》けてしまい、一匹《いっぴき》も家《いえ》へ残《のこ》さない方針《ほうしん》を取《と》ったのであった。そのくせ彼女《かのじょ》は実《じつ》によく生《う》んだ。外《ほか》の猫《ねこ》が二度《にど》お産《さん》をする間《あいだ》に、三度《さんど》お産《さん》をした。相手《あいて》は何処《どこ》の猫《ねこ》か分《わか》らなかったが、生《う》まれた仔猫《こねこ》たちは混血児《あいのこ》で、鼈甲猫《べっこうねこ》の俤《おもかげ》を幾分《いくぶん》か備《そな》えているものだから、割合《わりあい》に希望者《きぼうしゃ》が多《おお》かったけれども、時《とき》にはそうっと海岸《かいがん》へ持《も》って行《い》ったり、蘆屋川《あしやがわ》の堤防《ていぼう》の松《まつ》の木蔭《こかげ》などへ捨《す》てて来《き》たりした。これは母親《ははおや》への気《き》がねのためであることは云《い》う迄《まで》もないが、庄造自身《しょうぞうじしん》も、リリーが早《はや》く老衰《ろうすい》するのは、一《ひと》つは多産《たさん》のせいかも知《し》れぬ、だから妊娠《にんしん》を止《と》めることが出来《でき》ないなら、乳《ちち》を飲《の》ませることだけでも控《ひか》えさせた方《ほう》がよいと、そう云《い》う頭《あたま》で取《と》り計《はか》らいもしたのであった。実際彼女《じっさいかのじょ》は、お産《さん》の度毎《たびごと》に眼《め》に見《み》えて老《ふ》けて行《い》った。庄造《しょうぞう》は、彼女《かのじょ》がカンガルーのよ

うに腹《はら》を膨《ふく》らして、切《せつ》なげな眼《め》つきをしているのを見《み》ると、

「阿呆《あほ》やなあ、そないに何遍《なんべん》も腹《はら》ぼてになったら、お婆《ばあ》さんになるばかりやないか。」

と、いつも不憫《ふびん》そうな口調《くちょう》で云《い》った。雄《おす》なら去勢《きょせい》して上《あ》げるが、雌《めす》では手術《しゅじゅつ》しにくいと云《い》われて、

「そんなら、エッキス光線《こうせん》かけとくなはれしまへんか。」

と、そう云《い》って獣医《じゅうい》に笑《わら》われたこともあった。だが庄造《しょうぞう》にしてみれば、それやこれやも彼女《かのじょ》のためを思《おも》ってのことで、無慈悲《むじひ》な扱《あつか》いをした積《つも》りではなかったのだが、何《なん》と云《い》っても、身《み》の周《まわ》りから血族《けつぞく》を奪《うば》ってしまったことは、

彼女《かのじょ》をへんにうら淋《さび》しい、影《かげ》の薄《うす》いものにしたことは否《いな》まれなかった。

そう云《い》う風《ふう》に数《かぞ》えて行《い》くと、彼《かれ》は随分《ずいぶん》リリーに「苦労《くろう》」をかけたと云《い》う気《き》がするのである。彼《かれ》の方《ほう》が彼女《かのじょ》のお蔭《かげ》で慰《なぐさ》められているわりに、リリーの方《ほう》は一向楽《いっこうらく》をしていないように思《おも》えるのである。殊《こと》に最近《さいきん》の一二年《いちにねん》、夫婦《ふうふ》の不和《ふわ》と生計《せいけい》の困難《こんなん》とで始終家《しじゅういえ》の中《なか》がゴタゴタしていた間《あいだ》、リリーもそれに捲《ま》き込《こ》まれて、どうしたらよいか身《み》の置《お》きどころがないように狼狽《うろた》えていたことがあった。母親《ははおや》が今津《いまづ》の福子《ふくこ》の家《いえ》から迎《むか》いを寄越《よこ》して、庄造《しょうぞう》に呼《よ》び出《だ》しをかけたりすると、品子《しなこ》より先《さき》にリリーが彼《かれ》の裾《すそ》へ縋《すが》って、あの悲《かな》しい眼《め》で引《ひ》き止《と》めたりした。それでも振《ふ》り切《き》って出《で》て行《い》くと、犬《いぬ》のように後《あと》を追《お》いかけて、一丁《いっちょう》も二丁《にちょう》も附《つ》いて来《き》た。だから庄造《しょうぞう》も、品子《しなこ》のことよりは彼女《かのじょ》のことが心配《しんぱい》になって、なるべく早《はや》く帰《かえ》るようにしたのであったが、二日《ふつか》も三日《みっか》も泊《と》まって来《き》た時《とき》などは、気《き》のせいかも知《し》れぬが、その眼《め》の色《いろ》に又一段《またいちだん》と暗《くら》い影《かげ》が添《そ》わっていた。

もうこの猫《ねこ》も余命幾何《よめいいくばく》もないのではないか、――と、この頃《ごろ》になって彼《かれ》はしばしばそんな予感《よかん》を覚《おぼ》えるにつけ、そう云《い》う夢《ゆめ》を見《み》たことも一度《いちど》や二度《にど》ではないのであった。その夢《ゆめ》の中《なか》の庄造《しょうぞう》は、親兄弟《おやきょうだい》に死《し》に別《わか》れでもしたような悲嘆《ひたん》に沈《しず》み、涙《なみだ》で顔《かお》を濡《ぬ》らしているのだが、もしほんとうにリリーの死《し》に遭《あ》うことがあったら、彼《かれ》の嘆《なげ》き方《かた》は夢《ゆめ》の中《なか》のそれにも劣《おと》らないような気《き》がするのである。で、そんな工合《ぐあい》にそれからそれへと考《かんが》え始《はじ》めると、彼女《かのじょ》をおめおめ譲《ゆず》ってしまったことが、又《また》もう一度《いちど》口惜《くや》しく、情《なさけ》なく、腹立《はらだ》たしくなって来《く》るのであった。そして彼女《かのじょ》のあの眼《め》つきが、何処《どこ》かの隅《すみ》から恨《うら》めしそうに此方《こちら》を見《み》ているように思《おも》えて仕方《しかた》がなかった。今更《いまさら》悔《くや》んでも追《お》っ付《つ》かないことだけれども、あんなに老衰《ろうすい》していたものを、なぜむごたらしく追《お》い遣《や》ってしまったのだろう。なぜこの家《いえ》で死《し》なしてやらなかったのだろう。……

「あんた、何《なん》で品子《しなこ》さんあの猫《ねこ》欲《ほ》しがってたのんか、その訳分《わけわか》ってなはるか。――」

その日《ひ》の夕方《ゆうがた》、例《れい》になくひっそりとしたチャブ台《だい》に向《むか》って、しょんぼり杯《さかずき》のふちを舐《な》めている亭主《ていしゅ》を見《み》ながら、福子《ふくこ》が照《て》れ臭《くさ》そうな調子《ちょうし》で云《い》うと、

「さあ、何《なん》でやろ。」

と、庄造《しょうぞう》はちょっと空惚《そらとぼ》けた。

「リリー自分《じぶん》のとこへ置《お》いといたら、きっとあんたが会《あ》いに来《く》るやろ云《い》うところやねん。なあ、そうだっしゃろが。」

「まさか、そんな阿呆《あほ》らしいこと、……」

「きっとそうに違《ちが》いないねん。わて今日《きょう》やっと気《き》イ付《つ》いたわ。あんたその手《て》に乗《の》らんようにしとくなはれや。」

「分《わか》ってる、誰《だれ》が乗《の》るかいな。」

「きっとやなあ？」

「ふふ」

と庄造《しょうぞう》は鼻《はな》の先《さき》で笑《わら》って、

「念押《ねんお》すまでもないこッちゃないか。」

と、又杯《またさかずき》のふちを舐《な》めた。

今日《きょう》は忙《いそが》しおますさかいに、もう上《あが》らんと帰《かえ》りますわと、玄関先《げんかんさき》にバスケットを置《お》いて、塚本《つかもと》が出《で》て行《い》ってしまってから、品子《しなこ》はそれを提《さ》げたまま狭《せま》い急《きゅう》な段梯子《だんばしご》を上《あが》って、自分《じぶん》の部屋《へや》に当《あ》てられた二階《にかい》の四畳半《よじょうはん》に這入《はい》って行《い》った。そして、出入口《でいりぐち》の襖《ふすま》だのガラス障子《しょうじ》だのをすっかり締《し》め切《き》ってしまってから、バスケットを部屋《へや》のまん中《なか》に据《す》えて、蓋《ふた》を開《あ》けた。

奇妙《きみょう》な事《こと》に、リリーは窮屈《きゅうくつ》な籠《かご》の中《なか》から直《す》ぐには外《そと》へ出《で》ようとせずに、不思議《ふしぎ》そうに首《くび》だけ伸《の》ばして暫《しばら》く室内《しつない》を見廻《みまわ》していた。それから漸《よう》く、ゆるゆるとした足《あし》どりで出《で》て来《き》て、こう云《い》う場合《ばあい》に多《おお》くの猫《ねこ》がするように、鼻《はな》をヒクつかせながら部屋《へや》じゅうの匂《におい》を嗅《か》ぎ始《はじ》めた。品子《しなこ》は二三度《にさんど》、

「リリー」

と呼《よ》んでみたけれども、彼女《かのじょ》の方《ほう》へはチラリとそっけない流眄《ながしめ》を与《あた》えたきりで、先《ま》ず出入口《でいりぐち》と押入《おしいれ》の閾際《しきいぎわ》へ行《い》って匂《におい》を嗅《か》いで見《み》、次《つ》ぎには窓《まど》の所《ところ》へ行《い》ってガラス障子《しょうじ》を一枚《いちまい》ずつ嗅《か》いで見《み》、針箱《はりばこ》、座布団《ざぶとん》、物差《ものさし》、縫《ぬ》いかけの衣《い》類《るい》など、その辺《へん》にあるものを一々丹念《いちいちたんねん》に嗅《か》いで廻《まわ》った。品子《しなこ》はさっき、鶏肉《かしわにく》の新聞包《しんぶんづつみ》を預《あず》かったことを思《おも》い出《だ》して、その包《つつみ》のまま通《とお》り路《みち》へ置《お》いてみたけれども、それには興味《きょうみ》を感《かん》じないらしく、ちょっと嗅《か》いだだけで、振《ふ》り向《む》きもしない。そして、バサリ、バサリ、……と、畳《たたみ》の上《うえ》に無気味《ぶきみ》な足音《あしおと》をさせながら、一《ひ》と通《とお》り室内捜索《しつないそうさく》を

してしまうと、もう一遍出入口《いっぺんでいりぐち》の襖《ふすま》の前《まえ》へ戻《もど》って来《き》て、前脚《まえあし》をかけて開《あ》けようとするので、

「リリーや、お前《まえ》きょうからわての猫《ねこ》になったんやで。もう何処《どこ》へも行《い》ったらあかんねんで。」

と、そう云《い》ってそこに立《た》ち塞《ふさ》がると、又仕方《またしかた》なくバサリ、バサリと歩《ある》き廻《まわ》って、今度《こんど》は北側《きたがわ》の窓際《まどぎわ》へ行《い》き、恰好《かっこう》な所《ところ》に置《お》いてあった小裂箱《こぎればこ》の上《うえ》に上《のぼ》って、背伸《せの》びをしながらガラス障子《しょうじ》の外《そと》を眺《なが》めた。

九月《くがつ》も昨日《きのう》でおしまいになって、もうほんとうの秋《あき》らしく晴《は》れた朝《あさ》であったが、少《すこ》し寒《さむ》いくらいの風《かぜ》が立《た》って、裏《うら》の空地《あきち》に聳《そび》えている五六本《ごろくほん》のポプラーの葉《は》が白《しろ》くチ

ラチラ顫《ふる》えている向《む》こうに、摩耶山《まやさん》と六甲《ろっこう》の頂《いただき》が見《み》える。人家《じんか》がもっと建《た》て込《こ》んでいる蘆屋《あしや》の二階《にかい》の景色《けしき》とは、大《だい》分様子《ぶようす》が違《ちが》うのだけれども、リリーはいったいどんな気《き》持《もち》で見《み》ているのだろうか。品子《しなこ》は図《はか》らずも、よくこの猫《ねこ》と二人《ふたり》きりで置《お》き去《ざ》りにされたことがあったのを思《おも》い出《だ》した。庄造《しょうぞう》も、母親《ははおや》も、今津《いまづ》へ出《で》かけたきり帰《かえ》らないので、一人《ひとり》ぼっちでお茶漬《ちゃづけ》を掻《か》っ込《こ》んでいると、その音《おと》を聞《き》いてリリーが寄《よ》って来《く》る。ああ、そうだった、御飯《ごはん》をやるのを忘《わす》れていたが、お腹《なか》が減《へ》っているのだろうと、さすがに可哀《かわい》そうになって、残飯《ざんぱん》の上《うえ》に出《だ》し雑魚《じゃこ》を載《の》せてやると、贅沢《ぜいたく》な食事《しょくじ》に馴《な》れているせいか嬉《うれ》しそうな顔《かお》もしないで、ほんの申訳《もうしわけ》ぐらいしか食《た》べないものだから、つい腹《はら》が立《た》って、折角《せっかく》の愛情《あいじょう》も消《け》し飛《と》んでしまう。夜《よる》は夫《おっと》の寝床《ねどこ》を敷《し》いて、帰《かえ》るかどうか分《わか》らない人《ひと》を待《ま》ち侘《わ》びていると、その寝床《ねどこ》の上《うえ》へ遠慮会釈《えんりょえしゃく》もなく乗《の》って来《き》て、のうのうと脚《あし》を伸《の》ばす憎《にく》らしさに、寝《ね》かけたところを叩《たた》き起《おこ》して追《お》い立《た》ててやる。そんな工合《ぐあい》に、随分《ずいぶん》この猫《ねこ》には当《あた》り散《ち》らしたものだけれども、再《ふたた》びこうして一緒《いっしょ》に暮《くら》すようになったのは、やっぱり因縁《いんねん》と云《い》うのであろう。品《しな》子《こ》は自分《じぶん》が蘆屋《あしや》の家《いえ》を追《お》い出《だ》されて来《き》て、始《はじ》めてこの二《に》階《かい》に落《お》ち着《つ》いた時《とき》にも、あの北側《きたがわ》の窓《まど》から山《やま》の方《ほう》を眺《なが》めながら、夫恋《おっとこ》いしさの思《おも》いに駈《か》られたことがあるので、今《いま》のリリーがああして外《そと》を見《み》ている心持《こころもち》もぼんやり分《わか》るような気《き》がして、ふと眼頭《めがしら》が熱《あつ》くなって来《く》るのであった。

「リリーや、さ、此方《こっち》へ来《き》て、これ食《た》べなさい。――」

やがて彼女《かのじょ》は、押入《おしいれ》の襖《ふすま》を開《あ》けて、かねて用意《ようい》をしておいたものを取《と》り出《だ》しながら云《い》うのであった。彼女《かのじょ》は昨日《きのう》塚本《つかもと》の端書《はがき》を受《う》け取《と》ったので、いよいよ此処《ここ》へ連《つ》れて来《こ》られる珍客《ちんきゃく》を歓待《かんたい》するために、今朝《けさ》はいつもより早起《はやお》きをして、牧場《ぼくじょう》から牛乳《ぎゅうにゅう》を買《か》って来《く》るやら、皿《さら》やお椀《わん》を揃《そろ》えておくやら、――この珍客《ちんきゃく》にはフンシが必要《ひつよう》だと気《き》が付《つ》いて、昨夜《さくや》慌《あわ》てて炮烙《ほうらく》を買《か》いに行《い》ったのはいいが、砂《すな》がないのには困《こま》ってしまって、五六丁先《ごろくちょうさき》の普請場《ふしんば》から、コンクリートに使《つか》う砂《すな》を闇《やみ》にまぎれて盗《ぬす》んで来《く》るやらして、そんなものまで押入《おしいれ》の中《なか》にこっそり忍《しの》ばせて置《お》いたのである。で、その牛乳《ぎゅうにゅう》と、花鰹節《はながつお》をふりかけた御飯《ごはん》のお皿《さら》と、剥《は》げちょろけの、縁《ふち》のかけたお椀《わん》を取《と》り出《だ》すと、罎《びん》の牛乳《ぎゅうにゅう》をお椀《わん》へ移《うつ》して、部屋《へや》のまん中《なか》へ新聞紙《しんぶんし》をひろげた。それからお土産《みやげ》の包《つつみ》を開《ひら》いて、水煮《みずだ》きにしてある鶏《かしわ》の肉《にく》を、筍《たけ》の皮《かわ》ぐるみそれらの御馳走《ごちそう》と一緒《いっしょ》に並《なら》べた。そして「リリーや、リリーや」とつづけさまに呼《よ》びながら、皿《さら》と罎《びん》とをカチャカチャ打《う》ちつけてみたりしたけれども、リリーはてんで聞《きこ》えないふりをして、まだ窓《まど》ガラスにしがみ着《つ》いているのであった。

「リリーや」

と、彼女《かのじょ》は躍起《やっき》になって呼《よ》んだ。

「お前《まえ》、何《なん》でそない表《おもて》ばかり見《み》てんのん？　お腹《なか》すいてエへんのんか？」

さっきの塚本《つかもと》の話《はなし》では、乗物《のりもの》に酔《よ》うといけないと云《い》う庄《しょう》造《ぞう》の心《こころ》づかいから、今朝《けさ》は朝飯《あさめし》を与《あた》えていないのだそうであるから、余程空腹《よほどくうふく》を訴《うった》えなければならない筈《はず》で、本《ほん》来《らい》ならば皿小鉢《さらこばち》の鳴《な》る音《おと》を聞《き》いたら忽《たちま》ち飛《と》んで来《く》るところだのに、今《いま》はその音《おと》も耳《みみ》に這入《はい》らず、ひもじいことも感《かん》じないくらい、此処《ここ》を逃《のが》れたい一念《いちねん》に駆《か》られているのであろうか。彼女《かのじょ》は嘗《かつ》てこの猫《ねこ》が尼《あま》ケ崎《がさき》から戻《もど》って来《き》た一件《いっけん》を聞《き》かされているので、当分《とうぶん》の間《あいだ》は眼《め》が放《はな》されないことであろうと、覚悟《かくご》していたものの、でも食《た》べものを食《た》べてくれて、フンシへ小便《しょうべん》を垂《た》れるようになってくれたら大丈夫《だいじょうぶ》だと、それを頼《たの》みにしていたのだが、来《く》る匆々《そうそう》からこんな調子《ちょうし》では、直《す》ぐにも逃《に》げられてしまいそうに思《おも》えた。そして動物《どうぶつ》を手《て》なずけるには、自分《じぶん》のように性急《せっかち》にしてはいけないのだと知《し》りながら、何《なん》とかして食《た》べるところを見届《みとど》けたさに、無理《むり》に窓際《まどぎわ》から引《ひ》き離《はな》して、部屋《へや》のまん中《なか》へ抱《だ》いて来《き》て、食《た》べものの上《うえ》へ順々《じゅんじゅん》に鼻《はな》を押《お》しつけてやると、リリーは脚《あし》をバタバタやらして、爪《つめ》を立《た》てたり引《ひ》っ掻《か》いたりするので、仕方《しかた》がなしに放《はな》してしまうと、又窓際《またまどぎわ》へ戻《もど》って行《い》って、小裂箱《こぎればこ》の上《うえ》へ登《のぼ》る。

「リリーや、これ、これを見《み》て御覧《ごらん》。ここにお前《まえ》のいっ・ち好《す》きなもんあるのんに、これが分《わか》らんかいな。」

と、此方《こっち》も依怙地《えこじ》に追《お》いかけて行《い》って、鶏《かしわ》の肉《にく》だの牛乳《ぎゅうにゅう》だのを執拗《しつッこ》く持《も》ち廻《まわ》りながら、鼻《はな》の先《さき》へ擦《こす》り着《つ》けるようにしてやっても、今日《きょう》ばかりはその好物《こうぶつ》の匂《におい》にも釣《つ》られなかった。

これが全《まった》く見《み》も知《し》らぬ人《ひと》に預《あず》けられたと云《い》うのではなし、兎《と》も角《かく》も足《あし》かけ四年《よねん》の間《あいだ》同《おな》じ屋根《やね》の下《した》に住《す》み、同《おな》じ竈《かまど》の御飯《ごはん》をたべて、時《とき》にはたった二人《ふたり》ぎりで三日《みっか》も四日《よっか》も留守番《るすばん》をさせられた仲《なか》であるのに、あんまり無愛想《ぶあいそう》過《す》ぎるではないか。それとも私《わたし》にいじめられたことを今《いま》も根《ね》に持《も》っているのだとすれば、畜生《ちくしょう》の癖《くせ》に生意気《なまいき》なと、つい腹《はら》も立《た》って来《く》るのであったが、ここでこの猫《ねこ》に逃《に》げられてしまったら、折角《せっかく》の計劃《けいかく》が水《みず》の泡《あわ》になった上《うえ》、蘆《あし》屋《や》の方《ほう》でそれ見《み》たことかと手《て》を叩《たた》いて笑《わら》うであろう、もうこの上《うえ》は根較《こんくら》べをして、気《き》が折《お》れて来《く》るのを待《ま》つより外《ほか》に仕方《しかた》がない、なあに、ああして食《く》い物《もの》とフンシとを眼《め》の前《まえ》に当《あ》てがっておきさえすれば、いくら剛情《ごうじょう》を張《は》ったって、しまいにはお腹《なか》が減《へ》って来《く》るから食《く》わずにいられないであろうし、小便《しょうべん》だって垂《た》れるであろう、そんなことより今日《きょう》は私《わたし》は忙《いそが》しいのだ、是非晩《ぜひばん》までにと請《う》け合《あ》った仕事《しごと》があったのに、朝《あさ》から何一《なにひと》つ手《て》を付《つ》けていないのだったと、ようよう彼女《かのじょ》は思《おも》い返《かえ》して、針箱《はりばこ》の傍《そば》にすわった。そして男物《おとこもの》の銘仙《めいせん》の綿入《わたいれ》を、それからセッセと縫《ぬ》いにかかったが、ものの一時間《いちじかん》もそうしているうちに、直《す》ぐ又心配《またしんぱい》になって来《く》るので、ときどき様子《ようす》に気《き》を付《つ》けていると、やがてリリーは部屋《へや》の隅《すみ》ッこの方《ほう》へ行《い》って、壁《かべ》にぴったり寄《よ》り添《そ》うてうずくまったまま、身動《みうご》き一《ひと》つしないようになってしまった。それは全《まった》く、畜生《ちくしょう》ながらも逃《のが》れる道《みち》のないことを悟《さと》って、観念《かんねん》の眼《め》を閉《と》じたとでも云《い》うのであろうか。人間《にんげん》だったら、大《おお》きな悲《かな》しみに鎖《とざ》された余《あま》り、あらゆる希望《きぼう》を抛《なげう》って、死《し》を覚悟《かくご》したと云《い》うところでもあろうか。品子《しなこ》は薄気味《うすきみ》悪《わる》くなって、生《い》きているかどうかを確《たし》かめるために、そうっと傍《そば》へ寄《よ》って行《い》って、抱《だ》き起《おこ》して見《み》、呼吸《こきゅう》を調《しら》べて見《み》、突《つ》き動《うご》かして見《み》ると、何《なに》をされても抵抗《ていこう》もしない代《かわ》りに、まるで鮑《あわび》の身《み》のように体《からだ》じゅうを引《ひ》き締《し》めて、固《かた》くなっている様《さま》が指先《ゆびさき》に感《かん》じられる。まあ、ほんとうに、何《なん》と云《い》う剛情《ごうじょう》な猫《ねこ》であろう。こんな工合《ぐあい》で、いつになったら懐《なつ》く時《とき》があるであろう。だが事《こと》に依《よ》ると、わざとああ云《い》う風《ふう》をして、此方《こちら》の油断《ゆだん》を見《み》すましているのではないか。今《いま》はああして、あきらめたようにしているけれども、重《おも》い板戸《いたど》をさえ開《あ》ける猫《ねこ》であるから、うっかり部屋《へや》を留守《るす》にしたら、その間《あいだ》にいなくなってしまうのではないか。そう思《おも》うと彼女《かのじょ》は、他人《たにん》のことよりも自分自身《じぶんじしん》が、御飯《ごはん》を食《た》べに行《い》くことも厠《かわや》へ立《た》つことも出来《でき》ないのであった。

お午《ひる》になって、妹《いもうと》の初子《はつこ》が

「姉《ねえ》さん、御飯《ごはん》」

と、段梯子《だんばしご》の下《した》から声《こえ》をかけると、

「はい」

と品子《しなこ》は立《た》ち上《あが》りながら、暫《しばら》く部屋《へや》の中《なか》をうろうろした。

そして結局《けっきょく》、メリンスの腰紐《こしひも》を三本《さんぼん》つないで、リリーの肩《かた》から腋《わき》の下《した》へ、十文字《じゅうもんじ》に襷《たすき》をかけて、強《つよ》く緊《し》め過《す》ぎないように、そうかと云《い》ってスッポリ抜《ぬ》けられないように、何度《なんど》も念《ねん》を入《い》れて締《し》め直《なお》して、背中《せなか》でしっかり結《むす》び玉《だま》を作《つく》った。それからその紐《ひも》のもう一方《いっぽう》の端《はし》を持《も》って、又《また》ひとしきりうろうろしていたが、とうとう天井《てんじょう》から下《さが》っている電燈《でんとう》のコードに括《くく》り着《つ》けると、やっと安心《あんしん》して階下《した》へ降《お》りた。が、食事《しょくじ》の間《あいだ》も気《き》にかかるので、そこそこにして上《あが》って来《き》てみると、縛《しば》られたまま矢張《やはり》隅《すみ》ッこの方《ほう》へ行《い》って、前《まえ》よりもなお体《からだ》をちぢめているではないか。彼《かの》女《じょ》はいっそ、自分《じぶん》がいない方《ほう》がいいのかも知《し》れない、暫《しばら》くひとりにしておいたら、その間《あいだ》に食《た》べるものは食《た》べ、垂《た》れるものは垂《た》れるかも知《し》れないと、そうも期待《きたい》していたのであったが、勿論《もちろん》そんな形跡《けいせき》もない。彼女《かのじょ》は「チョッ」と舌打《したう》ちをして、今《いま》も部屋《へや》のまん中《なか》に空《むな》しく置《お》かれてある御馳走《ごちそう》のお皿《さら》と、砂《すな》が少《すこ》しも濡《ぬ》れていない綺麗《きれい》なフンシとを恨《うら》めしそうに睨《にら》みながら、針箱《はりばこ》の傍《そば》にすわる。かと思《おも》うと、ああ、そうだった、あんまり長《なが》く縛《しば》っておいては可哀《かわい》そうだと、又《また》立《た》ち上《あが》って、解《ほど》きに行《い》って、ついでに撫《な》でてみたり、抱《だ》いてみたり、駄目《だめ》と知《し》りながらも食《た》べものをすすめてみたり、フンシの位置《いち》を換《か》えてみたり、それを幾度《いくど》か繰《く》り返《かえ》すうちに日《ひ》が暮《く》れて来《き》て、夕方《ゆうがた》の六時頃《ろくじごろ》になると、階下《した》から初子《はつこ》が晩《ばん》の御飯《ごはん》を知《し》らせるので、又紐《またひも》を持《も》って立《た》ち上《あが》る。そんな風《ふう》にして、その日《ひ》は一日猫《いちにちねこ》のことにかまけて、請《う》け合《あ》った仕事《しごと》も出来《でき》ないままに秋《あき》の夜長《よなが》が更《ふ》けてしまった。十一時《じゅういちじ》が鳴《な》ると、品子《しなこ》は部屋《へや》を片《かた》づけてから、もう一度《いちど》リリーを縛《しば》って、座布団《ざぶとん》を二枚《にまい》も敷《し》いた上《うえ》へ臥《ね》かして、御飯《ごはん》と便器《べんき》とを身近《みぢか》な所《ところ》へ並《なら》べてやった。それから自分《じぶん》の寝床《ねどこ》を伸《の》べ、あかりを消《け》して眠《ねむ》りに就《つ》いたが、せめて朝《あさ》になるまでには、牛乳《ぎゅうにゅう》でも鶏《かしわ》でも何《なん》でもいいから、熟《ど》れか一《ひと》つぐらい食《た》べていてくれないだろうか、明日《あす》の朝眼《あさめ》を開《ひら》いた時《とき》あのお皿《さら》が空《から》になっていてくれたら、そうしてフンシが濡《ぬ》れていてくれたら、どんなに嬉《うれ》しいであろうなどと思《おも》うと、眼《め》が冴《さ》えて来《き》て寝《ね》られないままに、リリーの寝息《ねいき》が聞《きこ》えるか知《し》らんと闇《やみ》の中《なか》で耳《みみ》を澄《す》ますと、しーんと水《みず》を打《う》ったようで、微《かす》かな音《おと》もしていない。あまり静《しず》か過《す》ぎるのが気《き》になって、枕《まくら》から首《くび》を擡《もた》げると、窓《まど》の方《ほう》は薄《うす》ぼんやりと明《あか》るいけれども、リリーがいる筈《はず》の隅《すみ》ッこの方《ほう》は生憎《あいにく》真《ま》っ暗《くら》で何《なに》も見《み》えない。ふと思《おも》いついて、頭《あたま》の上《うえ》を手《て》さぐりして、天井《てんじょう》から斜《はす》ッかいに引《ひ》っ張《ぱ》られている紐《ひも》を掴《つか》んで、手繰《たぐ》り寄《よ》せると、大丈夫手答《だいじょうぶてごた》えがある。でも念《ねん》のために電燈《でんとう》を付《つ》けて見《み》ると、成《な》る程《ほど》いることはいるけれども、あの、拗《す》ねたようにちぢこまって、円《まる》くなっている姿勢《しせい》が、昼間《ひるま》と少《すこ》しも変《かわ》っていないし、食《た》べ物《もの》もフンシもそっくりそのまま並《なら》んでいるので、又《また》がっかりして明《あか》りを消《け》す。そのうちに漸《よう》くとろとろとしかけて、暫《しばら》くしてから眼《め》を覚《さ》ますと、もういつの間《ま》にか夜《よ》が明《あ》けていて、見《み》ればフンシの砂《すな》の上《うえ》に大《おお》きな塊《かたまり》が落《おと》してあり、牛乳《ぎゅうにゅう》のお皿《さら》と御飯《ごはん》のお皿《さら》がすっかり平《たいら》げられているので、しめたと思《おも》うとそれが夢《ゆめ》だったりするのである。

だが、一匹《いっぴき》の猫《ねこ》を手《て》なずけるのは、こんなに骨《ほね》の折《お》れることなのだろうか。それともリリーと云《い》う猫《ねこ》が特別《とくべつ》に剛《ごう》情《じょう》なのだろうか。尤《もっと》もこれがまだ頑是《がんぜ》ない仔猫《こねこ》であったら、訳《わけ》なく懐《なつ》くのであろうけれども、こう云《い》う老猫《ろうびょう》になって来《く》ると、人間《にんげん》と同《おな》じで、習慣《しゅうかん》や環境《かんきょう》の違《ちが》った場所《ばしょ》へ連《つ》れて来《こ》られると云《い》うことが、非常《ひじょう》な打撃《だげき》なのかも知《し》れない。そして遂《つい》には、それが原因《げんいん》で死《し》ぬようなことになるのかも知《し》れない。品子《しなこ》はもともと、腹《はら》に一《ひと》つの目算《もくさん》があって好《す》きでもない猫《ねこ》を引《ひ》き取《と》ったので、こんなに手数《てかず》が懸《かか》るものとは知《し》らなかったが、云《い》わば以前《いぜん》は敵同士《てきどうし》であった獣《けもの》のお蔭《かげ》で、夜《よる》もおちおち寝《ね》られないほど苦労《くろう》をさせられる因縁《いんねん》を思《おも》い合《あ》わせると、不思議《ふしぎ》にも腹《はら》が立《た》たないで、猫《ねこ》も可哀《かわい》そうなら自分《じぶん》も可哀《かわい》そうだと云《い》う気持《きもち》が湧《わ》いて来《く》るのであった。考《かんが》えてみれば、自分《じぶん》だって蘆《あし》屋《や》の家《いえ》を出《で》て来《き》た当座《とうざ》は、此処《ここ》の二階《にかい》にひとりでしょんぼりしていることがこの上《うえ》もなく悲《かな》しくって、妹夫婦《いもうとふうふ》が見《み》ていない時《とき》は、毎日毎晩《まいにちまいばん》泣《な》いてばかりいたではないか。自分《じぶん》だって、二日三日《ふつかみっか》は何《なに》をする元気《げんき》もなく、ろくろく物《もの》も食《た》べなかったではないか。そうしてみれば、リリーにしたって蘆屋《あしや》が恋《こ》いしいのは当《あた》り前《まえ》だ。庄造《しょうぞう》さんにあんなに可愛《かわい》がられていたのだものを、そのくらいな情《じょう》がなければ恩知《おんし》らずだ。ましてこんなに年《とし》を取《と》って、住《す》み馴《な》れた家《いえ》を追《お》われ、嫌《きら》いな人《ひと》の所《ところ》へなんか連《つ》れて来《こ》られて、どんなに遣《や》る瀬《せ》ないであろう。もしほんとうにリリーを手《て》なずけようと云《い》うなら、その心持《こころもち》を察《さっ》してやり、何《なに》よりも安心《あんしん》と信頼《しんらい》を持《も》たせるように仕向《しむ》けなければならない。悲《かな》しい感情《かんじょう》で胸《むね》が一杯《いっぱい》になっている時《とき》に、無理《むり》に御馳走《ごちそう》をすすめたら、誰《だれ》だって腹《はら》が立《た》つではないか。だのに自分《じぶん》は、「食《た》べるのが嫌《いや》なら小便《しょうべん》をしろ」と、フンシ迄《まで》も突《つ》き付《つ》けた。あまりと云《い》えば手前勝手《てまえかって》な、心《こころ》なしの遣《や》り方《かた》だった。いや、そのくらいはまだいいとして、縛《しば》ったのが一番《いちばん》よくなかった。相手《あいて》に信頼《しんらい》されたかったら、先《ま》ず此方《こちら》から信頼《しんらい》してかからなければならないのに、あれではますます恐怖心《きょうふしん》を起《おこ》させる。いくら猫《ねこ》でも、縛《しば》られていては食欲《しょくよく》も出《で》ないであろうし、小便《しょうべん》も詰《つ》まってしまうであろう。

明《あ》くる日《ひ》になると、品子《しなこ》は縛《しば》ることを止《や》めにして、逃《に》げられたら逃《に》げられたで仕方《しかた》がないと、度胸《どきょう》をきめた。そしてときどき、五分《ごふん》か十分《じっぷん》ぐらいの間《あいだ》、試《ため》しに独《ひと》り放《ほう》っておいて、部屋《へや》を留守《るす》にしてみると、まだ剛情《ごうじょう》にちぢこまってはいるけれども、いい塩梅《あんばい》に逃《に》げ出《だ》しそうな風《ふう》も見《み》えない。それで俄《にわ》かに気《き》を許《ゆる》したことが悪《わる》かったのだが、お午《ひる》の御飯《ごはん》に、今日《きょう》はゆっくり食《た》べようと思《おも》って、三十分《さんじっぷん》ほど階下《した》へ降《お》りている時《とき》だった、二階《にかい》で何《なに》か、ガサッと云《い》う音《おと》がしたようなので、急《いそ》いで上《あが》って来《き》てみると、襖《ふすま》が五寸《ごすん》ほど開《あ》いている。多分《たぶん》リリーは、そこから廊下《ろうか》へ出《で》て、南側《みなみがわ》の、六畳《ろくじょう》の間《ま》を通《とお》り抜《ぬ》けて、折悪《おりわる》く開《あ》け放《はな》しになっていたそこの窓《まど》から屋根《やね》へ飛《と》び出《だ》したのであろう、もうその辺《へん》には影《かげ》も形《かたち》も見《み》えなかった。

「リリーや、……」

彼女《かのじょ》はさすがに大《おお》きな声《こえ》で喚《わめ》こうとして、ついその声《こえ》が出《で》ずにしまった。あんなに辛苦《しんく》したかいもなく、やっぱり逃《に》げられたかと思《おも》うと、もう追《お》いかける気力《きりょく》もなく、何《なん》だかホッとして、荷《に》が下《お》りたような工合《ぐあい》であった。どうせ自分《じぶん》は動物《どうぶつ》を馴《な》らすのが下手《へた》なのだから、晩《おそ》かれ早《はや》かれ逃《に》げられるにきまっているものなら、早《はや》く片《かた》がついた方《ほう》がいいかも知《し》れない。これで却《かえ》ってサバサバして、今日《きょう》からは仕事《しごと》も捗《はかど》るであろうし、夜《よる》ものんびり寝《ね》られるであろう。それでも彼女《かのじょ》は、裏《うら》の空地《あきち》へ出《で》て行《い》って、雑草《ざっそう》の中《なか》を彼方此方《あっちこっち》掻《か》き分《わ》けながら、

「リリーや、リリーや」

と、暫《しばら》く呼《よ》んでみたけれども、今頃《いまごろ》こんな所《ところ》に愚図々々《ぐずぐず》している筈《はず》がないことは、分《わか》りきっていたのであった。

リリーが逃《に》げて行《い》ってから、当日《とうじつ》の晩《ばん》も、その明《あ》くる晩《ばん》も、又《また》その明《あ》くる晩《ばん》も、品子《しなこ》は安心《あんしん》して寝《ね》られるどころか、さっぱり眠《ねむ》れないようになってしまった。いったい彼女《かのじょ》は癇性《かんしょう》のせいか、二十六《にじゅうろく》と云《い》う歳《とし》のわりには眼《め》ざとい方《ほう》で、下女奉公《げじょぼうこう》をしていた時代《じだい》から、どうかすると寝《ね》られない癖《くせ》があったものだが、今度《こんど》もこの二階《にかい》に引《ひ》き移《うつ》ってから、多分寝所《たぶんしんじょ》の変《かわ》ったのが原因《げんいん》であろう、殆《ほとん》ど正味三四時間《しょうみさんよじかん》しか寝《ね》ない晩《ばん》が長《なが》い間《あいだ》つづいていて、ようよう十日《とおか》ばかり前《まえ》から少《すこ》し寝《ね》られるようになりかけた所《ところ》だったのである。それがあの晩《ばん》から、又眠《またねむ》れなくなったのはどうしてか知《し》らん？　彼女《かのじょ》は詰《つ》めて仕事《しごと》をすると、直《じ》きに肩《かた》が凝《こ》って来《き》たり興奮《こうふん》したりするのであるが、この間《あいだ》からリリーのためにおくれていたのを取《と》り返《かえ》そうとして、余《あま》り縫《ぬ》い物《もの》に熱中《ねっちゅう》し過《す》ぎたせいか知《し》らん？　それに元来《がんらい》が冷《ひ》え性《しょう》なので、まだ十月《じゅうがつ》の初《はじ》めだと云《い》うのにそろそろ足《あし》が冷《ひ》えて来《き》て、布団《ふとん》へ這入《はい》っても容易《ようい》に温《ぬく》もらないのである。彼女《かのじょ》は夫《おっと》に疎《うと》んぜられたそのそもそものキッカケを、ふと想《おも》い出《だ》して来《く》るのであるが、それも今《いま》から考《かんが》えれば、全《まった》く自分《じぶん》の冷《ひ》え性《しょう》から起《おこ》ったことなのであった。ひどく寝《ね》つきのいい庄造《しょうぞう》は、布団《ふとん》へ這入《はい》って五《ご》分《ふん》もすれば眠《ねむ》ってしまうのに、そこへ突然《とつぜん》氷《こおり》のような足《あし》に触《ふれ》られて、起《おこ》されてしまうのがたまらないから、お前《まえ》はそっちで寝《ね》てくれろと云《い》う。そんなことからつい別々《べつべつ》に寝《ね》るようになったが、寒《さむ》い時分《じぶん》には湯《ゆ》たんぽのことでよく喧嘩《けんか》をした。なぜかと云《い》って、庄造《しょうぞう》は彼女《かのじょ》と反対《はんたい》に、人一倍上気《ひといちばいのぼ》せ性《しょう》なのである。分《わ》けても足《あし》が熱《あつ》いと云《い》って、冬《ふゆ》でも少《すこ》し布団《ふとん》の裾《すそ》へ爪先《つまさき》を出《だ》すくらいにしないと、寝《ね》られない男《おとこ》なのである。だから湯《ゆ》たんぽで暖《あたた》めてある布団《ふとん》へ這入《はい》ることを嫌《きら》って、五分《ごふん》と辛抱《しんぼう》していなかった。

勿論《もちろん》それが不和《ふわ》を醸《かも》した根本《こんぽん》の理由《りゆう》ではないけれども、しかしそう云《い》う体質《たいしつ》の相違《そうい》がよい口実《こうじつ》に使《つか》われて、だんだん独《ひと》り寝《ね》の習慣《しゅうかん》を付《つ》けられてしまったのであった。彼女《かのじょ》は右《みぎ》の首筋《くびすじ》から肩《かた》の方《ほう》へしこりが出来《でき》て恐《おそろ》しく張《は》っているようなので、ときどきそこを揉《も》んでみたり、寝返《ねがえ》りを打《う》って枕《まくら》の当《あた》るところを換《か》えてみたりした。毎年夏《まいとしなつ》から秋《あき》へかけて、陽気《ようき》の変《かわ》り目《め》に右《みぎ》の下顎《したあご》の虫歯《むしば》が痛《いた》んで困《こま》るのであるが、昨夜《さくや》あたりから少《すこ》しズキズキし出《だ》したようである。そう云《い》えば、この六甲《ろっこう》と云《い》う所《ところ》は、これから冬《ふゆ》になって来《く》ると、毎年六甲颪《まいとしろっこうおろし》が吹《ふ》いて、蘆屋《あしや》などよりずっと寒《さむ》さが厳《きび》しいのであると聞《き》いていたけれども、もうこの頃《ごろ》でも夜《よる》は相当《そうとう》に冷《ひ》え込《こ》むので、同《おな》じ阪神《はんしん》の間《あいだ》でありながら、何《なん》だか遠《とお》い山国《やまぐに》へでも来《き》たような気《き》がする。彼女《かのじょ》は体《からだ》を海老《えび》のようにちぢこめて、無感覚《むかんかく》になりかけた両方《りょうほう》の足《あし》を擦《す》り合《あ》わした。蘆屋時代《あしやじだい》には、もう十月《じゅうがつ》の末《すえ》になると、夫《おっと》と喧嘩《けんか》しながらも湯《ゆ》たんぽを入《い》れて寝《ね》たのであったが、こんな工合《ぐあい》だと、ことしはそれまで待《ま》てないかも知《し》れない。……

寝付《ねつ》かれないものとあきらめてしまって、電燈《でんとう》を付《つ》けて、妹《いもうと》から借《か》りた先月号《せんげつごう》の「主婦之友《しゅふのとも》」を、横向《よこむ》きに臥《ね》ながら読《よ》み出《だ》したのが、ちょうど夜中《よなか》の一時《いちじ》であったが、それから間《ま》もなく、遠《とお》くの方《ほう》からざあッと云《い》う音《おと》が近《ちか》寄《よ》って来《き》て、直《じ》きにざあッと通《とお》り過《す》ぎて行《い》くのが聞《きこ》えた。おや、時雨《しぐれ》かな、と思《おも》っていると、又《また》ざあッとやって来《き》て、屋根《やね》の上《うえ》を通《とお》る時分《じぶん》には、パラパラと疎《まば》らな音《おと》を落《おと》して、忍《しの》び足《あし》に消《き》えて行《い》く。暫《しばら》くすると、又《また》ざあッとやって来《く》る。それにつけても、リリーは今頃何処《いまごろどこ》にいるか、蘆屋《あしや》へ帰《かえ》っているならいいが、もしそうでもなく、路《みち》に迷《まよ》っているなら、こんな晩《ばん》にはさぞ雨《あめ》に濡《ぬ》れているであろう。実《じつ》を云《い》うと、まだ塚本《つかもと》には逃《に》げられたことを知《し》らせてやらないのであるが、あれから此方《こっち》、ずっとそのことが頭《あたま》に引《ひ》っかかっているのであった。彼女《かのじょ》としては早《はや》く知《し》らしてやった方《ほう》が行《い》き届《とど》いていることは分《わか》っていたのだが、「憚《はばか》りながら、とうに戻《もど》って来《き》ておりますから御安心下《ごあんしんくだ》すって結構《けっこう》です、いろいろお手数《てすう》をかけましたが、もう御入用《ごいりよう》はありますまいな」と、皮肉交《ひにくまじ》りに云《い》われそうなのが業腹《ごうはら》で、つい延《の》び延《の》びにしていたのである。しかし戻《もど》っているとしたら、此方《こちら》の通知《つうち》を待《ま》つ迄《まで》もなく、向《むこ》うからも挨拶《あいさつ》がありそうなものだのに、何《なん》とも云《い》って来《こ》ないのをみると、何処《どこ》かにまごついているのであろうか。尼ケ崎《あまがさき》の時《とき》は、姿《すがた》が見《み》えなくなってから一週間目《いっしゅうかんめ》に戻《もど》ったと云《い》うのだが、今度《こんど》はそんなに遠《とお》い所《ところ》ではないのだし、つい三日前《みっかまえ》に通《とお》って来《き》たばかりの路《みち》なのだから、よもや迷《まよ》うことはないであろう。ただ近頃《ちかごろ》は耄碌《もうろく》していて、あの時分《じぶん》よりはカンも悪《わる》く、動作《どうさ》も鈍《にぶ》くなっているから、三日《みっか》かかるところが四日《よっか》かかるようなことはあるかも知《し》れない。そうだとしても、おそくも明日《あす》か明後日《あさって》のうちには無事《ぶじ》に戻《もど》って行《い》くであろう。するとあの二人《ふたり》がどんな喜《よろこ》びようをするか。そしてどんなに溜飲《りゅういん》を下《さ》げるか。きっと塚本《つかもと》さんまでが一緒《いっしょ》になって、「それ見《み》ろ、あれは亭主《ていしゅ》に捨《す》てられるばかりか、猫《ねこ》にまで捨《す》てられるような女《おんな》だ」と云《い》うであろう。いやいや、階下《した》の妹夫婦《いもうとふうふ》もお腹《なか》の中《なか》ではそう思《おも》うであろうし、世間《せけん》の人《ひと》がみんな笑《わら》い物《もの》にするであろう。

その時《とき》、しぐれがまた屋根《やね》の上《うえ》をパラパラと通《とお》って行《い》った後《あと》から、窓《まど》のガラス障子《しょうじ》に、何《なに》かがばたんと打《ぶ》つかるような音《おと》がした。風《かぜ》が出《で》たな、ああ、イヤなことだ、と、そう思《おも》っているうちに、風《かぜ》にしては少《すこ》し重《おも》みのあるようなものが、つづいて二度《にど》ばかり、ばたん、ばたんと、ガラスを叩《たた》いたようであったが、かすかに、

「ニャア」

と云《い》う声《こえ》が、何処《どこ》かに聞《きこ》えた。まさか今時分《いまじぶん》、そんなことが、……と、ぎくッとしながら、気《き》のせいかも知《し》れぬと耳《みみ》を澄《す》ますと、矢張《やはり》、

「ニャア」

と啼《な》いているのである。そしてそのあとから、あのばた

ん云《い》う音《おと》が聞《きこ》えて来《く》るのである。彼女《かのじょ》は慌《あわ》てて跳《は》ね起《お》きて、窓《まど》のカーテンを開《あ》けてみた。と、今度《こんど》はハッキリ、

「ニャア」

と云《い》うのがガラス戸《ど》の向《むこ》うで聞《きこ》えて、ばたん、……と云《い》う音《おと》と同時《どうじ》に、黒《くろ》い物《もの》の影《かげ》がさっと掠《かす》めた。そうか、やっぱりそうだったのか、――彼女《かのじょ》はさすがに、その声《こえ》には覚《おぼ》えがあった。この間《あいだ》ここの二階《にかい》にいた時《とき》は、とうとう一度《いちど》も啼《な》かなかったが、それは確《たし》かに、蘆屋時代《あしやじだい》に聞《き》き馴《な》れた声《こえ》に違《ちが》いなかった。

急《いそ》いで挿《さ》し込《こ》みのネジを抜《ぬ》いて、窓《まど》から半身《はんみ》を乗《の》り出《だ》しながら、室内《しつない》から射《さ》す電燈《でんとう》のあかりをたよりに暗《くら》い屋根《やね》

の上《うえ》を透《す》かしたけれども、一瞬間《いっしゅんかん》、何《なに》も見《み》えなかった。想像《そうぞう》するに、その窓《まど》の外《そと》に手《て》すりの附《つ》いた張《は》り出《だ》しがあるので、リリーは多分《たぶん》そこへ上《のぼ》って、啼《な》きながら窓《まど》を叩《たた》いていたのに違《ちが》いなく、あのばたんと云《い》う音《おと》とたった今《いま》見《み》えた黒《くろ》い影《かげ》とは正《ただ》しくそれだったと思《おも》えるのであるが、内側《うちがわ》からガラス戸《ど》を開《あ》けた途端《とたん》に、何処《どこ》かへ逃《に》げて行《い》ったのであろうか。

「リリーや、……」

と、階下《した》の夫婦《ふうふ》を起《おこ》さないように気《き》がねしながら、彼女《かのじょ》は闇《やみ》に声《こえ》を投《な》げた。瓦《かわら》が濡《ぬ》れて光《ひか》っているので、さっきのあれが時雨《しぐれ》だったことは疑《うたが》う余地《よち》がないけれども、それがまるで譃《うそ》だったように、空《そら》には星《ほし》がきらきらしている。眼《め》の前《まえ》を蔽《おお》う摩耶山《まやさん》の、幅広《はばひろ》な、真《ま》っ黒《くろ》な肩《かた》にも、ケーブルカアのあかりは消《き》えてしまっているが、頂上《ちょうじょう》のホテルに灯《ひ》の燈《とも》っているのが見《み》える。彼女《かのじょ》は張《は》り出《だ》しへ片膝《かたひざ》をかけて、屋根《やね》の上《うえ》へノメリ出《だ》しながら、もう一度《いちど》、

「リリーや」

と、呼《よ》んだ。すると、

「ニャア」

と云《い》う返辞《へんじ》をして、瓦《かわら》の上《うえ》を此方《こちら》へ歩《ある》いて来《く》るらしく、燐色《りんいろ》に光《ひか》る二《ふた》つの眼《め》の玉《たま》がだんだん近寄《ちかよ》って来《く》るので

ある。

「リリーや」

「ニャア」

「リリーや」

「ニャア」

何度《なんど》も何度《なんど》も、彼女《かのじょ》が頻繁《ひんぱん》に呼《よ》び続《つづ》けると、その度毎《たびごと》にリリーは返辞《へんじ》をするのであったが、こんなことは、ついぞ今迄《いままで》にないことだった。自分《じぶん》を可愛《かわい》がってくれる人《ひと》と、内心嫌《ないしんきら》っている人《ひと》とをよく知《し》っていて、庄造《しょうぞう》が呼《よ》べば答《こた》えるけれども、品子《しなこ》が呼《よ》ぶと知《し》らん顔《かお》をしていたものだのに、今夜《こんや》は幾度《いくど》でも億劫《おっくう》がらずに答《こた》えるばかりでなく、次第《しだい》に媚《こ》びを含《ふく》んだような、何《なん》とも云《い》えない優《やさ》しい声《こえ》を出《だ》すのである。そして、あの青《あお》く光《ひか》る瞳《ひとみ》を挙《あ》げて、体《からだ》に波《なみ》を打《う》たせながら手《て》すりの下《した》まで寄《よ》って来《き》ては、又《また》すうっと向《む》こうへ行《い》くのである。大方猫《おおかたねこ》にしてみれば、自分《じぶん》が無愛想《ぶあいそう》にしていた人《ひと》に、今日《きょう》から可愛《かわい》がって貰《もら》おうと思《おも》って、いくらか今迄《いままで》の無礼《ぶれい》を詫《わ》びる心持《こころもち》も籠《こ》めて、あんな声《こえ》を出《だ》しているのであろう。すっかり態度《たいど》を改《あらた》めて、庇護《ひご》を仰《あお》ぐ気《き》になったことを、何《なん》とかして分《わか》って貰《もら》おうと、一生懸命《いっしょうけんめい》なのであろう。品子《しなこ》は初《はじ》めてこの獣《けもの》からそんな優《やさ》しい返辞《へんじ》をされたのが、子供《こども》のように嬉《うれ》しくって、何度《なんど》でも呼《よ》んでみるのであったが、抱《だ》こうとしてもなかなか掴《つか》まえられないので、暫《しばら》くの間《あいだ》、わざと窓際《まどぎわ》を離《はな》れてみると、やがてリリーは身《み》を躍《おど》らして、ヒラリと部屋《へや》へ飛《と》び込《こ》んで来《き》た。それから、全《まった》く思《おも》いがけないことには、寝床《ねどこ》の上《うえ》にすわっている品子《しなこ》の方《ほう》へ一直線《いっちょくせん》に歩《ある》いて来《き》て、その膝《ひざ》に前脚《まえあし》をかけた。

これはまあ一体《いったい》どうしたことか、——彼女《かのじょ》が呆《あき》れているうちに、リリーはあの、哀愁《あいしゅう》に充《み》ちた眼差《まなざし》でじっと彼女《かのじょ》を見上《みあ》げながら、もう胸《むね》のあたりへ靠《もた》れかかって来《き》て、綿《めん》フランネルの寝間着《ねまき》の襟《えり》へ、額《ひたい》をぐい・・・・ぐいと押《お》し付《つ》けるので、此方《こっち》からも頬《ほお》ずりをしてやると、頤《あご》だの、耳《みみ》だの、口《くち》の周《まわ》りだの、鼻《はな》の頭《あたま》だのを、やたらに舐《な》め廻《まわ》すのであった。そう云《い》えば、猫《ねこ》は二人《ふたり》きりになると接吻《せっぷん》をしたり、顔《かお》をすり寄《よ》せたり、全《まった》く人間《にんげん》と同《おな》じような仕方《しかた》で愛情《あいじょう》を示《しめ》すものだと聞《き》いていたのは、これだったのか、いつも人《ひと》の見《み》ていない所《ところ》で夫《おっと》がこっそりリリーを相手《あいて》に楽《たの》しんでいたのは、これをされていたのだったか。——彼女《かのじょ》は猫《ねこ》に特有《とくゆう》な日向臭《ひなたくさ》い毛皮《けがわ》の匂《におい》を嗅《か》がされ、ザラザラと皮《ひ》膚《ふ》に引《ひ》っかかるような、痛痒《いたがゆ》い舌《した》ざわりを顔《かお》じゅうに感《かん》じた。そして、突然《とつぜん》、たまらなく可愛《かわい》くなって来《き》て、

「リリーや」

と云《い》いながら、夢中《むちゅう》でぎゅッと抱《だ》きすくめると、何《なに》か、毛皮《けがわ》のところどころに、冷《つ》めたく光《ひか》るものがあるので、

さては今《いま》の雨《あめ》に濡《ぬ》れたんだなと、初《はじ》めて合点《がてん》が行《い》ったのであった。

それにしても、蘆屋《あしや》の方《ほう》へ帰《かえ》らないで、此方《こっち》へ帰《かえ》ったのはなぜであろう。恐《おそ》らく最初《さいしょ》は蘆屋《あしや》をめざして逃《に》げ出《だ》したのが、途中《とちゅう》で路《みち》が分《わか》らなくなって、戻《もど》って来《き》たのではないであろうか。僅《わず》か三里《さんり》か四里《よんり》のところを、三日《みっか》もかかってうろうろしながら、とうとう目的地《もくてきち》へ行《い》き着《つ》けないで引《ひ》っ返《かえ》して来《く》るとは、リリーにしては余《あま》り意気地《いくじ》がないようだけれども、事《こと》に依《よ》るとこの可哀《かわい》そうな獣《けもの》は、もうそれほどに老衰《ろうすい》しているのであろう。気《き》だけは昔《むかし》に変《かわ》らないつもりで、逃《に》げてみたことはみたものの、視力《しりょく》だの、記憶力《きおくりょく》だの、嗅覚《きゅうかく》だのと云《い》うものが、もはや昔《むかし》の半分《はんぶん》もの働《はたら》きもしてくれないので、どっちの路《みち》を、どっちの方角《ほうがく》から、どう云《い》う風《ふう》に連《つ》れて来《こ》られたのか見当《けんとう》が付《つ》かず、彼方《あっち》へ行《い》っては踏《ふ》み迷《まよ》い、此方《こっち》へ行《い》っては踏《ふ》み迷《まよ》いして、又《また》もとの場所《ばしょ》へ戻《もど》って来《く》る。昔《むかし》だったら、一旦《いったん》こうと思《おも》い込《こ》んだらどんなに路《みち》のない所《ところ》でもガムシャラに突進《とっしん》したものが、今《いま》では自信《じしん》がなくなって、様《よう》子《す》の知《し》れない所《ところ》へ分《わ》け入《い》ると怖気《おじけ》がついて、ひとりでに足《あし》がすくんでしまう。きっとリリーは、そんな風《ふう》にして案外遠《あんがいとお》くの方《ほう》までは行《い》くことが出来《でき》ず、この界隈《かいわい》をまごまごしていたのであろう。そうだとすれば、昨日《きのう》の晩《ばん》も、一昨日《おととい》の晩《ばん》も、夜《よ》な夜《よ》なこの二階《にかい》の窓《まど》の近《ちか》くへ忍《しの》び寄《よ》って、入《い》れて貰《もら》おうかどうしようかと躊躇《ためら》いながら、中《なか》の様子《ようす》を窺《うか》がっていたのかも知《し》れない。そして今夜《こんや》も、あの屋根《やね》の上《うえ》の暗《くら》い所《ところ》にうずくまって長《なが》い間《あいだ》考《かんが》えていたのであろうが、室内《しつない》にあかりが燈《とも》ったのと、俄《にわ》かに雨《あめ》が降《ふ》って来《き》たのとで、急《きゅう》にああ云《い》う啼《な》き声《ごえ》を出《だ》して障子《しょうじ》を叩《たた》く気《き》になったのであろう。でもほんとうに、よく帰《かえ》って来《き》てくれたものだ。よっぽど辛《つら》い目《め》に遭《あ》ったればこそであろうけれども、矢張私《やはりわたし》をアカの他人《たにん》とは思《おも》っていない証拠《しょうこ》なのだ。それに私《わたし》も、今夜《こんや》に限《かぎ》ってこんな時刻《じこく》に電燈《でんとう》をつけて、雑誌《ざっし》を読《よ》んでいたと云《い》うのは、虫《むし》が知《し》らしたせいなのだ。いや、考《かんが》えれば、この三日間《みっかかん》ちょっとも眠《ねむ》れなかったのも、実《じつ》はリリーの帰《かえ》って来《く》るのが何《なん》となく待《ま》たれたからだったのだ。そう思《おも》うと彼女《かのじょ》は、涙《なみだ》が出《で》て来《き》て仕方《しかた》がないので、

「なあ、リリーや、もう何処《どこ》へも行《い》けへんなあ。」

と、そう云《い》いながら、もう一遍《いっぺん》ぎゅっと抱《だ》きしめると、珍《めずら》しいことにリリーはじっと大人《おとな》しくして、いつまでも抱《だ》かれているのであったが、その、物《もの》も云《い》わずに唯悲《ただかな》しそうな眼《め》つきをしている年老《としお》いた猫《ねこ》の胸《むね》の中《なか》が、今《いま》の彼《かの》女《じょ》には不思議《ふしぎ》なくらいはっきり見透《みとお》せるのであった。

「お前《まえ》、きっとお腹減《なかへ》ってるやろけど、今夜《こんや》はもう遅《おそ》い

よってにな。——台所捜《だいどころさが》したら何《なん》なとあるやろ思《おも》うけど、ま、仕方《しかた》ない、此処《ここ》わての家《いえ》と違《ちが》うよってに、明日《あす》の朝《あさ》まで待《ま》ちなされや。」

彼女《かのじょ》は一《ひ》と言《こと》一《ひ》と言《こと》に頬《ほお》ずりをしてから、漸《ようよ》うリリーを下《した》に置《お》いて、忘《わす》れていた窓《まど》の戸締《とじ》まりをし、座布団《ざぶとん》で寝《ね》床《どこ》を拵《こしら》えてやり、あの時以来《ときいらい》まだ押入《おしいれ》に突《つ》っ込《こ》んであったフンシを出《だ》してやりなどすると、リリーはその間《あいだ》も始終後《しじゅうあと》を追《お》って歩《ある》いて、足《あし》もとに絡《から》み着《つ》くようにした。そして少《すこ》しでも立《た》ち止《ど》まると、直《す》ぐその傍《そば》へ走《はし》り寄《よ》って、首《くび》を一方《いっぽう》へ傾《かたむ》けながら、何度《なんど》も耳《みみ》の附《つ》け根《ね》のあたりを擦《こす》り着《つ》けに来《く》るので、

「ええ、もうええがな、分《わか》ってるがな。さ、此処《ここ》へ来《き》て寝《ね》なさい寝《ね》なさい。」

と、座布団《ざぶとん》の上《うえ》へ抱《だ》いて来《き》てやって、大急《おおいそ》ぎであかりを消《け》して、やっと彼女《かのじょ》は自分《じぶん》の寝床《ねどこ》へ這入《はい》ったのであったが、それから一分《いっぷん》とたたないうちに、忽《たちま》ちすうッと枕《まくら》の近《ちか》くにあの日向臭《ひなたくさ》い匂《におい》がして来《き》て、掛《か》け布団《ぶとん》をもくもく持《も》ち上《あ》げながら、天鵞絨《びろうど》のような柔《やわら》かい毛《け》の物体《ぶったい》が這《は》入《い》って来《き》た。と、ぐいぐい頭《あたま》からもぐり込《こ》んで、脚《あし》の方《ほう》へ降《お》りて行《い》って、裾《すそ》のあたりを暫《しばら》くの間《あいだ》うろうろしてから、又上《またうえ》の方《ほう》へ上《あが》って来《き》て、寝間着《ねまき》のふところへ首《くび》を入《い》れたなり動《うご》かないようになってしまったが、やがてさも気持《きもち》の好《よ》さそうな、非常《ひじょう》に大《おお》きな音《おと》を立《た》てて咽喉《のど》をゴロゴロ鳴《な》らし始《はじ》めた。

そう云《い》えば以前《いぜん》、庄造《しょうぞう》の寝床《ねどこ》の中《なか》でこんな工合《ぐあい》にゴロゴロ云《い》うのを、いつも隣《となり》で聞《き》かされながら云《い》い知《し》れぬ嫉妬《しっと》を覚《おぼ》えたものだが、今夜《こんや》は特別《とくべつ》にそのゴロゴロが大《おお》きな声《こえ》に聞《きこ》えるのは、よっぽど上機嫌《じょうきげん》なのであろうか、それとも自分《じぶん》の寝床《ねどこ》の中《なか》だと、こう云《い》う風《ふう》にひびくのであろうか。彼女《かのじょ》はリリーの冷《つ》めたく濡《ぬ》れた鼻《はな》のあたまと、へんにぷよぷよした蹠《あしのうら》の肉《にく》とを胸《むね》の上《うえ》に感《かん》じると、全《まった》く初《はじ》めての出来事《できごと》なので、奇妙《きみょう》のような、嬉《うれ》しいような心《こころ》地《ち》がして、真《ま》っ暗《くら》な中《なか》で手《て》さぐりしながら頸《くび》のあたりを撫《な》でてやった。するとリリーは一層大《いっそうおお》きくゴロゴロ云《い》い出《だ》して、ときどき、突然人差指《とつぜんひとさしゆび》の先《さき》へ、きゅッと噛《か》み着《つ》いて歯型《はがた》を附《つ》けるのであったが、まだそんなことをされた経験《けいけん》のない彼女《かのじょ》にも、それが異常《いじょう》な興奮《こうふん》と喜《よろこ》びの余《あま》りのしぐさであることが分《わか》るのであった。

・・・その明《あ》くる日《ひ》から、リリーはすっかり品子《しなこ》と仲好《なかよ》しになってしまって、心《こころ》から信頼《しんらい》している様子《ようす》が見《み》え、もう牛乳《ぎゅうにゅう》でも、花鰹節《はながつお》の御飯《ごはん》でも、何《なん》でもおいしそうに食《た》べた。そしてフンシの砂《すな》の中《なか》へ日《ひ》に幾度《いくど》か排泄物《はいせつぶつ》を落《おと》すので、いつもその匂《におい》が四畳半《よじょうはん》の部屋《へや》の中《なか》へむうッと籠《こも》るようになったが、彼女《かのじょ》はそれを嗅《か》いでいると、いろいろな記憶《きおく》が思《おも》いがけなくよみがえって、蘆屋《あしや》時代《じだい》のなつかしい日《ひ》が戻《もど》って来《き》たように感《かん》ずるのであった。なぜかと云《い》って、蘆屋《あしや》の家《いえ》では明《あ》けても暮《く》れてもこの匂《におい》がしていたではないか。あの家《いえ》の中《なか》の襖《ふすま》にも、柱《はしら》にも、壁《かべ》にも、天井《てんじょう》にも、皆《みんな》この匂《におい》が滲《し》みついていて、彼女《かのじょ》は夫《おっと》や姑《しゅうとめ》と一緒《いっしょ》に四年《よねん》の間《あいだ》これを嗅《か》ぎながら、口惜《くや》しいことや悲《かな》しいことの数々《かずかず》に堪《た》えて来《き》たのではないか。だが、あの時分《じぶん》には、この鼻持《はなも》ちのならない匂《におい》を呪《のろ》ってばかりいたくせに、今《いま》はその同《おな》じ匂《におい》が何《なん》と甘《あま》い回想《かいそう》をそそることよ。あの時分《じぶん》にはこの匂故《においゆえ》にひとしお憎《にく》らしかった猫《ねこ》が、今《いま》はその反対《はんたい》に、この匂故《においゆえ》に如何《いか》にいとおしいことよ。彼《かの》女《じょ》はそののち毎晩《まいばん》のようにリリーを抱《だ》いて眠《ねむ》りながら、この柔順《じゅうじゅん》で可愛《かわい》らしい獣《けもの》を、どうして昔《むかし》はあんなにも嫌《きら》ったのかと思《おも》うと、あの頃《ころ》の自分《じぶん》と云《い》うものが、ひどく意地《いじ》の悪《わる》い、鬼《おに》のような女《おんな》にさえ見《み》えて来《く》るのであった。

さてこの場合《ばあい》、品子《しなこ》がこの猫《ねこ》の身柄《みがら》について福子《ふくこ》に嫌味《いやみ》な手紙《てがみ》を出《だ》したり、塚本《つかもと》を通《とお》してあんなに執拗《しつッこ》く頼《たの》んだりした動機《どうき》と云《い》うものを、一寸《ちょっと》説明《せつめい》しておかなければならないのであるが、正直《しょうじき》のところ、そこにはいたずら・意地悪《いじわる》の興味《きょうみ》が手伝《てつだ》っていたことも確《たし》かであり、又《また》庄造《しょうぞう》が猫《ねこ》に釣《つ》られて訪《たず》ねて来《く》るかも知《し》れないと云《い》う万一《まんいち》の望《のぞ》みもあったであろうが、そんな眼《め》の前《まえ》のことよりも、実《じつ》はもっと遠《とお》い遠《とお》い先《さき》のこと、――ま、早《はや》くて半年《はんとし》、おそくて一年《いちねん》か二年《にねん》もすれば、多分福子《たぶんふくこ》と庄造《しょうぞう》の仲《なか》が無事《ぶじ》に行《い》く筈《はず》はないのだからと、その時《とき》を見越《みこ》しているのであった。それと云《い》うのが、もともと塚本《つかもと》の仲人口《なこうどぐち》に乗《の》せられて嫁《よめ》に行《い》ったのが不覚《ふかく》だったので、今更《いまさら》あんな怠《なま》け者《もの》の、意気地《いくじ》なしの、働《はたら》きのない男《おとこ》なんぞに、捨《す》てられた方《ほう》が仕合《しあ》わせだったかも知《し》れないのだが、でも彼女《かのじょ》としてどう考《かんが》えても忌《い》ま忌《い》ましく、あきらめきれない気《き》がするのは、当人同士《とうにんどうし》が飽《あ》きも飽《あ》かれもした訳《わけ》ではないのに、ハタの人間《にんげん》が小細工《こざいく》をして追《お》い出《だ》したのだと、そう云《い》う一念《いちねん》があるからだった。尤《もっと》もそんなことを云《い》うと、いや、そう思《おも》うのはお前《まえ》さんの己惚《うぬぼ》れだ、それは成《な》る程《ほど》、姑《しゅうとめ》との折合《おりあい》も悪《わる》かったに違《ちが》いないけれども、夫婦《ふうふ》仲《なか》だってちっとも良《よ》いことはなかったではないか、お前《まえ》さんは御亭主《ごていしゅ》をのろまだと云《い》って低能児扱《ていのうじあつか》いにするし、御亭主《ごていしゅ》はお前《まえ》さんを我《が》が強《つよ》いと云《い》って鬱陶《うっとう》しがるし、いつも喧嘩《けんか》ばかりしていたのを見《み》ると、よくよく性《しょう》が合《あ》わないのだ、もし御亭主《ごていしゅ》がほんとにお前《まえ》さんを好《す》いているなら、いくらハタから押《お》し付《つ》けたって、外《ほか》に女《おんな》を拵《こしら》える訳《わけ》がありますまいと、そう露骨《ろこつ》には云《い》わない迄《まで》も、塚本《つかもと》などのお腹《なか》の中《なか》は大概《たいがい》そうにきまっているのだが、それは庄造《しょうぞう》と云《い》う人《ひと》の性質《せいしつ》を知《し》らないからのことなので、彼女《かのじょ》に云《い》わせれば、いったいあの人《ひと》はハタから強《つよ》く押《お》し付《つ》けられたら、否《いや》も応《おう》もないのである。呑気《のんき》と云《い》うのか、ぐうたらと云《い》うのか、その人《ひと》よりもこの人《ひと》がいいと云《い》われると、すぐふらふらとその気《き》になってしまうのだけれども、自分《じぶん》から女《おんな》を拵《こしら》えて古《ふる》い女房《にょうぼう》を追《お》い出《だ》したりする程《ほど》、一途《いちず》に思《おも》い詰《つ》める性分《しょうぶん》ではないのである。だから品《しな》子《こ》は熱烈《ねつれつ》に惚《ほ》れられた覚《おぼ》えはないが、嫌《きら》われたと云《い》う気《き》もしないので、周《まわ》りの者《もの》が智慧《ちえ》をつけたりそそのかしたりしなかったら、よもや不縁《ふえん》にはならなかったろう、自《じ》分《ぶん》がこんな憂《う》き目《め》を見《み》るのは、全《まった》くおりんだの、福子《ふくこ》だの、福子《ふくこ》の親父《おやじ》だのと云《い》うものがお膳立《ぜんだ》てをしたからなのだと、そう思《おも》われて、少《すこ》し誇張《こちょう》した云《い》い方《かた》をすれば、生木《なまき》を割《さ》かれたような感《かん》じが胸《むね》の奥《おく》の方《ほう》にくすぶっているので、未練《みれん》がましいようだけれども、どうもこのままでは堪忍《かんにん》出来《でき》ないのであった。

しかし、それなら、うすうすおりんなどのしていることを感付《かんづ》かないでもなかった時分《じぶん》に、何《なん》とか手段《しゅだん》の施《ほどこ》しようがあっただろうに、――いよいよ蘆屋《あしや》を追《お》い出《だ》される間際《まぎわ》にだって、もっと頑張《がんば》ってみたらよかったろうに、――じたいそう云《い》う策略《さくりゃく》にかけては姑《しゅうとめ》のおりんと好《よ》い取組《とりくみ》だと云《い》われた彼女《かのじょ》が、案外《あんがい》あっさり旗《はた》を巻《ま》いて、おとなしく追《お》ん出《で》てしまったのはなぜであろうか、日頃《ひごろ》の負《ま》けず嫌《ぎら》いにも似合《にあ》わないと云《い》うことになるが、そこにはやっぱり彼女《かのじょ》らしい思《おも》わくがないでもなかった。ありていに云《い》うと、今度《こんど》の事《こと》は彼女《かのじょ》の方《ほう》に最初幾分《さいしょいくぶん》の油断《ゆだん》があったからこうなったので、それと云《い》うのも、あの多情者《たじょうしゃ》の、不良少女上《ふりょうしょうじょあが》りの福子《ふくこ》を、何《なん》ぼ何《なん》でも忰《せがれ》の嫁《よめ》にしようと迄《まで》はおりんも考《かんが》えていないであろうし、又尻《またしり》の軽《かる》い福子《ふくこ》が、まさか辛抱《しんぼう》する気《き》もあるまいと、たかをくくっていたからなのだが、そこに多少《たしょう》の目算違《もくさんちが》いがあったとしても、どうせ長続《ながつづ》きのする二人《ふたり》でないと云《い》う見透《みとお》しに、今《いま》も変《かわ》りはないのであった。尤《もっと》も福子《ふくこ》は年《とし》も若《わか》いし、男好《おとこず》きのする顔《かお》だちだし、鼻《はな》にかける程《ほど》の学問《がくもん》はないが女学校《じょがっこう》へも一二年《いちにねん》行《い》っていたのだし、それに何《なに》より持参金《じさんきん》が附《つ》いているのだから、庄造《しょうぞう》としては据《す》え膳《ぜん》の箸《はし》を取《と》らぬ筈《はず》はなく、先《ま》ず当分《とうぶん》は有卦《うけ》に入《はい》った気《き》でいるだろうけれども、福子《ふくこ》の方《ほう》がやがて庄造《しょうぞう》では喰《く》い足《た》らなくなって、浮気《うわき》をせずにはいないであろう。何《なに》しろあの女《おんな》は男一人《おとこひとり》を守《まも》れないたちで、・・もうその方《ほう》では札附《ふだつ》きになっているのだから、どうせ今度《こんど》も始《はじ》まることは分《わか》りきっているのだが、それが眼《め》に余《あま》るようになれば、いくら人《ひと》の好《よ》い庄造《しょうぞう》だって黙《だま》っていられないであろうし、おりんにしても匙《さじ》を投《な》げるにきまっている。ぜんたい庄造《しょうぞう》は兎《と》に角《かく》として、シッカリ者《もの》と云《い》われるおりんにそのくらいなことが見《み》えない筈《はず》はないのだけれども、今度《こんど》は欲《よく》が手伝《てつだ》ったので、つい無理《むり》な細工《さいく》をしたのかも知《し》れない。だから品子《しなこ》は、ここでなまじな悪《ある》あがきをするよりは、一《ひ》と先《ま》ず敵《てき》に勝《か》たしておいて、徐《おもむ》ろに後図《こうと》を策《さく》してても晩《おそ》くはないと云《い》う腹《はら》なので、中々《なかなか》あきらめてはいないのだったが、でもそんなことは、無論塚本《むろんつかもと》に対《たい》しても噫《おくび》にも出《だ》しはしなかった。うわべは同情《どうじょう》が寄《よ》るように、なるべく哀《あわ》れっぽいところを見《み》せて、心《こころ》の中《なか》では、どうしてももう一遍《いっぺん》だけ彼処《あそこ》の家《いえ》へ戻《もど》ってやる、今《いま》に見《み》ていろと思《おも》いもし、又《また》その思《おも》いがいつかは遂《と》げられるだろうと云《い》う望《のぞ》みに生《い》きてもいるのだった。

それに、品子《しなこ》は、庄造《しょうぞう》のことをたよりない人《ひと》とは思《おも》うけれども、どう云《い》うものか憎《にく》むことが出来《でき》なかった。あんな工合《ぐあい》に、何《なん》の分別《ふんべつ》もなくふらふらしていて、周《まわ》りの人《ひと》達《たち》が右《みぎ》と云《い》えば右《みぎ》を向《む》き、左《ひだり》と云《い》えば左《ひだり》を向《む》くと云《い》う風《ふう》だから、今度《こんど》にしてもあの連中《れんちゅう》のいいようにされているのであろうが、それを考《かんが》えると、子供《こども》を一人歩《ひとりある》きさせているような、心許《こころもと》ない、可哀《かわい》そうな感《かん》じがするのである。

そしてもともと、そう云《い》う点《てん》にへんな可愛気《かわいげ》のある人《ひと》なので、一人前《いちにんまえ》の男《おとこ》と思《おも》えば腹《はら》が立《た》つこともあったけれども、幾《いく》らか自分《じぶん》より下《した》に見下《みくだ》して扱《あつか》うと、妙《みょう》にあたりの柔《やわら》かい、優《やさ》しい肌合《はだあい》があるものだから、だんだんそれに絆《ほだ》されて抜《ぬ》きさしがならないようになり、持《も》って来《き》た物《もの》までみんな注《つ》ぎ込《こ》んで、裸《はだか》にされて放《ほう》り出《だ》されてしまったのだが、彼女《かのじょ》としてはそんなにまでして尽《つく》してやったと云《い》うところに、尚更未練《なおさらみれん》が残《のこ》るのである。全《まった》く、この一二年間《いちにねんかん》のあの家《いえ》の暮《く》らしは、半分以上《はんぶんいじょう》は彼女《かのじょ》の痩《や》せ腕《うで》で支《ささ》えていたようなものではないか。好《い》いあんばいにお針《はり》が達者《たっしゃ》だったから、近所《きんじょ》の仕事《しごと》を貰《もら》って来《き》ては夜《よる》の眼《め》も寝《ね》ずに縫《ぬ》い物《もの》をして、どうやら凌《しの》ぎをつけていたので、彼女《かのじょ》の働《はたら》きがなかったら、母親《ははおや》なぞがいくら威張《いば》ってもどうにもなりはしなかったではないか。おりんは土地《とち》での嫌《きら》われ者《もの》、庄造《しょうぞう》はあの通《とお》りでさっぱり信用《しんよう》がなかったから、諸払《しょばら》いの滞《とどこお》りなどもやかましく催促《さいそく》されたものだが、彼女《かのじょ》への同情《どうじょう》があったればこそ節季《せっき》が越《こ》せて行《い》ったのではないか。それだのにあの恩知《おんし》らずの親子《おやこ》が、欲《よく》に眼《め》がくれてああ云《い》う者《もの》を引《ひき》ずり込《こ》んで、牛《うし》を馬《うま》に乗《の》り換《か》えた気《き》でいるけれども、まあ見《み》ているがいい、あの女《おんな》にあの家《いえ》の切《き》り盛《も》りが出来《でき》るかどうか、持参金《じさんきん》附きは結《けっ》構《こう》だけれど、なまじそんなものがあったら、一層嫁《いっそうよめ》の気《き》随気儘《ずいきまま》が募《つの》るであろうし、庄造《しょうぞう》もそれをアテにして怠《なま》けるであろうし、結局親子三人《けっきょくおやこさんにん》の思《おも》わくが皆《みな》それぞれに外《はず》れて来《く》るところから、争《あらそ》いの種《たね》が尽《つ》きないであろう。その時分《じぶん》になって、前《まえ》の女房《にょうぼう》の有難《ありがた》みが始《はじ》めてほんとうに分《わか》るのだ。品子《しなこ》はこんなふしだらではなかった、こう云《い》う時《とき》にああもしてくれた、こうもしてくれたと、庄造《しょうぞう》ばかりでなく、母親《ははおや》までがきっと自分《じぶん》の失策《しっさく》を認《みと》めて、後《こう》悔《かい》するのだ。あの女《おんな》は又《また》あの女《おんな》で、さんざんあの家《いえ》を掻《か》き廻《まわ》した揚句《あげく》の果《は》てに、飛《と》び出《だ》してしまうのが落《お》ちなのだ。そうなることは今《いま》から明々白々《めいめいはくはく》で、太鼓判《たいこばん》を捺《お》してやりたいくらいであるのに、それが分《わか》らないとは憐《あわ》れな人達《ひとたち》もあればあるものよと、内心《ないしん》せせら笑《わら》いながら時機《じき》を待《ま》つ積《つも》りでいるのだが、しかし用心深《ようじんぶか》い彼女《かのじょ》は、待《ま》つにつけてはリリーを預《あず》かっておくと云《い》う一策《いっさく》を考《かんが》えついたのであった。

彼女《かのじょ》はいつも、上《うえ》の学校《がっこう》を一二年《いちにねん》でも覗《のぞ》いたことがあると云《い》う福子《ふくこ》に対《たい》して、教育《きょういく》の点《てん》では退《ひ》け目《め》を感《かん》じていたのであるが、でもほんとうの智慧《ちえ》くらべなら、福子《ふくこ》にだっておりんにだって負《ま》けるものかと云《い》う自負心《じふしん》があるので、リリーを預《あず》かると云《い》う手段《しゅだん》を思《おも》いついた時《とき》は、我《われ》ながらの妙案《みょうあん》にひとりで感心《かんしん》してしまった。なぜかといって、リリーさえ此方《こっち》へ引《ひ》き取《と》って置《お》いたら、恐《おそ》らく庄造《しょうぞう》は雨《あめ》につけ、風《かぜ》につけ、リリーのことを思《おも》い出《だ》す度《たび》に彼女《かのじょ》のことを思《おも》い出《だ》し、リリーを不憫《ふびん》と思《おも》う心《こころ》が、知《し》らず識《し》らず彼女《かのじょ》を憐《あわ》れむ心《こころ》にもなろうからである。そして、そうすれば、いつ迄《まで》たっても精神的《せいしんてき》に縁《えん》が切《き》れない理窟《りくつ》であるし、そこへ持《も》って来《き》て福子《ふくこ》との仲《なか》がシックリ行《い》かないようになると、いよいよリリーが恋《こ》いしいと共《とも》に前《まえ》の女房《にょうぼう》が恋《こ》いしくなろう。彼女《かのじょ》が未《いま》だに再縁《さいえん》もせず、猫《ねこ》を相手《あいて》に侘《わ》びしく暮《く》らしていると聞《き》いては、一般《いっぱん》の同情《どうじょう》が集《あつ》まるのは無論《むろん》のこと、庄造《しょうぞう》だって悪《わる》い気持《きもち》はする筈《はず》がなく、ますます福子《ふくこ》に嫌気《いやけ》がさすようになるであろうから、手《て》を下《くだ》さずして彼等《かれら》の仲《なか》を割《さ》くことに成功《せいこう》し、復《ふく》縁《えん》の時期《じき》を早《はや》めることが出来《でき》る。——ま、そうお誂《あつら》え向《む》きに行《い》ってくれたら仕合《しあわ》せであるが、彼女自身《かのじょじしん》はそうなる見込《みこ》みを立《た》てていた。ただ問題《もんだい》はリリーを素直《すなお》に引《ひ》き渡《わた》すかどうかと云《い》うことであったが、それとても、福子《ふくこ》の嫉妬心《しっとしん》を煽《あお》り立《た》てたら大丈夫《だいじょうぶ》うまく行《い》くつもりでいた。だからあの手紙《てがみ》の文句《もんく》なんぞも、そう云《い》う深謀遠慮《しんぼうえんりょ》を以《もっ》て書《か》かれていたので、単純《たんじゅん》ないたずらや嫌《いや》がらせではなかったのであるが、お気《き》の毒《どく》ながら頭《あたま》の悪《わる》い連中《れんちゅう》には、どうして私《わたし》が好《す》きでもない猫《ねこ》を欲《ほ》しがるのか、とてもその真意《しんい》が掴《つか》めッこあるまい、そしていろいろ滑稽極《こっけいきわ》まる邪推《じゃすい》をしたり、子供《こども》じみた騒《さわ》ぎ方《かた》をするであろうと云《い》うところに、抑《おさ》えきれない優越感《ゆうえつかん》を覚《おぼ》えたのであった。兎《と》に角《かく》、そんな訳《わけ》であるから、その折角《せっかく》のリリーに逃《に》げられた時《とき》の落胆《らくたん》と、思《おも》いがけなくそれが戻《もど》って来《き》た時《とき》の喜《よろこ》びとがどんなに大《おお》きかったとしても、畢竟《ひっきょう》それは得意《とくい》の「深謀遠慮《しんぼうえんりょ》」に基《もと》づく打算的《ださんてき》な感情《かんじょう》であって、ほんとうの愛着《あいちゃく》ではない筈《はず》なのだが、あの時以来《ときいらい》、一緒《いっしょ》に二階《にかい》で暮《く》らすようになってみると、全《まった》く予想《よそう》もしなかった結《けっ》果《か》が現《あら》われて来《き》たのである。彼女《かのじょ》は夜《よ》な夜《よ》な、その一匹《いっぴき》の日向臭《ひなたくさ》い獣《けもの》を抱《かか》えて同《おな》じ寝床《ねどこ》の中《なか》に臥《ね》ながら、どうして猫《ねこ》と云《い》うものはこんなにも可愛《かわい》らしいのであろう、それだのに又《また》、昔《むかし》はどうしてこの可愛《かわい》さが理解出来《りかいでき》なかったのであろうと、今《いま》では悔恨《かいこん》と自責《じせき》の念《ねん》に駆《か》られるのであった。大方蘆屋時代《おおかたあしやじだい》には、最初《さいしょ》に変《へん》な反感《はんかん》を抱《いだ》いてしまったので、この猫《ねこ》の美点《びてん》が眼《め》に這入《はい》らなかったのであろうが、それと云《い》うのも、焼餅《やきもち》があったからなのである。焼餅《やきもち》のために、本来可愛《ほんらいかわい》らしいしぐさが唯《ただ》もう憎《にく》らしく見《み》えたのである。たとえば彼女《かのじょ》は、寒《さむ》い時分《じぶん》に夫《おっと》の寝床《ねどこ》へもぐり込《こ》んで行《い》くこの猫《ねこ》を憎《にく》み、同時《どうじ》に夫《おっと》を恨《うら》んだものだが、今《いま》になってみれば何《なん》の憎《にく》むことも恨《うら》むこともありはしない。現《げん》に彼女《かのじょ》も、もうこの頃《ごろ》では独《ひと》り寝《ね》の寒《さむ》さがしみじみこたえているではないか。まして猫《ねこ》と云《い》う獣《けもの》は人間《にんげん》よりも体温《たいおん》が高《たか》いので、ひとしお寒《さむ》がりなのである。猫《ねこ》に暑《あつ》い日《ひ》は土用《どよう》の三日間《みっかかん》だけしかないと云《い》われるのである。そうだとすれば、今《いま》は秋《あき》の半《なか》ばであるから、老年《ろうねん》のリリーが暖《あたた》かい寝床《ねどこ》へ慕《した》い寄《よ》るのは当然《とうぜん》ではないか。いや、それよりも、彼女自身《かのじょじしん》が、こうして猫《ねこ》と寝《ね》ていると、この暖《あたた》かいことはどうだ！　例年《れいねん》ならば、今夜《こんや》あたりは湯《ゆ》たんぽなしでは寝《ね》られないであろうのに、今《こ》年《とし》はまだそんなものも使《つか》わないで、寒《さむ》い思《おも》いもせずにいるのは、リリーが這入《はい》って来《き》てくれるお蔭《かげ》ではないか。彼女自身《かのじょじしん》が、夜毎々々《よごとよごと》にリリーを放《はな》せなくなっているではないか。その外昔《ほかむかし》は、この猫《ねこ》の我《わ》が儘《まま》を憎《にく》み、相手《あいて》に依《よ》って態度《たいど》を変《か》えるのを憎《にく》み、蔭日向《かげひなた》のあるのを憎《にく》んだけれども、それもこれも、みんな此方《こっち》の愛情《あいじょう》が足《た》らなかったからなのだ。猫《ねこ》には猫《ねこ》の智慧《ちえ》があって、ちゃんと人間《にんげん》の心持《こころもち》が分《わか》る。その証拠《しょうこ》には、此方《こっち》が今迄《いままで》のようでなく、ほんとうの愛情《あいじょう》を持《も》つようになったら、直《す》ぐ戻《もど》って来《き》てこの通《とお》り馴《な》れ馴《な》れしくするではないか。彼女《かのじょ》が自分《じぶん》の気《き》持《もち》の変化《へんか》を意識《いしき》するより、リリーの方《ほう》がより早《はや》く嗅《か》ぎつけたくらいではないか。

品子《しなこ》は今迄《いままで》、猫《ねこ》は愚《おろ》か人間《にんげん》に対《たい》しても、こんなにこまやかな情愛《じょうあい》を感《かん》じたこともなく、示《しめ》したこともないような気《き》がした。それは一《ひと》つには、おりんを始《はじ》めいろいろな人《ひと》から情《じょう》の強《こわ》い女《おんな》だと云《い》われていたものだから、いつか自《じ》分《ぶん》でもそう思《おも》わされていたせいであったが、この間《あいだ》からリリーのために捧《ささ》げ尽《つく》した辛労《しんろう》と心《こころ》づかいとを考《かんが》える時《とき》、自分《じぶん》の何処《どこ》にこんな暖《あたた》かい、優《やさ》しい情緒《じょうちょ》が潜《ひそ》んでいたのかと、今更驚《いまさらおどろ》かれるのであった。そう云《い》えば昔《むかし》、庄《しょう》造《ぞう》がこの猫《ねこ》の世《せ》話《わ》を決《けっ》して他人《たにん》の手《て》に委《ゆだ》ねず、毎日食事《まいにちしょくじ》の心配《しんぱい》をし、二《に》三日《さんにち》置《お》きにフンシの砂《すな》を海岸《かいがん》まで取《と》り換《か》えに行《い》き、暇《ひま》があると蚤《のみ》を取《と》ってやったりブラシをかけてやったりし、鼻《はな》が乾《かわ》いていはしないか、便《べん》が軟《やわら》か過《す》ぎはしないか、毛《け》が脱《ぬ》けはしないかと始終気《しじゅうき》をつけて、少《すこ》しでも異状《いじょう》があれば薬《くすり》を与《あた》えると云《い》う風《ふう》に、まめまめしく尽《つく》してやるのを見《み》て、あの怠《なま》け者《もの》によくあんな面倒《めんどう》が見《み》られることよと、ますます反感《はんかん》を募《つの》らしたものだが、あの庄造《しょうぞう》のしたことを今《いま》は自分《じぶん》がしているではないか。而《しか》も彼女《かのじょ》は、自分《じぶん》の家《いえ》に住《す》んでいるのではないのである。自分《じぶん》の食《た》べるだけのものは、自分《じぶん》で儲《もう》けて妹夫婦《いもうとふうふ》へ払《はら》い込《こ》むと云《い》う条件《じょうけん》だから、まるきりの居候《いそうろう》ではないが、何《なに》かと気《き》が置《お》ける中《なか》にいて、この猫《ねこ》を飼《か》っているのである。これが自分《じぶん》の家《いえ》であったら、台所《だいどころ》を漁《あさ》って残《のこ》り物《もの》を捜《さが》すけれども、他人《たにん》の家《いえ》ではそうも出来《でき》ないところから、自分《じぶん》が食《た》べるものを食《た》べずに置《お》くか、市場《いちば》へ行《い》って何《なに》かしら見《み》つけて来《き》てやらねばならない。そうでなくても、つましい上《うえ》にもつましくしている場合《ばあい》であるのに、たとい僅《わず》かの買《か》い物《もの》にもせよ、リリーのために出銭《でせん》が殖《ふ》えると云《い》うことは、随分痛事《ずいぶんいたごと》なのである。それにもう一《ひと》つ厄介《やっかい》なのは、フンシであった。蘆屋《あしや》の家《いえ》は浜《はま》まで五六《ごろく》丁《ちょう》の距離《きょり》だったから、砂《すな》を得《え》るには便利《べんり》であったが、この阪急《はんきゅう》の沿線《えんせん》からは、海《うみ》は非常《ひじょう》に遠《とお》いのである。尤《もっと》も最《さい》初《しょ》の二三回《にさんかい》は、普請場《ふしんば》の砂《すな》があったお蔭《かげ》で助《たす》かったけれども、生憎《あいにく》近頃《ちかごろ》は何処《どこ》にも砂《すな》なんかありはしない。そうかと云《い》って、砂《すな》を換《か》えずに放《ほう》っておくと、とても臭気《しゅうき》が激《はげ》しくなって、しまいに階下《した》へまで匂《にお》って来《く》るので、妹夫婦《いもうとふうふ》が嫌《いや》な顔《かお》をする。よんどころなく、夜《よ》が更《ふ》けてから彼女《かのじょ》はそうッとスコップを持《も》って出《で》かけて行《い》って、その辺《へん》の畑《はたけ》の土《つち》を掻《か》いて来《き》たり、小学校《しょうがっこう》の運動場《うんどうじょう》から滑《すべ》り台《だい》の砂《すな》を盗《ぬす》んで来《き》たり、そんな晩《ばん》には又《また》よく犬《いぬ》に吠《ほ》えられたり、怪《あや》しい男《おとこ》に尾《つ》けられたり、——全《まった》く、リリーのためでなかったら、誰《だれ》に頼《たの》まれてこんな嫌《いや》な仕事《しごと》をしよう、だが又《また》リリーのためならばこう云《い》う苦労《くろう》を厭《いと》わないとは、何《なん》としたことであろうと思《おも》うと、返《かえ》す返《がえ》すも、蘆《あし》屋《や》の時分《じぶん》に、なぜこの半分《はんぶん》もの愛情《あいじょう》を以《もっ》て、この獣《けもの》をいつくしんでやらなかったか、自分《じぶん》にそう云《い》う心《こころ》がけがあったら、よもや夫《おっと》との仲《なか》が不縁《ふえん》になりはしなかったであろうし、このような憂《う》き目《め》は見《み》なかったであろうものをと、今更《いまさら》それが悔《くや》まれてならない。考《かんが》えてみれば、誰《だれ》が悪《わる》かったのでもない、みんな自分《じぶん》が至《いた》らなかったのだ。この罪《つみ》のない、やさしい一匹《いっぴき》の獣《けもの》をさえ愛《あい》することが出《で》来《き》ないような女《おんな》だからこそ、夫《おっと》に嫌《きら》われたのではないか。自分《じぶん》にそう云《い》う欠点《けってん》があったからこそ、ハタの人間《にんげん》が附《つ》け込《こ》んだのではないか。……

十一月《じゅういちがつ》になると、朝夕《あさゆう》の寒《さむ》さがめっきり加《くわ》わって、夜《よる》はときどき六甲《ろっこう》の方《ほう》から吹《ふ》きおろす風《かぜ》が、戸《と》の隙間《すきま》から冷《ひ》え冷《び》えと沁《し》み込《こ》むようになって来《き》たので、品子《しなこ》とリリーとは前《まえ》よりも一層《いっそう》喰《く》っ着《つ》いて、ひしと抱《だ》き合《あ》って、ふるえながら寝《ね》た。そしてとうとう怺《こら》えきれずに、湯《ゆ》たんぽを使《つか》い始《はじ》めたのであったが、その時《とき》のリリーの喜《よろこ》び方《かた》と云《い》ったらなかった。品子《しなこ》は夜《よ》な夜《よ》な、湯《ゆ》たんぽの温《ぬく》もりと猫《ねこ》の活気《かっき》とでぽかぽかしている寝床《ねどこ》の中《なか》で、あの

ゴロゴロ云《い》う音《おと》を聞《き》きながら、自分《じぶん》のふところの中《なか》にいる獣《けもの》の耳《みみ》へ口《くち》を寄《よ》せて、

「お前《まえ》の方《ほう》がわてよりよっぽど人情《にんじょう》があってんなあ。」

と云《い》ってみたり、

「わてのお蔭《かげ》で、お前《まえ》にまでこんな淋《さび》しい思《おも》いさして、堪忍《かんにん》なあ。」

と云《い》ってみたり、

「けどもう直《じ》きやで。もうちょっと辛抱《しんぼう》しててくれたら、わてと一緒《いっしょ》に蘆屋《あしや》の家《いえ》へ帰《かえ》れるようになるねんで。そしたら今度《こんど》と云《い》う今度《こんど》は、三人仲《さんにんなか》ようう暮《く》らそうなあ。」

と云《い》ってみたりして、ひとりでに涙《なみだ》が湧《わ》いて来《く》ると、夜《よ》

更《ふ》けの、真《ま》っ暗《くら》な部屋《へや》の中《なか》で、リリーより外《ほか》には誰《だれ》に見《み》られる訳《わけ》でもないのに、慌《あわ》てて掛《か》け布団《ぶとん》をすっぽり被《かぶ》ってしまうのであった。

福子《ふくこ》が午後《ごご》の四時過《よじす》ぎに、今津《いまづ》の実家《じっか》へ行《い》って来《く》ると云《い》って出《で》かけてしまうと、それまで奥《おく》の縁側《えんがわ》で蘭《らん》の鉢《はち》をいじくっていた庄造《しょうぞう》は、待《ま》ち構《かま》えていたように立《た》ち上《あが》って、

「お母《かあ》さん」

と、勝手口《かってぐち》へ声《こえ》をかけたが、洗濯《せんたく》をしている母親《ははおや》には、水《みず》の音《おと》が邪魔《じゃま》になって聞《き》こえないらしいので、

「お母《かあ》さん」

と、もう一度《いちど》声《こえ》を張《は》り上《あ》げて云《い》った。

「店《みせ》を頼《たの》むで。――ちょっと其処《そこ》まで行《い》って来《く》るよってに
なあ。」

と、ジャブジャブ云《い》う音《おと》がふいと止《と》まって、

「何《なん》やて?」

と、母親《ははおや》のしっかりした声《こえ》が障子越《しょうじご》しに聞《きこ》えた。

「僕《ぼく》、ちょっと其処《そこ》まで行《い》って来《く》るよってに――」

「何処《どこ》へ?」

「つい其処《そこ》や。」

「何《なに》しに?」

「そないに執拗《ひつこ》う聞《き》かんかて――」

そう云《い》って、一瞬間《いっしゅんかん》・・むっとした顔《かお》つきで、鼻《はな》の孔《あな》をふくらましたが、直《す》ぐ又思《またおも》い返《かえ》したらしく、あの持《も》ち前《まえ》の甘《あま》えるような口調《くちょう》になって、

「あのなあ、ちょっと三十分《さんじっぷん》ほど、球撞《たまつ》きに行《い》かしてくれへんか。」

「そうかてお前《まえ》、球《たま》は撞《つ》かんちゅう約束《やくそく》したのんやないか。」

「一遍《いっぺん》だけ行《い》かしてエな。何《なん》せもう半月《はんつき》も撞《つ》いてエへんよってに。頼《たの》みまっさ、ほんまに。」

「ええか、悪《わる》いか、わてには分《わか》らん。福子《ふくこ》のいる時《とき》に、

答《こた》えて行《い》っとくなはれ。」

「何《なん》でエな。」

その妙《みょう》に力張《りきば》ったような声《こえ》を聞《き》くと、裏口《うらぐち》の方《ほう》で盥《たらい》の上《うえ》につくばっている母親《ははおや》にも、悴《せがれ》が怒《おこ》った時《とき》にするだだッ児《こ》じみた表情《ひょうじょう》が、はっきり想像出来《そうぞうでき》るのであった。

「何《なん》で一々《いちいち》、女房《にょうぼう》に答《こた》えんなりまへんねん。ええも悪《わる》いも福子《ふくこ》に聞《き》いてみなんだら、お母《かあ》さんには云《い》われしまへんのんか。」

「そうやないけど、気《き》をつけてて下《くだ》さいて頼《たの》まれてるねんが。」

「そしたらお母《かあ》さん、福子《ふくこ》の廻《まわ》し者《もの》だっかいな。」

「阿呆《あほ》らしいもない。」

そう云《い》ったきり取《と》り合《あ》わないで、又水《またみず》の音《おと》を盛《さか》んにジャブジャブと立《た》て始《はじ》めた。

「いったいお母《かあ》さん僕《ぼく》のお母《かあ》さんか、福子《ふくこ》のお母《かあ》さんか、孰方《どっち》だす？　なあ、孰方《どっち》だすいな。」

「もう止《や》めんかいな、そんな大《おお》きな声《こえ》出《だ》して、近所《きんじょ》へ聞《きこ》えたら見《み》っともないがな。」

「そしたら、洗濯後《せんたくあと》にして、一寸《ちょっと》ここへ来《き》とくなはれ。」

「もう分《わか》ってる、もう何《なに》も云《い》わへんさかいに、何処《どこ》なと好《す》きなとこへ行《い》きなはれ。」

「ま、そない云《い》わんと、一寸来《ちょっとき》なはれ。」

何《なん》と思《おも》ったか庄造《しょうぞう》は、いきなり勝手口《かってぐち》へ行《い》って、流《なが》し元《もと》にしゃがんでいる母親《ははおや》の、シャボンの泡《あわ》だらけな手頸《てくび》を掴《つか》むと、無理《むり》に奥《おく》の間《ま》へ引《ひ》き立《た》てて来《き》た。

「なあ、お母《かあ》さん、ええ折《おり》やよってに、一寸《ちょっと》これ見《み》て貰《もら》いまっさ。」

「何《なん》や、急《せ》からしゅう、……」

「これ、見《み》て御覧《ごらん》、……」

夫婦《ふうふ》の居間《いま》になっている奥《おく》の六畳《ろくじょう》の押入《おしいれ》を開《あ》けると、下《した》の段《だん》の隅《すみ》ッこの、柳行李《やなぎごうり》と用箪笥《ようだんす》の隙間《すきま》の暗《くら》い穴《あな》ぼこ・・になった所《ところ》に、紅《あか》くもくもくかたまっているものが見《み》える。

「あすこにあるのん、何《なん》や思《おも》いなはる。」

「あれかいな。……」

「あれみんな福子《ふくこ》の汚《よご》れ物《もの》だっせ。あんな工合《ぐあい》に後《あと》から後《あと》から突《つ》っ込《こ》んどいて、ちょっとも洗濯《せんたく》せエへんので、穢《きたな》いもんが彼処《あそこ》に一杯溜《いっぱいたま》ってて、箪笥《たんす》の抽出《ひきだし》かて開《あ》けられへんねんが。」

「おかしいなあ、あの娘《こ》のもんは先繰《せんぐ》り洗濯屋《せんたくや》へ出《だ》してるのんに、……」

「そうかて、まさかお腰《こし》だけは出《だ》されへんやろが。」

「ふうむ、あれはお腰《こし》かいな。」

「そうだんが。なんぼなんでも女《おんな》の癖《くせ》にあんまりだらしないさかいに、僕《ぼく》もう呆《あき》れてまんねんけど、お母《かあ》さんかて様子《ようす》見《み》てたら分《わか》ってるのんに、何《なん》で叱言《こごと》云《い》うてくれしまへん？　僕《ぼく》にばっかりやかましいこと云《い》うといて、福《ふく》子《こ》にやったら、こないな道楽《どうらく》されてても見《み》ん振《ふ》りしてなはんのんか。」

「こんな所《ところ》にこんなもんが突《つ》っ込《こ》んであること、わてが何《なん》で知《し》るかいな。……」

「お母《かあ》さん」

不意《ふい》に庄造《しょうぞう》はびっくりしたような声《こえ》を挙《あ》げた。母《はは》が押入《おしいれ》の段《だん》の下《した》へもぐり込《こ》んで行《い》って、その汚《よご》れ物《もの》をごそごそ引《ひ》き出《だ》し始《はじ》めたからである。

「それ、どないするねん？」

「この中綺麗《なかきれい》にしてやろ思《おも》うて、……」

「止《や》めなはれ、穢《きたな》い！……止《や》めなはれ！」

「ええがな、わてに任《まか》しといたら、……」

「何《なん》じゃいな、姑《しゅうとめ》が嫁《よめ》のそんなもん触《いろ》うたりして！　僕《ぼく》お母《かあ》さんにそんなことしてくれ云《い》えしまへんで。福子《ふくこ》にさしなはれ云《い》うてんで。」

おりんは聞《きこ》えない振《ふ》りをして、その薄暗《うすぐら》い奥《おく》の方《ほう》から、円《まる》くつくねてある紅《あか》い英《えい》ネルの束《たば》を凡《およ》そ五《いつ》つ六《むっ》つ取《と》り出《だ》すと、それを両手《りょうて》に抱《かか》えながら勝手口《かってぐち》へ運《はこ》んで行《い》って、洗濯《せんたく》バケツの中《なか》へ入《い》れた。

「それ、洗《あろ》うてやんなはんのんか？」

「そんなこと気《き》にせんと、男《おとこ》は黙《だま》ってるもんや。」

「自分《じぶん》のお腰《こし》の洗濯《せんたく》ぐらい、何《なん》で福子《ふくこ》にさされまへん、なあお母《かあ》さん。」

「うるさいなあ、わてはこれをバケツに入《い》れて、水張《みずは》っとくだけや。こないしといたら、自分《じぶん》で気《き》イ付《つ》いて洗濯《せんたく》するやろが。」

「阿呆《あほ》らしい、気《き》イ付《つ》くような女《おんな》だっかいな。」

母《はは》はあんなことを云《い》っているけれど、きっと自分《じぶん》が洗《あら》ってやる気《き》に違《ちが》いないので、尚更庄造《なおさらしょうぞう》は腹《はら》の虫《むし》が納《おさ》まらなかった。そして着物《きもの》も着換《きか》えずに、厚司姿《あつしすがた》のまま土間《どま》の板草履《いたぞうり》を突《つ》っかけると、ぷいと自転車《じてんしゃ》へ飛《と》び乗《の》って、出《で》かけてしまった。

さっき球撞《たまつ》きに行《い》きたいと云《い》ったのは、ほんとうにそのつもりだったのであるが、今《いま》の一件《いっけん》で急《きゅう》に胸《むね》がムシャクシャして来《き》て、球《たま》なんかどうでもよくなったので、何《なん》と云《い》うアテもなしに、ベルをやけに鳴《な》らしながら蘆屋川沿《あしやがわぞ》いの遊歩道《ゆうほどう》を真《ま》っすぐ新国道《しんこくどう》へ上《あが》ると、つい業平橋《なりひらばし》を渡《わた》って、ハンドルを神戸《こうべ》の方《ほう》へ向《む》けた。まだ五時《ごじ》少《すこ》し前《まえ》頃《ごろ》であったが、一直線《いっちょくせん》につづいている国道《こくどう》の向《むこ》うに、早《はや》くも晩秋《ばんしゅう》の太陽《たいよう》が沈《しず》みかけていて、太《ふと》い帯《おび》になった横流《よこなが》れの西日《にしび》が、殆《ほと》ど路面《ろめん》と平行《へいこう》に射《さ》している中《なか》を、人《ひと》だの車《くるま》だのがみんな半面《はんめん》に紅《あか》い色《いろ》を浴《あ》びて、恐《おそ》ろしく長《なが》い影《かげ》を曳《ひ》きながら通《とお》る。ちょうど真正面《まとも》にその光線《こうせん》の方《ほう》へ向《むか》って走《はし》っている庄造《しょうぞう》は、鋼鉄《こうてつ》のようにぴかぴか光《ひか》る舗《ほ》装道路《そうどうろ》の眩《まぶ》しさを避《さ》けて、俯向《うつむ》き加減《かげん》に、首《くび》を真横《まよこ》にしながら、森《もり》の公設市場前《こうせついちばまえ》を過《す》ぎ、小路《しょうじ》の停留所《ていりゅうじょ》へさしかかったが、ふと、電車線路《でんしゃせんろ》の向《むこ》う側《がわ》の、とある病院《びょういん》の塀外《へいそと》に、畳屋《たたみや》の塚本《つかもと》が台《だい》を据《す》えて・・・せっせと畳《たたみ》を刺《さ》しているのが眼《め》に留《と》まると、急《きゅう》に元気《げんき》づいたように乗《の》り着《つ》けて行《い》って、

「忙《いそが》しおまっか。」

と、声《こえ》をかけた。

「やあ」

と塚本《つかもと》は、手《て》は休《やす》めずに眼《め》で頷《うなず》いたが、日《ひ》が暮《く》れぬ間《ま》に仕事《しごと》を片附《かたづ》けてしまおうと、畳《たたみ》へきゅッと針《はり》を刺《さ》し込《こ》んでは抜《ぬ》き取《と》りながら、

「今時分《いまじぶん》、何処《どこ》へ行《い》きはりまんね?」

「別《べつ》に何処《どこ》へも行《い》かしまへん。ちょっとこの辺《へん》まで来《き》てみましてん。」

「僕《ぼく》に用事《ようじ》でもおましたんか。」

「いいえ、違《ちが》いま。——」

そう云《い》ってしまってはっとしたが、仕方《しかた》がなしに眼《め》と鼻《はな》の間《あいだ》へクシャクシャとした皺《しわ》を刻《きざ》んで、曖昧《あいまい》な作《つく》り笑《わら》いをした。

「今此処通《いまここどお》りかかったのんで、声《こえ》かけてみましたんや。」

「そうだっか。」

そして塚本《つかもと》は、自分《じぶん》の眼《め》の前《まえ》に自転車《じてんしゃ》を停《と》めて突《つ》っ立《た》っている人間《にんげん》になんか、構《かま》っていられないと云《い》わんばかりに、直《す》ぐ下《した》を向《む》いて作業《さぎょう》を続《つづ》けたが、庄造《しょうぞう》の身《み》になってみれば、いくら忙《いそが》しいにしたところで、「近頃《ちかごろ》どうしているか」とか、「リリーのことはあきらめたか」とか、そのくらいな挨拶《あいさつ》はしてくれてもよさそうなものだのに、心外《しんがい》な気《き》がしてならなかった。それと云《い》うのが、福《ふく》子《こ》の前《まえ》ではリリー恋《こ》いしさを一生懸命《いっしょうけんめい》に押《お》し隠《かく》して、リリーの「リ」の字《じ》も口《くち》に出《だ》さないでいるものだから、それだけ千万無量《せんまんむりょう》の思《おも》いが胸《むね》に鬱積《うっせき》している訳《わけ》で、今図《いまはか》らずも塚本《つかもと》に出遭《であ》ってみると、やれやれこの男《おとこ》に少《すこ》しは切《せつ》ない心《こころ》の中《なか》を聞《き》いて貰《もら》おう、そうしたら幾《いく》らか気《き》が晴《は》れるだろうと、すっかり当《あ》て込《こ》んでいたのであったが、塚《つか》本《もと》としてもせめて慰《なぐさ》めの言葉《ことば》ぐらい、でなければ無沙汰《ぶさた》の詫《わ》びぐらい、云《い》わなければならない筈《はず》なのである。なぜかと云《い》って、抑《そもそ》もリリーを品子《しなこ》の方《ほう》へ渡《わた》す時《とき》に、その後《ご》どう云《い》う待遇《たいぐう》を受《う》けつつあるか、ときどき塚本《つかもと》が庄造《しょうぞう》の代《かわ》りに見舞《みま》いに行《い》って、様子《ようす》を見届《みとど》けて、報告《ほうこく》をすると云《い》う堅《かた》い約束《やくそく》があったのである。勿論《もちろん》それは二人《ふたり》の間《あいだ》だけの申《もう》し合《あ》わせで、おりんや福子《ふくこ》には絶対秘密《ぜったいひみつ》になっていたのだが、しかしそう云《い》う条件《じょうけん》があったからこそ大《だい》事《じ》な猫《ねこ》を渡《わた》してやったのに、あれきり一度《いちど》もその約束《やくそく》を実行《じっこう》してくれたことがなく、うまうま人《ひと》をペテンにかけて、知《し》らん顔《かお》をしているのであった。

だが、塚本《つかもと》は、空惚《そらとぼ》けている訳《わけ》ではなくて、日頃《ひごろ》の商売《しょうばい》の忙《いそが》しさに取《と》り紛《まぎ》れてしまったのであろうか。ここで遇《あ》ったのを幸《さいわ》いに、一《ひ》と言《こと》ぐらい恨《うら》みを云《い》ってやりたいけれども、こんなに夢中《むちゅう》で働《はたら》いている者《もの》に、今更呑気《いまさらのんき》らしく猫《ねこ》のことなんぞ云《い》い出《だ》せもしないし、云《い》い出《だ》したところで、あべこべに怒鳴《どな》り付《つ》けられはしないであろうか。庄造《しょうぞう》は、夕日《ゆうひ》がだんだん鈍《にぶ》くなって行《い》く中《なか》で、塚本《つかもと》の手《て》にある畳針《たたみばり》ばかりがいつ迄《まで》もきらきら光《ひか》っているのを、見惚《みと》れるともなく見惚《みと》れながらぼんやり彳《たたず》んでいるのであったが、ちょうどこのあたりは国道筋《こくどうすじ》でも人家《じんか》が疎《まば》らになっていて、南側《みなみがわ》の方《ほう》には食用蛙《しょくようがえる》を飼《か》う池《いけ》があり、北側《きたがわ》の方《ほう》には、衝突事故《しょうとつじこ》で死《し》んだ人々《ひとびと》の供養《くよう》のために、まだ真新《まあたら》しい、大《おお》きな石《いし》の国道地蔵《こくどうじぞう》が立《た》っているばかり。この病院《びょういん》のうしろの方《ほう》は田圃《たんぼ》つづきで、ずうと向《むこ》うに阪急沿線《はんきゅうえんせん》の山々《やまやま》が、ついさっきまでは澄《す》み切《き》った空《くう》気《き》の底《そこ》にくっきりと襞《ひだ》を重《かさ》ねていたのが、もう黄昏《たそがれ》の蒼《あお》い薄靄《うすもや》に包《つつ》まれかけているのである。

「そんなら、僕《ぼく》、失敬《しっけい》しまっさ。——」

「ちとやって来《き》なはれ。」

「そのうちゆっくり寄《よ》せて貰《もら》いま。」

片足《かたあし》をペダルへかけて、二三歩《にさんぽ》とッとッと行《い》きかけたけれども、やっぱりあきらめきれないらしく、

「あのなあ、――」

と云《い》いながら、又戻《またもど》って来《き》た。

「塚本君《つかもとくん》、えらいお邪魔《じゃま》しまっけど、実《じつ》はちょっと聞《き》きたいことがおまんねん。」

「何《なん》だす?」

「僕《ぼく》これから、六甲《ろっこう》まで行《い》ってみたろか思《おも》いまんねんけど、……」

やっと一畳縫《いちじょうぬ》い終《お》えたところで、立《た》ち上《あが》りかけていた塚《つか》本《もと》は、

「何《なに》しにいな?」

と呆《あき》れた顔《かお》をして、かかえた畳《たたみ》をもう一遍《いっぺん》トンと台《だい》へ戻《もど》した。

「そうかて、あれきりどないしてるやら、さっぱり様子《ようす》分《わか》れしまへんさかいにな。……」

「君《きみ》、そんなこと、真面目《まじめ》で云《い》うてなはんのんか。置《お》きなはれ、男《おとこ》らしいもない!」

「違《ちが》いまんが、塚本君《つかもとくん》!……そうやあれへんが。」

「そやさかいに僕《ぼく》あの時《とき》にも念押《ねんお》したら、あの女《おんな》に何《なん》の

未練《みれん》もない、顔見《かおみ》るだけでもケッタクソが悪《わる》い云《い》いなはったやおまへんか。」

「ま、塚本君《つかもとくん》、待《ま》っとくなはれ！　品子《しなこ》のことやあれへんが。猫《ねこ》のことだんが。」

「何《なん》と、猫《ねこ》？――」

塚本《つかもと》の眼元《めもと》と口元《くちもと》に、突然《とつぜん》ニッコリとほほ笑《え》みが浮《う》かんだ。

「ああ、猫《ねこ》のことだっか。」

「そうだんが。――君《きみ》あの時《とき》に、品子《しなこ》があれを可愛《かわい》がるかどうか、ときどき様子見《ようすみ》に行《い》ってくれる云《い》いなはったのん、覚《おぼ》えたはりまっしゃろ？」

「そんなこと云《い》いましたかいな、何《なん》せ今年《ことし》は、水害《すいがい》から此方《こっち》えらい忙《いそが》しおましたさかいに、——」

「そら分《わか》ってま。そやよってに、君《きみ》に行《い》って貰《もら》おう思《おも》うてエしまへん。」

せいぜい皮肉《ひにく》にそう云《い》った積《つも》りだったのであるが、相手《あいて》は一向感《いっこうかん》じてくれないで、

「君《きみ》、まだあの猫《ねこ》のこと忘《わす》れられしまへんのんか。」

「何《なん》で忘《わす》れまっかいな。あれから此方《こっち》、品子《しなこ》の奴《やつ》がいじめてエへんやろか、あんじょう懐《なつ》いてるやろか思《おも》うたら、もうその事《こと》が心配《しんぱい》でなあ、毎晩夢《まいばんゆめ》に見《み》るぐらいだすねんけど、福子《ふくこ》の前《まえ》やったら、そんなこととちょっとも云《い》

われしまへんよってに、尚《なお》のことここが辛《つろ》うて辛《つろ》うて、
……」
と、庄造《しょうぞう》は胸《むね》を叩《たた》いてみせながらべそを掻《か》いた。
「……ほんまのとこ、もう今迄《いままで》にも一遍《いっぺん》見《み》に行《い》こ思《おも》う
てましてんけど、何《なん》せこのところ一《ひ》と月《つき》ほど、ひとりやっ
たらめったに出《だ》して貰《もら》われしまへん。それに僕《ぼく》、品子《しなこ》に
会《あ》わんならんのん叶《かな》いまへんよってに、彼奴《あいつ》に見《み》られん
ようにして、リリーにだけそうッと会《お》うて来《く》るようなこ
と、出来《でき》しまへんやろか？」
「そら、むずかしいおまんなあ。――」
好《い》い加減《かげん》に堪忍《かんにん》してくれと云《い》う催促《さいそく》のつもりで、塚本《つかもと》は

おろした畳《たたみ》へ手《て》をかけながら、

「どないしたかて見《み》られまんなあ。それに第一《だいいち》、猫《ねこ》に会《あ》いに来《き》た思《おも》われんと、品子《しなこ》さんに未練《みれん》あるのんや思《おも》われたら、厄介《やっかい》なことになりまんがな。」

「僕《ぼく》かてそない思《おも》われたら叶《かな》いまへんねん。」

「もうあきらめてしまいなはれ。人《ひと》にやってしもうたもん、どない思《おも》うたかてショウがないやおまへんか、なあ石井君《いしいくん》。――」

「あのなあ、」

と、それには答《こた》えないで、別《べつ》なことを聞《き》いた。

「あの、品子《しなこ》はいつも二階《にかい》だっか、階下《した》だっか？」

「二階《にかい》らしおまっけど、階下《した》へかて降《お》りて来《き》まっしゃろ。」

「家空《うちあ》けることおまへんやろか？」

「分《わか》りまへんなぁ。――裁縫《さいほう》したはりますさかいに、大概《たいがい》家《いえ》らしおまっけど。」

「風呂《ふろ》へ行《い》く時間《じかん》、何時頃《なんじごろ》だっしゃろ？」

「分《わか》りまへんなあ。」

「そうだっか。そしたら、えらいお邪魔《じゃま》しましたわ。」

「石井君《いしいくん》」

塚本《つかもと》は、畳《たたみ》を抱《かか》えて立《た》ち上《あが》った間《あいだ》に、早《はや》くも一二間離《いちにけんはな》れかけた自転車《じてんしゃ》の後姿《うしろすがた》に云《い》った。

「君《きみ》、ほんまに行《い》きはりまんのか。」

「どうするかまだ分《わか》れしまへん。兎《と》に角近所《かくきんじょ》まで行《い》ってみまっさ。」

「行《い》きなはるのんは勝手《かって》だすけど、後《あと》でゴタゴタ起《おこ》ったかて、係《かか》わり合《あ》うのんイヤだっせ。」

「君《きみ》もこんなこと、福子《ふくこ》やお袋《ふくろ》に云《い》わんと置《お》いとくなはれ。頼《たの》みまっさ。」

そして庄造《しょうぞう》は、首《くび》を右左《みぎひだり》へ揺《ゆ》さ振《ぶ》り揺《ゆ》さ振《ぶ》り、電車線路《でんしゃせんろ》を向《むこ》う側《がわ》へ渡《わた》った。

これから出《で》かけて行《い》ったところで、あの一家《いっか》の者達《ものたち》に顔《かお》を合《あ》わせないようにして、こっそりリリーに遇《あ》うなんと云《い》う巧《うま》い寸法《すんぽう》に行《い》くであろうか。いいあんばいに裏《うら》が空《あき》地《ち》になっているから、ポプラーの蔭《かげ》か雑草《ざっそう》の中《なか》にでも身《み》を潜《ひそ》めて、リリーが外《そと》へ出《で》て来《く》るのを気長《きなが》に待《ま》っているより外《ほか》に手《て》はないのだが、生憎《あいにく》なことに、こう暗《くら》くなってしまっては、出《で》て来《き》てくれても中々発見《なかなかはっけん》が困難《こんなん》であろう。それにもうそろそろ初子《はつこ》の亭主《ていしゅ》が勤務先《きんむさき》から帰《かえ》って来《く》るであろうし、晩飯《ばんめし》の支度《したく》で勝手口《かってぐち》の方《ほう》が忙《いそが》しくなるであろうから、そういつ迄《まで》も空巣狙《あきすねら》いみたいにうろうろしている訳《わけ》にも行《い》かない。とすると、もっと時間《じかん》の早《はや》い時《とき》に出直《でなお》す方《ほう》がいいのだけれども、しかしリリーに会《あ》える会《あ》えないは二《に》の次《つぎ》として、久《ひさ》し振《ぶり》に女房《にょうぼう》の眼《め》を偸《ぬす》んで、彼方此方《あっちこっち》を乗《の》り廻《まわ》せると云《い》うことだけでも、愉快《ゆかい》でたまらないのであった。実際《じっさい》、今日《きょう》を外《はず》してしまうと、こう云《い》う時《とき》はもう半月待《はんつきま》たないと来《こ》ないのである。福子《ふくこ》はおりおり親父《おやじ》の所《ところ》へお小遣《こづか》いをセビリに行《い》くのだが、それが大体一《だいたいひ》と月《つき》に二度《にど》、お朔日前後《ついたちぜんご》と十五日前後《じゅうごにちぜんご》ときまっていて、行《い》けば必《かなら》ず夕飯《ゆうはん》を呼《よ》ばれ、早《はや》くて八九時頃《はちくじごろ》に帰《かえ》るのが例《れい》であるから、今日《きょう》も今《いま》から三四時間《さんよじかん》は自由《じゆう》が楽《たの》しまれるのであって、もし自分《じぶん》さえ飢《う》えと寒《さむ》さに堪《た》える覚悟《かくご》なら、あの裏《うら》の空地《あきち》に、少《すく》なくとも二時間《にじかん》は立《た》っている余裕《よゆう》があるのである。だからリリーが晩飯《ばんめし》の後《あと》でぶらつきに出《で》かける習慣《しゅうかん》を、今《いま》も改《あらた》めないでいるものとすれば、ひょっとしたら彼処《あそこ》で会《あ》えるかも知《し》れない。そう云《い》えばリリーは、食後《しょくご》に草《くさ》の生《は》えている所《ところ》へ行《い》って、青《あお》い葉《は》を食《た》べる癖《くせ》があるので、尚更《なおさら》あの空地《あきち》は有望《ゆうぼう》な訳《わけ》だ。——そんなことを考《かんが》えながら、甲南学校前《こうなんがっこうまえ》あたり迄《まで》やって来《く》ると、国粋堂《こくすいどう》と云《い》うラジオ屋《や》の前《まえ》で自転車《じてんしゃ》を停《と》めて、外《そと》から店《みせ》を覗《のぞ》いてみて、主人《しゅじん》がいるのを確《たし》かめてから、

「今日《こんにち》は」

と、表《おもて》のガラス戸《ど》を半分《はんぶん》ばかり開《あ》けた。

「えらい済《す》んまへんけど、二十銭《にじっせん》貸《か》しとくなはれしまへんか。」

「二十銭《にじっせん》でよろしおまんのか。」

知《し》らない顔ではないけれども、いきなり飛《と》び込《こ》んで来《き》て心《こころ》やすそうに云《い》われる程《ほど》の仲《なか》やあれへん、と、そう云《い》いたげに見《み》えた主人《しゅじん》は、二十銭《にじっせん》では断《ことわ》りもならないので、手提金庫《てさげきんこ》から十銭玉《じっせんだま》を二《ふた》つ取《と》り出《だ》して、黙《だま》って掌《てのひら》へ載《の》せてやると、直《す》ぐ向《むこ》う側《がわ》の甲南市場《こうなんいちば》へ駈《か》け込《こ》んで、アンパンの袋《ふくろ》と筍《たけ》の皮包《かわづつみ》を懐《ふとこ》ろに入《い》れて戻《もど》って来《き》て、

「ちょっと台所使《だいどころつか》わしとくなはれ。」

人《ひと》が好《い》いようでへんにずうずうしいところのある彼《かれ》は、そう云《い》うことには馴《な》れたものなので、「何《なに》しなはんね」と云《い》われても「訳《わけ》がありまんねん」とばかり、ニヤニヤ

しながら勝手口《かってぐち》へ廻《まわ》って行《い》って、筍《たけ》の皮包《かわづつみ》の鶏《かしわ》の肉《にく》をアルミニュームの鍋《なべ》へ移《うつ》すと、瓦斯《ガス》の火《ひ》を借《か》りて水煮《みずだ》きにした。そして「済《す》んまへんなあ」を二十遍《にじっぺん》ばかりも繰《く》り返《かえ》しながら、

「いろいろ無心《むしん》云《い》いまっけど、今一《いまひと》つ聴《き》いとくなはれしまへんか。」

と、自転車《じてんしゃ》に附《つ》けるラムプの借用《しゃくよう》を申《もう》し込《こ》んだが、「これ持《も》って行《い》きなはれ」と主人《しゅじん》が奥《おく》から出《だ》して来《き》てくれたのは、「魚崎町三好屋《うおざきちょうみよしや》」と云《い》う文字《もじ》のある、何処《どこ》かの仕出屋《しだしや》の古提灯《ふるぢょうちん》であった。

「ほう、えらい骨董物《こっとうもん》だんなあ。」

「それやったら大事《だいじ》おまへん。ついでの時《とき》に返《かえ》しとくなはれ。」

庄造《しょうぞう》は、まだおもてが薄明《うすあか》るいので、その提灯《ちょうちん》を腰《こし》に挿《さ》して出《で》かけたが、阪急《はんきゅう》の六甲《ろっこう》の停留所前《ていりゅうじょまえ》、「六甲登山口《ろっこうとざんぐち》」と記《しる》した大《おお》きな標柱《ひょうちゅう》の立《た》っている所《ところ》まで来《き》て、自転車《じてんしゃ》を角《かど》の休《やす》み茶屋《じゃや》に預《あず》けて、そこから二三丁上《にさんちょううえ》にある目《もく》的《てき》の家《いえ》の方《ほう》へ、少《すこ》し急《きゅう》なだらだら路《みち》を登《のぼ》って行《い》った。そして家《いえ》の北側《きたがわ》の、裏口《うらぐち》の方《ほう》へ廻《まわ》って、空地《あきち》の中《なか》へ這入《はい》り込《こ》むと、二三尺《にさんじゃく》の高《たか》さに草《くさ》がぼうぼうと生《は》えている一《ひ》とかたまりの叢《くさむら》のかげにしゃがんで、息《いき》を殺《ころ》した。

ここでさっきのアンパンを咬《かじ》りながら、二時間《にじかん》の間《あいだ》辛抱《しんぼう》してみよう、そのうちにリリーが出《で》て来《き》てくれたら、お土産《みやげ》の鶏《かしわ》の肉《にく》を与《あた》えて、久《ひさ》しぶりに肩《かた》へ飛《と》び着《つ》かせたり、口《くち》の端《はた》を舐《な》めさせたり、楽《たの》しいい・・・・ちゃつき合《あ》いをしようと、そう云《い》う積《つも》りなのであった。

いったい今日《きょう》は面白《おもしろ》くないことがあったのでアテもなく外《そと》へ飛《と》び出《だ》したら、足《あし》が自然《しぜん》に西《にし》の方《ほう》へ向《む》いたばかりでなく、塚本《つかもと》なんぞに出遭《であ》ったものだから、とうとう途中《とちゅう》で決心《けっしん》をして、此処《ここ》まで延《の》してしまったのだが、こうなることと分《わか》っていたら外套《がいとう》を着《き》て来《く》ればよかったのに、厚司《あつし》の下《した》に毛糸《けいと》のシャツを着込《きこ》んだだけでは、流石《さすが》に寒《さむ》さが身《み》に沁《し》みる。庄造《しょうぞう》は肩《かた》をぞく・・ッとさせて、星《ほし》がいちめんに輝《かがや》き始《はじ》めた夜空《よぞら》を仰《あお》いだ。板草履《いたぞうり》を穿《は》いた足《あし》に冷《つ》めたい草《くさ》の葉《は》が触《ふ》れるので、ふと気《き》が付《つ》いて、帽子《ぼうし》だの肩《かた》だのを撫《な》でてみると、夥《おびただ》しい露《つゆ》が降《お》りている。成《な》る程《ほど》、これでは冷《ひ》える訳《わけ》だ、こうして二時間《にじかん》もうずくまっていたら、風邪《かぜ》を引《ひ》いてしまうかも知《し》れない。だが庄造《しょうぞう》は、台所《だいどころ》の方《ほう》から魚《さかな》を焼《や》く匂《におい》が匂《にお》って来《く》るので、リリーがあれを嗅《か》ぎ付《つ》けて何処《どこ》かから帰《かえ》って来《き》そうな気《き》がして、異様《いよう》な緊張《きんちょう》を覚《おぼ》えるのであった。彼《かれ》は小《ちい》さな声《こえ》を出《だ》して、「リリーや、リリーや」と呼《よ》んでみた。何《なに》か、あの家《いえ》の人達《ひとたち》には分《わか》らないで、猫《ねこ》にだけ分《わか》る合図《あいず》の方法《ほうほう》はないものかとも思《おも》ったりした。彼《かれ》がつくばっている叢《くさむら》の前《まえ》の方《ほう》に、葛《くず》の葉《は》が一杯《いっぱい》に繁《しげ》っていて、その葉《は》の中《なか》でときどきピカリと光《ひか》るものがあるのは、多分夜露《たぶんよつゆ》の玉《たま》か何《なに》かが遠《とお》くの方《ほう》の電燈《でんとう》に反射《はんしゃ》しているせいなのだけれども、そうと知《し》りつつ、その度毎《たびごと》に猫《ねこ》の眼《め》か知《し》らんとはっと胸《むね》を躍《おど》らせた。……………あ、リリーかな、やれ嬉《うれ》しや！　そう思《おも》った途端《とたん》に動悸《どうき》が搏《う》ち出《だ》して、鳩尾《みぞおち》の辺《あたり》がヒヤリとして、次《つぎ》の瞬間《しゅんかん》に直《す》ぐ又《また》がっかりさせられる。こう云《い》うと可笑《おか》しな話《はなし》だけれども、まだ庄造《しょうぞう》はこんなヤキモキした心持《こころもち》を人間《にんげん》に対《たい》してさえ感《かん》じたことはないのであった。せいぜいカフェエの女《おんな》を相手《あいて》に遊《あそ》んだぐらいが関《せき》の山《やま》で、恋愛《れんあい》らしい経験《けいけん》と云《い》えば、前《まえ》の女房《にょうぼう》の眼《め》を掠《かす》めて福子《ふくこ》と逢引《あいびき》していた時代《じだい》の、楽《たの》しいような、懊《じ》れったいような、変《へん》にわくわくした、落《お》ち着《つ》かない気分《きぶん》、——まああれぐらいなものなのだが、それでもあれは両方《りょうほう》の親《おや》が内々《ないない》で手引《てびき》をしてくれ、品子《しなこ》の手前《てまえ》を巧《うま》く胡麻化《ごまか》してくれたので、無理《むり》な首尾《しゅび》をする必要《ひつよう》もなく、夜露《よつゆ》に打《う》たれてアンパンを咬《かじ》るような苦労《くろう》をしないでもよかったのだから、それだけ真剣味《しんけんみ》に乏《とぼ》しく、逢《あ》いたさ見《み》たさもこんなに一途《いちず》ではなかったのであった。

庄造《しょうぞう》は、母親《ははおや》からも女房《にょうぼう》からも自分《じぶん》が子供扱《こどもあつか》いにされ、一本立《いっぽんだ》ちの出来《でき》ない低能児《ていのうじ》のように見做《みな》されるのが、非《ひ》常《じょう》に不服《ふふく》なのであるが、さればと云《い》ってその不服《ふふく》を聴《き》いてくれる友達《ともだち》もなく、悶々《もんもん》の情《じょう》を胸《むね》の中《なか》に納《おさ》めていると、何《なん》となく独《ひと》りぽっちな、頼《たよ》りない感《かん》じが湧《わ》いて来《く》るので、そのために尚《なお》リリーを愛《あい》していたのである。実際《じっさい》、品子《しなこ》にも、福子《ふくこ》にも、母親《ははおや》にも分《わか》って貰《もら》えない淋《さび》しい気持《きもち》を、あの哀愁《あいしゅう》に充《み》ちたリリーの眼《め》だけがほんとうに見抜《みぬ》いて、慰《なぐさ》めてくれるように思《おも》い、又《また》あの猫《ねこ》が心《こころ》の奥《おく》に持《も》っていながら、人間《にんげん》に向《むか》って云《い》い現《あら》わす術《すべ》を知《し》らない畜生《ちくしょう》の悲《かな》しみと云《い》うようなものを、自分《じぶん》だけは読《よ》み取《と》ることが出来《でき》る気《き》がしていたのであったが、それがお互《たが》いに別《わか》れ別《わか》れにされてしまって四十余日《しじゅうよにち》になるのである。そして一時《いちじ》は、もうそのことを考《かんが》えないように、なるべく早《はや》くあきらめるように努《つと》めたことも事実《じじつ》だけれども、母《はは》や女房《にょうぼう》への不平《ふへい》が溜《たま》って、その鬱憤《うっぷん》の遣《や》り場《ば》がなくなって来《く》るに従《したが》い、いつか再《ふたた》び強《つよ》い憧《あこが》れが頭《あたま》を擡《もた》げて、抑《おさ》えきれなくなったのであった。全《まった》く、庄造《しょうぞう》の身《み》になってみると、ああ云《い》う厳《きび》しい足止《あしど》めをされて、出《で》るにも入《はい》るにも干渉《かんしょう》を受《う》けたのでは、却《かえ》って恋《こ》いしさを焚《た》き付《つ》けられるようなもので、忘《わす》れようにも忘《わす》れる暇《ひま》がなかったのであるが、それにもう一《ひと》つ気《き》になったのは、あれきり塚本《つかもと》から何《なん》の報告《ほうこく》もないことであった。あんなに約束《やくそく》しておきながら、どうして何《なん》とも云《い》って来《き》てくれないのか。仕事《しごと》が忙《いそが》しいのなら已《や》むを得《え》ないが、ひょっとするとそうでなく、彼《かれ》に心配《しんぱい》させまいとして、何《なに》か隠《かく》しているのではないか。たとえば品子《しなこ》にいじめられて、食《く》うや食《く》わずでいるためにひどく衰弱《すいじゃく》してしまったとか、逃《に》げて出《で》たきり行衛不明《ゆくえふめい》になったとか、病死《びょうし》したとか、云《い》うようなことがあるのではないか。あれから此方《こっち》、庄造《しょうぞう》はよくそんな夢《ゆめ》を見《み》て、夜中《よなか》にはっ・・と眼《め》を覚《さ》ますと、何処《どこ》かで「ニャア」と啼《な》いているように思《おも》えるので、便所《べんじょ》へ行《い》くような風《ふう》をしながら、そうっと起《お》きて雨戸《あまど》を開《あ》けてみたことも、一度《いちど》や二度《にど》ではないのであるが、あまりたびたびそう云《い》う幻《まぼろし》に欺《あざむ》かれると、今聞《いまき》いた声《こえ》や夢《ゆめ》に見《み》た姿《すがた》は、リリーの幽霊《ゆうれい》なのではないか、逃《に》げて来《く》る路《みち》で野《の》たれ死《じ》にをして、魂《たましい》だけが戻《もど》ったのではないのかと、そんな気《き》がして、・・ぞうっと身《み》ぶるいが出《で》たこともある。だが又《また》、いくら品《しな》子《こ》が意地《いじ》の悪《わる》い女《おんな》でも、塚本《つかもと》が無責任《むせきにん》でも、まさかリリーに変《かわ》ったことが起《おこ》ったら黙《だま》っている筈《はず》もあるまいから、便《たよ》りのないのは無事《ぶじ》に暮《く》らしている証拠《しょうこ》なのだと、不吉《ふきつ》な想像《そうぞう》が浮《う》かぶたびに打《う》ち消《け》し打《う》ち消《け》しして来《き》たのであるが、それでも感心《かんしん》に女房《にょうぼう》の云《い》いつけを忠実《ちゅうじつ》に守《まも》って、一度《いちど》も六甲《ろっこう》の方角《ほうがく》へ足《あし》を向《む》けたことがなかったと云《い》うのは、監視《かんし》が厳《きび》しかったばかりでなく、品子《しなこ》の網《あみ》に引《ひ》っかかるのが不愉快《ふゆかい》だからであった。彼《かれ》にはリリーを引《ひ》き取《と》った品子《しなこ》の真意《しんい》と云《い》うものが、今《いま》でもハッキリしないのだけれども、事《こと》に依《よ》ったら、塚本《つかもと》が報告《ほうこく》を怠《おこた》っているのも品子《しなこ》のさし・・・がねではないのか、彼奴《あいつ》はそう云《い》う風《ふう》にしてわざと己《おれ》に気《き》を揉《も》ませて、おびき寄《よ》せようと云《い》う腹《はら》ではないのかと、そんな邪推《じゃすい》もされるので、リリーの安《あん》否《ぴ》を確《たし》かめたいと願《ねが》う一方《いっぽう》、見《み》す見《み》す彼奴《あいつ》の罠《わな》に篏《は》まってたまるものかと云《い》う反感《はんかん》が、それと同《おな》じくらい強《つよ》かったのであった。彼《かれ》は何《なん》とかしてリリーには会《あ》いたいが、品子《しなこ》に掴《つか》まることはイヤでたまらなかった。「とうとうやって来《き》ましたね」と、彼奴《あいつ》がへんに利口《りこう》ぶって、得意《とくい》の鼻《はな》をうごめかすかと思《おも》うと、もうその顔《かお》つきを浮《う》かべただけでムシズが走《はし》った。元来庄造《がんらいしょうぞう》には彼一流《かれいちりゅう》の狡《ずる》さがあって、いかにも気《き》の弱《よわ》い、他人《たにん》の云《い》うなり次第《しだい》になる人間《にんげん》のように見《み》られているのを、巧《たく》みに利用《りよう》するのであるが、品子《しなこ》を追《お》い出《だ》したのが矢張《やはり》その手《て》で、表面《ひょうめん》はおりんや福子《ふくこ》に操《あやつ》られた形《かたち》であるけれども、その実誰《じつだれ》よりも彼《かれ》が一番彼女《いちばんかのじょ》を嫌《きら》っていたかも知《し》れない。そして庄造《しょうぞう》は、今考《いまかんが》えても、いいことをした、いい気味《きみ》だったと思《おも》うばかりで、不憫《ふびん》と云《い》う感《かん》じは少《すこ》しも起《おこ》らないのであった。

現《げん》に品子《しなこ》は、電燈《でんとう》のともっている二階《にかい》のガラス窓《まど》の中《なか》にいるのに違《ちが》いないのだが、雑草《ざっそう》のかげにつくばいながらじっとその灯《ひ》を見上《みあ》げていると、又《また》してもあの、人《ひと》を小馬鹿《こばか》にしたような、賢女振《けんじょぶ》った顔《かお》が眼先《めさき》にちらついて、胸糞《むなくそ》が悪《わる》くなって来《く》る。折角《せっかく》ここまで来《き》たのであるから、せめて「ニャア」と云《い》うなつかしい声《こえ》を余所《よそ》ながらでも聞《き》いて帰《かえ》りたい、無事《ぶじ》に飼《か》われていることが分《わか》りさえしたら、それだけでも安心《あんしん》であるし、ここへ来《き》た念《ねん》が届《とど》くのであるから、いっそのことそうっと裏口《うらぐち》を覗《のぞ》いてみたら、……アワよく行《い》ったら、初子《はつこ》をこっそり呼《よ》び出《だ》して、おみやげの鶏《かしわ》の肉《にく》を渡《わた》して、近状《きんじょう》を聞《き》かして貰《もら》ったら、……と、そう思《おも》うのであるが、あの窓《まど》の灯《ひ》を見《み》て、あの顔《かお》を心《こころ》に描《えが》くと、足《あし》がすくんでしまうのである。うっかりそんな真似《まね》をしたら、初子《はつこ》がどう云《い》う感違《かんちが》いをして、二階《にかい》の姉《あね》を呼《よ》びに行《い》かないものでもないし、少《すく》なくとも後《あと》でしゃべることは確《たし》かであるから、「そろそろ計略《けいりゃく》が図《ず》に中《あた》って来《き》た」などと、己惚《うぬぼ》れるだけでも癪《しゃく》に触《さわ》る。とすると、矢張《やはり》この空地《あきち》に根気《こんき》よくうずくまっていて、リリーがここを通《とお》りかかる偶然《ぐうぜん》の機会《きかい》を捉《とら》えるより外《ほか》はないのであるが、しかし今迄《いままで》待って駄目《だめ》なら、とても今夜《こんや》は覚《おぼ》つかない。庄造《しょうぞう》はもう、袋《ふくろ》の中《なか》のアンパンをみんな食《た》べてしまった。そしてさっきから一時間半《いちじかんはん》ぐらいは経《た》ったような気《き》がするので、だんだん家《いえ》の方《ほう》の首尾《しゅび》が心配《しんぱい》になって来《き》た。母親《ははおや》だけなら面倒《めんどう》はないが、福子《ふくこ》が先《さき》に帰《かえ》って来《き》ていたら、今夜《こんや》一《ひ》と晩《ばん》じゅう寝《ね》かして貰《もら》えないで、痣《あざ》だらけにされる。それもいいけれども、又明日《またあす》から監視《かんし》が厳重《げんじゅう》になる。だが、一時間半《いちじかんはん》も待《ま》つあいだに微《かす》かな啼《な》きごえも洩《も》れて来《こ》ないのは、何《なん》だか変《へん》だ、ひょっとしたら、この間《あいだ》からたびたび見《み》た夢《ゆめ》が正夢《まさゆめ》で、もうこの家《いえ》にいないのではないか。さっき魚《さかな》を焼《や》く匂《におい》がした時《とき》が一家《いっか》の夕飯《ゆうはん》だったとすると、リリーもあの時何《ときなに》かしら与《あた》えられるであろうし、そうすればきっと草《くさ》を食《た》べに出《で》て来《く》るのだが、来《こ》ないのを見《み》るとどうも怪《あや》しい。……庄造《しょうぞう》は、とうとう怺《こら》えきれなくなって、雑草《ざっそう》の中《なか》から身《み》を起《おこ》すと、裏木戸《うらきど》の際《きわ》まで忍《しの》んで行《い》って、隙間《すきま》へ顔《かお》をあててみた。と、階下《した》はすっかり雨戸《あまど》が締《し》まっていて、子《こ》供《ども》を寝《ね》かしつけているらしい初子《はつこ》の声《こえ》がとぎれとぎれに聞《きこ》えて来《く》る外《ほか》には、何《なん》の物音《ものおと》もしない。二階《にかい》のガラス障子《しょうじ》にでも、ほんの一瞬間《いっしゅんかん》でいいからさっと影《かげ》が写《うつ》ってくれたらどんなに嬉《うれ》しいか知《し》れないのに、ガラスの向《むこ》うに白《しろ》いカーテンが静《しず》かに垂《た》れているばかりで、その上《うえ》の方《ほう》が薄暗《うすぐら》く、下《した》の方《ほう》が明《あか》るくなっているのは、品子《しなこ》が電《でん》燈《とう》を低《ひく》く下《お》ろして、夜作《よなべ》をしているのであろう。ふと庄造《しょうぞう》は、あかりの下《した》で一心《いっしん》に針《はり》を運《はこ》びつつある彼女《かのじょ》の傍《そば》に、リリーがおとなしく背中《せなか》を円《まる》めて、「の」の字《じ》なりに臥《ね》ころびながら、安《やす》らかな眠《ねむり》を貪《むさぼ》っている平和《へいわ》な光景《こうけい》を眼《がん》前《ぜん》に浮《う》かべた。秋《あき》の夜長《よなが》の、またたきもせぬ電燈《でんとう》の光《ひかり》が、リリーと彼女《かのじょ》とただ二人《ふたり》だけを一《ひと》つ圏《わ》の中《なか》に包《つつ》んでいる外《ほか》は、天井《てんじょう》の方《ほう》までぼうっと暗《くら》くなっている室内《しつない》。……夜《よ》が次第《しだい》に更《ふ》けて行《い》く中《なか》で、猫《ねこ》はかすかに鼾《いびき》を掻《か》き、人《ひと》は黙々《もくもく》と縫《ぬ》い物《もの》をしている。侘《わ》びしいながらもしんみりとした場面《ばめん》。……あのガラス窓《まど》の中《なか》に、そう云《い》う世界《せかい》が繰《く》りひろげられているとしたら、――何《なに》か奇蹟《きせき》的《てき》なことが起《おこ》って、リリーと彼女《かのじょ》とがすっかり仲好《なかよ》しになっていたとしたら、――もしほんとうにそんな光景《こうけい》を見《み》せられたら、焼餅《やきもち》を焼《や》かずにいられるだろうか。正直《しょうじき》のところ、リリーが昔《むかし》を忘《わす》れてしまって現状《げんじょう》に満足《まんぞく》していられても、矢張腹《やはりはら》が立《た》つであろうし、そうかと云《い》って、虐待《ぎゃくたい》されていたり死《し》んでいたりしたのでは尚悲《なおかな》しいし、孰方《どっち》にしても気《き》が晴《は》れることはないのだから、いっそ何《なに》も聞《き》かない方《ほう》がいいかも知《し》れない。庄造《しょうぞう》は、途端《とたん》に階下《した》の柱時計《はしらどけい》が「ぼん、……」と、半《はん》を打《う》つのを聞《き》いた。七時半《しちじはん》だ、――と思《おも》うと、彼《かれ》は誰《だれ》かに突《つ》き飛《と》ばされたように腰《こし》を浮《う》かしたが、二《ふ》た足三足《あしみあし》行《い》ってから引《ひ》っ返《かえ》して来《き》て、まだ大事《だいじ》そうに懐《ふところ》に入《い》れていた筍《たけ》の皮包《かわづつみ》を取《と》り出《だ》すと、それを木戸口《きどぐち》や、五味箱《ごみばこ》の上《うえ》や、彼方此方《あっちこっち》へ持《も》って行《い》ってウロウロした。何処《どこ》か、リリーだけが気《き》が付《つ》いてくれるような所《ところ》へ置《お》いて行《い》きたいが、叢《くさむら》の中《なか》では犬《いぬ》に嗅《か》ぎ付《つ》けられそうだし、この辺《へん》へ置《お》いたら家《いえ》の者《もの》が見《み》つけるであろうし、巧《うま》い方法《ほうほう》はないか知《し》らん。いや、もうそんなことに構《かま》ってはいられぬ。遅《おそ》くも今《いま》から三十分以内《さんじっぷんいない》に帰《かえ》らなかったら、又一《またひ》と騒《さわ》ぎ起《おこ》るかも知《し》れぬ。「あんた、今頃《いまごろ》まで何《なに》しててん!」——と、そう云《い》う声《こえ》が俄《にわ》かに耳《みみ》のハタで聞《きこ》えて、福子《ふくこ》のイキリ立《た》った剣幕《けんまく》がありありと見《み》える。彼《かれ》は慌《あわ》てて葛《くず》の葉《は》の繁《しげ》っている間《あいだ》へ、筍《たけ》の皮《かわ》を開《ひら》いて置《お》いて、両端《りょうはし》へ小石《こいし》を載《の》せて、又《また》その上《うえ》から適当《てきとう》に葉《は》を被《かぶ》せた。そして空地《あきち》を横《よこ》ッ飛《と》びに、自転車《じてんしゃ》を預《あず》けた茶屋《ちゃや》のところまで夢中《むちゅう》で走《はし》った。

その晩《ばん》、庄造《しょうぞう》よりも二時間程《にじかんほど》おくれて帰《かえ》って来《き》た福子《ふくこ》は、弟《おとうと》を連《つ》れて拳闘《けんとう》を見《み》に行《い》った話《はなし》などをして、ひど

く機嫌《きげん》が好《よ》かった。そして明《あ》くる日《ひ》、少《すこ》し早《はや》めに夕飯《ゆうはん》を済《す》ますと、

「神戸《こうべ》へ行《い》かして貰《もら》いまっせ。」

と、夫婦《ふうふ》で新開地《しんかいち》の聚楽館《じゅらくかん》へ出《で》かけた。

おりんの経験《けいけん》だと、福子《ふくこ》はいつも今津《いまづ》の家《いえ》へ行《い》って来《き》た当座《とうざ》、つまり懐《ふところ》にお小遣《こづかい》のある五六日《ごろくにち》か一週間《いっしゅうかん》のあいだと云《い》うものは、きまって機嫌《きげん》がいいのである。このあいだに彼女《かのじょ》は盛《さか》んに無駄使《むだづか》いをして、活動《かつどう》や歌劇見物《かげきけんぶつ》などにも、二度《にど》ぐらいは庄造《しょうぞう》を誘《さそ》って行《い》く。従《したが》って夫婦仲《ふうふなか》も睦《むつま》じく、至極円満《しごくえんまん》に治《おさ》まっているのだが、一週間目《いっしゅうかんめ》あたりからそろそろ懐《ふところ》が淋《さび》しくなって、一日家《いちにちいえ》でごろご

ろしながら、間食《あいだぐ》いをしたり雑誌《ざっし》を読《よ》んだりするようになり出《だ》すと、ときどき亭主《ていしゅ》に口叱言《くちこごと》を云《い》う。尤《もっと》も庄造《しょうぞう》も、女房《にょうぼう》の景気《けいき》のいい時《とき》だけ忠実振《ちゅうじつぶ》りを発揮《はっき》して、だんだん出《で》るものが出《で》なくなると、現金《げんきん》に態度《たいど》を変《か》え、浮《う》かぬ顔《かお》をして生返事《なまへんじ》をする癖《くせ》があるのだが、結局双方《けっきょくそうほう》から飛《と》ばっちりを食《く》う母親《ははおや》が、一番割《いちばんわり》が悪《わる》いことになる。だからおりんは、福子《ふくこ》が今津《いまづ》へ駈《か》け付《つ》ける度《たび》に、やれやれこれで当分《とうぶん》は安心《あんしん》だと思《おも》って、内々《ないない》ほっとするのであった。で、今度《こんど》もちょうどそう云《い》う平和《へいわ》な一週間《いっしゅうかん》が始《はじ》まっていたが、神戸《こうべ》へ行《い》ってから三四日《さんよっか》たった或《あ》る日《ひ》の夕方《ゆうがた》、亭《てい》主《しゅ》と二人晩飯《ふたりばんめし》のチャブ台《だい》に向《むか》っていた福子《ふくこ》は、

「こないだの活動《かつどう》、ちょっとも面白《おもしろ》いことあれへんなんだなあ。」

と、自分《じぶん》も行《い》ける口《くち》なので、ほんのり眼《め》のふちへ酔《よ》いを出《だ》しながら、

「――なあ、あんたどない思《おも》うた?」

と、そう云《い》って銚子《ちょうし》を取《と》り上《あ》げると、庄造《しょうぞう》がそれを引《ひ》ったくるようにして此方《こっち》からさした。

「一《ひと》つ行《い》こ。」

「もう、あかん。……酔《よ》うたわ、わて。」

「まあ、行《い》こ、もう一《ひと》つ。……」

「家《いえ》で飲《の》んだかて、おいしいことあれへん。それより明《あ》

日何処《すどこ》ぞへ行《い》けへん?」

「ええなあ、行《い》きたいなあ。」

「まだお小遣《こづかい》ちょっとも使《つこ》うてエへんねんで。……こないだの晩《ばん》、家《いえ》で御飯《ごはん》たべて出《で》て、活動見《かつどうみ》ただけやったやろ、そやさかいに、まだたあんと持《も》ってるねん。」

「何処《どこ》にしょう、そしたら?……」

「宝塚《たからづか》、今月《こんげつ》は何《なに》やってるやろ?」

「歌劇《かげき》かいな。――」

後《あと》に旧温泉《きゅうおんせん》と云《い》う楽《たの》しみはあるにしてからが、何《なん》だかもう一《ひと》つ気《き》が乗《の》らない顔《かお》つきをした。

「――そないにたんとお小遣《こづかい》あるのんやったら、もっと面《おも》白《しろ》いことないやろか。」

「何《なん》ぞ考《かんが》えてエな。」

「紅葉《こうよう》見《み》に行《い》けへん？」

「箕面《みのお》かいな。」

「箕面《みのお》はあかんねん、こないだの水《みず》ですっくりやられてしもてん。それより僕《ぼく》、久《ひさ》し振《ぶ》りで有馬《ありま》へ行《い》ってみたいねんけど、どうや、賛成《さんせい》せエへんか。」

「ほんに、……あれ、いつやったやろ？」

「もうちょうど一年《いちねん》ぐらい……いや、そうやないわ、あの時《とき》河鹿《かじか》が啼《な》いてたわ。」

「そうや、もう一年半《いちねんはん》になるで。」

それは二人《ふたり》が人目《ひとめ》を忍《しの》ぶ仲《なか》になり出《だ》して間《ま》もない時分《じぶん》、或《あ》る日《ひ》滝道《たきみち》の終点《しゅうてん》で落《お》ち合《あ》い、神有電車《しんゆうでんしゃ》で有馬《ありま》へ行《い》って、御所《ごしょ》の坊《ぼう》の二階座敷《にかいざしき》で半日《はんにち》ばかり遊《あそ》んで暮《く》らしたことがあったが、涼《すず》しい渓川《たにがわ》の音《おと》を聞《き》きながら、ビールを飲《の》んでは寝《ね》たり起《お》きたりして過《す》ごした、楽《たの》しかった夏《なつ》の日《ひ》のことを、二人《ふたり》ともはっきり思《おも》い出《だ》した。

「そしたら、又御所《またごしょ》の坊《ぼう》の二階《にかい》にしょうか。」

「夏《なつ》より今《いま》の方《ほう》がええで。紅葉見《こうようみ》て、温泉《おんせん》に這入《はい》って、ゆっくり晩《ばん》の御飯食《ごはんた》べて、――」

「そうしょう、そうしょう、もうそれにきめたわ。」

その明《あ》くる日《ひ》は早《はや》お昼《ひる》の予定《よてい》であったが、福子《ふくこ》は朝《あさ》の九《く》

時頃《じごろ》からぽつぽつ身支度《みじたく》に取《と》りかかりながら、

「あんた、汚《きたな》い頭《あたま》やなあ。」

と、鏡《かがみ》の中《なか》から庄造《しょうぞう》に云《い》った。

「そうかも知《し》れん、もう半月《はんつき》ほど床屋《とこや》へ行《い》けへんさかいになあ。」

「そしたら大急《おおいそ》ぎで行《い》って来《き》なはれ、今《いま》から三十分以内《さんじっぷんいない》に。——」

「そらえらいこッちゃ。」

「そんな頭《あたま》してたら、わてよう一緒《いっしょ》に歩《ある》かんわ。——早《はよ》うしなはれ！」

庄造《しょうぞう》は、女房《にょうぼう》が渡《わた》してくれた一円札《いちえんさつ》を、左《ひだり》の手《て》に持《も》って

ヒラヒラさせながら、自分《じぶん》の店《みせ》から半丁程《はんちょうほど》東《ひがし》にある床屋《とこや》の前《まえ》まで駈《か》けて行《い》ったが、いいあんばいに客《きゃく》が一人《ひとり》も来《き》ていないので、

「早《はや》いとこ頼《たの》みまっさ。」

と、奥《おく》から出《で》て来《き》た親方《おやかた》に云《い》った。

「何処《どこ》ぞ行《い》きはりまんのんか。」

「有馬《ありま》へ紅葉《こうよう》見《み》に行《い》きまんね。」

「そら宜《よろ》しおまんなあ、奥《おく》さんも一緒《いっしょ》だっか？」

「そうだんね。——早《はや》お昼《ひる》たべて出《で》かけるさかい、三十分《さんじっぷん》で頭《あたま》刈《か》って来《き》なはれ云《い》われてまんね。」

が、それから三十分《さんじっぷん》過《す》ぎた時分《じぶん》、

「お楽《たの》しみだんなあ、ゆっくり行《い》って来《き》なはれ。」

と、背中《せなか》から親方《おやかた》が浴《あ》びせる言葉《ことば》を聞《き》き流《なが》して、家《いえ》の前《まえ》まで戻《もど》って来《き》て、何心《なにごころ》なく店《みせ》へ一《ひ》と足踏《あしふ》み込《こ》むと、そのまま土間《どま》に立《た》ちすくんでしまった。

「なあ、お母《かあ》さん、何《なん》で今日《きょう》までそれ隠《かく》してはりましてん。……………」

と、突然《とつぜん》そう云《い》うただならぬ声《こえ》が奥《おく》から聞《きこ》えて来《き》たからである。

「……何《なん》でそんなことがあったら、わてに云《い》うとくなはれしまへん。……そしたらお母《かあ》さん、わての味方《みかた》してるみたいに見《み》せかけといて、いつもそんなことさせてはったんと違《ちが》いまっか。……」

福子《ふくこ》が大分《だいぶ》お冠《かんむり》を曲《ま》げているらしいことは甲高《かんだか》い物《もの》の云《い》い方《かた》で分《わか》る。母親《ははおや》の方《ほう》は明《あきら》かに遣《や》り込《こ》められている様《よう》子《す》で、たまに一《ひ》と言《こと》二《ふ》た言《こと》ぐらい口返答《くちへんとう》をするけれども、胡麻化《ごまか》すようにコソコソと云《い》うので、よく聞《きこ》えない。福《ふく》子《こ》の怒鳴《どな》る声《こえ》ばかりが筒抜《つつぬ》けに響《ひび》いて来《く》るのである。

「……何《なに》? 行《い》ったとは限《かぎ》らん?……阿呆《あほ》らしい! 人《ひと》の家《いえ》の台所《だいどころ》借《か》って、鶏《かしわ》の肉《にく》煮《た》いたりして、リリーの所《とこ》やなかったら、何所《どこ》へ持《も》って行《い》きまんね。……それにしたかて、あの提灯《ちょうちん》持《も》って帰《かえ》って、あんな所《ところ》に直《なお》してあったこと、お母《かあ》さん知《し》ったはりましたんやろ?……」

彼女《かのじょ》が母親《ははおや》を掴《つか》まえて、あんなキンキンした声《こえ》を張《は》り上《あ》げることはめったにないのだが、しかしたった今《いま》、彼《かれ》が床屋《とこや》へ行《い》っていた僅《わず》かな間《あいだ》に、どうやら先日《せんじつ》の国粋堂《こくすいどう》が、あの時《とき》の立《た》て換《か》えと古提灯《ふるぢょうちん》とを取《と》り返《かえ》しに来《き》たのだと見《み》える。ありていに云《い》うと、あの晩庄造《ばんしょうぞう》はあの提灯《ちょうちん》を自転《じてん》車《しゃ》の先《さき》にぶら下《さ》げて帰《かえ》って、福子《ふくこ》に見咎《みとが》められないように、物置小屋《ものおきごや》の棚《たな》の上《うえ》に押《お》し上《あ》げて置《お》いたのであるが、お袋《ふくろ》には見当《けんとう》がついていた筈《はず》だから、出《だ》して渡《わた》してやったのかも知《し》れない。だが国粋堂《こくすいどう》は、いつでもいいようにと云《い》っていながら、何《なん》で取《と》り返《かえ》しに来《き》たのだろう。まさかあんな古提灯《ふるぢょうちん》が惜《お》しいこともあるまいに、この辺《へん》についでもあったのだろうか、それとも二十銭《にじっせん》を借《か》りっ放《ぱな》しにされたのが、腹《はら》が立《た》ったのだろうか。それに又《また》、親父《おやじ》が来《き》たのか、小僧《こぞう》が来《き》たのか知《し》らないが、鶏《かしわ》の話《はなし》まででして行《い》かないでもいいではないか。

「……わてはなあ、相手《あいて》がリリーだけやったら、何《なに》もうるさいこと云《い》えしまへんで。リリーに会《あ》いに行《い》く云《い》うても、リリーだけやあれへんさかいに、云《い》いまんねんで。いったいお母《かあ》さん、あの人《ひと》とグルになって、わてを欺《だま》すようなことして、済《す》むと思《おも》うたはりまんのんか。」

そう云《い》われると、流石《さすが》のおりんもグウの音《ね》も出《で》ないで、小《ちい》さくなっているのであるが、悴《せがれ》の代《かわ》りに怒《おこ》られているのは可哀《かわい》そうのようでもあり、一寸《ちょっと》いい気味《きみ》のようでもある。何《なん》にしても庄造《しょうぞう》は、自分《じぶん》がいたら中々《なかなか》福子《ふくこ》の怒《おこ》り方《かた》がこのくらいでは済《す》むまいと思《おも》うと、危《あやう》く虎口《ここう》を逃《のが》れた気《き》がして、スワといえば戸外《おもて》へ飛《と》び出《だ》せるように、身《み》構《がま》えをしながら立《た》っていると、

「……いいえ、分《わか》ってま！　あの人六甲《ひとろっこう》へ遣《や》ったりして、今度《こんど》はわてを追《お》い出《だ》す相談《そうだん》してなはるねん。」

と、云《い》うのにつづいてどたん・・・と云《い》う物音《ものおと》がして、

「待《ま》ちいな！」

「放《はな》しとくなはれ！」

「そうかて、何処《どこ》へ行《い》くねんな。」

「お父《とう》さん所《とこ》へ行《い》って来《き》ます、わての云《い》うことが無理《むり》か、お母《かあ》さんの云《い》うことが無理《むり》か、――」

「ま、今庄造《いましょうぞう》が戻《もど》るさかいに――」

・・・・・どたん、どたん、と、二人《ふたり》が盛《さか》んに争《あらそ》いながら店《みせ》の方《ほう》へ出《で》て来《き》そうなので、慌《あわ》てて庄造《しょうぞう》は往来《おうらい》へ逃《に》げ延《の》びて、五六丁《ごろくちょう》の距離《きょり》を夢中《むちゅう》で走《はし》った。それきり後《あと》がどうなったことやら分《わか》らなかったが、気《き》が付《つ》いてみると、いつか自《じ》分《ぶん》は新国道《しんこくどう》のバスの停留所《ていりゅうじょ》の前《まえ》に来《き》て、さっき床屋《とこや》で受《う》け取《と》った釣銭《つりせん》の銀貨《ぎんか》を、まだしっかりと手《て》の中《なか》に握《にぎ》っていた。

ちょうどその日《ひ》の午後一時頃《ごごいちじごろ》、品子《しなこ》が朝《あさ》のうちに仕上《しあ》げた縫物《ぬいもの》を、近所《きんじょ》まで届《とど》けて来《く》ると云《い》って、不断着《ふだんぎ》の上《うえ》に毛糸《けいと》のショールを引《ひ》っかけて、小走《こばし》りに裏口《うらぐち》から出《で》て行《い》ったあと、初子《はつこ》がひとり台所《だいどころ》で働《はたら》いていると、そこの障子《しょうじ》をごそッと一尺《いっしゃく》ばかり開《あ》けて、せいせい息《いき》を切《き》らしながら庄造《しょうぞう》が中《なか》を覗《のぞ》き込《こ》んだので、

「あらッ」

と、飛《と》び上《あが》りそうにすると、ピョコンと一《ひと》つお時儀《じぎ》をしながら笑《わら》ってみせて、

「初《はっ》ちゃん、……」

と云《い》ってから、後《うし》ろの方《ほう》に気《き》を配《くば》りつつ急《きゅう》にひそひそ声《ごえ》

になって、

「……あの、今此処《いまここ》から品子出《しなこで》て行《い》きましたやろ？」

と、セカセカした早口《はやくち》で云《い》った。

「……僕今《ぼくいま》そこで会《お》うてんけど、品子《しなこ》は気《き》イ付《つ》けしまへなんだ。僕《ぼく》あのポプラーの蔭《かげ》に隠《かく》れてましたよってにな。」

「何《なん》ぞ姉《ねえ》さんに用《よう》だっか？」

「滅相《めっそう》な！　リリーに会《あ》いに来《き》ましてんが。――」

そして、そこから庄造《しょうぞう》の言葉《ことば》は、さも思《おも》い余《あま》った、哀《あわ》れっぽい切《せつ》ない声《こえ》に変《かわ》った。

「なあ、初《はっ》ちゃん、あの猫何処《ねこどこ》にいてます？……済《す》んまへんけど、ほんのちょっとでええさかい、会《あ》わしとくなはれ！」

「何処《どこ》ぞ、その辺《へん》にいてしまへんか。」

「そない思《おも》うて、僕《ぼく》この近所《きんじょ》うろうろして、もう二時間《にじかん》も彼処《あそこ》に立《た》ってましてんけど、ちょっとも出《で》て来《き》よれしまへんねん。」

「そしたら、二階《にかい》にいてるかしらん？」

「品子《しなこ》もう直《す》ぐ戻《もど》りまっしゃろか？　今頃《いまごろ》何処《どこ》へ行《い》きましたんや？」

「ほんそこまで仕立物《したてもの》届《とど》けに。――二三丁《にさんちょう》の所《ところ》だすよって、直《す》ぐ帰《かえ》りまっせ。」

「ああ、どうしよう、ああ困《こま》った。」

そう云《い》って仰山《ぎょうさん》に体《からだ》をゆすぶって、地団駄《じだんだ》を踏《ふ》みながら、

「なあ、初《はっ》ちゃん、頼《たの》みます、この通《とお》りや。――」

と、手《て》を擦《こす》り合《あ》わせて拝《おが》む真似《まね》をした。

「――後生一生《ごしょういっしょう》のお願《ねが》いだす、今《いま》の間《あいだ》に連《つ》れて来《き》とくなはれ。」

「会《お》うて、どないしやはりまんね。」

「どうもこうもせえしまへん。無事《ぶじ》な顔《かお》一《ひ》と眼《め》見《み》せてもろたら、気《き》が済《す》みまんねん。」

「連《つ》れて帰《かえ》りはれしまへんやろなあ?」

「そんなことしまっかいな。今日《きょう》見《み》せてもろたら、もう

これっきり来《け》えしまへん。」

初子《はつこ》は呆《あき》れた顔《かお》をして、穴《あな》の明《あ》くほど庄造《しょうぞう》を視詰《みつ》めていたが、何《なん》と思《おも》ったか黙《だま》って二階《にかい》へ上《あが》って行《い》って、直《す》ぐ段梯子《だんばしご》の中段《ちゅうだん》まで戻《もど》って来《く》ると、

「いてまっせ。——」

と、台所《だいどころ》の方《ほう》へ首《くび》だけ突《つ》ん出《だ》した。

「いてまっか?」

「わて、よう抱《だ》きまへんよって、見《み》に来《き》とくなはれ。」

「行《い》っても大事《だいじ》おまへんやろか。」

「直《す》ぐ降《お》りとくなはれや。」

「宜《よろ》しおま。——そしたら、上《あが》らして貰《もら》いまっさ。」

「早《はや》いことしなはれ！」

庄造《しょうぞう》は、狭《せま》い、急《きゅう》な段梯子《だんばしご》を上《のぼ》る間《あいだ》も胸《むね》がドキドキした。ようよう日頃《ひごろ》の思《おも》いが叶《かな》って、会《あ》うことが出来《でき》るのは嬉《うれ》しいけれども、どんな風《ふう》に変《かわ》っているだろうか。野《の》たれ死《じ》にもせず、行《ゆ》くえ不明《ふめい》にもならないで、無事《ぶじ》にこの家《や》にいてくれたのは有難《ありがた》いが、虐待《ぎゃくたい》されて、痩《や》せ衰《おとろ》えていなければいいが、……まさか一《ひ》と月半《つきはん》の間《あいだ》に忘《わす》れる筈《はず》はないだろうけれど、なつかしそうに傍《そば》へ寄《よ》って来《き》てくれるか知《し》らん？　それとも例《れい》の、羞渋《はにか》んで逃《に》げて行《い》くか知《し》らん？……蘆屋《あしや》の時代《じだい》に、二三日家《にさんにちいえ》を空《あ》けたあとで帰《かえ》って来《く》ると、もう何処《どこ》へも行《い》かせまいとして、縋《すが》り着《つ》いたり舐《な》め廻《まわ》したりしたものであったが、もしもあんな風《ふう》にされたら、それを振《ふ》り切《き》るのに又《また》もう一度《いちど》辛《つら》い思《おも》いをしなければならない。……

「此処《ここ》だっせ。——」

晴《は》れ晴《ば》れとした午後《ごご》の外光《がいこう》を遮《さえぎ》って、窓《まど》のカーテンが締《し》まっているのは、大方用心深《おおかたようじんぶか》い品子《しなこ》が出《で》て行《い》く時《とき》にそうしたのであろうか。——そのために室内《しつない》がもやもやと翳《かげ》って、薄暗《うすぐら》くなっている中《なか》に、信楽焼《しがらきやき》のナマコの火鉢《ひばち》が置《お》いてあって、なつかしいリリーはその傍《そば》に、座布団《ざぶとん》を重《かさ》ねて敷《し》いて、前脚《まえあし》を腹《はら》の下《した》へ折《お》り込《こ》んで、背《せ》を円《まる》くしながらうつらうつらうつら眼《め》をつぶっていた。案《あん》じた程《ほど》に痩《や》せてもいないし、毛《け》なみもつやつやとしているのは、相《そう》当《とう》に優遇《ゆうぐう》されているからであろう。思《おも》ったよりも大事《だいじ》にされている証拠《しょうこ》には、彼女《かのじょ》のために専用《せんよう》の座布団《ざぶとん》が二枚《にまい》も設《もう》けてあるばかりではない、たった今《いま》、お昼《ひる》の御馳走《ごちそう》に生卵《なまたまご》を貰《もら》ったと見《み》えて、きれいに食《た》べ尽《つく》した御飯《ごはん》のお皿《さら》と、卵《たまご》の殻《から》とが、新聞紙《しんぶんし》に載《の》せて部屋《へや》の片隅《かたすみ》に寄《よ》せてあり、又《また》その横《よこ》には、蘆屋時代《あしやじだい》と同《おな》じようなフンシさえ置《お》いてあるのである。と、突然庄造《とつぜんしょうぞう》は、久《ひさ》しい間忘《あいだわす》れていたあの特有《とくゆう》の匂《におい》を嗅《か》いだ。嘗《かつ》て我《わ》が家《や》の柱《はしら》にも壁《かべ》にも床《ゆか》にも天井《てんじょう》にも沁《し》み込《こ》んでいたあの匂《におい》が、今《いま》はこの部屋《へや》に籠《こも》っているのであった。彼《かれ》は悲《かな》しみがこみ上《あ》げて来《き》て、

「リリー、……」

と覚《おぼ》えず濁声《だみごえ》を挙《あ》げた。するとリリーはようようそれが聞《きこ》えたのか、どんよりとした慵《ものう》げな瞳《ひとみ》を開《あ》けて、庄造《しょうぞう》の方《ほう》へひどく無愛想《ぶあいそう》な一瞥《いちべつ》を投《な》げたが、ただそれだけで、何《なん》の感動《かんどう》も示《しめ》さなかった。彼女《かのじょ》は再《ふたた》び、前脚《まえあし》を一層深《いっそうふか》く折《お》り曲《ま》げ、背筋《せすじ》の皮《かわ》と耳朶《みみたぶ》とをブルン！と寒《さむ》そうに痙攣《けいれん》させて、睡《ねむ》くてたまらぬと云《い》うように眼《め》を閉《と》じてしまった。

今日《きょう》はお天気《てんき》がいい代《かわ》りに、空気《くうき》が冷《ひ》え冷《び》えと身《み》に沁《し》むような日《ひ》であるから、リリーにしたら火鉢《ひばち》の傍《そば》を離《はな》れるのがイヤなのであろう。それに胃《い》の腑《ふ》がふくらんでいるので、尚更大儀《なおさらたいぎ》なのでもあろう。この動物《どうぶつ》の無精《ぶしょう》な性質《せいしつ》を呑《の》み込《こ》んでいる庄造《しょうぞう》は、こう云《い》うそっけない態度《たいど》には馴《な》れているので、格別訝《かくべつあや》しみはしなかったが、でも気《き》のせいか、その夥《おびただ》しく眼《め》やにの溜《たま》った眼《め》のふちだの、妙《みょう》にしょんぼりとうずくまっている姿勢《しせい》だのを見《み》ると、僅《わず》かばかり会《あ》わなかった間《あいだ》に、又《また》いちじるしく老《お》いぼれて、影《かげ》が薄《うす》くなったように思《おも》えた。分《わ》けても彼《かれ》の心《こころ》を打《う》ったのは、今《いま》の瞳《ひとみ》の表情《ひょうじょう》であった。在来《ざいらい》とてもこんな場合《ばあい》に睡《ねむ》そうな眼《め》をしたとは云《い》え、今日《きょう》のはまるで行路病者《こうろびょうしゃ》のそれのような、精《せい》も根《こん》も涸《か》れ果《は》てた、疲労《ひろう》しきった色《いろ》を浮《う》かべているではないか。

「もう覚《おぼ》えてエしまへんで。——畜生《ちくしょう》だんなあ。」

「阿呆《あほ》らしい、人《ひと》が見《み》てたらあないに空惚《そらとぼ》けまんねんが。」

「そうだっしゃろか。……」

「そうだんが。……そやさかいに、……済《す》んまへんけど、ほんちょっとの間《あいだ》、初《はっ》ちゃん此処《ここ》に待《ま》っててくれて、この襖締《ふすまし》めさしとくなはれしまへんか。……」

「そないして、何《なに》しやはりまんね。」

「何《なに》もせえしまへん。……ただ、あの、ちょっと、……膝《ひざ》の上《うえ》に抱《だ》いてやりまんねん。……」

「そうかて、姉《ねえ》さん帰《かえ》って来《き》まっせ。」

「そしたら、初《はっ》ちゃん、そっちの部屋《へや》から門見張《かどみは》ってて、見《み》えたら直《す》ぐに知《し》らしとくなはれ。頼《たの》みまっさ。

……」

襖《ふすま》に手《て》をかけてそう云《い》っているうちに、もう庄造《しょうぞう》はずるずると部屋《へや》へ這入《はい》って、初子《はつこ》を外《そと》へ締《し》め出《だ》してしまった。

そして、

「リリー」

と云《い》いながら、その前《まえ》へ行《い》って、さし向《むか》いにすわった。

リリーは最初《さいしょ》、折角昼寝《せっかくひるね》しているのにうるさい！　と云《い》うような横着《おうちゃく》そうな眼《め》をしばだたいたが、彼《かれ》が眼《め》やに・を拭《ふ》いてやったり、膝《ひざ》の上《うえ》に乗《の》せてやったり、頸《くび》すじを撫《な》でてやったりすると、格別嫌《かくべついや》な顔《かお》もしないで、される通《とお》りになっていて、暫《しばら》くするうちに咽喉《のど》をゴロゴロ鳴《な》らし始《はじ》めた。

「リリーや、どうした？　体《からだ》の工合《ぐあい》悪《わる》いことないか？　毎日々々《まいにちまいにち》、可愛《かわい》がってもろてるか？――」

庄造《しょうぞう》は、今《いま》にリリーが昔《むかし》のいちゃつきを思《おも》い出《だ》して、頭《あたま》を押《お》し着《つ》けに来《き》てくれるか、顔《かお》を舐《な》め廻《まわ》しに来《き》てくれるかと、一生懸命《いっしょうけんめい》いろいろの言葉《ことば》を浴《あ》びせかけたが、リリーは何《なに》を云《い》われても、相変《あいかわ》らず眼《め》をつぶったままゴロゴロ云《い》っているだけであった。それでも彼《かれ》は背中《せなか》の皮《かわ》を根気《こんき》よく撫《な》でてやりながら、少《すこ》し心《こころ》を落《お》ち着《つ》けてこの部屋《へや》の中《なか》を眺《なが》めてみると、あの几帳面《きちょうめん》で癇性《かんしょう》な品子《しなこ》の遣《や》り方《かた》が、ほんの些細《ささい》な端々《はしばし》にもよく現《あら》われているように感《かん》じた。たとえば彼女《かのじょ》は、僅《わず》か二三分《にさんぷん》の間留守《あいだるす》にするにも、ちゃんとこうしてカーテンを締《し》めて行《い》くのである。のみならずこの四畳半《よじょうはん》の室内《しつない》に、鏡台《きょうだい》だの、箪笥《たんす》だの、裁縫《さいほう》の道具《どうぐ》だの、猫《ねこ》の食器《しょっき》だの、便器《べんき》だの、さまざまなものを並《なら》べて置《お》きながら、それらが一糸《いっし》乱《みだ》れずに、それぞれ整然《せいぜん》と片寄《かたよ》せられて、鏝《こて》の突《つ》き刺《さ》してある火鉢《ひばち》の中《なか》を覗《のぞ》いてみても、炭火《すみび》を深《ふか》くいけ込《こ》んだ上《うえ》に、灰《はい》が綺麗《きれい》に筋《すじ》目《め》を立《た》ててならしてあり、三徳《さんとく》の上《うえ》に載《の》せてある瀬戸引《せとひき》の薬罐《やかん》までが、研《と》ぎ立《た》てたようにピカピカ光《ひか》っているのである。が、それはまあ不思議《ふしぎ》はないとしても、奇妙《きみょう》なのはあの皿《さら》に残《のこ》っている卵《たまご》の殻《から》だった。彼女《かのじょ》は自分《じぶん》で食《く》い扶持《ぶち》を稼《かせ》いでいるので、決《けっ》して楽《らく》ではないであろうに、貧《まず》しい中《なか》でもリリーに滋養分《じようぶん》を与《あた》えると見《み》える。いや、そう云《い》えば、彼女《かのじょ》が自分《じぶん》で敷《し》いている座布団《ざぶとん》に比《くら》べて、リリーの座布団《ざぶとん》の綿《わた》の厚《あつ》いことはどうだ。いったい彼女《かのじょ》は何《なん》と思《おも》って、あんなに憎《にく》んでいた猫《ねこ》を大事《だいじ》にする気《き》になったのであろう。

考《かんが》えてみると庄造《しょうぞう》は、云《い》わば自分《じぶん》の心《こころ》がからから前《まえ》の女房《にょうぼう》を追《お》い出《だ》してしまい、この猫《ねこ》にまでも数々《かずかず》の苦労《くろう》をかけるばかりか、今朝《けさ》は自分《じぶん》が我《わ》が家《や》の閾《しきい》を跨《また》ぐことが出来《でき》ないで、ついふらふらと此処《ここ》へやって来《き》たのであるが、このゴロゴロ云《い》う音《おと》を聞《き》きながら、咽《む》せるようなフンシの匂《におい》を嗅《か》いでいると、何《なん》となく胸《むね》が一杯《いっぱい》になって、品子《しなこ》も、リリーも、可哀《かわい》そうには違《ちが》いないけれども、誰《だれ》にもまして可哀《かわい》そうなのは自分《じぶん》ではないか、自分《じぶん》こそほんとうの宿《やど》なしではないかと、そう思《おも》われて来《く》るのであった。

と、その時《とき》ばたばたと足音《あしおと》がして、

「姉《ねえ》さんもういそこの角《かど》まで来《き》てまっせ。」

と、初子《はつこ》が慌《あわただ》しく襖《ふすま》を開《あ》けた。

「えッ、そら大変《たいへん》や！」

「裏《うら》から出《で》たらあきまへん！……表《おもて》へ、……表《おもて》へ廻《まわ》んなはれ！……穿《は》き物《もの》わてが持《も》って行《い》たげる！　早《は》よ、早《は》よよ!」

彼《かれ》は転《ころ》げるように段梯子《だんばしご》を駈《か》け下《お》りて、表玄関《おもてげんかん》へ飛《と》んで行《い》って、初子《はつこ》が土間《どま》へ投《な》げてくれた板草履《いたぞうり》を突《つ》っかけた。そして往来《おうらい》へ忍《しの》び出《で》た途端《とたん》に、チラと品子《しなこ》の後影《うしろかげ》が、一《ひ》と足違《あしちが》いで裏口《うらぐち》の方《ほう》へ曲《まが》って行《い》ったのが眼《め》に留《と》まると、恐《こわ》い物《もの》にでも追《お》われるように反対《はんたい》の方角《ほうがく》へ一散《いっさん》に走《はし》った。

【凡例】

・本編「猫と庄造と二人のおんな」は、青空文庫作成の文字データを使用した。
底本：「猫と庄造と二人のおんな」新潮文庫、新潮社
　１９５１（昭和26）年８月25日発行
　２０１２（平成24）年６月25日74刷改版
底本の親本：「谷崎潤一郎全集　第十四巻」中央公論社
　１９６７（昭和42）年12月25日発行
初出：「改造　新年号　第十八巻第一号」　１９３６（昭和11）年１月１日発行
　「改造　七月特大号　第十八巻第七号」　１９３６（昭和11）年７月１日発行
※底本は、物を数える際や地名などに用いる「ヶ」（区点番号５-86）を、大振りにつくっている。
※「ぎゅっ」と「ぎゅッ」の混在は、底本通りである。
※底本巻末の細江光氏による注解は省略した。
※誤植を疑った箇所を、底本の親本の表記にそって、あらためた。
入力：悠悠自炊
校正：砂場清隆
２０２１年４月27日作成

・文字遣いは、青空文庫のデータによる。
・この作品には、今日からみれば不適切と思われる表現が含まれているが、作品の描かれた時代と、作品本来の価値に鑑み、底本のままとした。
・ルビは、青空文庫のものに加えて、新字新仮名のルビを付し、総ルビとした。
・追加したルビには文字遣いの他、読み方など格段の基準は設けていない。

私 <ruby>わたくし</ruby>

もう何年《なんねん》か前《まえ》、私《わたくし》が一高《いちこう》の寄宿寮《きしゅくりょう》に居《い》た当時《とうじ》の話《はなし》。或《あ》る晩《ばん》のことである。その時分《じぶん》はいつも同室生《どうしつせい》が寝室《しんしつ》に額《ひたい》を鳩《あつ》めては、夜《よる》おそくまで蝋勉《ろうべん》と称《しょう》して蝋燭《ろうそく》をつけて勉強《べんきょう》する（その実駄弁《じつだべん》を弄《ろう》する）のが習慣《しゅうかん》になつて居《い》たのだが、その晩《ばん》も電燈《でんとう》が消《き》えてしまつてから長《なが》い間《あいだ》、三四人《さんよにん》が蝋燭《ろうそく》の灯影《ほかげ》にうづくまりつゝおしやべりをつゞけて居《い》たのであつた。

その時《とき》、どうして話題《わだい》が其処《そこ》へ落《お》ち込《こ》んだのかは明瞭《めいりょう》でないが、何《なん》でも我《わ》れ〳〵は其《そ》の頃《ころ》の我《わ》れ〳〵には極《ご》く有《あ》りがちな恋愛問題《れんあいもんだい》に就《つ》いて、勝手《かって》な熱《ねつ》を吹《ふ》き散《ち》らして居《い》たかのやうに記憶《きおく》する。それから、自然《しぜん》の径路《けいろ》として人《にん》間《げん》の犯罪《はんざい》と云《い》ふ事《こと》が話題《わだい》になり、殺人《さつじん》とか、詐欺《さぎ》とか、窃盗《せっとう》などゝ云《い》ふ言葉《ことば》がめい〳〵の口《くち》に上《のぼ》るやうになつた。

「犯罪《はんざい》のうちで一番《いちばん》われ〳〵が犯《おか》しさうな気《き》がするのは殺《さつ》人《じん》だね。」

と、さう云《い》つたのは某博士《ぼうはかせ》の息子《むすこ》の樋口《ひぐち》と云《い》ふ男《おとこ》だつた。

「どんな事《こと》があつても泥坊《どろぼう》だけはやりさうもないよ。――何《なに》しろアレは実《じつ》に困《こま》る。外《ほか》の人間《にんげん》は友達《ともだち》に持《も》てるが、ぬ・・・すツととなるとどうも人種《じんしゅ》が違《ちが》ふやうな気《き》がするからナア。」

樋口《ひぐち》はその生《うま》れつき品《ひん》の好《い》い顔《かお》を曇《くも》らせて、不愉快《ふゆかい》さうに八《はち》の字《じ》を寄《よ》せた。その表情《ひょうじょう》は彼《かれ》の人相《にんそう》を一層品好《いっそうひんよ》く見《み》せたのである。

「さう云《い》へば此《こ》の頃《ごろ》、寮《りょう》で頻《しき》りに盗難《とうなん》があるツて云《い》ふのは事実《じじつ》かね。」

と、今度《こんど》は平田《ひらた》と云《い》ふ男《おとこ》が云《い》つた。平田《ひらた》はさう云《い》つて、もう一人《ひとり》の中村《なかむら》と云《い》ふ男《おとこ》を顧《かえり》みて、「ねえ、君《きみ》」と云《い》つた。

「うん、事実《じじつ》らしいよ、何《なん》でも泥坊《どろぼう》は外《そと》の者《もの》ぢやなくて、寮生《りょうせい》に違《ちが》ひないと云《い》ふ話《はなし》だがね。」

「なぜ。」

と私《わたくし》が云《い》つた。

「なぜツて、委《くわ》しい事《こと》は知《し》らないけれども、――」と、中《なか》村《むら》は声《こえ》をひそめて憚《はばか》るやうな口調《くちょう》で、「余《あま》り盗難《とうなん》が頻々《ひんぴん》と起《おこ》るので、寮以外《りょういがい》の者《もの》の仕業《しわざ》ぢやあるまいと云《い》ふのさ。」

「いや、そればかりぢやないんだ。」

と、樋口《ひぐち》が云《い》つた。

「たしかに寮生《りょうせい》に違《ちが》ひない事《こと》を見届《みとど》けた者《もの》があるんだ。――つい此《こ》の間《あいだ》、真《ま》ツ昼間《ぴるま》だつたさうだが、北寮七《きたりょうなな》番《ばん》に居《い》る男《おとこ》が一寸用事《ちょっとようじ》があつて寝室《しんしつ》へ這入《はい》らうとすると、中《なか》からいきなりドーアを明《あ》けて、その男《おとこ》を不意《ふい》にピシャリと殴《なぐ》り付《つ》けてバタバタと廊下《ろうか》へ逃《に》げ出《だ》した奴《やつ》があるんださうだ。殴《なぐ》られた男《おとこ》は直《す》ぐ追《お》つかけたが、梯子段《はしごだん》を降《お》りると見失《みうしな》つてしまつた。あとで寝室《しんしつ》へ這入《はい》つて見《み》ると、行李《こうり》だの本箱《ほんばこ》だのが散《ち》らかしてあつたと云《い》ふから、其奴《そいつ》が泥坊《どろぼう》に違《ちが》ひないんだよ。」

「で、その男《おとこ》は泥坊《どろぼう》の顔《かお》を見《み》たんだらうか？」

「いや、出《だ》し抜《ぬ》けに張《は》り飛《と》ばされたんで顔《かお》は見《み》なかつたさうだけれども、服装《ふくそう》や何《なに》かの様子《ようす》ではたしかに寮生《りょうせい》に違《ちが》ひないと云《い》ふんだ。何《なん》でも廊下《ろうか》を逃《に》げて行《い》く時《とき》に、羽《は》織《おり》を頭《あたま》からスッポリ被《かぶ》つて駈《か》け出《だ》したさうだが、その羽《は》織《おり》が下《さが》り藤《ふじ》の紋附《もんつき》だつたと云《い》ふ事《こと》だけが分《わか》つてゐる。」

「下《さが》り藤《ふじ》の紋附《もんつき》？　それだけの手掛《てがか》りぢや仕様《しよう》がないね。」

さう云《い》つたのは平田《ひらた》だつた。氣《き》のせゐか知《し》らぬが、平田《ひらた》はチラリと私《わたくし》の顔色《かおいろ》を窺《うかが》つたやうに思《おも》へた。さうして又《また》、私《わたくし》も其《そ》の時《とき》思《おも》はずイヤな顔《かお》をしたやうな氣《き》がする。なぜかと云《い》ふのに、私《わたくし》の家《いえ》の紋《もん》は下《さが》り藤《ふじ》であつて、而《しか》も其《そ》の紋附《もんつき》の羽織《はおり》を、その晩《ばん》は着《き》ては居《い》なかつたけれども、折々《おりおり》出《だ》して着《き》て歩《ある》くことがあつたからである。

「寮生《りょうせい》だとすると容易《ようい》に掴《つか》まりツこはないよ。自分《じぶん》たちの仲間《なかま》にそんな奴《やつ》が居《い》ると思《おも》ふのは不愉快《ふゆかい》だし、誰《だれ》しも油断《ゆだん》して居《い》るからなあ。」

私《わたくし》はほんの一瞬間《いつしゆんかん》のイヤな気持《きもち》を自分《じぶん》でも耻《はず》かしく感《かん》じたので、サツパリと打《う》ち消《け》すやうにしながらさう云《い》つたのであつた。

「だが、二三日《にさんにち》うちにきつと掴《つか》まるに違《ちが》ひない事《こと》があるんだ。――」

と、樋口《ひぐち》は言葉尻《ことばじり》に力《ちから》を入《い》れて、眼《め》を光《ひか》らせて、しやがれ声《ごえ》になつて云《い》つた。

「――これは秘密《ひみつ》なんだが、一番盗難《いちばんとうなん》の頻発《ひんぱつ》するのは風呂《ふろ》場《ば》の脱衣場《だついじょう》だと云《い》ふので、二三日前《にさんにちまえ》から、委員《いいん》がそつと張《は》り番《ばん》をして居《い》るんだよ。何《なん》でも天井裏《てんじょううら》へ忍《しの》び込《こ》んで、小《ち》さな穴《あな》から様子《ようす》を窺《うかが》つてゐるんださうだ。」

「へえ、そんな事《こと》を誰《だれ》から聞《き》いたい？」

此《こ》の問《とい》を発《はっ》したのは中村《なかむら》だつた。

「委員《いいん》の一人《ひとり》から聞《き》いたんだが、まあ余《あま》りしやべらないでくれ給《たま》へ。」

「しかし君《きみ》、君《きみ》が知《し》つてるとすると、泥坊《どろぼう》だつて其《そ》の位《くらい》の事《こと》はもう気《き》が附《つ》いて居《い》るかも知《し》れんぜ。」

さう云《い》つて、平田《ひらた》は苦々《にがにが》しい顔《かお》をした。

こゝで一寸《ちょっと》断《ことわ》つて置《お》くが、此《こ》の平田《ひらた》と云《い》ふ男《おとこ》と私《わたくし》とは以前《いぜん》はそれ程《ほど》でもなかつたのに、或《あ》る時《とき》或《あ》る事《こと》から感情《かんじょう》を害《がい》して、近頃《ちかごろ》ではお互《たがい》に面白《おもしろ》くない気持《きもち》で附《つ》き合《あ》つて居《い》たのである。尤《もっと》もお互《たがい》にとは云《い》つても、私《わたくし》の方《ほう》からさうしたのではなく、平田《ひらた》の方《ほう》でヒドク私《わたくし》を嫌《きら》ひ出《だ》したので、「鈴木《すずき》は君等《きみら》の考《かんが》へて居《い》るやうなソンナ立派《りっぱ》な人間《にんげん》ぢやない、僕《ぼく》は或《あ》る事《こと》に依《よ》つて彼奴《あいつ》の腹《はら》の底《そこ》を見透《みす》かしたんだ。」と、平田《ひらた》が或《あ》る時《とき》私《わたくし》をこツぴどく罵《ののし》つたと云《い》ふ事《こと》を、私《わたくし》は嘗《かつ》て友人《ゆうじん》の一人《ひとり》から聞《き》いた。「僕《ぼく》は彼奴《あいつ》には愛憎《あいそ》を尽《つ》かした。可哀《かわい》さうだから附《つ》き合《あ》つてはやるけれど、決《けっ》して心《こころ》から打《う》ち解《と》けてはやらない」と、さうも云《い》つたと云《い》ふ事《こと》であつた。が、彼《かれ》は蔭口《かげぐち》をきくばかりで、一度《いちど》も私《わたくし》の面前《めんぜん》でそれを云《い》ひ出《だ》したことはなかつた。たゞ恐《おそ》ろしく私《わたくし》を忌《い》み、侮蔑《ぶべつ》をさへもして居《い》るらしい事《こと》は、彼《かれ》の様子《ようす》のうちにありありと見《み》えて居《い》た。

相手《あいて》がさう云《い》ふ風《ふう》な態度《たいど》で居《い》る時《とき》に、私《わたくし》の性質《せいしつ》としては進《すす》んで説明《せつめい》を求《もと》めようとする気《き》にはなれなかつた。「己《おれ》に悪《わる》い所《ところ》があるなら忠告《ちゅうこく》するのが当《あた》り前《まえ》だ、忠告《ちゅうこく》するだけの価値《かち》さへもないと思《おも》つて居《い》るなら、己《おれ》の方《ほう》でも彼奴《あいつ》を友人《ゆうじん》とは思《おも》ふまい。」さう考《かんが》へた時《とき》、私《わたくし》は多少《たしょう》の寂寞《せきばく》を感《かん》じはしたものゝ、別段《べつだん》その為《た》めに深《ふか》く心《こころ》を悩《なや》ましはしなかつた。平田《ひらた》は体格《たいかく》の頑丈《がんじょう》な、所謂《いわゆる》「向陵健児《こうりょうけんじ》」の模範《もはん》とでも云《い》ふべき男性的《だんせいてき》な男《おとこ》、私《わたくし》は痩《や》せツぽちの色《いろ》の青白《あおじろ》い神経質《しんけいしつ》の男《おとこ》、二人《ふたり》の性格《せいかく》には根本的《こんぽんてき》に融和《ゆうわ》し難《がた》いものがあるのだし、全《まった》く違《ちが》つた二《ふた》つの世界《せかい》に住《す》んで居《い》る人間《にんげん》なのだから仕方《しかた》がないと云《い》ふ風《ふう》に、私《わたくし》はあきらめても居《い》た。但《ただ》し平田《ひらた》は柔道三段《じゅうどうさんだん》の強《ごう》の者《もの》で、「グヅグヅすれば打《ぶ》ん毆《なぐ》るぞ」と云《い》ふやうな、腕《うで》ツ節《ぷし》を誇示《こじ》する風《ふう》があつたので、此方《こちら》が大人《おとな》しく出《で》るのは卑怯《ひきょう》ぢやないかとも考《かんが》へられたが、——さうして事実《じじつ》、内々《ないない》はその腕《うで》ツ節《ぷし》を恐《おそ》れて居《い》たにも違《ちが》ひないが、——私《わたくし》は幸《さいわ》ひにもそんな下《くだ》らない意地《いじ》ツ張《ぱ》りや名誉心《めいよしん》にかけては極《ご》く淡泊《たんぱく》な方《ほう》であつた。「相手《あいて》がいかに自分《じぶん》を軽蔑《けいべつ》しようと、自分《じぶん》で自分《じぶん》を信《しん》じて居《い》ればそれでいゝのだ、少《すこ》しも相手《あいて》を恨《うら》むことはない。」——かう腹《はら》をきめて居《い》た私《わたくし》は、平田《ひらた》の傲慢《ごうまん》な態度《たいど》に報《むく》ゆるに、常《つね》に冷静《れいせい》な寛大《かんだい》な態度《たいど》を以《もっ》てした。「平田《ひらた》が僕《ぼく》を理解《りかい》してくれないのは已《や》むを得《え》ないが、僕《ぼく》の方《ほう》では平田《ひらた》の美点《びてん》を認《みと》めて居《い》るよ。」と、場合《ばあい》に依《よ》つては第三者《だいさんしゃ》に云《い》ひもしたし、又実際《またじっさい》さう思《おも》つても居《い》たのだつた。私《わたくし》は自分《じぶん》を卑怯《ひきょう》だと感《かん》ずることなしに、心《こころ》の底《そこ》から平田《ひらた》を褒《ほ》めることの出来《でき》る自分自身《じぶんじしん》を、高潔《こうけつ》なる人格者《じんかくしゃ》だとさへ己惚《うぬぼ》れて居《い》た。

「下《さが》り藤《ふじ》の紋附《もんつき》？」

さう云《い》つて、平田《ひらた》がさつき私《わたくし》の方《ほう》をチラと見《み》た時《とき》の、その何《なん》とも云《い》へないイヤな眼《め》つきが、その晩《ばん》はしかし奇妙《きみょう》にも私《わたくし》の神経《しんけい》を刺《さ》したのである。一体《いったい》あの眼《め》つきは何《なに》を意味《いみ》するのだらうか？　平田《ひらた》は私《わたくし》の紋附《もんつき》が下《さが》り藤《ふじ》である事《こと》を知《し》りつゝ、あんな眼《め》つきをしたのだらうか？　それともさう取《と》るのは私《わたくし》の僻《ひが》みに過《す》ぎないだらうか？――だが、若《も》し平田《ひらた》が少《すこ》しでも私《わたくし》を疑《うた》ぐつて居《い》るとすれば、私《わたくし》は此《こ》の際《さい》どうしたらいゝか知《し》らん？

「すると僕《ぼく》にも嫌疑《けんぎ》が懸《かか》るぜ、僕《ぼく》の紋《もん》も下《さが》り藤《ふじ》だから。」

さう云《い》つて私《わたくし》は虚心坦懐《きょしんたんかい》に笑《わら》つてしまふべきであらうか？　けれどもさう云《い》つた場合《ばあい》に、こゝに居《い》る三人《さんにん》が私《わたくし》と一緒《いっしょ》に快《こころよ》く笑《わら》つてくれゝば差支《さしつか》へないが、そのうちの一人《ひとり》、――平田一人《ひらたひとり》がニコリともせずに、ますく苦《にが》い顔《かお》をするとしたらどうだらう。私《わたくし》はその光景《こうけい》を想像《そうぞう》すると、ウツカリ口《くち》を切《き》る訳《わけ》にも行《い》かなかつた。

こんな事《こと》に頭《あたま》を費《つい》やすのは馬鹿《ばか》げた話《はなし》ではあるけれども、私《わたくし》はそこで咄嗟《とっさ》の間《ま》にいろ〳〵な事《こと》を考《かんが》へさせられた。「今私《いまわたくし》が置《お》かれて居《い》るやうな場合《ばあい》に於《お》いて、真《しん》の犯人《はんにん》と然《さ》らざる者《もの》とは、各々《おのおの》の心理作用《しんりさよう》に果《はた》してどれだけの相《そう》違《い》があるだらう。」かう考《かんが》へて来《く》ると、今《いま》の私《わたくし》は真《しん》の犯《はん》人《にん》が味《あじわ》ふと同《おな》じ煩悶《はんもん》、同《おな》じ孤独《こどく》を味《あじわ》つて居《い》るやうである。つい先《さっき》まで私《わたくし》はたしかに此《こ》の三人《さんにん》の友人《ゆうじん》であつた、天《てん》下《か》の学生達《がくせいたち》に羨《うらや》ましがられる「一高《いちこう》」の秀才《しゅうさい》の一人《ひとり》であつた。しかし今《いま》では、少《すく》くとも私自身《わたくしじしん》の気持《きもち》に於《お》いては既《すで》に三人《さんにん》の仲間《なかま》ではない。ほん・・の詰《つま》らない事《こと》ではあるが、私《わたくし》は彼等《かれら》に打《う》ち明《あ》けることの出来《でき》ない気苦労《きぐろう》を持《も》つて居《い》る。自分《じぶん》と対等《たいとう》であるべき筈《はず》の平田《ひらた》に対《たい》して、彼《かれ》の一顰一笑《いっぴんいっしょう》に対《たい》して気《き》がねして居《い》る。

「ぬすツととなるとどうも人種《じんしゅ》が違《ちが》ふやうな気《き》がするからナア。」

樋口《ひぐち》の云《い》つた言葉《ことば》は、何気《なにげ》なしに云《い》はれたのには相違《そうい》ないが、それが今《いま》の私《わたくし》の胸《むね》にはグンと力強《ちからづよ》く響《ひび》いた。「ぬすツとは人種《じんしゅ》が違《ちが》ふ」——ぬすツと! あゝ何《なん》と云《い》ふ厭《いや》な名《な》だらう、——思《おも》ふにぬすツとが普通《ふつう》の人種《じんしゅ》と違《ちが》ふ所以《ゆえん》は、彼《かれ》の犯罪《はんざい》行為《こうい》その物《もの》に存《そん》するのではなく、犯罪《はんざい》行為《こうい》を何《なん》とかして隠《かく》さうとし、或《あるい》は自分《じぶん》でも成《な》るべくそれを忘《わす》れて居《い》ようとする心《こころ》の努力《どりょく》、決《けっ》して人《ひと》には打《う》ち明《あ》けられない不断《ふだん》の憂慮《ゆうりょ》、それが彼《かれ》を知《し》らず識《し》らず暗黒《あんこく》な気持《きもち》に導《みちび》くのであらう。ところで今《いま》の私《わたくし》は確《たし》かに其《そ》の暗黒《あんこく》の一部分《いちぶぶん》を持《も》つて居《い》る。私《わたくし》は自分《じぶん》が犯罪《はんざい》の嫌疑《けんぎ》を受《う》けて居《い》るのだと云《い》ふ事《こと》を、自分《じぶん》でも信《しん》じまいとして居《い》る。さうしてその為《た》めに、いかなる親友《しんゆう》にも打《う》ち明《あ》けられない憂慮《ゆうりょ》を感《かん》じて居《い》る。樋口《ひぐち》は勿論《もちろん》私《わたくし》を信用《しんよう》して居《い》ればこそ、委員《いいん》から聞《き》いた湯殿《ゆどの》の一件《いっけん》を洩《も》らしたのだらう。「まあ余《あま》りしやべらないでくれ給《たま》へ。」彼《かれ》がさう云《い》つた時《とき》、私《わたくし》は何《なん》となく嬉《うれ》しかつた。が、同時《どうじ》にその嬉《うれ》しさが私《わたくし》の心《こころ》を一層暗《いっそうくら》くしたことも事実《じじつ》だ。「なぜそんな事《こと》を嬉《うれ》しがるのだ。樋口《ひぐち》は始《はじ》めから己《おれ》を疑《うたが》つて居《い》やしないぢやないか。」さう思《おも》ふと、私《わたくし》は樋口《ひぐち》の心事《しんじ》に対《たい》して後《うし》ろめたいやうな気《き》がした。それから又斯《またこ》う云《い》ふ事《こと》も考《かんが》へられた。どんな善人《ぜんにん》でも多《た》少《しょう》の犯罪性《はんざいせい》があるものとすれば、「若《も》し己《おれ》が真《しん》の犯人《はんにん》だつたら、――」といふ想像《そうぞう》を起《おこ》すのは私《わたくし》ばかりでないかも知《し》れない。私《わたくし》が感《かん》じて居《い》るやうな不快《ふかい》なり喜《よろこ》びなりを、こゝに居《い》る三人《さんにん》も少《すこ》しは感《かん》じて居《い》るかも知《し》れない。さうだとすると、委員《いいん》から特《とく》に秘密《ひみつ》を教《おし》へて貰《もら》つた樋口《ひぐち》は、心中最《しんちゅうもっと》も得意《とくい》であるべき筈《はず》である。彼《かれ》はわれ〳〵四人《よにん》の内《うち》で誰《だれ》よりも委員《いいん》に信頼《しんらい》されて居《い》る。彼《かれ》こそは最《もっと》も・・・ぬすツとに遠《とお》い人種《じんしゅ》である。さうして彼《かれ》が其《そ》の信頼《しんらい》を贏《か》ち得《え》た原因《げんいん》は、彼《かれ》の上品《じょうひん》な人相《にんそう》と、富裕《ふゆう》な家庭《かてい》のお坊《ぼ》つちやんであり博士《はかせ》の令息《れいそく》であると云《い》ふ事実《じじつ》に帰着《きちゃく》するとすれば、私《わたくし》はさう云《い》ふ境遇《きょうぐう》にある彼《かれ》を羨《うらや》まない訳《わけ》に行《い》かない。彼《かれ》の持《も》つて居《い》る物質的優越《ぶっしつてきゆうえつ》が彼《かれ》の品性《ひんせい》を高《たか》める如《ごと》く、私《わたくし》の持《も》つて居《い》る物質的劣弱《ぶっしつてきれつじゃく》、――S県《エスけん》の水呑《みずの》み百姓《びゃくしょう》の忰《せがれ》であり、旧藩主《きゅうはんしゅ》の奨学資金《しょうがくしきん》でヤツと在学《ざいがく》しつゝある貧書生《ひんしょせい》だと云《い》ふ意識《いしき》は、私《わたくし》の品性《ひんせい》を卑《いや》しくする。私《わたくし》が彼《かれ》の前《まえ》へ出《で》て一種《いっしゅ》の気怯《きおく》れを感《かん》じるのは、私《わたくし》がぬすツとであらうとなからうと同《おな》じ事《こと》だ。私《わたくし》と彼《かれ》とは矢張人種《やはりじんしゅ》が違《ちが》つて居《い》るのだ。彼《かれ》が虚心坦懐《きょしんたんかい》な態度《たいど》で私《わたくし》を信《しん》ずれば信《しん》ずるほど、私《わたくし》はいよ〳〵彼《かれ》に遠《とお》ざかるのを感《かん》ずる。親《した》しまうとすればするほど、――うはべはいかにも打《う》ち解《と》けたらしく冗談《じょうだん》を云《い》ひ、しゃべり合《あ》ひ笑《わら》ひ合《あ》ふほど、ます〳〵彼《かれ》と私《わたくし》との距離《きょり》が隔《へだ》たるのに心《こころ》づく。その気持《きもち》は我《われ》ながら奈何《いかん》ともする事《こと》が出来《でき》ない。……

「下《さが》り藤《ふじ》の紋附《もんつき》」は其《そ》の晩以来《ばんいらい》、長《なが》い間《あいだ》私《わたくし》の気苦労《きぐろう》の種《たね》になつた。私《わたくし》はそれを着《き》て歩《ある》いたものかどうかに就《つ》いて頭《あたま》を悩《なや》ました。仮《か》りに平気《へいき》で着《き》て歩《ある》くとする、みんなも平気《へいき》で見《み》てくれゝばいゝが、「あ、彼奴《あいつ》があれを着《き》てゐる」と云《い》ふやうな眼《め》つきをするとする、さうして或《あ》る者《もの》は私《わたくし》を疑《うたが》ひ、或《あ》る者《もの》は疑《うたが》つては済《す》まないと思《おも》ひ、或《あ》る者《もの》は疑《うたが》はれて気《き》の毒《どく》だと思《おも》ふ。私《わたくし》は平田《ひらた》や樋口《ひぐち》に対《たい》してばかりでなく、凡《す》べての同窓生《どうそうせい》に対《たい》して、不快《ふかい》と気怯《きおく》れを感《かん》じ出《だ》す、そこで又《また》イヤになつて羽織《はおり》を引込《ひっこ》める、と、今度《こんど》は引込《ひっこ》めたが為《た》めにいよ〳〵妙《みょう》になる。私《わたくし》の恐《おそ》れるのは犯罪《はんざい》の嫌疑《けんぎ》その物《もの》ではなく、それに連《つ》れて多《おお》くの人《ひと》の胸《むね》に湧《わ》き上《あが》るいろ〳〵の汚《きたな》い感情《かんじょう》である。私《わたくし》は誰《だれ》よりも先《さき》に自分《じぶん》で自分《じぶん》を疑《うたが》ひ出《だ》し、その為《た》めに多《おお》くの人《ひと》にも疑《うたが》ひを起《おこ》させ、今《いま》まで分《わ》け隔《へだ》てなく附《つ》き合《あ》つて居《い》た友人間《ゆうじんかん》に変《へん》なこだはりを生《しょう》じさせる。私《わたくし》が仮《か》りに真《しん》のぬすツとだつたとしても、それの弊害《へいがい》はそれに附《つ》き纏《まと》ふさま〴〵のイヤな気持《きもち》に比《くら》べれば何《なん》でもない。誰《だれ》も私《わたくし》をぬすツとだとは思《おも》ひたくないであらうし、ぬすツとである迄《まで》も確《たし》かにさうと極《き》まる迄《まで》は、夢《ゆめ》にもそんな事《こと》を信《しん》ぜずに附《つ》き合《あ》つて居《い》たいであらう。そのくらゐでなければ我《わ》れ〳〵の友情《ゆうじやう》は成《な》り立《た》ちはしない。そこで、友《ゆう》人《じん》の物《もの》を盗《ぬす》む罪《つみ》よりも友情《ゆうじやう》を傷《きずつ》ける罪《つみ》の方《ほう》が重《おも》いとすれば、私《わたくし》はぬすツとであつてもなくても、みんなに疑《うたが》はれるやうな種《たね》を蒔《ま》いては済《す》まない訳《わけ》である。ぬすツとをするよりも余計《よけい》に済《す》まない訳《わけ》である。私《わたくし》が若《も》し賢明《けんめい》にして巧妙《こうみやう》なぬすツとであるなら、――いや、さう云《い》つてはいけない、――若《も》し少《すこ》しでも思《おも》ひやりのあり良心《りやうしん》のあるぬすツとであるなら、出来《でき》るだけ友情《ゆうじやう》を傷《きずつ》けないやうにし、心《こころ》の底《そこ》から彼等《かれら》に打《う》ち解《と》け、神様《かみさま》に見《み》られても恥《はず》かしくない誠意《せいい》と温情《おんじょう》とを以《もっ》て彼等《かれら》に接《せっ》しつゝ、コツソリと盗《ぬす》みを働《はたら》くべきである。「ぬ・す・ツと猛々《たけだけ》しい」とは蓋《けだ》し此《こ》れを云《い》ふのだらうが、ぬ・す・ツとの気持《きもち》になつて見《み》ればそれが一番正直《いちばんしょうじき》な、偽《いつわ》りのない態度《たいど》であらう。「盗《ぬす》みをするのも本当《ほんとう》ですが友情《ゆうじょう》も本当《ほんとう》です」と彼《かれ》は云《い》ふだらう。「両方《りょうほう》とも本当《ほんとう》の所《ところ》がぬ・す・ツとの特色《とくしょく》、人種《じんしゅ》の違《ちが》ふ所以《ゆえん》です」とも云《い》ふだらう。——兎《と》に角《かく》そんな風《ふう》に考《かんが》へ始《はじ》めると、私《わたくし》の頭《あたま》は一歩《いっぽ》々《いっぽ》とぬ・す・ツとの方《ほう》へ傾《かたむ》いて行《い》つて、ます〳〵友人《ゆうじん》との隔《へだ》たりを意識《いしき》せずには居《い》られなかつた。私《わたくし》はいつの間《ま》にか立派《りっぱ》な泥坊《どろぼう》になつて居《い》る気《き》がした。

或《あ》る日《ひ》、私《わたくし》は思《おも》ひ切《き》って下《さが》り藤《ふじ》の紋附《もんつき》を着《き》、グラウンドを歩《ある》きながら中村《なかむら》とこんな話《はなし》をした。

「さう云《い》へば君《きみ》、泥坊《どろぼう》はまだ掴《つか》まらないさうだね。」

「あゝ」

と云《い》つて、中村《なかむら》は急《きゅう》に下《した》を向《む》いた。

「どうしたんだらう、風呂場《ふろば》で待《ま》つて居《い》ても駄目《だめ》なのか知《し》らん。」

「風呂場《ふろば》の方《ほう》はあれツ切《き》りだけれど、今《いま》でも盛《さか》んに方々《ほうぼう》で盗《ぬす》まれるさうだよ。風呂場《ふろば》の計略《けいりゃく》を洩《も》らしたと云《い》ふんで、此《こ》の間《あいだ》樋口《ひぐち》が委員《いいん》に呼《よ》びつけられて怒《おこ》られたさうだがね。」

私《わたくし》はさつと顔色《かおいろ》を変《か》へた。

「ナニ、樋口《ひぐち》が？」

「あゝ、樋口《ひぐち》がね、樋口《ひぐち》がね、――鈴木君《すずきくん》、堪忍《かんにん》してくれ給《たま》へ。」

中村《なかむら》は苦《くる》しさうな溜息《ためいき》と一緒《いっしょ》にバラバラと涙《なみだ》を落《お》とした。

「――僕《ぼく》は今《いま》まで君《きみ》に隠《かく》して居《い》たけれど、今《いま》になつて黙《だま》つて居《い》るのは却《かえ》つて済《す》まないやうな気《き》がする。君《きみ》は定《さだ》めし不愉快《ふゆかい》に思《おも》ふだらうが、実《じつ》は委員《いいん》たちが君《きみ》を疑《うたが》つて居《い》るんだよ。しかし君《きみ》、――こんな事《こと》は口《くち》にするのもイヤだけれども、僕《ぼく》は決《けっ》して疑《うたが》つちや居《い》ない。今《いま》の今《いま》でも君《きみ》を信《しん》じて居《い》る。信《しん》じて居《い》ればこそ黙《だま》つて居《い》るのが辛《つら》くつて苦《くる》しくつて仕様《しよう》がなかつたんだ。どうか悪《わる》く思《おも》はないでくれ給《たま》へ。」

「有難《ありがと》う、よく云《い》つてくれた、僕《ぼく》は君《きみ》に感謝《かんしゃ》する。」さう云《い》つて、私《わたくし》もつい涙《なみだ》ぐんだ、が、同時《どうじ》に又《また》「とうく来《き》たな」と云《い》ふやうな気《き》もしないではなかつた。恐《おそ》ろしい事実《じじつ》ではあるが、私《わたくし》は内々今日《ないないきょう》の日《ひ》が来《く》ることを予覚《よかく》して居《い》たのである。

「もう此《こ》の話《はなし》は止《よ》さうぢやないか、僕《ぼく》も打《う》ち明《あ》けてしまへば気《き》が済《す》むのだから。」と、中村《なかむら》は慰《なぐさ》めるやうに云《い》つた。

「だけど此《こ》の話《はなし》は、口《くち》にするのもイヤだからと云《い》つて捨《す》てゝ置《お》く訳《わけ》には行《い》かないと思《おも》ふ。君《きみ》の好意《こうい》は分《わか》つて居《い》るが、僕《ぼく》は明《あきら》かに耻《はじ》を掻《か》かされたばかりでなく、友人《ゆうじん》たる君《きみ》に迄《まで》も耻《はじ》を掻《か》かした。僕《ぼく》はもう、疑《うたが》はれたと云《い》ふ事実《じじつ》だけでも、君等《きみら》の友人《ゆうじん》たる資格《しかく》をなくしてしまつたんだ。孰方《どつち》にしても僕《ぼく》の不名誉《ふめいよ》は拭《ぬぐ》はれツこはないんだ。ねえ君《きみ》、さうぢやないか、さうなつても君《きみ》は僕《ぼく》を捨《す》てないでくれるだらうか。」

「僕《ぼく》は誓《ちか》つて君《きみ》を捨《す》てない、僕《ぼく》は君《きみ》に耻《はじ》を掻《か》かされたなんて思《おも》つても居《い》ないんだ。」

中村《なかむら》は例《れい》になく激昂《げきこう》した私《わたくし》の様子《ようす》を見《み》てオドオドしながら、

「樋口《ひぐち》だつてさうだよ、樋口《ひぐち》は委員《いいん》の前で極力君《きょくりょくきみ》の為《た》めに弁護《べんご》したと云《い》つて居《い》る。『僕《ぼく》は親友《しんゆう》の人格《じんかく》を疑《うたが》ふくらゐなら自分自身《じぶんじしん》を疑《うたが》ひます』とまで云《い》つたさうだ。」

「それでもまだ委員《いいん》たちは僕《ぼく》を疑《うたが》つて居《い》るんだね？——何《なに》も遠慮《えんりょ》することはない、君《きみ》の知《し》つてる事《こと》は残《のこ》らず話《はな》してくれ給《たま》へな、其《そ》の方《ほう》がいつそ気持《きもち》が好《い》いんだから。」

私《わたくし》がさう云《い》ふと、中村《なかむら》はさも云《い》ひにくさうにして語《かた》つた。

「何《なん》でも方々《ほうぼう》から委員《いいん》の所《ところ》へ投書《とうしょ》が来《き》たり、告《つ》げ口《ぐち》をしに来《き》たりする奴《やつ》があるんださうだよ。それに、あの晩樋《ばんひ》口《ぐち》が余計《よけい》なおしやべりをしてから風呂場《ふろば》に盗難《とうなん》がなくなつたと云《い》ふのが、嫌疑《けんぎ》の原《もと》にもなつてるんださうだ。」

「しかし風呂場《ふろば》の話《はなし》を聞《き》いたのは僕《ぼく》ばかりぢやない。」――

此《こ》の言葉《ことば》は、それを口《くち》に出《だ》しはしなかつたけれども、直《す》ぐと私《わたくし》の胸《むね》に浮《う》かんだ。さうして私《わたくし》を一層《いっそう》淋《さび》しく情《なさけ》なくさせた。

「だが、樋口《ひぐち》がおしやべりをした事《こと》を、どうして委員《いいん》たちは知《し》つたゞらう？　あの晩《ばん》彼処《あそこ》に居《い》たのは僕等《ぼくら》四人《よにん》だけだ、四人以外《よにんいがい》に知《し》つて居《い》る者《もの》はない訳《わけ》だとすると、――さうして樋口《ひぐち》と君《きみ》とは僕《ぼく》を信《しん》じてくれるんだとすると、――」

「まあ、それ以上《いじょう》は君《きみ》の推測《すいそく》に任《まか》せるより仕方《しかた》がない。」

さう云《い》つて中村《なかむら》は哀訴《あいそ》するやうな眼《め》つきをした。「僕《ぼく》はその人《ひと》を知《し》つて居《い》る。その人《ひと》は君《きみ》を誤解《ごかい》して居《い》るんだ。しかし僕《ぼく》の口《くち》からその人《ひと》の事《こと》は云《い》ひたくない。」平田《ひらた》だな、――さう思《おも》ふと私《わたくし》はぞつとした。平田《ひらた》の眼《め》が執拗《しつよう》に私《わたくし》を睨《にら》んで居《い》る心地《ここち》がした。

「君《きみ》はその人《ひと》と、何《なに》か僕《ぼく》の事《こと》に就《つ》いて話《はな》し合《あ》つたかね？」

「そりや話《はな》し合《あ》つたけれども、……しかし、君《きみ》、察《さっ》してくれ給《たま》へ、僕《ぼく》は君《きみ》の友人《ゆうじん》であると同時《どうじ》にその人《ひと》の友人《ゆうじん》でもあるんだから、その為《た》めに非常《ひじょう》に辛《つら》いんだよ。実《じつ》を云《い》ふと、僕《ぼく》と樋口《ひぐち》とは昨夜《さくや》その人《ひと》と意見《いけん》の衝突《しょうとつ》をやつたんだ。さうしてその人《ひと》は今日《きょう》のうちに寮《りょう》を出《で》ると云《い》つて居《い》るんだ。僕《ぼく》は一人《ひとり》の友達《ともだち》の為《た》めにもう一人《ひとり》の友達《ともだち》をなくすのかと思《おも》ふと、さう云《い》ふ悲《かな》しいハメになつたのが残《ざん》念《ねん》でならない。」

「あゝ、君《きみ》と樋口《ひぐち》とはそんなに僕《ぼく》を思《おも》つて居《い》てくれたのか、済《す》まない済《す》まない、――」

私《わたくし》は中村《なかむら》の手《て》を執《と》つて力強《ちからづよ》く握《にぎ》り締《し》めた。私《わたくし》の眼《め》からは涙《なみだ》が止《と》めどなく流《なが》れた。中村《なかむら》も勿論《もちろん》泣《な》いた。生《うま》れて始《はじ》めて、私《わたくし》はほんたうに人情《にんじょう》の温《あたた》かみを味《あじわ》つた気《き》がした。此《こ》の間《あいだ》から遣《や》る瀬《せ》ない孤独《こどく》に苛《さいな》まれて居《い》た私《わたくし》が、求《もと》めて已《や》まなかつたものは実《じつ》に此《こ》れだつたのである。たとひ私《わたくし》がどんなぬすツとであらうとも、よもや此《こ》の人《ひと》の物《もの》を盗《ぬす》むことは出来《でき》まい。……

「君《きみ》、僕《ぼく》は正直《しょうじき》な事《こと》を云《い》ふが、――」

と、暫《しばら》く立《た》つてから私《わたくし》が云《い》つた。

「僕《ぼく》は君等《きみら》にそんな心配《しんぱい》をかけさせる程《ほど》の人間《にんげん》ぢやないんだよ。僕《ぼく》は君等《きみら》が僕《ぼく》のやうな人間《にんげん》の為《た》めに立派《りっぱ》な友達《ともだち》をなくすのを、黙《だま》つて見《み》て居《い》る訳《わけ》には行《い》かない。あの男《おとこ》は僕《ぼく》を疑《うたが》つて居《い》るかも知《し》れないが、僕《ぼく》は未《いま》だにあの男《おとこ》を尊敬《そんけい》して居《い》る。僕《ぼく》よりもあの男《おとこ》の方《ほう》が余《よ》つぽど偉《えら》いんだ。僕《ぼく》は誰《だれ》よりもあの男《おとこ》の価値《かち》を認《みと》めて居《い》るんだ。だからあの男《おとこ》が寮《りょう》を出《で》るくらゐなら、僕《ぼく》が出《で》ることにしようぢやないか。ねえ、後生《ごしょう》だからさうさせてくれ給《たま》へ、さうして君等《きみら》はあの男《おとこ》と仲好《なかよ》く暮《く》らしてくれ給《たま》へ。僕《ぼく》は独《ひと》りになつてもまだ其《そ》の方《ほう》が気持《きもち》がいゝんだから。」

「そんな事《こと》はない、君《きみ》が出《で》ると云《い》ふ法《ほう》はないよ。」

と、人《ひと》の好《い》い中村《なかむら》はひどく感激《かんげき》した口調《くちょう》で云《い》つた。

「僕《ぼく》だつてあの男《おとこ》の人格《じんかく》は認《みと》めて居《い》る。だが今《いま》の場合《ばあい》、君《きみ》は不当《ふとう》に虐《しいた》げられて居《い》る人《ひと》なんだ。僕《ぼく》はあの男《おとこ》の肩《かた》を持《も》つて不正《ふせい》に党《くみ》する事《こと》は出来《でき》ない。君《きみ》を追《お》ひ出《だ》すくらゐなら僕等《ぼくら》が出《で》る。あの男《おとこ》は君《きみ》も知《し》つてる通《とお》り非常《ひじょう》に自負《じふ》心《しん》が強《つよ》くつてナカナカ後《あと》へ退《ひ》かないんだから、出《で》ると云《い》つたらきつと出《で》るだらう。だから勝手《かって》にさせて置《お》いたらいゝぢやないか。さうしてあの男《おとこ》が自分《じぶん》で気《き》が付《つ》いて詫《あやま》りに来《く》るまで待《ま》てばいゝんだ。それも恐《おそ》らく長《なが》いことぢやないんだから。」

「でもあの男《おとこ》は強情《ごうじょう》だからね、自分《じぶん》の方《ほう》から詫《あやま》りに来《く》ることはないだらうよ。いつ迄《まで》も僕《ぼく》を嫌《きら》ひ通《とお》して居《い》るだらうよ。」

私《わたくし》の斯《こ》う云《い》つた意味《いみ》を、私《わたくし》が平田《ひらた》を恨《うら》んで居《い》て其《そ》の一《いっ》端《たん》を洩《も》らしたのだと云《い》ふ風《ふう》に、中村《なかむら》は取《と》つたらしかつた。

「なあに、まさかそんな事《こと》はないさ、斯《こ》うと云《い》ひ出《だ》したら飽《あ》く迄《まで》自分《じぶん》の説《せつ》を主張《しゅちょう》するのが、あの男《おとこ》の長所《ちょうしょ》でもあり欠点《けってん》でもあるんだけれど、悪《わる》かつたと思《おも》へば綺麗《きれい》さつぱりと詫《あやま》りに来《く》るさ。そこがあの男《おとこ》の愛《あい》すべき点《てん》なんだ。」

「さうなつてくれゝば結構《けつこう》だけれど、――」

と、私《わたくし》は深《ふか》く考《かんが》へ込《こ》みながら云《い》つた。

「あの男《おとこ》は君《きみ》の所《ところ》へは戻《もど》つて来《き》ても、僕《ぼく》とは永久《えいきゅう》に和解《わかい》する時《とき》がないやうな気《き》がする。――あゝ、あの男《おとこ》は本当《ほんとう》に愛《あい》すべき人間《にんげん》だ。僕《ぼく》もあの男《おとこ》に愛《あい》せられたい。」

中村《なかむら》は私《わたくし》の肩《かた》に手《て》をかけて、此《こ》の一人《ひとり》の哀《あわ》れな友《とも》を庇《かば》ふやうにしながら、草《くさ》の上《うえ》に足《あし》を投《な》げて居《い》た。夕《ゆう》ぐれのことで、グラウンドの四方《しほう》には淡《あわ》い靄《もや》がかゝつて、それが海《うみ》のやうにひろ〴〵と見《み》えた。向《むこ》うの路《みち》を、たまに二三人《にさんにん》の学生《がくせい》が打《う》ち連《つ》れて、チラリと私《わたくし》の方《ほう》を見《み》ては通《とお》つて行《い》つた。

「もうあの人《ひと》たちも知《し》つて居《い》るのだ、みんなが己《おれ》を爪弾《つまはじ》きして居《い》るのだ。」

さう思《おも》ふと、云《い》ひやうのない淋《さび》しさがひしひしと私《わたくし》の胸《むね》を襲《おそ》つた。

その晩《ばん》、寮《りょう》を出《で》る筈《はず》であつた平田《ひらた》は、何《なに》か別《べつ》に考《かんが》へた事《こと》でもあるのか、出《で》るやうな様子《ようす》もなかつた。さうして私《わたくし》とは勿論《もちろん》、樋口《ひぐち》や中村《なかむら》とも一言《ひとこと》も口《くち》を利《き》かないで、黙《だま》りこくつて居《い》た。事態《じたい》が斯《こ》うなつて来《き》ては、私《わたくし》が寮《りょう》を出《で》るのが当然《とうぜん》だとは思《おも》つたけれども、二人《ふたり》の友人《ゆうじん》の好《こう》意《い》に背《そむ》くのも心苦《こころぐる》しいし、それに私《わたくし》としては、今《いま》の場《ば》合《あい》に出《で》て行《い》くことは疚《やま》しい所《ところ》があるやうにも取《と》られるし、ます〱疑《うたが》はれるばかりなので、さうする訳《わけ》にも行《い》かなかつた。出《で》るにしてももう少《すこ》し機会《きかい》を待《ま》たなけりやならない、と、私《わたくし》はさう思《おも》つて居《い》た。

「そんなに気《き》にしない方《ほう》がいゝよ、そのうちに犯人《はんにん》が掴《つか》まりさへすりや、自然《しぜん》と解決《かいけつ》がつくんだもの。」

二人《ふたり》の友人《ゆうじん》は始終《しじゅう》私《わたくし》にさう云《い》つてくれて居《い》た。が、それから一週間程《いっしゅうかんほど》過《す》ぎても、犯人《はんにん》は掴《つか》まらないのみか、依《い》然《ぜん》として盗難《とうなん》が頻発《ひんぱつ》するのだつた。遂《つい》には私《わたくし》の部屋《へや》でも樋口《ひぐち》と中村《なかむら》とが財布《さいふ》の金《かね》と二三冊《にさんさつ》の洋書《ようしょ》を盗《ぬす》まれた。

「とう〱二人共《ふたりとも》やられたかな、あとの二人《ふたり》は大丈夫盗《だいじょうぶぬす》まれツこあるまいと思《おも》ふが、……」

その時《とき》、平田《ひらた》が妙《みょう》な顔《かお》つきでニヤニヤしながら、こんな厭味《いやみ》を云《い》つたのを私《わたくし》は覚《おぼ》えて居《い》る。

樋口《ひぐち》と中村《なかむら》とは、夜《よる》になると図書館《としょかん》へ勉強《べんきょう》に行《い》くのが例《れい》であつたから、平田《ひらた》と私《わたくし》とは自然《しぜん》二人《ふたり》きりで顔《かお》を突《つ》き合《あ》はす事《こと》が屡《しばしば》〻あつた。私《わたくし》はそれが辛《つら》かつたので、自《じ》分《ぶん》も図書館《としょかん》へ行《い》くか散歩《さんぽ》に出《で》かけるかして、夜《よる》は成《な》るべく部屋《へや》に居《い》ないやうにして居《い》た。すると或《あ》る晩《ばん》のことだつたが、九時半頃《くじはんごろ》に散歩《さんぽ》から戻《もど》つて来《き》て、自習室《じしゅうしつ》の戸《と》を明《あ》けると、いつも其処《そこ》に独《ひと》りで頑張《がんば》つて居《い》る筈《はず》の平田《ひらた》も見《み》えないし、外《ほか》の二人《ふたり》もまだ帰《かえ》つて来《こ》ないらしかつた。

「寝室《しんしつ》か知《し》ら？」――と思《おも》つて、二階《にかい》へ行《い》つて見《み》たが矢張《やはり》誰《だれ》も居《い》ない。私《わたくし》は再《ふたた》び自習室《じしゅうしつ》へ引《ひ》き返《かえ》して平田《ひらた》の机《つくえ》の傍《そば》に行《い》つた。さうして、静《しず》かにその抽出《ひきだ》しを明《あ》けて、二三日前《にさんにちまえ》に彼《かれ》の国《くに》もとから届《とど》いた書留郵便《かきとめゆうびん》の封筒《ふうとう》を捜《さが》し出《だ》した。封筒《ふうとう》の中《なか》には拾円《じゅうえん》の小為替《こがわせ》が三枚這入《さんまいはい》つて居《い》たのである。私《わたくし》は悠々《ゆうゆう》とその内《うち》の一枚《いちまい》を抜《ぬ》き取《と》つて懐《ふところ》に収《おさ》め、抽出《ひきだ》しを元《もと》の通《とお》りに直《なお》し、それから、極《きわ》めて平然《へいぜん》と廊下《ろうか》に出《で》て行《い》つた。廊下《ろうか》から庭《にわ》へ降《お》りて、テニス・コートを横《よこ》ぎつて、いつも盗《ぬす》んだ物《もの》を埋《う》めて置《お》く草《くさ》のぼう・・・うと生《は》えた薄暗《うすぐら》い窪地《くぼち》の方《ほう》へ行《い》かうとすると、

「ぬすツと！」

と叫《さけ》んで、いきなり後《うしろ》から飛《と》び着《つ》いて、イヤと云《い》ふほど私《わたくし》の横《よこ》ツ面《つら》を張《は》り倒《たお》した者《もの》があつた。それが平田《ひらた》だつた。

「さあ出《だ》せ、貴様《きさま》が今懐《いまふところ》に入《い》れた物《もの》を出《だ》して見《み》せろ！」

「おい、おい、そんな大《おお》きな声《こえ》を出《だ》すなよ。」

と、私《わたくし》は落《お》ち着《つ》いて、笑《わら》ひながら云《い》つた。

「己《おれ》は貴様《きさま》の為替《かわせ》を盗《ぬす》んだに違《ちが》ひないよ。返《かえ》せと云《い》ふなら返《かえ》してやるし、来《こ》いと云《い》ふなら何処《どこ》へでも行《い》くさ。それで話《はなし》が分《わか》つてゐるからいゝぢやないか。」

平田《ひらた》はちよつとひるんだやうだつたが、直《す》ぐ思《おも》ひ返《かえ》して猛然《もうぜん》として、続《つづ》けざまに私《わたくし》の頬桁《ほおげた》を殴《なぐ》つた。私《わたくし》は痛《いた》いと同時《どうじ》に好《い》い心持《こころもち》でもあつた。此《こ》の間中《あいだじゅう》の重荷《おもに》をホツと一度《いちど》に取《と》り落《おと》したやうな氣《き》がした。

「さう毆《なぐ》つたつて仕様《しよう》がないさ、僕《ぼく》は見《み》す〳〵君《きみ》の罠《わな》に懸《かか》つてやつたんだ。あんまり君《きみ》が威張《いば》るもんだから、『何《なに》糞《くそ》！ 彼奴《あいつ》の物《もの》だつて盗《ぬす》めない事《こと》があるもんか』と思《おも》つたのがしくじりの原《もと》なんだ。だがまあ分《わか》つたから此《こ》れでいゝや。あとはお互《たがい》に笑《わら》ひながら話《はなし》をしようよ。」

さう云《い》つて、私《わたくし》は仲好《なかよ》く平田《ひらた》の手《て》を取《と》らうとしたけれど、彼《かれ》は遮二無二《しゃにむに》胸倉《むなぐら》を掴《つか》んで私《わたくし》を部屋《へや》へ引《ひ》き摺《ず》つて行《い》つた。私《わたくし》の眼《め》に、平田《ひらた》と云《い》ふ人間《にんげん》が下《くだ》らなく見《み》えたのは此《こ》の時《とき》だけだつた。

「おい君達《きみたち》、僕《ぼく》はぬすツとを掴《つか》まへて来《き》たぜ、僕《ぼく》は不明《ふめい》の罪《つみ》を謝《しゃ》する必要《ひつよう》はないんだ。」

平田《ひらた》は傲然《ごうぜん》と部屋《へや》へ這入《はい》つて、そこに戻《もど》つて来《き》て居《い》た二人《ふた》の友人《ゆうじん》の前《まえ》に、私《わたくし》を激《はげ》しく突《つ》き倒《たお》して云《い》つた。部屋《へや》の戸口《とぐち》には騒《さわ》ぎを聞《き》き付《つ》けた寮生《りょうせい》たちが、刻々《こくこく》に寄《よ》つて来《き》てかたまつて居《い》た。

「平田君《ひらたくん》の云《い》ふ通《とお》りだよ、ぬすツとは僕《ぼく》だつたんだよ。」

私《わたくし》は床《ゆか》から起《お》き上《あが》つて二人《ふたり》に云《い》つた。極《ご》く普通《ふつう》に、いつもの通《とお》り馴《な》れ〳〵しく云《い》つた積《つも》りではあつたが、矢張《やはり》顔《かお》が真青《まっさお》になつて居《い》るらしかつた。

「君《きみ》たちは僕《ぼく》を憎《にく》いと思《おも》ふかね。それとも僕《ぼく》に対《たい》して耻《はず》かしいと思《おも》ふかね。」

と、私《わたくし》は二人《ふたり》に向《むか》って言葉《ことば》をつゞけた。

「――君《きみ》たちは善良《ぜんりょう》な人《ひと》たちだが、しかし不明《ふめい》の罪《つみ》はどうしても君《きみ》たちにあるんだよ。僕《ぼく》は此《こ》の間《あいだ》から幾度《いくど》も幾度《いくど》も正直《しょうじき》な事《こと》を云《い》つたぢやないか。『僕《ぼく》は君等《きみら》の考《かんが》へて居《い》るやうな値打《ねう》ちのある人間《にんげん》ぢやない。平田君《ひらたくん》こそ確《たし》かな人物《じんぶつ》だ。あの人《ひと》が不明《ふめい》の罪《つみ》を謝《しゃ》するやうな事《こと》は決《けっ》してない』ツて、あれほど云《い》つたのが分《わか》らなかつたかね。『君《きみ》等《ら》が平田君《ひらたくん》と和解《わかい》する時《とき》はあつても、僕《ぼく》が和解《わかい》する時《とき》は永久《えいきゅう》にない』とも云《い》つたんだ。僕《ぼく》は『平田君《ひらたくん》の偉《えら》いことは誰《だれ》よりも僕《ぼく》が知《し》つて居《い》る』とまで云《い》つたんだ。ねえ君《きみ》、さうだらう、僕《ぼく》は決《けっ》して一言半句《いちごんはんく》もウソをつきはしなかつたゞらう。ウソはつかないがなぜハッキリと本当《ほんとう》の事《こと》を云《い》はなかつたんだと、君《きみ》たちは云《い》ふかも知《し》れない。しやつぱり君等《きみら》を欺《だま》して居《い》たんだと思《おも》ふかも知《し》れない。しかし君《きみ》、そこはぬ・す・ツ・とたる僕《ぼく》の身《み》になつて考《かんが》へてもくれ給《たま》へ。僕《ぼく》は悲《かな》しい事《こと》ではあるがどうしてもぬ・す・ツ・とだけは止《や》められないんだ。けれども君等《きみら》を欺《だま》すのは厭《いや》だつたから、本《ほん》・当《とう》・の・事《こと》・を・出《で》・来《き》・る・だ・け・廻《まわ》・り・く・ど・く・云《い》つたんだ。僕《ぼく》がぬ・す・ツ・とを止《や》めない以上《いじょう》あれより正直《しょうじき》にはなれないんだから、それを悟《さと》つてくれなかつたのは君等《きみら》が悪《わる》いんだよ。こんな事《こと》を云《い》ふと、いかにもヒネクレた厭味《いやみ》を云《い》つてるやうだけれども、そんな積《つも》りは少《すこ》しもないんだから、何卒真面目《なにとぞまじめ》に聞《き》いてくれ給《たま》へ。それほど正直《しょうじき》を欲《ほっ》するならなぜぬすツとを止《や》めないのかと、君等《きみら》は云《い》ふだらう。だが其《そ》の質問《しつもん》は僕《ぼく》が答《こた》へる責任《せきにん》はないんだよ。僕《ぼく》がぬすツととして生《うま》れて来《き》たのは事実《じじつ》なんだよ。だから僕《ぼく》は其《そ》の事実《じじつ》が許《ゆる》す範囲《はんい》で、出来《でき》るだけの誠意《せいい》を以《もっ》て君等《きみら》と附《つ》き合《あ》はうと努《つと》めたんだ。それより外《ほか》に僕《ぼく》の執《と》るべき方法《ほうほう》はないんだから仕方《しかた》がないさ。それでも僕《ぼく》は君等《きみら》に済《す》まないと思《おも》つたからこそ、『平田君《ひらたくん》を追《お》ひ出《だ》すくらゐなら、僕《ぼく》を追《お》ひ出《だ》してくれ給《たま》へ』ツて云《い》つたぢやないか。あれはごまかしでも何《なん》でもない、本当《ほんとう》に君等《きみら》の為《た》めを思《おも》つたからなんだ。君等《きみら》の物《もの》を盗《ぬす》んだ事《こと》も本当《ほんとう》だけれど、君等《きみら》に友情《ゆうじょう》を持《も》つて居《い》る事《こと》も本当《ほんとう》なんだよ。ぬすツとにもそのくらゐな心《こころ》づかひはあると云《い》ふ事《こと》を、僕《ぼく》は君等《きみら》の友情《ゆうじょう》に訴《うった》へて聴《き》いて貰《もら》ひたいんだがね。」

中村《なかむら》と樋口《ひぐち》とは、黙《だま》つて、呆《あき》れ返《かえ》つたやうに眼《め》をぱちくりやらせて居《い》るばかりだつた。

「あゝ、君等《きみら》は僕《ぼく》を図々《ずうずう》しい奴《やつ》だと思《おも》つてるんだね。やつぱり君等《きみら》には僕《ぼく》の気持《きもち》が分《わか》らないんだね。それも人種《じんしゅ》の違《ちが》ひだから仕様《しよう》がないかな。」

さう云《い》つて、私《わたくし》は悲痛《ひつう》な感情《かんじょう》を笑《わら》ひに紛《まぎ》らしながら、尚一言《なおひとこと》附《つ》け加《くわ》へた。

「僕《ぼく》はしかし、未《いま》だに君等《きみら》に友情《ゆうじょう》を持《も》つて居《い》るから忠告《ちゅうこく》するんだが、此《こ》れからもないことぢやないし、よく気《き》を付《つ》け給《たま》へ。ぬ・す・ツとを友達《ともだち》にしたのは何《なん》と云《い》つても君《きみ》たちの不明《ふめい》なんだ。そんな事《こと》では社会《しゃかい》へ出《で》てからが案《あん》じられるよ。学校《がっこう》の成績《せいせき》は君《きみ》たちの方《ほう》が上《うえ》かも知《し》れないが、人間《にんげん》は平田君《ひらたくん》の方《ほう》が出来《でき》て居《い》るんだ。平田君《ひらたくん》はごまかされない、此《こ》の人《ひと》は確《たし》かにえらい！」

平田《ひらた》は私《わたくし》に指《ゆび》さゝれると変《へん》な顔《かお》をして横《よこ》を向《む》いた。その時《とき》ばかりは此《こ》の剛愎《ごうふく》な男《おとこ》も妙《みょう》に極《き》まりが悪《わる》さうであつた。

それからもう何年《なんねん》か立《た》つた。私《わたくし》は其《そ》の後《ご》何遍《なんべん》となく暗《くら》い所《ところ》へ入《い》れられもしたし、今《いま》では本職《ほんしょく》のぬすツと仲間《なかま》へ落《お》ちてしまつたが、あの時分《じぶん》のことは忘《わす》れられない。殊《こと》に忘《わす》れられないのは平田《ひらた》である。私《わたくし》は未《いま》だに悪事《あくじ》を働《はたら》く度《たび》にあの男《おとこ》の顔《かお》を想《おも》ひ出《だ》す。「どうだ、己《おれ》の睨《にら》んだことに間違《まちが》ひはなからう。」さう云《い》つて、あの男《おとこ》が今《いま》でも威張《いば》つて居《い》るやうな気《き》がする。兎《と》に角《かく》あの男《おとこ》はシツカリした、見所《みどころ》のある奴《やつ》だつた。しかし世《よ》の中《なか》と云《い》ふものは不思議《ふしぎ》なもので、「社会《しゃかい》へ出《で》てからが案《あん》じられる」と云《い》つた私《わたくし》の予言《よげん》は綺麗《きれい》に外《はず》れて、お坊《ぼ》つちゃんの樋口《ひぐち》は親父《おやじ》の威光《いこう》もあらうけれどトントン拍子《びょうし》に出世《しゅっせ》をして、洋行《ようこう》もするし学位《がくい》も授《さず》かるし、今日《こんにち》では鉄道院《てつどういん》○○課長《かちょう》とか局長《きょくちょう》とかの椅子《いす》に収《おさ》まって居《い》るのに、平田《ひらた》の方《ほう》はどうなつたのか杳《よう》として聞《きこ》えない。此《こ》れだから我《わ》れくが「どうせ世間《せけん》は好《い》い加減《かげん》なものだ」と思《おも》ふのも尤《もっと》もな訳《わけ》だ。

読者諸君《どくしゃしょくん》よ、以上《いじょう》は私《わたくし》のうそ・・偽《いつわ》りのない記録《きろく》である。私《わたくし》は茲《ここ》に一《ひと》つとして不正直《ふしょうじき》な事《こと》を書《か》いては居《い》ない。さうして、樋口《ひぐち》や中村《なかむら》に対《たい》すると同《おな》じく、諸君《しょくん》に対《たい》しても「私《わたくし》のやうなぬすツと・・・・の心中《しんちゅう》にも此《こ》れだけデリケートな気持《きもち》がある」と云《い》ふことを、酌《く》んで貰《もら》ひたいと思《おも》ふのである。

だが、諸君《しょくん》もやつぱり私《わたくし》を信《しん》じてくれないかも知《し》れない、けれども若《も》し——甚《はなは》だ失礼《しつれい》な言《い》ひ草《ぐさ》ではあるが、——諸君《しょくん》のうちに一人《ひとり》でも私《わたくし》と同《おな》じ人種《じんしゅ》が居《い》たら、その人《ひと》だけはきつと信《しん》じてくれるであらう。

（大正十年《たいしょうじゅうねん》二月《にがつ》作《さく》）

【凡例】
・本編「私」は、青空文庫作成の文字データを使用した。
底本：「谷崎潤一郎全集　第八巻」中央公論新社
　２０１７（平成29）年1月10日初版発行
底本の親本：「谷崎潤一郎全集　第七巻」中央公論社
　１９８１（昭和56）年11月25日初版発行
初出：「改造　第三巻第三号」
　１９２１（大正10）年3月1日
※ルビは新仮名とする底本の扱いにそって、ルビの拗音、促音は小書きした。
入力：黒潮
校正：友理
２０２３年5月22日作成

・文字遣いは、青空文庫のデータによる。
・この作品には、今日からみれば不適切と思われる表現が含まれているが、作品の描かれた時代と、作品本来の価値に鑑み、底本のままとした。
・ルビは、青空文庫のものに加えて、新字新仮名のルビを付し、総ルビとした。
・追加したルビには文字遣いの他、読み方など格段の基準は設けていない。

金色《こんじき》の死《し》

一

岡村君《おかむらくん》は私《わたし》の少年時代《しょうねんじだい》からの友人《ゆうじん》でした。丁度《ちょうど》私《わたし》が七《なな》つになった年《とし》の四月《しがつ》の上旬《じょうじゅん》、新川《しんかわ》の家《いえ》から程遠《ほどとお》からぬ小学校《しょうがっこう》へ通《かよ》い始《はじ》めた時分《じぶん》に、岡村君《おかむらくん》も附《つ》き添《そ》いの女中《じょちゅう》に連《つれ》られて来《き》て居《い》ました。彼《かれ》と私《わたし》とは教場《きょうじょう》の席順《せきじゅん》が隣《とな》り合《あ》って居《い》て、二人《ふたり》はいつも小《ちい》さな机《つくえ》をぴったり寄《よ》せ附《つ》けて並《なら》んで居《い》ました。そればかりではなく、岡村君《おかむらくん》と私《わたし》とはいろ〳〵の点《てん》でよく似《に》たところがあるように思《おも》われました。

其《そ》の頃《ころ》の私《わたし》の家《いえ》は大《おお》きな酒問屋《さかどんや》を営《いとな》んで居《い》て、家業《かぎょう》は日《ひ》に日《ひ》に栄《さか》えて行《い》くばかり、繁昌《はんじょう》に繁昌《はんじょう》を重《かさ》ねて、いつも活気《かっき》に充《み》ち充《み》ちて居《い》る店先《みせさき》の様子《ようす》は、子供心《こどもごころ》にもおぼろげながら一種《いっしゅ》の歓《よろこ》びと安心《あんしん》とを感《かん》じさせる程《ほど》でした。学《がっ》校《こう》へ行《い》く時《とき》も家《いえ》に居《い》る時《とき》も私《わたし》は木綿《もめん》の着物《きもの》を着《き》せられた事《こと》が有《あり》ませんでした。その上《うえ》私《わたし》は学問《がくもん》が非常《ひじょう》によく出来《でき》て、算術《さんじゅつ》でも読書《どくしょ》でも凡《すべ》ての学課《がっか》が私《わたし》の頭《あたま》には実《じつ》に容易《たやす》くすら〳〵と流《なが》れ込《こ》みました。恰《あたか》も白紙《はくし》へ墨《すみ》を塗《ぬ》るように、聞《き》いた事《こと》は一々《いちいち》ハッキリと何等《なんら》の面倒《めんどう》もなく胸《むね》の中《なか》へ記憶《きおく》されるのです。私《わたし》は多《おお》くの生徒《せいと》たちが、物《もの》を覚《おぼ》えるのに困難《こんなん》を感《かん》ずると云《い》う理由《りゆう》を解《かい》するのに苦《くる》しみました。

全級《ぜんきゅう》の生徒《せいと》のうちで、誰一人《だれひとり》として私《わたし》の持《も》って居《い》るいろ〳〵の長所《ちょうしょ》に企及《ききゅう》する者《もの》はありませんでした。唯纔《ただわずか》に岡村君《おかむらくん》が、或《あ》る方面《ほうめん》に於《お》いて多少私《たしょうわたし》に類似《るいじ》し、若《も》しくは凌駕《りょうが》して居《い》るだけでした。彼《かれ》は私《わたし》と同《おな》い年《どし》にも拘《かかわ》らず、一《ひと》つか二《ふた》つ年下《としした》に見《み》える小柄《こがら》な品《ひん》のいゝ美少年《びしょうねん》でした。彼《かれ》の家《いえ》には巨万《きょまん》の富《とみ》があり、彼《かれ》の両親《りょうしん》は早《はや》く此《こ》の世《よ》を去《さ》って、兄弟《きょうだい》のない彼《かれ》は伯父《おじ》の監督《かんとく》の下《もと》に養育《よういく》されて居《い》たのです。当時世間《とうじせけん》の噂《うわさ》に依《よ》ると、将来彼《しょうらいかれ》が相続《そうぞく》す可《べ》き岡村家《おかむらけ》の遺産《いさん》と云《い》うものは、恐《おそ》ろしい多額《たがく》なもので、諸《しょ》種《しゅ》の株券《かぶけん》、鉱山《こうざん》、山林《さんりん》、宅地《たくち》などを合算《がっさん》すれば三井岩崎《みついいわさき》の半分《はんぶん》ぐらいは確《たしか》にあるとの評判《ひょうばん》でした。ですから自分《じぶん》の家《いえ》の「富《とみ》」の程度《ていど》を比《くら》べたなら、私《わたし》は到底彼《とうていかれ》の足許《あしもと》にも及《およ》ばない訳《わけ》なのです。私《わたし》はそれを悲《かな》しいと思《おも》いました。岡村君《おかむらくん》の服装《ふくそう》は、役者《やくしゃ》の子供《こども》のようにぞろ〳〵した私《わたし》の着物《きもの》と反対《はんたい》に、いつも活溌《かっぱつ》な洋服姿《ようふくすがた》でした。半《はん》ずぼんに長《なが》い靴下《くつした》を着《つ》けて、さも柔《やわら》かそうな半靴《はんぐつ》を穿《は》き、頭《あたま》にはキッと海軍帽《かいぐんぼう》を被《かぶ》って居《い》ます。その頃《ころ》の洋服《ようふく》は今《いま》よりも遥《はるか》に珍《めず》らしがられたものですから、彼《かれ》の服装《ふくそう》は私《わたし》のよりも人目《ひとめ》を惹《ひ》き、余計羨望《よけいせんぼう》の的《まと》となりました。頭脳《ずのう》の方《ほう》も、岡村君《おかむらくん》は決《けっ》して私《わたし》に劣《おと》っては居《い》ませんでした。けれども私《わたし》のように凡《すべ》ての学課《がっか》を得意《とくい》とし、凡《すべ》ての学問《がくもん》を平等《びょうどう》に愛《あい》する事《こと》は出来《でき》ませんでした。孰《いず》れかと云《い》えば、彼《かれ》は数学《すうがく》を嫌《きら》い、読書《どくしょ》を好《この》みました。殊《こと》に彼《かれ》の作《さく》文《ぶん》と来《き》たら、最《もっと》も上手《じょうず》とする所《ところ》でしたが、それすら敢《あえ》て私《わたし》を凌駕《りょうが》する程《ほど》ではなかったのです。文才《ぶんさい》に於《おい》て、彼《かれ》と私《わたし》とは抜群《ばつぐん》の誉《ほまれ》を担《にな》いつゝ常《つね》に競争《きょうそう》して居《い》ました。試験《しけん》の度毎《たびごと》に必《かなら》ず私《わたし》は全級《ぜんきゅう》の首席《しゅせき》を占《し》め彼《かれ》は次席《じせき》を占《し》めました。二人《ふたり》は先生《せんせい》からも生徒《せいと》からも、除《の》け者扱《ものあつか》いにされて居《い》ました。随《したが》って、二人《ふたり》の交情《こうじょう》は期《き》せずして親密《しんみつ》になり、お互《たがい》に双方《そうほう》の長所《ちょうしょ》を尊敬《そんけい》し合《あ》いつゝ、心私《こころひそ》かに級中《きゅうちゅう》の劣等生《れっとうせい》を軽蔑《けいべつ》して居《い》たのです。

二

その後十年《ごじゅうねん》ばかりの間《あいだ》、岡村君《おかむらくん》は全然《ぜんぜん》私《わたし》と同《おな》じ歩調《ほちょう》で同《おな》じ学歴《がくれき》を履《ふ》んで進《すす》みました。丁度中学《ちょうどちゅうがく》の五年《ごねん》になった年《とし》の春《はる》、私《わたし》は彼《かれ》に「卒業《そつぎょう》してから何処《どこ》の学校《がっこう》へ這入《はい》るのだ」と訊《たず》ねて見《み》ました。「勿論君《もちろんきみ》と同《おんな》じさ」と彼《かれ》は言下《げんか》に勇《いさ》ましく答《こた》えたものです。私《わたし》は中学《ちゅうがく》の一年頃《いちねんごろ》から、将来文《しょうらいぶん》科大学《かだいがく》を卒業《そつぎょう》して、偉大《いだい》なる芸術家《げいじゅつか》になるのだと揚言《ようげん》して居《い》たのです。

岡村君《おかむらくん》の数学《すうがく》に対《たい》する低能《ていのう》の程度《ていど》はその時分《じぶん》からいよ

く顕著《けんちょ》になり始《はじ》めて、級中《きゅうちゅう》の席順《せきじゅん》なども首席《しゅせき》の私《わたし》よりは遥《はるか》に下《した》の方《ほう》になりました。数学《すうがく》と云《い》う数学《すうがく》は無論《むろん》の事《こと》、物理《ぶつり》とか、化学《かがく》とか、凡《す》べて数学《すうがく》の知識《ちしき》を要《よう》する種《しゅ》類《るい》の学課《がっか》は、みんな岡村君《おかむらくん》の忌《い》み嫌《きら》う所《ところ》でした。もう一《ひと》つ彼《かれ》の嫌《きら》いなのは歴史《れきし》でした。「歴史《れきし》と云《い》う者《もの》は一《ひと》つの長《なが》い線《ライン》に過《す》ぎない。」と、彼《かれ》は始終《しじゅう》云《い》って居《い》ました。彼《かれ》の好《す》きなものは第一《だいいち》に語学《ごがく》、それから機械体操《きかいたいそう》、図画《ずが》唱歌《しょうか》などで、英語《えいご》は既《すで》に四年生時分《よねんせいじぶん》から、卒業程度《そつぎょうていど》の学力《がくりょく》を具《そな》えて居《い》たと見《み》え、種々雑多《しゅじゅざった》な小説類《しょうせつるい》や哲学的《てつがくてき》の書籍《しょせき》に目《め》を曝《さら》して居《い》た様子《ようす》です。そうして、自分《じぶん》の家庭《かてい》に西洋人《せいようじん》の教師《きょうし》を聘《へい》して、いつの間《ま》にか独逸語《ドイツご》や仏蘭西《フランス》語《ご》など迄《まで》読《よ》んだり話《はな》したりする様《よう》になって居《い》ました。彼《かれ》の喉《のど》と舌《した》とは、余程《よほど》外国語《がいこくご》の発音《はつおん》に適当《てきとう》して居《い》たらしく、学校《がっこう》で教《おそ》わって居《い》るつまらないリーダーの文章《ぶんしょう》ですら、一《ひ》と度《た》び彼《かれ》に朗読《ろうどく》されると何《なん》とも云《い》えない流暢《りゅうちょう》な響《ひび》きを伝《つた》えて、忽《たちま》ち金玉《きんぎょく》の文字《もじ》と化《か》し去《さ》るような気《き》がするのです。その頃日本《ころにほん》の文壇《ぶんだん》にはモオパッサンの作物《さくぶつ》が持《も》て囃《はや》された時代《じだい》でしたが、私共《わたくしども》が覚束《おぼつか》ない飜訳《ほんやく》を便《たよ》りにして通《つう》がって居《い》る際《さい》に、彼《かれ》はもう原文《げんぶん》ですらく〳〵と読《よ》み下《くだ》す事《こと》が出来《でき》ました。

「君《きみ》、ふらんす語《ご》のモオパッサンはこんなに綺麗《きれい》なものだよ。」

と云《い》って、彼《かれ》は或《あ》る時《とき》 Sur《シュウル》 L'eau《ロオ》の初《はじ》めの方《ほう》を一《いち》ページばかり読《よ》んで聞《き》かせた事《こと》があります。ふらんす語《ご》に就《つ》いて何等《なんら》の知識《ちしき》も持《も》たなかった私《わたし》の耳《みみ》にも、成《な》る程《ほど》それは世《よ》にも美《うつく》しい文章《ぶんしょう》の如《ごと》く感《かん》ぜられました。このような美《うつく》しい国語《こくご》を知《し》って居《い》る岡村君《おかむらくん》が、此頃《このごろ》俄《にわか》に日本《にほん》の文《ぶん》学《がく》を疎《うと》んじ出《だ》したのは無理《むり》のない事《こと》だと思《おも》いました。今《いま》になって考《かんが》えて見《み》れば、私《わたし》は彼《かれ》の朗読《ろうどく》に依《よ》って、初《はじ》めて外国語《がいこくご》に対《たい》する趣味《しゅみ》と理解力《りかいりょく》とを涵養《かんよう》せられたのに違《ちが》いありません。

語学《ごがく》は兎《と》に角《かく》として、不思議《ふしぎ》なのは彼《かれ》の機械体操《きかいたいそう》が好《す》きな事《こと》でした。ベースボール、テニス、ボート、柔道《じゅうどう》、……――一《ひ》と通《とお》りの運動《うんどう》には大概《たいがい》手《て》を出《だ》しましたが、彼《かれ》の最《もっと》も得意《とくい》とするのは機械体操《きかいたいそう》だったのです。学校《がっこう》の運動場《うんどうば》で、彼《かれ》が書物《しょもつ》を読《よ》んで居《い》なければ必《かなら》ず鉄棒《かなぼう》か並行《へいこう》棒《ぼう》にしなやかな体《からだ》をからませて遊《あそ》んで居《い》るのです。子供《こども》の時分《じぶん》に小柄《こがら》であった彼《かれ》の肉体《にくたい》は、十三四《じゅうさんし》の歳《とし》からめきめきと発達《はったつ》して来《き》て、筋骨《きんこつ》の逞《たく》ましい、身《み》の丈《たけ》の高《たか》い、優雅《ゆうが》と壮健《そうけん》とを兼《か》ね備《そな》えた青年《せいねん》になって居《い》ました。彼《かれ》の髪《かみ》の毛《け》は鬘《かつら》を冠《かぶ》ったように黒《くろ》く、彼《かれ》の肌膚《きふ》はいつも真白《まっしろ》で日《ひ》に焼《や》けると云《い》う事《こと》を知《し》りませんでした。彼《かれ》のスラリとした精悍《せいかん》な手足《てあし》は、一見《いっけん》して身軽《みがる》な運動《うんどう》に適《てき》して居《い》る事《こと》を想《おも》わせました。彼《かれ》は学校《がっこう》から帰《かえ》って来《き》ても、屡々《しばしば》自《じ》分《ぶん》の家《いえ》の後庭《こうてい》に設《もう》けられた機械体操場《きかいたいそうば》にやって来《き》て、一《いち》時間《じかん》も二時間《にじかん》も独《ひと》りで遊《あそ》び興《きょう》じながら、倒立《さかだ》ちをしたり、宙返《ちゅうがえ》りを打《う》ったり、殆《ほとん》ど倦《う》む事《こと》を知《し》りませんでした。

三

私《わたし》は初《はじ》め彼《かれ》の体操狂《たいそうぐる》いを内心大《ないしんおお》いに軽蔑《けいべつ》して居《い》ました。芸術《げいじゅつ》より外《ほか》に楽《たの》しみのある可《べ》き筈《はず》はないと、一途《いちず》に思《おも》い込《こ》んで居《い》た私《わたし》にとって、軽業《かるわざ》の稽古《けいこ》にも等《ひと》しい彼《かれ》の遊戯《ゆうぎ》が無意味《むいみ》に見《み》えたのは当然《とうぜん》なのです。彼《かれ》があまり夢中《むちゅう》になって傍目《わきめ》もふらず練習《れんしゅう》して居《い》る様子《ようす》を見《み》ると、

「君《きみ》はもう芸術家《げいじゅつか》になれそうもないぜ。」

こう云《い》って忠告《ちゅうこく》してやりたいような反感《はんかん》も起《おこ》りました。

或《あ》る秋《あき》の日《ひ》の夕《ゆう》ぐれの事《こと》、学校《がっこう》が済《す》んでから間《ま》もなく、私《わたし》は例《れい》の通《とお》り文学談《ぶんがくだん》でも戦《たたか》わす可《べ》く彼《かれ》の邸《やしき》を訪問《ほうもん》すると、今《いま》しも彼《かれ》は練習《れんしゅう》の最中《さいちゅう》と見《み》えて其《そ》のまま私《わたし》を体操場《たいそうば》の方《ほう》へ案内《あんない》させました。

「やあ失敬《しっけい》、君《きみ》もちっと・・・運動《うんどう》したらどうだい。」

彼《かれ》は朗《ほが》らかな青空《あおぞら》を背《せ》にして、鉄棒《かなぼう》に腰《こし》を掛《か》けながらさも愉快《ゆかい》そうに声高《こえたか》く叫《さけ》びました。いつも学校《がっこう》の制服姿《せいふくすがた》を見馴《みな》れて居《い》る私《わたし》は、（岡村君《おかむらくん》は家《いえ》に居《い》る時《とき》も大抵制服《たいていせいふく》を着《き》て居《い》たようです。）派手《はで》なお納戸色《なんどいろ》の運動服《うんどうふく》をぴったりと身《み》に着《つ》けて、殆《ほとん》ど半裸体《はんらたい》になって居《い》る彼《かれ》の姿《すがた》を、不《ふ》思議《しぎ》に美《うつく》しく妖艶《ようえん》に感《かん》じました。

「いやなら其処《そこ》で見《み》て居給《いたま》え。汗《あせ》の出《で》るまでやらないと僕《ぼく》は気持《きも》ちが悪《わる》いんだから。」

こう云《い》って岡村君《おかむらくん》はそれから更《さら》に二十分《にじっぷん》ばかり、息《いき》も継《つ》がずにいろ〳〵の芸当《げいとう》を演《えん》じて見《み》せるのです。黙《だま》って眺《なが》めて居《い》るうちに、私《わたし》はだんだん惹《ひ》き入《い》れられて、しまいには彼《かれ》の巧妙《こうみょう》な技術《ぎじゅつ》と敏捷《びんしょう》な動作《どうさ》とを羨《うらや》むようになりました。「飛鳥《とぶとり》の如《ごと》し」と云《い》う言葉《ことば》は全《まった》く岡村君《おかむらくん》の早業《はやわざ》を形容《けいよう》する為《た》めに作《つく》られたものでしょう。……彼《かれ》が地面《じめん》からひらり・・・と鉄棒《かなぼう》へ跳《と》び着《つ》きながら、忽《たちま》ち両脚《りょうあし》を天《てん》に冲《ちゅう》して蝙蝠《こうもり》の如《ごと》く倒《さか》しまにぶら下《さが》るまでの迅速《じんそく》さ加《か》減《げん》は実際驚嘆《じっさいきょうたん》に値《あた》いするもので、彼《かれ》の手脚《てあし》は恰《あたか》も石鉄砲《いしでっぽう》のゴムのように非常《ひじょう》な勢《いきお》いで虚空《こくう》に伸《の》びて行《い》くかと思《おも》うと、直《ただ》ちに弾《は》ね返《かえ》って轆轤《ろくろ》の如《ごと》く鉄棒《かなぼう》に巻《ま》き着《つ》いて了《しま》います。その度毎《たびごと》に鉄棒《かなぼう》の方《ほう》が、却《かえっ》て鞭《むち》のような彼《かれ》の体《からだ》で・・・・・・・ぴたりぴたりとさも痛《いた》そうに打《う》たれました。鉄棒《かなぼう》が済《す》むと今度《こんど》は階段《かいだん》の頂辺《てっぺん》から倒立《さかだ》ちをして飛《と》び下《お》りたり、一《いち》丈《じょう》に余《あま》る竹竿《たけざお》を杖《つえ》に庭《にわ》の松《まつ》の樹《き》の梢《こずえ》より高《たか》く跳《は》ね上《あが》ったり、……その Jumping《ジャンピング》 の見事《みごと》な有様《ありさま》は、誰《だれ》が見《み》ても人間業《にんげんわざ》とは思《おも》われません。

「どうもお待《ま》ち遠様《どおさま》！　此《こ》れでようよう好《い》い気持《きもち》になっ

た。」

こう云《い》って私《わたし》の傍《そば》に彳《たたず》んだ岡村君《おかむらくん》の、肌理《きめ》の細《こま》かい白《しろ》い両脛《りょうはぎ》には、無数《むすう》の銀砂《ぎんしゃ》がうすい靴下《くつした》を穿《は》いたように附着《ふちゃく》して居《い》ました。

其《そ》の晩彼《ばんかれ》は私《わたし》を捕《つか》まえて、芸術《げいじゅつ》と体育《たいいく》との関係《かんけい》を滔々《とうとう》と論《ろん》じて聞《き》かせました。苟《いや》しくも欧洲芸術《おうしゅうげいじゅつ》の淵源《えんげん》たる希臘的《ギリシャてき》精神《せいしん》の真髄《しんずい》を会得《えとく》したものは、体育《たいいく》の如何《いか》に大切《たいせつ》であるかを感《かん》ぜずには居《い》られない。凡《すべ》ての文学《ぶんがく》と凡《すべ》ての芸術《げいじゅつ》とは、悉《ことごと》く人間《にんげん》の肉体美《にくたいび》から始《はじ》まるのだと彼《かれ》は云《い》いました。肉体《にくたい》を軽《かろ》んずる国民《こくみん》は、遂《つい》に偉大《いだい》なる芸術《げいじゅつ》を生《う》む事《こと》が出来《でき》ない。——斯《か》くの如《ごと》き見地《けんち》から、彼《かれ》は自分《じぶん》の機械《きかい》体操《たいそう》を名《な》づけて、希臘的訓練《ギリシャてきくんれん》と称《しょう》しました。此《こ》の訓練《くんれん》を経《へ》ない間《あいだ》は、如何《いか》なる天才《てんさい》も到底真《とうていしん》の芸術家《げいじゅつか》たり得《え》る資《し》格《かく》がないとさえ極言《きょくげん》しました。私《わたし》は彼《かれ》の説《せつ》を一応尤《いちおうもっと》もだと思《おも》い、自分《じぶん》の体育《たいいく》を軽蔑《けいべつ》したのは僻見《へきけん》であると悟《さと》りましたが、さりとて全然彼《ぜんぜんかれ》の肉体万能説《にくたいばんのうせつ》に左袒《さたん》する訳《わけ》には行《い》きませんでした。寧《むし》ろ彼《かれ》の言葉《ことば》は聊《いささ》か奇矯《ききょう》に過《す》ぎるだろうと考《かんが》えました。

「肉体《にくたい》よりも思想《しそう》が第一《だいいち》だ。偉大《いだい》なる思想《しそう》がなければ、偉大《いだい》なる芸術《げいじゅつ》は生《うま》れないのだ。」

私《わたし》はこんな事《こと》を云《い》って、岡村君《おかむらくん》に反対《はんたい》した事《こと》を覚《おぼ》えて居《い》ます。

四

そう云《い》う塩梅《あんばい》でだん〳〵年《とし》を経《へ》るに随《したが》い、岡村君《おかむらくん》と私《わたし》とは同《おな》じ芸術《げいじゅつ》に志《こころざ》しながら、同《おな》じ途《みち》を歩《あゆ》む事《こと》が出来《でき》ないように傾《かたむ》いて来《き》ました。けれども二人《ふたり》が同一《どういつ》の人間《にんげん》でない限《かぎ》り、そうなるのは勿論《もちろん》自然《しぜん》の成《な》り行《ゆ》きかも知《し》れませんが、悲《かな》しい事《こと》に変化《へんか》は二人《ふたり》の思想《しそう》ばかりでなく、やがて二人《ふたり》の境遇《きょうぐう》に迄《まで》も及《およ》んで来《き》たのです。

私《わたし》の家《いえ》は既《すで》に二三年《にさんねん》も前《まえ》から兎角《とかく》営業不振《えいぎょうふしん》に陥《おちい》り、多《おお》くもあらぬ動産不動産《どうさんふどうさん》は追《お》い〳〵人手《ひとで》に渡《わた》って、到底《とうてい》此《こ》の儘店《ままみせ》を維持《いじ》する事《こと》は困難《こんなん》になって居《い》ました。然《さ》るに私《わたし》が中学《ちゅうがく》を卒業《そつぎょう》する半歳《はんとし》ばかり前《まえ》に、突然父《とつぜんちち》は死《し》んで了《しま》ったのです。島田家《しまだけ》の総領息子《そうりょうむすこ》たる私《わたし》は、一人《ひとり》の母《はは》と三人《さんにん》の弟妹《ていまい》とを抱《かか》えて、此先如何《このさきいか》にして一家《いっか》を支《ささ》えて行《い》こうかと案《あん》じ煩《わずら》いました。父《ちち》が遺《のこ》して行《い》った諸種《しょしゅ》の負債《ふさい》を整理《せいり》して見《み》ると、私等母子《わたしらぼし》の手《て》に剰《じょう》された遺産《いさん》と云《い》うものは、僅《わずか》二千円《にせんえん》足《た》らずの株券《かぶけん》があるばかりでした。結局私《けっきょくわたし》は将来《しょうらい》の希望《きぼう》を取換《とりか》えて、工科《こうか》をやるか、医科《いか》をやるか、せめて法科《ほうか》にでも入学《にゅうがく》するように親類《しんるい》から奨《すす》められましたが、私《わたし》は頑《がん》として承知《しょうち》しませんでした。「どうしても文学《ぶんがく》をやり通《とお》したい。昔《むかし》のような贅沢《ぜいたく》は出来《でき》ないまでも、一家《いっか》の者《もの》に決《けっ》して不自由《ふじゆう》はさせないから是非芸術家《ぜひげいじゅつか》として身《み》を立《た》てたい。」こう云《い》って、私《わたし》はます〳〵その志《こころざし》を強固《きょうこ》にしたのです。

私《わたし》の一家《いっか》が此《こ》のような窮境《きゅうきょう》に陥《おちい》った間《あいだ》に、岡村君《おかむらくん》の財《ざい》産《さん》は貧乏揺《びんぼうゆる》ぎもしませんでした。彼《かれ》の資産《しさん》は普通一遍《ふつういっぺん》の打撃《だげき》ぐらいで破壊《はかい》されるにはあまりに大《おお》き過《す》ぎたのです。法律《ほうりつ》が許《ゆる》して居《い》る年齢《ねんれい》に達《たっ》したならば、彼《かれ》は一日《いちにち》も早《はや》く伯父《おじ》の監督《かんとく》を離《はな》れて、自分《じぶん》の全財産《ぜんざいさん》を自由《じゆう》に支配《しはい》して見《み》たいと云《い》う事《こと》を、度《た》び度《た》び私《わたし》に話《はな》しました。「自分《じぶん》は富豪《ふごう》の一人息子《ひとりむすこ》だ。尨大《ぼうだい》な資産《しさん》と、強壮《きょうそう》な肉体《にくたい》と、優《ゆう》美《び》な容貌《ようぼう》と、若《わか》い年齢《ねんれい》との完全《かんぜん》な所有者《しょゆうしゃ》だ。」――こう云《い》う自覚《じかく》が、既《すで》に十分《じゅうぶん》彼《かれ》の胸中《きょうちゅう》に往来《おうらい》して居《い》ました。いつの間《ま》にか彼《かれ》は恐《おそ》ろしく傲慢《ごうまん》になり、お洒落《しゃれ》になり、我《わ》が儘《まま》になりました。中学生《ちゅうがくせい》の癖《くせ》に髪《かみ》を分《わ》けたり、金時計《きんどけい》を持《も》ったり、葉巻《はまき》を吸《す》ったり、甚《はなは》だしきは金剛石《こんごうせき》の指輪《ゆびわ》を欲《は》めたりして見《み》せました。五年生《ごねんせい》の岡村《おかむら》と云《い》えば、校《こう》内誰一人《ないだれひとり》として知《し》らぬ者《もの》のない憎《にく》まれっ子《こ》になって了《しま》い、生徒《せいと》も憎《にく》めば先生《せんせい》も憎《にく》み、友達《ともだち》は愚《おろ》か近《ちか》づく人《ひと》もないくらいで、唯私《ただわたし》だけが親密《しんみつ》にして居《い》ました。けれども其《そ》の私《わたし》ですら、時々腹《ときどきはら》の立《た》つような言動《げんどう》を見《み》せられる事《こと》があるのです。

「僕《ぼく》はたしかに仕合《しあわ》せな人間《にんげん》だ。いろいろの点《てん》で僕《ぼく》ほど幸福《こうふく》な境遇《きょうぐう》に居《い》る者《もの》はあんまりないだろう。……たゞ不満足《ふまんぞく》なのは、僕《ぼく》の家《いえ》には金《かね》があるけれど爵位《しゃくい》がない。此《こ》れで僕《ぼく》が華族《かぞく》の息子《むすこ》だったら、それこそほんとうに仕《し》合《あわ》せなんだがなあ。」

彼《かれ》は或《あ》る時《とき》こんな不平《ふへい》を云《い》って、嘆声《たんせい》を洩《も》らした事《こと》がありました。私《わたし》はそれまで、少《すく》なくとも彼《かれ》のお洒落《しゃれ》や贅沢《ぜいたく》に対《たい》して、悪意《あくい》の解釈《かいしゃく》を施《ほどこ》しては居《い》ませんでした。岡村君《おかむらくん》の贅沢《ぜいたく》は決《けっ》して卑《いや》しい慾望《よくぼう》に起因《きいん》するのではなく、矢張《やはは》り「美《び》」と云《い》う事《こと》を尚《とうと》ぶ彼《かれ》の芸術家気質《げいじゅつかきしつ》から来《く》るのだろうと判断《はんだん》して居《い》ました。「富《とみ》は必《かなら》ずしも美《び》を伴《ともな》わない。しかし美《び》は常《つね》に富《とみ》の力《ちから》を借《か》りなければならない。」――斯《こう》云《い》う事《こと》を信《しん》じて居《い》た私《わたし》は岡村君《おかむらくん》の富《とみ》に対《たい》して羨《うらや》みこそすれ、何等《なんら》の反感《はんかん》をも抱《いだ》いては居《い》ませんでした。彼《かれ》が自分《じぶん》の富《とみ》を誇《ほこ》るのは、即《すなわ》ち自分《じぶん》の美《び》を誇《ほこ》る所以《ゆえん》だと考《かんが》えて居《い》ました。けれども彼《かれ》が世間的《せけんてき》の爵位《しゃくい》などを欲《ほっ》すると云《い》うに至《いた》っては、全《まった》く予想外《よそうがい》に感《かん》じたのです。此《こ》の言葉《ことば》を聞《き》いた時《とき》、私《わたし》は岡村君《おかむらくん》と云《い》う人物《じんぶつ》を見損《みそこ》なって居《い》たような気《き》がしました。「己《おれ》は今日迄《きょうまで》岡村《おかむら》を買《か》い被《かぶ》って居《い》た。己《おれ》は欺《あざむ》かれて居《い》たのだ。」と、私《わたし》は心《こころ》ひそかに呟《つぶや》きました。

そうしてそれとなく彼《かれ》を反省《はんせい》させるつもりで、「金《かね》の有《あ》るのは勿論《もちろん》仕合《しあわ》せだが、どうかすると却《かえ》って不《ふ》仕合《しあわ》せな結果《けっか》になるよ。富《とみ》と云《い》うものは知《し》らず識《し》らず人《にん》間《げん》の魂《たましい》を堕落《だらく》させて了《しま》うからね。」

と云《い》いました。

「そんな心配《しんぱい》はないよ。金持《かねも》ちが堕落《だらく》するのは、その財《ざい》産《さん》を更《さら》に殖《ふ》やそうとして実業《じつぎょう》に従事《じゅうじ》する時《とき》だけさ。金《かね》の有《あ》る奴《やつ》は、働《はたら》かないで遊《あそ》んでさえ居《い》れば常《つね》に仕合《しあわ》せなんだ。」

こう答《こた》えて、彼《かれ》は格別気《かくべつき》にも留《と》めない様子《ようす》でした。

五

中学《ちゅうがく》を卒業《そつぎょう》した年《とし》の夏《なつ》、私《わたし》は首尾《しゅび》よく東京《とうきょう》の第一高等学《だいいちこうとうがっ》校《こう》へ入学《にゅうがく》する事《こと》が出来《でき》ました。然《しか》るに岡村君《おかむらくん》はあまり数《すう》学《がく》が出来《でき》ないので、入学試験《にゅうがくしけん》にとうとう失敗《しっぱい》して了《しま》いました。尤《もっと》も、地方《ちほう》の高等学校《こうとうがっこう》なら這入《はい》れたのかも知《し》れませんが、彼《かれ》は東京《とうきょう》の地《ち》を一寸《いっすん》も離《はな》れるのが嫌《いや》だと云《い》って、甘《あま》んじて落第《らくだい》して了《しま》ったのです。

「何《なに》も急《いそ》ぐ事《こと》はないのだから、来年亦試験《らいねんまたしけん》を受《う》ける。今《こ》年一年《としいちねん》は死《し》んだ気《き》になって少《すこ》うし数学《すうがく》を勉強《べんきょう》しよう。」

彼《かれ》はこう云《い》ってさ程落胆《ほどらくたん》した気色《きしょく》もなく、その後当分毎《ごとうぶんまい》日二三時間《にちにさんじかん》ずつ、幾何《きか》や代数《だいすう》を練習《れんしゅう》して居《い》る様子《ようす》でした。

「君《きみ》なんぞは一層西洋《いっそうせいよう》へ留学《りゅうがく》に行《い》ったらいゝじゃないか。」私《わたし》がこんな忠告《ちゅうこく》をすると、「そりゃ行《い》きたい事《こと》は非《ひ》常《じょう》に行《い》きたいんだが、どうしても伯父《おじ》が許《ゆる》してくれない。伯父《おじ》の生《い》きて居《い》る間《あいだ》はまあ駄目《だめ》だろう。」と云《い》って居《い》ました。

厳重《げんじゅう》な中学《ちゅうがく》の校則《こうそく》に縛《しば》られて居《い》てさえ、人並外《ひとなみはず》れた贅沢《ぜいたく》をする岡村君《おかむらくん》の事《こと》ですから、学校生活《がっこうせいかつ》から関係《かんけい》を絶《た》った一年間《いちねんかん》の彼《かれ》の風采《ふうさい》や態度《たいど》と云《い》うものは、殆《ほと》ど華美《かび》の極点《きょくてん》に達《たっ》して、素晴《すば》らしい変化《へんか》を来《きた》しました。今迄《いままで》和服《わふく》と云《い》うものをあまり好《この》まなかった彼《かれ》は、俄《にわか》に派手《はで》な縞柄《しまがら》の羽《は》織《おり》や着物《きもの》を沢山《たくさん》に拵《こしら》えて、それを代《かわ》る代《がわ》る着《き》て歩《ある》くようになりました。

「一体現代《いったいげんだい》の日本《にほん》の男子《だんし》の服装《ふくそう》は地味過《じみす》ぎて居《い》る。西洋《せいよう》人《じん》は勿論《もちろん》支那人《しなじん》にしろ印度人《いんどじん》にしろ、男子《だんし》の服装《ふくそう》がいかにも鮮明《せんめい》な色彩《しきさい》と曲線《きょくせん》に富《と》んで居《い》て、日本画《にほんが》にも油絵《あぶらえ》にも画《か》く事《こと》が出来《でき》るけれど、日本《にほん》の男《おとこ》の服装《ふくそう》と来《き》たら、到底絵《ていえ》にも何《なん》にもならない。こんな非芸術的《ひげいじゅつてき》な衣類《いるい》を着《き》る位《くらい》なら、未《ま》だしも裸《はだか》で居《い》る方《ほう》が遥《はるか》に美《うつく》しい。日本《にほん》でも徳川《とくがわ》の初期時代《しょきじだい》には、男女《だんじょ》の衣裳《いしょう》に区別《くべつ》がない程《ほど》一般《いっぱん》に派手《はで》好《ごの》みの服装《ふくそう》が流行《りゅうこう》して居《い》たのだ。唐桟《とうざん》を喜《よろこ》んだり、結城《ゆうき》を渋《しぶ》がったりするのは、幕末頃《ばくまつごろ》の因循《いんじゅん》な町人《ちょうにん》趣味《しゅみ》を受《う》け継《つ》いで居《い》るんだ。現代《げんだい》の日本人《にほんじん》は宜《よろ》しく慶長元禄時《けいちょうげんろくじ》分《ぶん》の、伊達寛闊《だてかんかつ》な昔《むかし》の姿《すがた》に復《かえ》らなければいけない。」——岡村君《おかむらくん》は斯《こ》う云《い》う意見《いけん》を主張《しゅちょう》して極端《きょくたん》に陥《おちい》らない範囲《はんい》で、成《な》る可《べ》く女柄《おんながら》の反物《たんもの》を仕立《した》てさせては其《そ》れを着込《きこ》んで歩《ある》いて居《い》ました。或《あ》る時《とき》は黒縮緬《くろちりめん》の紋附《もんつき》に小紋《こもん》の石持《こくもち》の綿入《わたいれ》を着《き》て、わざと鉄《てつ》の附《つ》いた雪駄《せった》をちゃら〳〵と鳴《な》らしながら穿《は》いて見《み》たり、或《あ》る時《とき》は粗《あら》い黄八丈《きはちじょう》の対《つい》の衣裳《いしょう》に白博多《しろはかた》の角帯《かくおび》を締《し》めたり、そう云《い》う場合《ばあい》にはいつも帽子《ぼうし》を被《かぶ》らず、長《なが》く伸《の》ばして漆《うるし》のような鬢髪《びんぱつ》を風《かぜ》に吹《ふ》かせて、六尺近《ろくしゃくちか》い偉大《いだい》な体躯《たいく》をゆらり〳〵と運《はこ》ばせる様子《ようす》が、いかにも立派《りっぱ》で堂々《どうどう》として聊《いささ》か下品《げひん》でも滑稽《こっけい》でもなく、往来《おうらい》の人《ひと》は皆振《みなふ》り顧《かえ》って驚嘆《きょうたん》の目《め》を放《はな》ちました。其《その》頃彼《ころかれ》は月《つき》に五六度《ごろくど》ずつ美顔術師《びがんじゅつし》の許《もと》に通《かよ》って、頻《しき》りと化粧《けしょう》に浮身《うきみ》を窶《やつ》し、外出《がいしゅつ》する時《とき》は常《つね》に水白粉《みずおしろい》をほんのり着《つ》けて、唇《くちびる》に薄紅《うすべに》さえさして居《い》ましたが、もともと容貌《ようぼう》が美《うつく》しかったので、そんな真似《まね》をして居《い》ようとは、誰《だれ》も気《き》が着《つ》きませんでした。

「僕《ぼく》はいつ何時《なんどき》でも自分《じぶん》の姿《すがた》は絵《え》になって居《い》ると信《しん》じて居《い》る。」

こう彼《かれ》は傲語《ごうご》して居《い》ました。あのような服装《ふくそう》をして其《そ》れが少《すこ》しも突飛《とっぴ》に思《おも》われないのは、全《まった》く岡村君《おかむらくん》の気品《きひん》の然《しか》らしむる所《ところ》で、到底他人《とうていたにん》の企及《ききゅう》し難《がた》い事《こと》であると、私《わたし》も密《ひそか》に感服《かんぷく》しました。況《いわ》んや岡村君《おかむらくん》の遊《あそ》びに行《い》く新橋《しんばし》や柳《やなぎ》橋《ばし》や赤坂辺《あかさかあたり》の芸者達《げいしゃたち》が、盛《さか》んに彼《かれ》を崇拝《すうはい》したのも無理《むり》のない話《はなし》です。

「君《きみ》のような生活《せいかつ》を送《おく》って居《い》たら、もう再《ふたた》び学校《がっこう》なんぞへ這入《はい》るのは嫌《いや》になるだろう。」

私《わたし》がこう云《い》って尋《たず》ねると、彼《かれ》は頻《しき》りに冠《かぶり》を振《ふ》って、

「いやそんな事《こと》はない。僕《ぼく》は決《けっ》して学問《がくもん》の値打《ねう》ちを軽蔑《けいべつ》する事《こと》は出来《でき》ない。君《きみ》にはまだ僕《ぼく》の性質《せいしつ》がほんとうに分《わか》って居《い》ないのだろう。」

と答《こた》えました。それでも私《わたし》は内々《ないない》疑《うたが》って居《い》ましたが、いつの間《ま》に彼《かれ》は数学《すうがく》を習《なら》って居《い》たものか、明《あ》くる年《とし》の夏《なつ》には見事《みごと》優等《ゆうとう》の成績《せいせき》で一高《いちこう》へ入学《にゅうがく》して了《しま》いました。私《わたし》はますます感服《かんぷく》しました。

六

少《すく》くとも学問《がくもん》の点《てん》に於《お》いて、私《わたし》は岡村君《おかむらくん》に負《ま》けてはならないと云《い》う気《き》が始終《しじゅう》あったのです。其上自分《そのうえじぶん》は貧窮《ひんきゅう》な学生《がくせい》であると云《い》う事《こと》が刺戟《しげき》になって、私《わたし》は激《はげ》しい神経衰弱《しんけいすいじゃく》に陥《おちい》る程《ほど》無我夢中《むがむちゅう》の勉強《べんきょう》を続《つづ》けました。私《わたし》の頬《ほお》は痩《や》せ、血《けっ》色《しょく》は青褪《あおざ》め、見《み》るから哀《あわ》れな、うら淋《さび》しい姿《すがた》になりました。私《わたし》は、偉大《いだい》なる芸術家《げいじゅつか》になるには、先《ま》ずどうしても十分《じゅうぶん》に哲学《てつがく》を研究《けんきゅう》しなければ駄目《だめ》だと思《おも》い、覚束《おぼつか》ない独逸語《ドイツご》の力《ちから》でニイチェやショオペンハウエルを一生懸命《いっしょうけんめい》に読《よ》み耽《ふけ》りました。其結果《そのけっか》、安本《やすもと》のレクラムの細《こま》かい活《かつ》字《じ》にあてられて、私《わたし》は忽《たちま》ち度《ど》の強《つよ》い近眼《きんがん》になって了《しま》いました。

「本《ほん》を読《よ》む事《こと》は大切《たいせつ》だ。しかしそれよりも完全《かんぜん》な眼《め》を持《も》つ方《ほう》が一層大切《いっそうたいせつ》だ。」と云《い》って、岡村君《おかむらくん》は決《けっ》して活字《かつじ》の細《こま》かい書物《しょもつ》を読《よ》もうとはしませんでした。彼《かれ》は学校《がっこう》で独逸語《ドイツご》の教師《きょうし》から教《おそ》わって居《い》るラオコオンの十四章《じゅうよんしょう》のページを開《ひら》いて、私《わたし》の前《まえ》に突《つ》きつけながらこんな事《こと》を云《い》いました。

「眼《め》の事《こと》で思《おも》い出《だ》したが、レッシングと云《い》う男《おとこ》は何《なん》だか虫《むし》の好《す》かない人間《にんげん》だね。君《きみ》、こゝに斯《こ》う云《い》う文章《ぶんしょう》があるだろう。——〔Aber müsste, solange ich das leibliche Auge hätte, die Sphäre desselben auch die Sphäre meines innern Auges sein, so würde ich, um von dieser Einschränkung frei zu werden, einen grossen Wert auf den Verlust des ersten legen.〕——此《こ》れはレッシングがミルトンの失明《しつめい》を讃美《さんび》した言葉《ことば》らしいが、若《も》しも人間《にんげん》がなまじ肉眼《にくがん》を持《も》って居《い》て、却《かえっ》て其《そ》の為《た》めに心眼《しんがん》の活動《かつどう》の範囲《はんい》を制限《せいげん》されるくらいなら、寧《むし》ろ肉眼《にくがん》なんぞない方《ほう》がいゝと云《い》うんだ。何《なん》とおかしな理屈《りくつ》じゃないか。僕《ぼく》に云《い》わせれば、肉眼《にくがん》のない心眼《しんがん》なんか、芸術《げいじゅつ》の上《うえ》から何《なん》の役《やく》にも立《た》ちはしない。完《かん》全《ぜん》な官能《かんのう》を持《も》って居《い》る事《こと》が、芸術家《げいじゅつか》たる第一《だいいち》の要素《ようそ》だと思《おも》うね。だからレッシングと云《い》う男《おとこ》は根本《こんぽん》に於《お》いて芸術《げいじゅつ》の解釈《かいしゃく》を誤《あやま》って居《い》る。」

「それじゃ君《きみ》はミルトンをえらいとは思《おも》わないんだね。」

「思《おも》わないさ。尤《もっと》もホーマーは特別《とくべつ》だが、果《はた》して彼《かれ》が盲目《もうもく》であったかどうかは疑問《ぎもん》の余地《よち》があるようだ。」

岡村君《おかむらくん》のレッシングを攻撃《こうげき》する事《こと》は非常《ひじょう》なもので、ラオコオンの彼方此方《あちこち》のページを開《ひら》いては、完膚《かんぷ》なき迄《まで》に罵倒《ばとう》するのです。

「………夫《それ》から此処《ここ》にこんな事《こと》が書《か》いてあるだろう。――〔Achilles ergrimmt, und ohne ein Wort zu versetzen, schlägt er ihn so unsanft zwischen Back' und Ohr, dass ihm Zähne, und Blut und Seele mit eins aus dem Halse stürzen. Zu grausam! Der jachzornige mörderische Achilles wird mir verhasster, als der tückische knurrende Thersites ; ……………………………………… denn ich empfinde es, dass Thersites auch mein Anverwandter ist, ein Mensch.〕――此《これ》はテルシテスがアキレスの為《ため》に殺《ころ》される光景《こうけい》を評《ひょう》したのだが、耳《みみ》と頬《ほお》の間《あいだ》を粉微塵《こなみじん》に打《う》ち砕《くだ》かれ、傷口《きずぐち》から歯《は》が飛《と》び出《だ》したり血《ち》が流《なが》れたりする有様《ありさま》があまり残酷《ざんこく》で、今迄《いままで》テルシテスに

対《たい》して抱《いだ》いて居《い》た滑稽《こっけい》の感《かん》じが消滅《しょうめつ》して了《しま》う。寧《むし》ろ斯《か》る残虐《ざんぎゃく》の殺人《さつじん》を敢《あえ》てしたアキレスの方《ほう》が憎《にく》らしくなる。いかに容貌醜悪《ようぼうしゅうあく》なテルシテスと雖《いえど》も、我々《われわれ》と同《おな》じ人間《にんげん》である以上《いじょう》、憐愍《れんびん》の情《じょう》を起《おこ》さずには居《い》られないと云《い》う議論《ぎろん》なんだ。けれども僕《ぼく》の考《かんが》えでは、滑稽《こっけい》な人物《じんぶつ》は何処迄《どこまで》も滑稽《こっけい》で、奇怪《きかい》な死《し》に様《ざま》をすればする程猶更面白《ほどなおさらおもしろ》い気《き》がするじゃないか。生《い》きて居《い》てさえ可笑《おか》しなテルシテスの顔《かお》が滅茶々々《めちゃめちゃ》に叩《たた》き潰《つぶ》されて血《ち》だらけになって蠢《うごめ》いて居《い》る所《ところ》を想像《そうぞう》すると、実際滑稽《じっさいこっけい》に思《おも》われるじゃないか。文学《ぶんがく》を批評《ひひょう》しながら道徳的《どうとくてき》の感情《かんじょう》に支配《しはい》されて、アキレスが憎《にく》らしいなど〻云《い》うのは馬鹿《ばか》な話《はなし》だ。」

「君《きみ》の説《と》く所《ところ》はどうも少《すこ》し病的《びょうてき》のようだ。仮《か》りにそのような残酷《ざんこく》な描写《びょうしゃ》が詩《し》でなくって絵《え》に画《か》かれたと想像《そうぞう》して見給《みたま》え。君《きみ》はそんな絵《え》を見《み》てもやっぱり滑稽《こっけい》を感《かん》じるのかね。」

私《わたし》が斯《こ》う反問《はんもん》すると、彼《かれ》はいよく得意《とくい》になって、議論《ぎろん》の歩《ほ》を進《すす》めます。

七

「滑稽《こっけい》を感《かん》じないまでも、或《あ》る一種《いっしゅ》の快感《かいかん》に打《う》たれる事《こと》はたしかだね。寧《むし》ろ絵《え》にした方《ほう》が面白《おもしろ》いくらいだね。一《いっ》体芸術的《たいげいじゅつてき》の快感《かいかん》を悲哀《ひあい》だの滑稽《こっけい》だの歓喜《かんき》だのと云《い》うように区分《くわけ》するのが間違《まちが》って居《い》る。世《よ》の中《なか》に純粋《じゅんすい》の悲哀《ひあい》だの、滑稽《こっけい》だの、乃至歓喜《ないしかんき》だのと云《い》うものが存在《そんざい》する筈《はず》はないのだから。」

「僕《ぼく》も其《そ》の点《てん》には賛成《さんせい》するが、君《きみ》は詩《し》の領分《りょうぶん》と絵《え》の領分《りょうぶん》との間《あいだ》に、レッシングの説明《せつめい》したような境界《きょうかい》のある事《こと》を認《みと》めて居《い》ないのかね。」

「全然認《ぜんぜんみと》めて居《い》ない。ラオコオンの趣旨《しゅし》には徹頭徹尾反《てっとうてつびはん》対《たい》だ。」

「そいつは少《すこ》し乱暴過《らんぼうす》ぎる。」

「まあ聞《き》き給《たま》え。——僕《ぼく》は眼《め》で以《もっ》て、一目《ひとめ》に見渡《みわた》す事《こと》の出《で》来《き》る美《うつく》しさでなければ、即《すなわ》ち空間的《くうかんてき》に存在《そんざい》する色彩《しきさい》若《もし》くは形態《けいたい》の美《び》でなければ、絵《え》に画《か》いたり文章《ぶんしょう》に作《つく》ったりする値打《ねう》ちはないと信《しん》じて居《い》るんだ。そのうちでも最《もっと》も美《うつく》しいのは人間《にんげん》の肉体《にくたい》だ。思想《しそう》と云《い》うものはいかに立派《りっぱ》でも見《み》て感《かん》ずるものではない。だから思想《しそう》に美《び》と云《い》うものが存在《そんざい》する筈《はず》はないのだ。」

「そうすると芸術家《げいじゅつか》になるには、哲学《てつがく》を研究《けんきゅう》する必要《ひつよう》はない訳《わけ》だね。」

「無論《むろん》の話《はなし》さ。――美《び》は考《かんが》えるものではない。一見《いっけん》して直《じか》に感《かん》ずる事《こと》の出来《でき》る、極《きわ》めて簡単《かんたん》な手続《てつづ》きのものだ。而《しか》も其手続《そのてつづき》が簡単《かんたん》であればある程《ほど》、美《び》の効果《エッフェクト》は余計《よけい》強烈《きょうれつ》である可《べ》き筈《はず》だ。君《きみ》はペエタアのルネッサンスを読《よ》んだ事《こと》があるだろう。たしか彼《かれ》の本《ほん》の中《なか》に、凡《すべ》ての芸術《げいじゅつ》のうちで最《もっと》も芸術的《げいじゅつてき》のものは音楽《おんがく》であると云《い》うような意味《いみ》が書《か》いてあったろう。つまり音楽《おんがく》の与《あた》える快感《かいかん》ぐらい直截《ちょくせつ》で簡明《かんたん》で手続《てつづ》きの要《い》らないものはないと云《い》うのだ。いかに美《うつく》しい詩歌《しいか》でも絵画《かいが》でも、多少《たしょう》の意味《いみ》を持《も》って居《い》ないものはない。之《これ》に反《はん》してピアノにしろヴァイオリンにしろ、総《すべ》ての楽器《がっき》から出《で》て来《く》る音響《おんきょう》には全《まった》く意味《いみ》と云《い》うものがない。音響《おんきょう》は考《かんが》える事《こと》が出来《でき》ない。唯美《ただうつく》しいと感《かん》ずるばかりである。其《そ》の点《てん》に於《おい》て音楽程芸術《おんがくほどげいじゅつ》の趣旨《しゅし》に適《かな》ったものはないと云《い》えるのだ。」

「そのくらいなら、君《きみ》は音楽家《おんがくか》になったらいゝじゃないか。」

「ところが不幸《ふこう》にして、僕《ぼく》の耳《みみ》は僕《ぼく》の眼《め》のように発達《はったつ》して居《い》ないから、音響《おんきょう》に依《よ》る美感《びかん》と云《い》うものをそれ程《ほど》強《つよ》く感受《かんじゅ》する事《こと》が出来《でき》ない。音楽《おんがく》は美感《びかん》を人《ひと》に起《おこ》させる形式《けいしき》に於《お》いて優《すぐ》れて居《い》るけれど、美感《びかん》そのものゝ内容《ないよう》に至《いた》っては何《なん》だか稀薄《きはく》なように思《おも》われる。だから僕《ぼく》の最《もっと》も理想《りそう》的《てき》な芸術《げいじゅつ》と云《い》えば、眼《め》で見《み》た美《うつく》しさを成《な》る可《べ》く音楽的《おんがくてき》な方法《ほうほう》で描写《びょうしゃ》する事《こと》にあるんだ。」

「そんなむずかしい事《こと》が出来《でき》るつもりなのかい。」

「出来《でき》ないまでも努力《どりょく》して見《み》ようと思《おも》うのさ。――そこで又《また》レッシングの攻撃《こうげき》に戻《もど》るが、ラオコオンの眼目《がんもく》とも云《い》うべきものは、要《よう》するに詩《し》の範囲《はんい》と絵《え》の範囲《はんい》とを制限《せいげん》した以下《いか》の二《ふた》つの文章《ぶんしょう》に帰着《きちゃく》して居《い》る。曰《いわ》く『絵画《かいが》は事物《じぶつ》の共存状態《コエキジスチーレン》を構図《こうず》とするが故《ゆえ》に、或《あ》る動作《どうさ》の唯一瞬間《ゆいいつしゅんかん》をのみ捕捉《ほそく》する事《こと》を得《う》。随《したが》って其《そ》の前後《ぜんご》の経過《けいか》を暗示《あんじ》せしむるに足《た》る可《べ》き最《もっと》も含蓄《がんちく》ある瞬間《しゅんかん》を択《えら》ばざる可《べ》からず。』曰《いわ》く『同様《どうよう》に詩文《しぶん》は又事物《またじぶつ》の進行状態《しんこうじょうたい》を描写《びょうしゃ》するが故《ゆえ》に、或《あ》る形体《けいたい》に就《つ》いて唯一《ただひと》つの特徴《とくちょう》をのみ捕捉《ほそく》する事《こと》を得《う》。随《したが》って一局面《いちきょくめん》より形体全部《けいたいぜんぶ》の象《ぞう》を最《もっと》も明瞭《めいりょう》に髣髴《ほうふつ》たらしむ可《べ》き特徴《とくちょう》を択《えら》ばざる可《べ》からず。』——大体《だいたい》こんな意味《いみ》になるだろう。先《ま》ず第一《だいいち》の定義《ていぎ》からして僕《ぼく》には随分反対《ずいぶんはんたい》の点《てん》がある。成《な》る程《ほど》絵画《かいが》は事物《じぶつ》の共存状態《きょうぞんじょうたい》を描《えが》くには違《ちが》いない。けれども前後《ぜんご》の経過《けいか》を了解《りょうかい》せしむるに足《た》る含蓄《がんちく》ある瞬間《しゅんかん》を択《えら》ばなければならないと云《い》う理屈《りくつ》が何処《どこ》にあるだろう。絵画《かいが》の興味《きょうみ》は、画題《がだい》に供《きょう》せられた事件《じけん》若《も》しくは小説《しょうせつ》に存《そん》するのではない。たとえばロダンの作物《さくぶつ》の中《なか》に一人《ひとり》の人間《にんげん》が一人《ひとり》の人間《にんげん》の死骸《しがい》を抱《だ》いて居《い》る彫刻《ちょうこく》があって、其《そ》れに『サッフォの死《し》』と云《い》う題《だい》が付《つ》けられて居《い》たとするね。ところで其《そ》の作品《さくひん》から美感《びかん》を味《あじ》わう為《ため》には、是非共《ぜひとも》サッフォの伝記《でんき》を知《し》らなければならないのだろうか。其瞬間《そのしゅんかん》の前後《ぜんご》の経過《けいか》を了解《りょうかい》しなければならないのだろうか……。」

八

「……非常《ひじょう》におかしな理屈《りくつ》だと思《おも》うね。絵画《かいが》や彫刻《ちょうこく》の美《び》は何処迄《どこまで》も其処《そこ》に表現《ひょうげん》された色彩《しきさい》若《も》しくは形態《けいたい》のみの効果《こうか》に依《よ》って、観《み》る人《ひと》の頭《あたま》へ短的《たんてき》に直覚《ちょっかく》さるべきものだと思《おも》うね。だからロダンの『サッフォの死《し》』が美《うつく》しいとすれば、其《そ》の彫刻《ちょうこく》に現《あらわ》れた二個《にこ》の人間《にんげん》の肉体《にくたい》が美《うつく》しいのだ。サッフォの歴史《れきし》とはまるきり縁故《えんこ》のない事《こと》なのだ。」

「けれども歴史《れきし》を知《し》って居《い》れば、余計《よけい》興味《きょうみ》を感《かん》ずる訳《わけ》じゃないか。」

「しかし其《そ》れは歴史的《れきしてき》の興味《きょうみ》で芸術的《げいじゅつてき》の興味《きょうみ》とは云《い》われないだろう。そんな興味《きょうみ》は芸術《げいじゅつ》の要求《ようきゅう》す可《べ》きものではないのだから、感《かん》じても感《かん》じないでも差支《さしつかえ》はない。故《ゆえ》に若《も》し、画家《がか》に取《とっ》て撰択《せんたく》すべき瞬間《しゅんかん》があるとすれば、其《そ》れは唯《ただ》或《あ》る肉体《にくたい》が最上最強《さいじょうさいきょう》の美《び》の極点《きょくてん》に到達《とうたつ》した刹那《せつな》の姿態《したい》を捉《とら》える事《こと》なのだ。然《しか》るにレッシングは又《また》画家《がか》の捉《とら》うべき『含蓄《がんちく》ある瞬間《しゅんかん》』と云《い》うものを、非常《ひじょう》に窮《きゅう》屈《くつ》に制限《せいげん》して居《い》る。――〔Wenn Laokoon also seufzet, so kann ihn die Einbildungskraft schreien hören ; wenn er aber schreiet, so kann sie von dieser Vorstellung weder eine Stufe höher, noch eine Stufe tiefer steigen, ohne ihn in einem leidlichern, folglich uninteressantern Zustande zu erblicken. Sie hört ihn zuerst ächzen, oder sie sieht ihn schon tot.〕——希臘《ギリシャ》のラオコオンの彫《ちょう》刻《こく》を見《み》ると彼《かれ》は蛇《へび》に絡《から》み着《つ》かれて唯纔《ただわずか》に嘆息《たんそく》して居《い》るばかりである。其《そ》の表情《ひょうじょう》は悲《かな》しげであるが静《しず》かである。決《けっ》して顔《かお》を歪《ゆが》めたり苦悶《くもん》の叫《さけ》びを発《はっ》したりしては居《い》ない。けれども其《そ》の彫刻《ちょうこく》に接《せっ》すれば、十分《じゅうぶん》に彼《かれ》の絶望的《ぜつぼうてき》な苦痛《くつう》を想像《そうぞう》する事《こと》が出来《でき》る。之《これ》に反《はん》して若《も》しラオコオンが激《はげ》しい叫喚《きょうかん》の声《こえ》を放《はな》って、極端《きょくたん》な苦悶《くもん》の表情《ひょうじょう》を示《しめ》して居《い》たなら、彼《かれ》の彫刻《ちょうこく》は全然余韻《ぜんぜんよいん》を失《うしな》って了《しま》う。見《み》る人《ひと》の想《そう》像力《ぞうりょく》は彫刻《ちょうこく》の外《そと》へ一歩《いっぽ》も踏《ふ》み出《だ》す事《こと》が出来《でき》ない。唯《ただ》ラオコオンの呻吟《しんぎん》するのを聞《き》き、既《すで》に死《し》なんとするのを見《み》せられるばかりである。斯《か》くの如《ごと》く、凡《すべ》て強烈《きょうれつ》な刺戟《しげき》を避《さ》けて、想像《そうぞう》の余地《よち》のあるような刹那《せつな》を現《あらわ》したものが、レッシングの所謂《いわゆる》『含蓄《がんちく》ある瞬間《しゅんかん》』なのだ。此《こ》の理屈《りくつ》で行《い》くと、人間《にんげん》の死《し》んで了《しま》ったところなどは絵《え》にも彫刻《ちょうこく》にもめった・・・に作《つく》れない事《こと》になるね。先《さっき》も云《い》った通《とお》り、美感《びかん》を味《あじわ》うのに前後《ぜんご》の事情《じじょう》などを了解《りょうかい》する必要《ひつよう》は少《すこ》しもないんだ。ラオコオンが嘆《なげ》いて居《い》ようが、叫《さけ》んで居《い》ようが、乃至《ないし》血《ち》だらけになって呻《うめ》いて居《い》ようが、其《そ》の瞬間《しゅんかん》の肉体美《にくたいび》さえ十《じゅう》分《ぶん》に現《あらわ》れて居《い》れば沢山《たくさん》なんだ。」

「すると芸術《げいじゅつ》を翫賞《がんしょう》するのには、想像力《そうぞうりょく》なんか不必要《ふひつよう》になるじゃないか。」

「そうだとも、――一体僕《いったいぼく》は想像《そうぞう》と云《い》うような歯痒《はがゆ》い事《こと》は大嫌《だいきら》いだ。何《なん》でもハッキリと自分《じぶん》の前《まえ》に実現《じつげん》されて、眼《め》で見《み》たり、手《て》で触《さわ》ったり、耳《みみ》で聞《き》いたりする事《こと》の出来《でき》る美《うつく》しさでなければ承知《しょうち》が出来《でき》ない。想像《そうぞう》の余地《よち》のない、アーク燈《とう》の光《ひかり》で射《い》られるような激《はげ》しい美感《びかん》を味《あじわ》わなければ気《き》が済《す》まない。」

「そう云《い》う議論《ぎろん》は、造形美術《ぞうけいびじゅつ》にはあて嵌《は》まるかも知《し》れないけれど、詩《し》だの小説《しょうせつ》だのには応用出来《おうようでき》ない話《はなし》じゃないか。」

「応用《おうよう》するのは非常《ひじょう》にむずかしいかも知《し》れないが、しかしまるきり出来《でき》ない事《こと》はないだろうと思《おも》う。元来僕《がんらいぼく》がもう少《すこ》し手先《てさき》の器用《きよう》な人間《にんげん》であったら、文学《ぶんがく》なんかやらないで絵《え》かきか彫刻家《ちょうこくか》になるところだった。けれども僕《ぼく》には文章《ぶんしょう》を作《つく》る才能《タレント》だけしかないのだから已《や》むを得《え》ない。兎《と》に角何等《かくなんら》かの形式《けいしき》で、文章《ぶんしょう》を以《もっ》て絵画《かいが》や彫刻《ちょうこく》の表現《ひょうげん》するものと同一《どういつ》の美《び》を取扱《とりあつか》って見《み》たい。果《はた》してどんな物《もの》が出来上《できあが》るか、今《いま》のところでは自分《じぶん》にもよく分《わか》らないが、レッシングの云《い》うような『詩《し》は事物《じぶつ》の進行的状態《しんこうてきじょうたい》を描写《びょうしゃ》する。』とか『形体《けいたい》の或《あ》る一部分《いちぶぶん》のみを捕捉《ほそく》する。』とか云《い》う法則《ほうそく》は、僕《ぼく》の眼中《がんちゅう》にないと云《い》う事《こと》だけを断《ことわ》って置《お》く。」

岡村君《おかむらくん》の議論《ぎろん》は最後《さいご》に至《いた》って少《すこ》しく苦《くる》しまぎれの気味《きみ》がありました。「そんな理屈《りくつ》を云《い》ったって何《なに》が実地《じっち》に通用《つうよう》するものか。書《か》けるものならば書《か》いて見《み》ろ。」こう思《おも》って、私《わたし》は腹《はら》の中《なか》で嘲笑《ちょうしょう》しました。

九

二年間《にねんかん》ばかり、私《わたし》は一生懸命《いっしょうけんめい》読書《どくしょ》に耽《ふけ》りましたが、丁度《ちょうど》高等学校《こうとうがっこう》の三年生《さんねんせい》になった年《とし》からそろ〳〵詩《し》だの小説《しょうせつ》だのに筆《ふで》を染《そ》め出《だ》して、諸種《しょしゅ》の文学雑誌《ぶんがくざっし》へ寄稿《きこう》するようになりました。私《わたし》の名前《なまえ》は直《じき》に文壇《ぶんだん》の人々《ひとびと》から認《みと》められるようになり、新進作家《しんしんさっか》のうちでも将来有望《しょうらいゆうぼう》な一人《ひとり》として目指《めざ》されました。それが当時《とうじ》の私《わたし》に取《と》ってはどんなに嬉《うれ》しかったでしょうか。私《わたし》はやがて自分《じぶん》の名前《なまえ》が、紅葉《こうよう》や一葉《いちよう》や、子規《しき》などゝ列《なら》んで、明治《めいじ》の文学史《ぶんがくし》のページを飾《かざ》るべき一員《いちいん》となるべき事《こと》を想像《そうぞう》しました。私《わたし》はすっかり図《ず》に乗《の》って、感興《かんきょう》の湧《わ》くまゝに無闇《むやみ》と沢山《たくさん》の創作《そうさく》を試《こころ》みました。実際《じっさい》、筆《ふで》を執《と》らずには居《い》られない程思想《ほどしそう》が滾々《こんこん》と流《なが》れ出《で》るので、いくら書《か》いても涸渇《こかつ》する事《こと》があろうなどとは思《おも》いも及《およ》ばなかったのです。

「己《おれ》はとう〳〵岡村《おかむら》に勝《か》ってやった。」

と、私《わたし》は感《かん》ぜざるを得《え》ませんでした。

岡村君《おかむらくん》が芸術《げいじゅつ》に対《たい》して自己《じこ》の執《と》る可《べ》き態度《たいど》を決定《けってい》する事《こと》が出来《でき》ず非常《ひじょう》に迷《まよ》って居《い》る有様《ありさま》は余処目《よそめ》にもよく判《わか》りました。話《はなし》をすれば口先《くちさき》ばかりえらい・・・事《こと》を云《い》いながら、彼《かれ》は何一《なにひと》つ其《そ》れを実行《じっこう》して見《み》せた例《れい》がありません。そうかと云《い》って……彼《かれ》の嫌《いや》な哲学《てつがく》は勿論《もちろん》の事《こと》、文学《ぶんがく》に関《かん》する真面目《まじめ》な書物《しょもつ》などを研究《けんきゅう》して居《い》る様子《ようす》もないのです。たゞ折々《おりおり》読《よ》んで居《い》るのは仏蘭西《フランス》物《もの》の詩《し》だの小説《しょうせつ》だの、それでなければ美術《びじゅつ》に関《かん》する書籍《しょせき》ぐらいで就中《なかんずく》絵画《かいが》と彫刻《ちょうこく》の事《こと》だけは西洋《せいよう》は勿論《もちろん》印度《インド》支那《しな》日本《にほん》の方面《ほうめん》迄《まで》も一《ひ》と通《とお》り暗《そら》んじて居《い》たようでした。やゝともすれば「僕《ぼく》は絵《え》かきになれないのが返《かえ》す返《がえ》すも残念《ざんねん》だ。」と云《い》って悶《もだ》えて居《い》ました。

「君《きみ》は古来《こらい》の画家《がか》のうちで誰《だれ》が一番《いちばん》好《す》きなんだ。」

嘗《かつ》て私《わたし》がこう云《い》った時《とき》、

「日本《にほん》では豊国《とよくに》、西洋《せいよう》ではロオトレク。」と答《こた》えました。

ロオトレクが好《す》きだけあって、彼《かれ》はチャリネが大好《だいす》きでした。

「日本人《にほんじん》の曲芸《きょくげい》は体格《たいかく》が貧弱《ひんじゃく》だから面白《おもしろ》くないが、西洋《せいよう》人《じん》のチャリネは芝居《しばい》よりも・・・もっと芸術的《げいじゅつてき》だ。僕《ぼく》はチャリネのような感《かん》じのする芸術《げいじゅつ》を作《つく》りたい。」と、始終彼《しじゅうかれ》は云《い》って居《い》ました。

日《ひ》を経《へ》るに随《したが》って、岡村君《おかむらくん》の言動《げんどう》はますます奇矯《ききょう》になり、どうかすると真面目《まじめ》なのか冗談《じょうだん》なのか分《わか》らないような事《こと》を云《い》いました。

「最《もっと》も卑《いや》しき芸術品《げいじゅつひん》は小説《しょうせつ》なり。次《つ》ぎは詩歌《しいか》なり。絵画《かいが》は詩《し》よりも貴《とうと》く、彫刻《ちょうこく》は絵画《かいが》よりも貴《とうと》く、演劇《えんげき》は彫刻《ちょうこく》よりも貴《とうと》し。然《しか》して最《もっと》も貴《とうと》き芸術品《げいじゅつひん》は実《じつ》に人間《にんげん》の肉体自身《にくたいじしん》也《なり》。芸術《げいじゅつ》は先《ま》ず自己《じこ》の肉体《にくたい》を美《び》にする事《こと》より始《はじ》まる。」

こんな文句《もんく》をノートブックの端《はし》に書《か》き記《しる》して見《み》せたこともあります。岡村君《おかむらくん》が自分《じぶん》の意見《いけん》を言葉通《ことばどお》りに実行《じっこう》して居《い》るのは、唯此《ただこ》の「自己《じこ》の肉体《にくたい》を美《び》にする」事《こと》ばかりで、いまだに機械体操《きかいたいそう》と薄化粧《うすげしょう》の癖《くせ》は止《や》めませんでした。

「チャリネは生《い》ける人間《にんげん》の肉体《にくたい》を以《もっ》て合奏《がっそう》する音楽《おんがく》なり。

故《ゆえ》に至上最高《しじょうさいこう》の芸術也《げいじゅつなり》。」

こんな文句《もんく》も書《か》いてありました。

「建築《けんちく》も衣裳《いしょう》も美術《びじゅつ》の一種《いっしゅ》なるに、料理《クイジイン》は何故《なにゆえ》に美術《びじゅつ》と称《しょう》するを得《え》ざるや。味覚《みかく》の快感《かいかん》は何故美術的《なにゆえびじゅつてき》ならずと云《い》うか。われ之《これ》を知《し》るに惑《まど》う。」

こんなのもありました。私《わたし》は、「君《きみ》が斯《か》かる疑問《ぎもん》を起《おこ》すのは美学《エステチックス》を知《し》らない結果《けっか》だ。」と云《い》ってやりましたが、「美学《エステチックス》が何《なん》の役《やく》に立《た》つ。」と云《い》って、彼《かれ》は一向頓着《いっこうとんちゃく》しませんでした。

「人間《にんげん》の肉体《にくたい》に於《おい》て、男性美《だんせいび》は女性美《じょせいび》に劣《おと》る。所謂男性《いわゆるだんせい》美《び》なるものゝ多《おお》くは女性美《じょせいび》を模倣《もほう》したるもの也《なり》。希臘《ギリシャ》の彫刻《ちょうこく》に現《あらわ》れたる中性《ちゅうせい》の美《び》と云《い》うもの、実《じつ》は女性美《じょせいび》を有《ゆう》する男性《だんせい》なるのみ。」

「芸術《げいじゅつ》は性欲《せいよく》の発現《はつげん》也《なり》。芸術的快感《げいじゅつてきかいかん》とは生理的《せいりてき》若《も》しくは官能的快感《かんのうてきかいかん》の一種《いっしゅ》也《なり》。故《ゆえ》に芸術《げいじゅつ》は精神的《スピリチュアル》のものにあらず、悉《ことごと》く実感的《センジュアル》のもの也《なり》。絵画彫刻音楽《かいがちょうこくおんがく》は勿論《もちろん》、建築《けんちく》と雖《いえど》も亦其《またそ》の範囲《はんい》を脱《だっ》することなし。」

「希臘人《ギリシャじん》は肉体美《にくたいび》の一要素《いちようそ》として、体格《たいかく》の大《だい》なることを数《かぞ》えたり。優《すぐ》れたる芸術《げいじゅつ》は皆多大《みなただい》なる質量《しつりょう》を有《ゆう》す。」

其《そ》の外《ほか》まだ彼《かれ》の病的《びょうてき》な芸術観《げいじゅつかん》を窺《うかが》うに足《た》る可《べ》き、いろ〱の警句《けいく》が認《したた》めてありました。

十

朝日《あさひ》の登《のぼ》るが如《ごと》く文壇《ぶんだん》に飛翔《ひしょう》し始《はじ》めた私《わたし》の盛名《せいめい》に対《たい》し、岡村君《おかむらくん》はそれ程妬《ほどねた》みも羨《うらや》みもしないようでした。けれども彼《かれ》は自分《じぶん》の芸術観《げいじゅつかん》の上《うえ》から、私《わたし》の試《こころ》みて居《い》る努力《どりょく》が全《まった》く無意味《むいみ》であると信《しん》じて、少《すこ》しも喜《よろこ》んで居《い》ないことは確《たしか》でした。私《わたし》は一面《いちめん》に彼《かれ》を軽蔑《けいべつ》しながら、一面《いちめん》に彼《かれ》の存在《そんざい》を恐《おそ》れて居《い》ました。彼《かれ》の顔《かお》を見《み》ると、何《なん》だか自分《じぶん》の現在《げんざい》の仕事《しごと》が甚《はなは》だ不安定《ふあんてい》で、盲目的《もうもくてき》であるような気《き》がするのです。「彼《かれ》は生涯何事《しょうがいなにごと》も為出来《しでか》さずに終《おわ》るかも知《し》れない。

しかしやっぱり彼《かれ》は天才《てんさい》である。」私《わたし》はそう云《い》う風《ふう》に考《かんが》えさせられました。

私《わたし》が間断《かんだん》なく働《はたら》いて居《い》る間《ま》に、岡村君《おかむらくん》は間断《かんだん》なく遊《あそ》び続《つづ》けました。「学問《がくもん》を尊重《そんちょう》する。」と云《い》った最初《さいしょ》の宣言《せんげん》はいつの間《ま》にか棄却《ききゃく》されて、彼《かれ》の豪奢《ごうしゃ》と放蕩《ほうとう》とは日《ひ》に日《ひ》に募《つの》るばかり、学校《がっこう》なんかへ・・・めったに出席《しゅっせき》しませんでした。彼《かれ》の容貌《ようぼう》と体格《たいかく》と服装《ふくそう》とは益々《ますます》立派《りっぱ》に艶麗《えんれい》になって、何《なん》だか傍《そば》へも寄《よ》り付《つ》けないような光彩《こうさい》を放《はな》って見《み》えました。話《はなし》をしようとしながら、私《わたし》は思《おも》わず其《そ》の美《び》に打《う》たれて黙《だま》って了《しま》う事《こと》が度《た》び度《た》びでした。多《おお》くの女《おんな》が彼《かれ》の為《た》めに涙《なみだ》を流《なが》し、命《いのち》を捨《す》てようとしました。そのうちには殆《ほとん》んど有《あ》らゆる階級《かいきゅう》の婦人《ふじん》を網羅《もうら》して居《い》るようでした。料《りょう》理屋《りや》、待合《まちあい》は無論《むろん》の事《こと》、彼《かれ》は自分《じぶん》の家柄《いえがら》を利用《りよう》して、諸《しょ》方面《ほうめん》の夜会園遊会《やかいえんゆうかい》などに迄出入《まででいり》しました。

「あゝ西洋《せいよう》へ行《い》きたい。西洋《せいよう》へ行《い》きたい。立派《りっぱ》な体格《たいかく》を持《も》った西洋人《せいようじん》に生《うま》れなかったのは僕《ぼく》の第一《だいいち》の不幸《ふこう》だ。」其《そ》の時分《じぶん》、彼《かれ》の西洋崇拝熱《せいようすうはいねつ》は非常《ひじょう》に旺盛《おうせい》になって、一《ひ》としきり「日本《にほん》の物《もの》は何《なん》でも嫌《きら》いだ。」などと云《い》いました。何《なに》か込《こ》み入《い》った事情《じじょう》があると見《み》えて、彼《かれ》の伯父《おじ》さんはどうしても岡村君《おかむらくん》の洋行《ようこう》を許《ゆる》さなかったのです。

連日連夜《れんじつれんや》の歓楽《かんらく》に浸《ひた》りながら、彼《かれ》の強壮《きょうそう》な体格《たいかく》は少《すこ》しも衰《おとろ》えませんでした。尤《もっと》も彼《かれ》は飲酒《いんしゅ》と喫煙《きつえん》とを好《この》みませんでした。「酒《さけ》や煙草《たばこ》を飲《の》むと官能《かんのう》が痺《しび》れて了《しま》って、十分《じゅうぶん》な快楽《かいらく》を味《あじわ》う事《こと》が出来《でき》ない。完全《かんぜん》な健康《けんこう》を維持《いじ》して居《い》なければ、強《つよ》い刺戟《しげき》を感受《かんじゅ》する資格《しかく》がない。酒《さけ》は人間《にんげん》を酔《よ》わせる代《かわ》りに、酔《よい》の醒《さ》めた後《あと》で非常《ひじょう》に憂鬱《ゆううつ》な気分《きぶん》を起《おこ》させる。僕《ぼく》は憂鬱《ゆううつ》が大嫌《だいきら》いだ。いつも晴《は》れ晴《ば》れとした心持《こころも》ちで居《い》たい。」――そのせい・・か彼《かれ》は常《つね》に血色《けっしょく》のいゝ顔《かお》を輝《かがや》かして、いかにも爽快《そうかい》な、歓《よろこ》ばしそうな眼《め》つきをして居《い》ました。

そんな事《こと》をして居《い》るうちに、岡村君《おかむらくん》は前後《ぜんご》二度《にど》ばかり学《がく》年試験《ねんしけん》に落第《らくだい》しました。私《わたし》が大学《だいがく》二年生《にねんせい》になっても、彼《かれ》はまだ高等学校《こうとうがっこう》にうろ〳〵しなければなりませんでした。

彼《かれ》の落第《らくだい》は試験《しけん》に失敗《しっぱい》した結果《けっか》ではなく、全《まった》く平生《へいぜい》から欠席《けっせき》ばかりして居《い》る為《た》めでした。時々《ときどき》彼《かれ》は半月《はんつき》も一《ひ》と月《つき》も姿《すがた》を隠《かく》して、学校《がっこう》は愚《おろ》か自分《じぶん》の邸《やしき》にさえ居《い》ない事《こと》があるくらいで、同級《どうきゅう》の生徒《せいと》なども殆《ほと》んど彼《かれ》の存在《そんざい》を認《みと》めて居《い》ませんでした。そうして、私《わたし》が大学《だいがく》の三年《さんねん》になった年《とし》の秋《あき》から、彼《かれ》はパッタリ顔《かお》を見《み》せなくなりました。何《な》んでも「退校《たいこう》したのだろう。」とか、「退校《たいこう》されたのだろう。」とか云《い》う噂《うわさ》を聞《き》きました。

断《ことわ》って置《お》きますが、文壇《ぶんだん》に於《お》ける私《わたし》の評判《ひょうばん》は、早《はや》くも其《そ》の頃《ころ》から段々《だんだん》下火《したび》になって、書《か》く度毎《たびごと》に冷酷《れいこく》な批評家《ひひょうか》から有《あ》りと有《あ》らゆる罵詈《ばり》讒謗《ざんぼう》を加《くわ》えられて居《い》たのです。

おまけに私《わたし》の学費《がくひ》だの一家《いっか》の生活費《せいかつひ》だのに遣《つか》い減《へ》らしたた父《ちち》の遺産《いさん》は、既《すで》に空乏《くうぼう》を訴《うった》えて居《い》たので、私《わたし》は嫌《いや》でも応《おう》でも原稿料《げんこうりょう》を稼《かせ》がねばならないハメに陥《おちい》って居《い》たのです。容易《ようい》に涸渇《こかつ》する筈《はず》がないと信《しん》じて居《い》た私《わたし》の思想《しそう》は、此処《ここ》に至《いた》って忽《たちま》ち行《い》き詰《づ》まって了《しま》いました。自分《じぶん》は生涯《しょうがい》斯《か》くの如《ごと》き苦痛《くつう》を犯《おか》して、生活《せいかつ》の為《た》めに愚《ぐ》にも付《つ》かない「お話《はなし》」を書《か》き続《つづ》けなければならないのか。そう考《かんが》えると芸術家《げいじゅつか》ぐらい非芸術的《ひげいじゅつてき》な、無意味《むいみ》な月日《つきひ》を送《おく》るものはないと云《い》うような心細《こころぼそ》さに襲《おそ》われました。

心細《こころぼそ》いにつけても想《おも》い出《だ》すのは岡村君《おかむらくん》の事《こと》でした。あまり久《ひさ》しく会《あ》わないので、或《あ》る日《ひ》私《わたし》はふと思《おも》い立《た》って彼《かれ》の

邸《やしき》を訪問《ほうもん》して見《み》ました。折《おり》よく在宅《ざいたく》して居《い》た彼《かれ》は、応接《おうせつ》間《ま》の椅子《いす》に腰《こし》を掛《か》けた私《わたし》の姿《すがた》を眺《なが》めながら、

「暫《しばら》く会《あ》わない間《あいだ》に君《きみ》は大《たい》そう痩《や》せたなあ。」

と云《い》いました。私《わたし》は其《そ》の部屋《へや》の鏡《かがみ》に映《うつ》って居《い》る二人《ふたり》の顔《かお》を見較《みくら》べて孤影悄然《こえいしょうぜん》たる自分《じぶん》の風采《ふうさい》に恥入《はじい》りました。すると彼《かれ》は突然《とつぜん》例《れい》の歓《よろこば》しげな眼《め》を光《ひか》らせて、

「君《きみ》、僕《ぼく》は今度《こんど》から伯父《おじ》の監督《かんとく》を離《はな》れて、財産《ざいさん》を自分《じぶん》の自由《じゆう》にする事《こと》が出来《でき》るようになったんだよ。此《こ》れからいよく僕独得《ぼくどくとく》の芸術《げいじゅつ》を作《つく》り出《だ》すから見《み》て居《い》てくれ給《たま》え。」

「それではいつか話《はな》しをしたような詩《し》を作《つく》るのかね。」

「詩《し》でも絵画《かいが》でも彫刻《ちょうこく》でもない。そんなまどろッこしい・・・・・・・

ものよりももっと・・もっと短的《たんてき》な、そうしてもっと・・もっと・・大規模《だいきぼ》なものだ。僕《ぼく》は僕《ぼく》の周囲《しゅうい》に絢爛《けんらん》なる芸術《げいじゅつ》の天国《てんごく》を築《きず》き上《あ》げるのだ。全《まった》く新《あたら》しい形式《けいしき》の芸術《げいじゅつ》を創作《そうさく》するのだ。まあ黙《だま》って見《み》て居給《いたま》え。」

こう云《い》って彼《かれ》は笑《わら》って居《い》ました。

十一

岡村君《おかむらくん》は二十七歳《にじゅうななさい》の年《とし》の春《はる》から、かねぐ工案《こうあん》して居《い》た彼独得《かれどくとく》の芸術《げいじゅつ》の創作《そうさく》に取《と》りかゝりました。彼《かれ》は先《ま》ず自分《じぶん》の所有権《しょゆうけん》に属《ぞく》する莫大《ばくだい》なる全財産《ぜんざいさん》の額《がく》を調《しら》べ、其《そ》の悉《ことごと》くを一擲《いってき》して創作《そうさく》の費用《ひよう》に充《あ》てようと云《い》うのです。東京《とうきょう》を西《にし》に距《へだて》ること数十里《すうじゅうり》の、相州箱根山《そうしゅうはこねやま》の頂上《ちょうじょう》に近《ちか》い、仙石原《せんごくばら》から乙女峠《おとめとうげ》へ通《かよ》う山路《やまみち》を少《すこ》し左《ひだり》へ外《はず》れた盆地《テーブルランド》で、蘆《あし》の湖畔《こはん》に臨《のぞ》んだ風光明媚《ふうこうめいび》な一廓《いっかく》の地面《じめん》を二万坪《にまんつぼ》ばかり買《か》い求《もと》めた上《うえ》、彼《かれ》は俄《にわ》かに大土木《だいどぼく》を起《おこ》しました。田《た》を埋《う》め、畑《はたけ》を潰《つぶ》し、林《はやし》を除《のぞ》き、池《いけ》を掘《ほ》り、噴水《ふんすい》を作《つく》り、丘《おか》を築《きず》き、日々《ひび》数百人《すうひゃくにん》の人夫《にんぷ》を使役《しえき》して、彼《かれ》は自分《じぶん》の設計《せっけい》に係《かかわ》る芸術《げいじゅつ》の天国《てんごく》を作《つく》り出《だ》そうと努力《どりょく》し始《はじ》めました。第一《だいいち》に清冽《せいれつ》な湖水《こすい》の水《みず》を邸内深《ていないふか》く引《ひ》き込《こ》んで、翠緑滴《すいりょくしたた》るばかりなる丘《おか》と丘《おか》との間《あいだ》に漂茫《ひょうぼう》たる入江《いりえ》を湛《たた》えさせ、其処《そこ》にはセイリングやゴンドラや龍頭鷁首《りょうとうげきしゅ》や、種々様々《しゅじゅさまざま》の扁舟《へんしゅう》をさながら美《うつく》しい港《みなと》の如《ごと》く浮《うか》べさせます。入江《いりえ》の水《みず》は更《さら》に岐《わか》れて或《あるい》は帯《おび》のような小川《おがわ》となって広大《こうだい》な庭園《ていえん》の中《なか》を悠々《ゆうゆう》とうねって行《い》き、或《あるい》は奔湍《ほんたん》巌《いわお》を噛《か》む激流《げきりゅう》と化《か》して嵯峨《さが》たる奇岩怪石《きがんかいせき》の隙《ひま》を迸《ほとばし》り、或《あるい》は幾丈《いくじょう》の瀑布《ばくふ》を現《げん》じて煙霧《えんむ》を吐《は》きながら絶壁《ぜっぺき》を落《お》ちて行《い》きます。小川《おがわ》の滸《ほとり》には両岸《りょうがん》に水仙《すいせん》、山吹《やまぶき》、菖蒲《しょうぶ》、桔梗《ききょう》、女郎花《オミナエシ》など四季《しき》とり〴〵の草花《くさばな》を数限《かずかぎ》りなく培養《ばいよう》し、日《ひ》照《で》りのよい南面《なんめん》の傾斜地《けいしゃち》には桃《もも》の林《はやし》を作《つく》り、其処《そこ》には牛《うし》、羊《ひつじ》、孔雀《くじゃく》、駝鳥《だちょう》などいろ〳〵の禽獣《きんじゅう》を放《はな》ちました。

さて、此《こ》の千態万状《せんたいばんじょう》を極《きわ》めた山水《さんすい》の勝景《しょうけい》に拠《よ》って古今《ここん》東西《とうざい》の様式《ようしき》の粋《すい》を萃《あつ》めた幾棟《いくとう》の建築物《けんちくぶつ》が建《た》てられるのです。突兀《とっこつ》として矗立《ちくりゅう》して居《い》る南画風《なんがふう》の奇峰《きほう》の頂辺《てっぺん》には、遊仙窟《ゆうせんくつ》の詩《し》を想《おも》い出《だ》すような支那《しな》流《りゅう》の楼閣《ろうかく》が聳《そび》え、繚乱《りょうらん》たる花園《はなぞの》の噴水《ふんすい》の周囲《しゅうい》には希臘《ギリシャ》式《しき》の四角《しかく》な殿堂《でんどう》が石《いし》の円柱《えんちゅう》を繞《めぐ》らし、湖《みずうみ》に突《つ》き出《で》た岬《みさき》の一角《いっかく》には藤原時代《ふじわらじだい》の釣殿《つりどの》が水《みず》に近《ちか》く勾欄《こうらん》を横《よこた》え、風《かぜ》を遮《さえぎ》る森林《しんりん》の奥《おく》には羅馬《ロオマ》時代《じだい》の大理石造《だいりせきづくり》の浴室《よくしつ》が沸々《ふつふつ》として珠玉《しゅぎょく》のような湯《ゆ》を漲《みなぎ》らせます。其《そ》の外春《ほかはる》は見晴《みは》らしのいゝ東方《とうほう》の高台《たかだい》の上《うえ》に、夏《なつ》は涼風《すずかぜ》の吹《ふ》き入《い》る曲浦《きょくほ》の汀《てい》に、秋《あき》は谿間《たにあい》の紅葉《こうよう》を瞰下《みおろ》す幽邃《ゆうすい》な地域《ちいき》に、冬《ふゆ》は暖《あたた》かな山懐《やまふところ》に、四季《しき》それぐの住居《じゅうきょ》を定《さだ》めて或《あるい》はパルテノンの俤《おもかげ》を模《も》し、鳳凰堂《ほうおうどう》の趣《おもむき》に倣《なら》い、或《あるい》はアルハムブラの様式《ようしき》を学《まな》び、ヴァチカンの宮殿《きゅうでん》になぞらえ、山々谷々《やまやまたにだに》の丹雘粉壁《たんわくふんぺき》は朝日《あさひ》に輝《かがや》き、円楹甃瓦《えんえいしゅうが》は夕陽《ゆうひ》に彩《いろど》られ、「蜀山兀《しょくさんこつ》として阿房出《あぼうい》づ」と云《い》う古《いにしえ》の詩《し》の文句《もんく》がさながら此処《ここ》に現出《げんしゅつ》されたかと訝《いぶか》しまれます。そうして又《また》、此《こ》れ等《ら》の建築庭園《けんちくていえん》の到《いた》る所《ところ》に無数《むすう》の彫刻物《ちょうこくぶつ》が点々《てんてん》として安置《あんち》されました。彫刻《ちょうこく》の多《おお》くは此《こ》れも古来《こらい》の傑作《けっさく》を模倣《もほう》したもので、仏像女神像《ぶつぞうめがみぞう》は云《い》う迄《まで》もなく、人間《にんげん》から鳥獣《ちょうじゅう》の類《たぐい》までも網羅《もうら》されました。就中最《なかんずくもっと》も目《め》を欹《そばだ》てるものは、入口《いりぐち》の石門《せきもん》を這入《はい》った坦道《たんどう》の両側《りょうがわ》にある、明《みん》の十三陵《じゅうさんりょう》のそれに擬《ぎ》した象《ぞう》、虎《とら》、麒麟《きりん》、馬《うま》などの坐像及《ざぞうおよ》び立像《りつぞう》と、邸《やしき》の中央《ちゅうおう》の芝生《しばふ》に立《た》って居《い》るロダンの「永遠《えいえん》の偶像《ぐうぞう》」でした。不思議《ふしぎ》にも其《そ》の偶像《ぐうぞう》の男《おとこ》の顔《かお》は、特《とく》に彼《かれ》が意匠《いしょう》に基《もとづ》いたと見《み》えて岡村君《おかむらくん》の容貌《ようぼう》に生《い》き写《うつ》しでした。ロダンの彫刻《ちょうこく》は彼《かれ》が平生《へいぜい》から崇拝《すうはい》の的《まと》となって居《い》たゞけに、殆《ほと》んどその有名《ゆうめい》な作品《さくひん》の大部分《だいぶぶん》を集《あつ》めて了《しま》いました。

普請《ふしん》の出来上《できあ》がったのはそれから二年《にねん》の後《のち》でしたが、彼《かれ》の所謂《いわゆる》「創作《そうさく》」と云《い》うのは唯此《ただこ》れだけではなかったのです。

「今迄《いままで》の仕事《しごと》は要《よう》するに僕《ぼく》の芸術《げいじゅつ》を創作《そうさく》する準備《じゅんび》に過《す》ぎない。云《い》わば芝居《しばい》の道具立《どうぐだて》のようなものだ。此《こ》れからがいよく本当《ほんとう》の仕事《しごと》だ。」

と彼《かれ》は云《い》いました。

「成《な》る程《ほど》それはそうかも知《し》れない。いくら多額《たがく》な金《かね》を懸《か》けて立派《りっぱ》な普請《ふしん》をしたところで、他人《たにん》の芸術《げいじゅつ》を模倣《もほう》したばかりでは君《きみ》の創作《そうさく》にならないからね。」

私《わたし》がこう云《い》うと彼《かれ》はいつもの傲慢《ごうまん》な薄笑《うすわら》いを浮《うか》べながら、

「いずれすっかり出来上《できあが》ったら早速《さっそく》君《きみ》に通知《つうち》をするから、批評《ひひょう》は其《そ》の時《とき》にしてくれ給《たま》え。僕《ぼく》は此《こ》れから半年《はんとし》ばかり、当分誰《とうぶんだれ》にも会《あ》わないで創作《そうさく》をするから其《そ》れ迄待《までま》って居《い》て貰《もら》いたい。」——

そうして岡村君《おかむらくん》は再《ふたた》び姿《すがた》を隠《かく》しました。彼《かれ》は今日《きょう》東京《とうきょう》に居《い》るかと思《おも》えば、明日箱根《あすはこね》に帰《かえ》り、或《あるい》は関西《かんさい》に行《い》き、北《きた》国《ぐに》に走《はし》り、遠《とお》くは朝鮮《ちょうせん》、支那《しな》、印度《インド》あたり迄出張《までしゅっちょう》して、恰《あたか》も忙《いそが》しい商人《しょうにん》のように諸所方々《しょしょほうぼう》を旅行《りょこう》して居《い》るようでした。其《そ》の間《あいだ》に彼《かれ》は果《はた》してどんな創作《そうさく》を試《こころ》みつゝあるのか、私《わたし》には一向分《いっこうわか》りませんでした。

十二

「畢生《ひっせい》の力《ちから》を揮《ふる》った僕《ぼく》の創作《そうさく》はとうとう出来上《できあが》った。僕《ぼく》は自分《じぶん》で自分《じぶん》の作《つく》った芸術《げいじゅつ》の美《び》に打《う》たれて恍惚《こうこつ》として居《い》る。此《こ》れこそ僕《ぼく》が多年頭《たねんあたま》に描《えが》いて居《い》た理想《りそう》の芸術《げいじゅつ》だと信《しん》じて居《い》る。正直《しょうじき》を云《い》えば、僕《ぼく》は僕《ぼく》の作《つく》った芸術《げいじゅつ》をあんまり人《ひと》に見《み》せたくない。唯独《ただひとり》で楽《たのし》みたい。けれども君《きみ》はよく僕《ぼく》の考《かんが》えを理解《りかい》してくれるし、嘗《かつ》て約束《やくそく》した事《こと》もあるのだから、秘密《ひみつ》を守《まも》ると云《い》う条件《じょうけん》で是非《ぜ》共《ひとも》見《み》に来《き》て貰《もら》いたい。君《きみ》の都合《つごう》さえ好《よ》かったら一週間《いっしゅうかん》でも十日《とおか》でも箱根《はこね》に滞在《たいざい》してくれ給《たま》え。」

普請《ふしん》の出来《でき》た明《あ》くる年《とし》の春《はる》、漸《ようや》く此《こ》の通知《つうち》を受《う》け取《と》った私《わたし》は、半信半疑《はんしんはんぎ》で兎《と》も角《かく》も彼《かれ》を尋《たず》ねて見《み》ようと思《おも》い立《た》ちました。

其《そ》れは四月《しがつ》の中旬《ちゅうじゅん》の、霞《かすみ》の濃《こ》い空《そら》が紺青《こんじょう》に晴《は》れ渡《わた》った麗《うらら》かな或《あ》る日《ひ》の事《こと》でした。私《わたし》は朝早《あさはや》く東京《とうきょう》を出《で》て、其《そ》の日《ひ》の午後《ごご》二時《にじ》ごろには湯本《ゆもと》から四里《よんり》の山路《やまみち》を登《のぼ》り詰《つ》め、彼《かれ》の邸《やしき》の楼門《ろうもん》を遥《はるか》に望《のぞ》む事《こと》の出来《でき》る高原《こうげん》の一端《いったん》に着《つ》きました。私《わたし》は以前《いぜん》にも度々《たびたび》箱根《はこね》へ遊《あそ》びに来《き》たので、此辺《このへん》の地勢《ちせい》にも比較的《ひかくてき》明《あ》かるい積《つも》りでしたが、宏壮《こうそう》な彼《かれ》の邸《やしき》が蟠踞《ばんきょ》してから山容水態《さんようすいたい》が悉《ことごと》く一変《いっぺん》して了《しま》った事《こと》を感《かん》じました。私《わたし》は何《なん》となく浦島太郎《うらしまたろう》やリップ、バン、ウィンクルの昔《むかし》を想《おも》い出《だ》さずには居《い》られませんでした。

門《もん》を這入《はい》ると、岡村君《おかむらくん》はもう其処《そこ》に来《き》て待《ま》って居《い》ました。彼《かれ》は羅馬時代《ロオマじだい》のゆるやかな白《しろ》い外袍《トーガ》を身《み》に纏《まと》い、足《あし》には草履《サンダル》を穿《は》いて例《れい》の大象《だいぞう》の立像《りつぞう》の下《した》に蹈《かが》みながら、ぽかく\とした西日《にしび》に照《てら》されつゝうすら・・・睡《ねむ》そうに蹲踞《うずくま》って居《い》ました。

「僕《ぼく》は君《きみ》の来《く》るのを遠《とお》くから眺《なが》めて居《い》た。彼処《あそこ》の柱《はしら》に倚《よ》りかゝって――。」

彼《かれ》はこう云《い》って、隔《へだ》たった山《やま》の一角《いっかく》の、白堊《はくあ》の洋館《ようかん》の廊下《ベランダ》を指《さ》しました。

幽玄《ゆうげん》な構内《こうない》の地域《ちいき》は昼《ひる》も猶森閑《なおしんかん》として、岡村君《おかむらくん》と私《わたし》と奇怪《きかい》なる彫刻《ちょうこく》の外《ほか》には何《なん》の人影《ひとかげ》も見《み》えませんでした。暫《しばら》くして彼《かれ》が手《て》に持《も》って居《い》た呼子《よびこ》を鳴《な》らすと、何処《どこ》ともなく微妙《びみょう》な鈴《すず》の響《ひびき》が聞《きこ》えて一匹《いっぴき》の駝鳥《だちょう》が花束《はなたば》を飾《かざ》った妍麗《けんれい》な小車《おぐるま》を曳《ひ》いて走《はし》って来《き》ました。岡村君《おかむらくん》は私《わたし》を其《そ》れに乗《の》り移《うつ》らせて、自分《じぶん》も車《くるま》の上《うえ》から鞭《むち》を執《と》りながら更《さら》に坦道《たんどう》の奥深《おくふか》く進《すす》んで行《い》くのです。

甘《あま》い、鋭《するど》い、芳《かぐわ》しい、いろ〳〵の花《はな》の薫《かお》りが頻《しき》りに私《わたし》の嗅覚《きゅうかく》を襲《おそ》いました。車輪《しゃりん》の廻転《かいてん》するまゝに揺《ゆ》られ揺《ゆ》られる瑶珞《ようらく》のような花束《はなたば》を慕《した》って二人《ふたり》の周囲《しゅうい》には間断《かんだん》なく蝶々《ちょうちょ》の群《むれ》が舞《ま》い集《つど》い、藪鶯《やぶうぐいす》のけたゝましい声《こえ》が折々《おりおり》私《わたし》の耳朶《みみたぶ》を破《やぶ》ります。路《みち》が入江《いりえ》の汀《みぎわ》に近《ちか》づいた時《とき》、われ〳〵は車《くるま》を乗《の》り捨《す》てゝ今度《こんど》は一艘《いっそう》の小舟《こぶね》に移《うつ》り、鏡《かがみ》のような水面《みなも》に櫂《かい》を操《あやつ》って対岸《たいがん》の絶壁《ぜっぺき》の蔭《かげ》へ漕《こ》いで行《い》くのです。断崖《だんがい》の角《かど》をぐるりと廻《まわ》ると、其処《そこ》はひろびろとした江湾《こうわん》の中心《ちゅうしん》で、沿岸《えんがん》に起伏《きふく》する山野楼閣《さんやろうかく》が一望《いちぼう》のうちに眺《なが》められました。入江《いりえ》に続《つづ》く蘆《あし》の湖《こ》は漫々《まんまん》として遠《とお》く暮靄《ぼあい》の羅衣《らい》に隠《かく》れ、四顧《しこ》すれば、駒ケ岳《こまがたけ》、冠ケ岳《かんむりがたけ》、明神ケ岳《みょうじんがたけ》の山々《やまやま》は此《こ》の荘厳《そうごん》な天国《てんごく》の外廓《がいかく》を屏風《びょうぶ》の如《ごと》く取《と》り包《つつ》んで居《い》ます。忽《たちま》ち私《わたし》は舟《ふね》の舳《へさき》から一間程離《いっけんほどはな》れた岸辺《きしべ》の芝生《しばふ》に高《たか》さ一丈《いちじょう》もあろうと云《い》う馬身人面《ばしんじんめん》のケンタウルが、背中《せなか》に女神《めがみ》を乗せながら空《くう》を睨《にら》んで立《た》って居《い》る青銅《せいどう》の像《ぞう》を認《みと》めました。舟《ふね》は丁度《ちょうど》その怪獣《かいじゅう》の足元《あしもと》で纜《ともづな》を結《むす》んだのです。芝生《しばふ》の広《ひろ》さは凡《およ》そ三百坪《さんびゃくつぼ》もありましょうか、一方《いっぽう》は水《みず》に限《かぎ》られ、一方《いっぽう》は若草山《わかくさやま》の形《かたち》に類《るい》する円々《まるまる》とした丘《おか》に劃《しき》られ、他《た》の両方《りょうほう》はこんもりとした白楊《ポプラア》の林《はやし》に遮《さえぎ》られて、中央《ちゅうおう》の小高《こだか》い所《ところ》には音楽堂《おんがくどう》のような六角形《ろっかくけい》の小亭《パヴィリオン》が建《た》てられて居《い》ます。其処《そこ》には驚《おどろ》く可《べ》き多数《たすう》の人間《にんげん》の彫像《ちょうぞう》が、或《あるい》は天《てん》を仰《あお》ぎ、或《あるい》は地《ち》に臥《ふ》し、柱《はしら》に凭《もた》れ石《いし》に腰《こし》かけ、種々《しゅじゅ》さまざまな姿態《したい》を悉《つく》して、若《も》しも我々《われわれ》が近寄《ちかよ》って行《い》ったなら一度《いちど》に動《うご》き出《だ》しはせぬかと思《おも》われる程《ほど》、生《い》き生《い》きとした肉体《にくたい》の力《ちから》を示《しめ》して居《い》ました。

「彫刻《ちょうこく》もこんなに沢山《たくさん》集《あつ》めて見《み》ると、一種物凄《いっしゅものすご》い感《かん》じがするね。」

私《わたし》は岡村君《おかむらくん》を顧《かえり》みて云《い》いました。すると彼《かれ》は、いかにも我《わ》が意《い》を得《え》たと云《い》うように打《う》ち頷《うなず》いて、

「君《きみ》にもそう云《い》う気《き》がするだろう。……此彫刻《このちょうこく》はみんな古来《こらい》の有名《ゆうめい》な作品《さくひん》を摸造《もぞう》したのだが、こんな具合《ぐあい》に集《あつ》めて見《み》ると全然別趣《ぜんぜんべっしゅ》の効果《こうか》を現《あらわ》すだろう。排列《はいれつ》の方法《ほうほう》には随分苦心《ずいぶんくしん》をした積《つも》りだが、斯《こ》う云《い》う風《ふう》に雨曝《あまざら》しの場所《ばしょ》へ一緒《いっしょ》に並《なら》べて置《お》かなければ、彫刻《ちょうこく》が齎《もたら》す肉体美《にくたいび》の荘厳《そうごん》

な力《ちから》は感《かん》じられないのさ。ねえ君《きみ》、こうやって見《み》て居《い》ると何《なん》だか人形《にんぎょう》のようには思《おも》われないだろう。いきなり飛《と》び付《つ》いて肩《かた》を揺《ゆ》す振《ぶ》ってやりたくなるだろう。此《こ》の人々《ひとびと》が裸《はだか》で夕日《ゆうひ》に照《てら》されて、悉《ことごと》く沈黙《ちんもく》を守《まも》って居《い》るのが寧《むし》ろ不思議《ふしぎ》なくらいだろう。………全体《ぜんたい》のグループを見渡《みわた》した時《とき》の印象《いんしょう》さえ深《ふか》ければ、別段《べつだん》一《ひと》つ一《ひと》つを詳《くわ》しく吟味《ぎんみ》する必要《ひつよう》はないのだけれど、それでもまあ模倣《もほう》の手際《てぎわ》を見《み》てくれ給《たま》え。」

二人《ふたり》の彳《たたず》んで居《い》る二《に》三尺《さんじゃく》前《まえ》には、殆《ほとん》ど私《わたし》と鼻《はな》を突《つ》き合《あ》わしてミケランジェロの「縛《しば》られた奴隷《どれい》」の姿《すがた》がさながら憐《あわれ》みを乞《こ》うが如《ごと》くに悶《もだ》えて居《い》ました。

十三

「此《こ》れはルウヴルにある希臘《ギリシャ》時代《じだい》の『ピオムビノウのアポロ』だ。此《こ》れはナポリにある『ポムペイのアポロ』だ。ポリクレトの『ドリフォロス』だ。」

岡村君《おかむらくん》は歩《ある》きながら一々熱心《いちいちねっしん》に説明《せつめい》します。最《もっと》も薄気味《うすきみ》悪《わる》く感《かん》ぜられたのは、六角堂《ろっかくどう》の屋根《やね》や廊下《ろうか》や石段《いしだん》に暴《あば》れ狂《くる》って居《い》る一団《いちだん》の人影《ひとかげ》で、而《しか》もその排列《はいれつ》が甚《はなは》だ不規則《ふきそく》に死体《したい》を投《な》げ捨《す》てた如《ごと》く置《お》かれて居《い》るのです。それ等《ら》の多《おお》くはロダンの作品《さくひん》の中《なか》でも、一番刺戟的《いちばんしげきてき》な姿勢《しせい》や表情《ひょうじょう》を持《も》って居《い》るもので、先《ま》ず甍《いらか》の上《うえ》には「鼻《はな》の欠《か》けた人《ひと》」や、「女《おんな》の頭《あたま》」や、「泣《な》き顔《がお》」や、「苦痛《くつう》」や、五《いつ》つ六《むっ》つの青銅《せいどう》の人《ひと》の顔《かお》が、生首《なまくび》のようにごろごろと転《ころ》がって居《い》ました。「ウゴリノ伯《はく》」が餓《うえ》に迫《せま》って我《わ》が子《こ》を喰《く》い殺《ころ》そうとして居《い》る悽惨《せいさん》な形《かたち》は、檻《おり》に入《い》れられた虎《とら》の如《ごと》く階段《かいだん》の上《あが》り口《ぐち》に這《は》って居《い》ます。「ヴィクトル、ユウゴオ」が欄干《らんかん》に肘《ひじ》を衝《つ》いて片手《かたて》を伸《の》ばして居《い》るかと思《おも》えばその後《ご》に「サティイルとニムフ」が戯《たわむ》れ、「絶望《ぜつぼう》」の男《おとこ》が足《あし》を抱《かか》えて倒《たお》れて居《い》る傍《そば》には、「春《はる》」の男女《だんじょ》が抱擁《ほうよう》して接吻《せっぷん》を交《か》わして居《い》ます。

けれども前《まえ》に断《ことわ》って置《お》いた通《とお》り、此《こ》れ等《ら》が決《けっ》して岡村君《おかむらくん》の真《しん》の創作《そうさく》ではないのです。私《わたし》はダンテがウェルギリュウスに案内《あんない》されるように第一《だいいち》の関門《かんもん》たる芝生《しばふ》を過《す》ぎてから、真《しん》に讃嘆《さんたん》すべきさま〲の建築《けんちく》や壁画《へきが》の模造《もぞう》を見《み》せられました。或《あるい》は又若冲《またじゃくちゅう》の花鳥図《かちょうず》にあるような爛漫《らんまん》たる百花《ひゃっか》の林《はやし》を潜《くぐ》って孔雀《くじゃく》や鸚鵡《おうむ》の逍遥《しょうよう》して居《い》る楽園《らくえん》のあたりにも導《みちび》かれました。然《しか》し、此《こ》れ等《ら》の結構《けっこう》がいかに鬼《き》麗《れい》の極《きわ》みであったかは、概《おおむ》ね読者《どくしゃ》の想像《そうぞう》に委《まか》せて詳細《しょうさい》な記述《きじゅつ》を試《こころ》みる事《こと》を避《さ》けようかと思《おも》います。

私達《わたしたち》は夕日《ゆうひ》が山《やま》に傾《かたむ》きかけた頃《ころ》、深《ふか》い深《ふか》い森《もり》の中《なか》を辿《たど》ってとある古潭《こたん》の滸《ほとり》に出《で》ました。鬱蒼《うっそう》たる老樹《ろうじゅ》の幹《みき》には蔦葛《つたかずら》の葉《は》が荒布《あらめ》のように絡《から》み着《つ》き、執念深《しゅうねんぶか》く入《い》り乱《みだ》れた枝《えだ》と枝《えだ》とは参差《しんし》として行《ゆ》く手《て》の途《みち》を塞《ふさ》ぎ、雑草灌木《ざっそうかんぼく》の矢鱈無上《やたらむじょう》に繁茂《はんも》した湿《しめ》っぽい地面《じめん》につゝまれて、太古《たいこ》のような静《しず》けさの底《そこ》に、瑠璃《るり》の如《ごと》く透徹《とうてつ》した泉《いずみ》の水《みず》が澱《よど》んで居《い》るのです。すると何処《どこ》からともなくちょろ〳〵と涓滴《けんてき》のしたゝる音《おと》が聞《きこ》えて来《き》ました。

「あの音《おと》のするところへ行《い》って見給《みたま》え。」

岡村君《おかむらくん》にこう云《い》われて、私《わたし》は水音《みずおと》を便《たよ》りに荊棘《けいきょく》の間《あいだ》を分《わ》けて泉《いずみ》の縁《ふち》へ降《お》りて行《い》きました。私《わたし》は岸辺《きしべ》に彳《たたず》んで向《むこ》う側《がわ》を見渡《みわた》した時《とき》、其処《そこ》に名状《めいじょう》し難《がた》い神々《こうぐ》しさの、美女《びじょ》の立像《りつぞう》を認《みと》めました。周囲《しゅうい》を緑葉《りょくよう》に蔽《おお》われて空洞《くうどう》の如《ごと》くなって居《い》る一丈《いちじょう》ばかりの断崖《だんがい》の壁《かべ》に、美女《びじょ》はぴったり背《せ》を寄《よ》せかけ、両手《りょうて》を以《もっ》て左《ひだり》の肩《かた》に瓶《へい》を支《ささ》えながら直立《ちょくりつ》して居《い》るのです。涓滴《けんてき》はその中《なか》から絶《た》えず水面《みなも》に落《お》ちて居《い》るのでした。彼《か》の女《おんな》の姿《すがた》は泉《いずみ》の面《おもて》へ倒《さか》しまに寸分違《すんぶんたが》わぬ影《かげ》を映《うつ》し、二《ふた》つの形《かたち》は足《あし》の裏《うら》のところで上下《じょうげ》へ繋《つな》がって居《い》ました。

「あれはアングルの『泉《いずみ》』の画面《がめん》を模《も》したものだ。」

岡村君《おかむらくん》のそう云《い》う声《こえ》の終《おわ》らぬうち、美女《びじょ》は忽《たちま》ち愛嬌《あいきょう》のある大《おお》きな瞳《ひとみ》をしばたゝいて、唇《くちびる》の際《きわ》に微《かす》かな笑《え》みを浮《うか》べました。私《わたし》の体《からだ》は俄《にわ》かに氷《こおり》の如《ごと》く冷《つ》めたくなりました。美女《びじょ》は白皙《はくせき》の肌《はだ》を持《も》った金髪碧眼《きんぱつへきがん》の生《い》き物《もの》であったのです。夕闇《ゆうやみ》の襲《おそ》い来《く》る薄明《うすあか》りに石膏《せっこう》のような体《からだ》を曝《さら》して、女《おんな》は永劫《えいごう》に画面《がめん》の形《かたち》を崩《くず》すまいとするようでした。森《もり》が開《ひら》けて遠《とお》くに殿堂《でんどう》の廻廊《かいろう》を望《のぞ》む丘陵《きゅうりょう》に出《で》た時《とき》、私《わたし》はまた其処《そこ》の草《くさ》の上《うえ》に、衣《ころも》を拡《ひろ》げて眠《ねむ》って居《い》る二《ふた》つの生《い》ける画面《がめん》を見《み》ました。一《ひと》つはギオルギオーネのヴィナス、一《ひと》つはルカス、クラナハのニムフでした。

「あれは以前《いぜん》の彫刻《ちょうこく》と違《ちが》って単純《たんじゅん》な模倣《もほう》とは云《い》えないだろう。画家《がか》が小説《しょうせつ》の中《なか》から材料《ざいりょう》を借《か》りて来《く》るように、僕《ぼく》は唯画家《ただがか》の考《かんが》えた構図《こうず》を借《か》りただけなんだ。あれが僕《ぼく》の創作《そうさく》の一《ひと》つだ。」

と、岡村君《おかむらくん》は始《はじ》めて云《い》いました。

私達《わたしたち》が、「沐浴《もくよく》」に関《かん》する古来《こらい》の有名《ゆうめい》な彫像《ちょうぞう》に囲繞《いにょう》された浴室《よくしつ》の入口《いりぐち》へ着《つ》いたのは、もう日《ひ》が暮《く》れてから余程過《よほどす》ぎた時分《じぶん》でした。広大《こうだい》な堂宇《どうう》の内部《ないぶ》には既《すで》に電燈《でんとう》が煌々《こうこう》と灯《とも》されて居《い》るらしく、其光線《そのこうせん》が円《まる》い硝子張《がらすばり》の天井《てんじょう》を徹《てっ》して夜《よる》の空《そら》にあか〳〵と反射《はんしゃ》して居《い》ました。門《もん》の扉《とびら》に耳《みみ》を付《つ》けると、中《なか》では幾十人《いくじゅうにん》の人々《ひとびと》が海豚《いるか》の如《ごと》く泳《およ》いで居《い》ると見《み》え、盛《さか》んに湯水《ゆみず》のぴしゃぴしゃと跳《は》ね上《あが》る音《おと》が聞《きこ》えるのです。

十四

扉《とびら》を開《あ》けて這入《はい》って行《い》った私《わたし》は、暫《しばら》く燦爛《さんらん》たる光《ひかり》と色《いろ》と湯気《ゆげ》との為《た》めに瞳《ひとみ》を射《い》られて茫然《ぼうぜん》として立《た》ちすくみました。湯槽《ゆぶね》は大理石《だいりせき》の床《ゆか》を地下《ちか》へ三四尺《さんよんしゃく》切《き》り下《さ》げたもので、槽《ふね》と云《い》うよりも池《いけ》と云《い》った方《ほう》が適当《てきとう》な程《ほど》の広《ひろ》さでした。池《いけ》を取《と》り巻《ま》く四方《しほう》の壁《かべ》は羅馬時代《ロオマじだい》の壁画《へきが》や浮彫《レリーフ》で一面《いちめん》に装飾《そうしょく》され、楕円形《だえんけい》を成《な》した汀《みぎわ》の床《ゆか》のところぐ＼には、又《また》しても例《れい》のケンタウルが一間置《いっけんお》きぐらいに並《なら》んで居《い》るのです。而《しか》も其《そ》の顔《かお》は凡《す》べて岡村君《おかむらくん》の泣《な》いたり笑《わら》ったり怒《おこ》ったりして居《い》る容貌《ようぼう》を持《も》ち、背中《せなか》に跨《また》って鞭撻《むちう》って居《い》る女神達《めがみたち》は、悉《ことごと》く生《い》きた人間《にんげん》ばかりでした。海豚《いるか》の如《ごと》く水中《すいちゅう》に跳躍《ちょうやく》して居《い》る何十匹《なんじっぴき》の動物《どうぶつ》を見《み》ると、其等《それら》は皆《みな》体《からだ》の下半部《かはんぶ》へ鎖帷子《くさりかたびら》のような銀製《ぎんせい》の肉襦袢《にくじゅばん》を着《つ》けて、人《にん》魚《ぎょ》の姿《すがた》を真似《まね》た美女《びじょ》の一群《いちぐん》でありました。私達《わたしたち》の様子《ようす》を見《み》るや否《いな》や、彼等《かれら》は一様《いちよう》に両手《りょうて》を高《たか》く掲《かか》げて歓呼《かんこ》の声《こえ》を放《はな》ち、銀《ぎん》の鱗《うろこ》を光《ひか》らせながら汀《みぎわ》の敷石《しきいし》に飛《と》び上《あが》って怪獣《かいじゅう》の足元《あしもと》に戯《たわむ》れるのです。

その外《ほか》にまだ、牛乳《ぎゅうにゅう》、葡萄酒《ぶどうしゅ》、ペパアミントなどを湛《たた》えた小《ちい》さな湯槽《ゆぶね》が三《みっ》つ四《よっ》つあって、其処《そこ》にも人魚《にんぎょ》が遊《あそ》んで居《い》ます。最後《さいご》に私達《わたしたち》は、人間《にんげん》の肉体《にくたい》を以《もっ》て一杯《いっぱい》に埋《う》まって居《い》る「地獄《じごく》の池《いけ》」の前《まえ》に出《で》ました。

「さあ、此上《このうえ》を渡《わた》って行《い》くんだ。構《かま》わないから僕《ぼく》の後《あと》へ附《つ》いて来《き》たまえ。」

こう云《い》って、岡村君《おかむらくん》は私《わたし》の手《て》を引《ひ》いて一団《いちだん》の肉塊《にくかい》の上《うえ》を踏《ふ》んで行《い》きました。

私《わたし》はもう、此《こ》れ以上《いじょう》の事《こと》を書《か》き続《つづ》ける勇気《ゆうき》がありません。兎《と》に角《かく》あの浴室《よくしつ》の光景《こうけい》などは、其夜《そのよ》東方《とうほう》の丘《おか》の上《うえ》の春《はる》の宮殿《きゅうでん》で催《もよお》された宴楽《えんらく》の余興《よきょう》に較《くら》べたなら、殆《ほとん》ど記憶《きおく》にも残《のこ》らない程《ほど》小規模《しょうきぼ》のものであった事《こと》を附加《つけくわ》えて置《お》けば沢山《たくさん》です。其処《そこ》には生《い》ける人間《にんげん》を以《もっ》て構成《こうせい》されたあらゆる芸術《げいじゅつ》がありました。此《こ》の宮殿《きゅうでん》の女王《じょおう》と云《い》われる一婦人《いちふじん》が、錦繍《きんしゅう》の帳《とばり》の奥《おく》に、四人《よにん》の男《おとこ》を肉柱《にくちゅう》とした寝台《しんだい》に横《よこ》たわって居《い》る有様《ありさま》をも見《み》せられました。

岡村君《おかむらくん》の所謂《いわゆる》「芸術《げいじゅつ》」が如何《いか》なるものであったかは、此《こ》れで大概了解《たいがいりょうかい》されるだろうと思《おも》います。終《おわ》りに臨《のぞ》んで、私《わたし》は岡村君《おかむらくん》の最期《さいご》の光景《こうけい》――それから十日《とおか》ばかり後《のち》、歓《かん》楽《らく》の絶頂《ぜっちょう》に達《たっ》した瞬間《しゅんかん》に彼《かれ》が突然《とつぜん》死《し》んで了《しま》った事柄《ことがら》を、極《きわ》めて簡単《かんたん》に記《しる》して置《お》きましょう。

尤《もっと》も彼《かれ》は異常《いじょう》な健康《けんこう》を有《ゆう》するに拘《かか》わらず、自分《じぶん》の死期《しき》が近《ちか》づいて居《い》る事《こと》を既《すで》に予想《よそう》して居《い》たようにも思《おも》われました。「僕《ぼく》はもうあるだけの財産《ざいさん》を遣《つか》い切《き》って了《しま》った。今《いま》のような贅沢《ぜいたく》は、此《こ》れから半年《はんとし》も続《つづ》ける事《こと》が出来《でき》ない。」こう云《い》って、彼《かれ》は多少自棄気味《たしょうやけぎみ》で酒《さけ》も飲《の》めば煙草《たばこ》も燻《くゆ》らすようになって居《い》ました。

私《わたし》が滞留《たいりゅう》して居《い》た十日《とおか》の間《あいだ》、彼《かれ》は毎夜々々《まいよまいよ》服装《ふくそう》を取《と》り換《か》え、いろ〱の不思議《ふしぎ》な風俗《ふうぞく》で私《わたし》に接《せっ》しました。彼《かれ》は此《こ》の頃《ころ》の露西亜《ロシア》の舞踊劇《ぶようげき》に用《もち》いられるレオン、バクストの衣裳《いしょう》を好《この》んで、或《あるい》は薔薇《ばら》の精《せい》に扮《ふん》し、或《あるい》は半羊神《フォオン》に扮《ふん》し、或《あるい》はカルナヴァルの男《おとこ》に扮《ふん》し、しまいには服装《ふくそう》を換《か》えるだけでは飽足《あきた》らずなって、Scheherazade《シエヘラザァド》の踊《おどり》に出《で》て来《く》る土人《どじん》に変《へん》じて体中《からだじゅう》を真黒《まっくろ》に染《そ》めたりしました。十日目《とおかめ》の晩《ばん》には多勢《おおぜい》の美男美女《びなんびじょ》を撰《え》りすぐり、羅漢菩薩《らかんぼさつ》の姿《すがた》をさせたり、悪鬼羅刹《あっきらせつ》の装《よそお》いをさせたり、揚句《あげく》の果《はて》に自分《じぶん》は満身《まんしん》に金箔《きんぱく》を塗抹《とまっ》して如来《にょらい》の尊容《そんよう》を現《げん》じ、其《そ》の儘酒《ままさけ》を呷《あお》って躍《おど》り狂《くる》いました。

徹夜《てつや》の宴《うたげ》に疲《つか》れ抜《ぬ》いて、殿堂《でんどう》の廊下《ろうか》や柱《はしら》や長椅子《ながいす》にしどけなく酔《よ》い倒《たお》れたまゝ、明《あ》くる日《ひ》の明《あ》け方《がた》まで何《なに》も知《し》らずに睡《ねむ》り通《とお》した一同《いちどう》の者《もの》は、やがて眼《め》を醒《さ》ますと部屋《へや》の中央《ちゅうおう》の卓子《たくし》の上《うえ》に、金色《こんじき》の儘《まま》氷《こおり》の如《ごと》く冷《つ》めたくなって居《い》る岡村君《おかむらくん》の死骸《しがい》を発見《はっけん》したのです。彼《かれ》の邸《やしき》に雇《やと》ってあった医師《いし》の説明《せつめい》に依《よ》ると金箔《きんぱく》の為《た》めに体中《からだじゅう》の毛孔《けあな》を塞《ふさ》がれて死《し》んだのであろうと云《い》う事《こと》でした。

菩薩《ぼさつ》も羅漢《らかん》も悪鬼《あっき》も羅刹《らせつ》も、皆金色《みなこんじき》の死体《したい》の下《した》に跪《ひざまず》いて涙《なみだ》を流《なが》しました。其《そ》の光景《こうけい》は其《そ》のまゝ一幅《いっぷく》の大涅槃像《だいねはんぞう》を形作《かたちづく》って、彼《かれ》は死《し》んでも猶《なお》肉体《にくたい》を捧《ささ》げて自己《じこ》の芸術《げいじゅつ》の為《た》めに努力《どりょく》するかと訝《いぶか》しまれました。私《わたし》は此《こ》のくらい美《うつく》しい人間《にんげん》の死体《したい》を見《み》た事《こと》がありませんでした。此《こ》のくらい明《あか》るい、此《こ》のくらい荘厳《そうごん》な、「悲哀《ひあい》」の陰影《いんえい》の少《すこ》しも交《まじわ》らない人間《にんげん》の死《し》を見《み》た事《こと》がありませんでした。岡村君《おかむらくん》はたしかに幸福《こうふく》な人間《にんげん》でした。何故《なぜ》かと云《い》うのに、彼《かれ》は自己《じこ》の全力《ぜんりょく》、全身《ぜんしん》を挙《あ》げて自己《じこ》の芸術《げいじゅつ》の為《た》めに尽《つく》し、而《しか》も十分《じゅうぶん》な成功《せいこう》を遂《と》げたからです。世《よ》の中《なか》には彼《かれ》よりも多《おお》くの財産《ざいさん》を持《も》ち、多《おお》くの学識《がくしき》を持《も》った人《ひと》は沢山《たくさん》あるでしょう。然《しか》しながら古来彼程《こらいかれほど》真面目《まじめ》に、彼程単一《かれほどたんいつ》に、自己《じこ》の芸術《げいじゅつ》の為《た》めに突進《とっしん》した者《もの》はないと云《い》ってもいゝでしょう。彼《かれ》と私《わたし》とはさまぐ〵な点《てん》で芸術上《げいじゅつじょう》の見解《けんかい》を異《こと》にして居《い》ましたが、要《よう》するに彼《かれ》の仕事《しごと》はやっぱり立派《りっぱ》な芸《げい》術《じゅつ》であったことを認《みと》めない訳《わけ》には行《い》きません。彼《かれ》の芸術《げいじゅつ》は幻影《げんえい》の如《ごと》く現《あらわ》れて、彼《かれ》の死《し》と共《とも》に此《こ》の地上《ちじょう》から消《き》えて了《しま》いました。けれども彼《かれ》は偉大《いだい》なる天才者《てんさいしゃ》、偉大《いだい》なる曠《こう》世《せい》の芸術家《げいじゅつか》であったのです。紀文《きぶん》や奈良茂《ならも》のように無意味《むいみ》な豪遊《ごうゆう》を試《こころ》みてさえ、後世《こうせい》に大尽《だいじん》の名《な》を歌《うた》われるのですから、彼《かれ》の名前《なまえ》は尚更不朽《なおさらふきゅう》に伝《つた》わらねばなりません。しかし世間《せけん》の人々《ひとびと》は、彼《かれ》のような生涯《しょうがい》を送《おく》った人《ひと》を、果《はた》して芸術家《げいじゅつか》として評価《ひょうか》してくれるでしょうか？

（大正三年十月作《たいしょうさんねんじゅうがつさく》）

【凡例】

・本編「金色の死」は、青空文庫作成の文字データを使用した。

底本：「お艶殺し」中公文庫、中央公論社

　1993（平成5）年6月10日発行

底本の親本：「谷崎潤一郎全集　第二巻」中央公論社

　1981（昭和56）年6月25日初版発行

初出：「東京朝日新聞」

　1914（大正3）年12月

※底本は、物を数える際や地名などに用いる「ヶ」（区点番号5-86）を、大振りにつくっている。

※表題は底本では、「金色《こんじき》の死」となっている。

入力：HAR

校正：悠悠自炊

2018年6月27日作成

・文字遣いは、青空文庫のデータによる。

・この作品には、今日からみれば不適切と思われる表現が含まれているが、作品の描かれた時代と、作品本来の価値に鑑み、底本のままとした。

・ルビは、青空文庫のものに加えて、新字新仮名のルビを付し、総ルビとした。

・追加したルビには文字遣いの他、読み方など格段の基準は設けていない。

途上《とじょう》

東京《とうきょう》T《ティー》・M《エム》株式会社員法学士《かぶしきがいしゃいんほうがくし》湯河勝太郎《ゆがわかつたろう》が、十二月《じゅうにがつ》も押《お》し詰《つ》まった或《あ》る日《ひ》の夕暮《ゆうぐれ》の五時頃《ごじごろ》に、金杉橋《かなすぎばし》の電車通《でんしゃどお》りを新橋《しんばし》の方《ほう》へぶらぶら散歩《さんぽ》している時《とき》であった。

「もし、もし、失礼《しつれい》ですがあなたは湯河《ゆがわ》さんじゃございませんか」

ちょうど彼《かれ》が橋《はし》を半分以上《はんぶんいじょう》渡《わた》った時分《じぶん》に、こう云《い》って後《うし》ろから声《こえ》をかけた者《もの》があった。湯河《ゆがわ》は振《ふ》り返《かえ》った、――するとそ其処《そこ》に、彼《かれ》には嘗《かつ》て面識《めんしき》のない、しかし風采《ふうさい》の立《りっ》派《ぱ》な一人《ひとり》の紳士《しんし》が慇懃《いんぎん》に山高帽《やまたかぼう》を取《と》って礼《れい》をしながら、彼《かれ》の前《まえ》へ進《すす》んで来《き》たのである。

「そうです、私《わたくし》は湯河《ゆがわ》ですが、……」

湯河《ゆがわ》はちょっと、その持《も》ち前《まえ》の好人物《こうじんぶつ》らしい狼狽《うろた》え方《かた》で小《ちい》さな眼《め》をパチパチやらせた。そうしてさながら彼《かれ》の会社《かいしゃ》の重役《じゅうやく》に対《たい》する時《とき》のごとくおどおどした態度《たいど》で云《い》った。なぜなら、その紳士《しんし》は全《まった》く会社《かいしゃ》の重役《じゅうやく》に似《に》た堂々《どうどう》たる人柄《ひとがら》だったので、彼《かれ》は一《ひ》と目見《めみ》た瞬間《しゅんかん》に、「往来《おうらい》で物《もの》を云《い》いかける無礼《ぶれい》な奴《やつ》」と云《い》う感情《かんじょう》を忽《たちま》ち何処《どこ》へか引込《ひっこ》めてしまって、我知《われし》らず月給取《げっきゅうと》りの根性《こんじょう》をサラケ出《だ》したのである。紳士《しんし》は獵虎《らっこ》の襟《えり》の付《つ》いた、西班牙犬《スペインけん》の毛《け》のように房々《ふさふさ》した黒《くろ》い玉羅紗《たまらしゃ》の外套《がいとう》を纏《まと》って、（外套《がいとう》の下《した》には大方《おおかた》モーニングを着《き》ているのだろうと推定《すいてい》される）縞《しま》のズボンを穿《は》いて、象牙《ぞうげ》のノッブのあるステッキを衝《つ》いた、色《いろ》の白《しろ》い、四十恰好《しじゅうかっこう》の太《ふと》った男《おとこ》だった。

「いや、突然《とつぜん》こんな所《ところ》でお呼《よ》び止《と》めして失礼《しつれい》だとは存《ぞん》じましたが、わたくしは実《じつ》はこう云《い》う者《もの》で、あなたの友人《ゆうじん》の渡辺法学士《わたなべほうがくし》――あの方《かた》の紹介状《しょうかいじょう》を戴《いただ》いて、たった今会《いまかい》社《しゃ》の方《ほう》へお尋《たず》ねしたところでした」

紳士《しんし》はこう云《い》って二枚《にまい》の名刺《めいし》を渡《わた》した。湯河《ゆがわ》はそれを受《う》け取《と》って街燈《がいとう》の明《あか》りの下《した》へ出《だ》して見《み》た。一枚《いちまい》の方《ほう》は紛《まぎ》れもなく彼《かれ》の親友渡辺《しんゆうわたなべ》の名刺《めいし》である。名刺《めいし》の上《うえ》には渡辺《わたなべ》の手《て》でこんな文句《もんく》が認《したた》めてある、――「友人安藤一郎氏《ゆうじんあんどういちろうし》を御紹介《ごしょうかい》する右《みぎ》は小生《しょうせい》の同県人《どうけんじん》にて小生《しょうせい》とは年来親《ねんらいした》しくしている人《ひと》なり君《きみ》の会社《かいしゃ》に勤《つと》めつつある某社員《ぼうしゃいん》の身元《みもと》に就《つ》いて調《しら》べたい事項《じこう》があるそうだから御面会《ごめんかい》の上宜敷御《うえよろしくお》取計《とりはから》いを乞《こ》う」――もう一枚《いちまい》の名刺《めいし》を見《み》ると、「私立探偵《しりつたんてい》　安藤一郎《あんどういちろう》　事務所《じむしょ》　日本橋区蠣殻町三丁目四番地《にほんばしくかきがらちょうさんちょうめよんばんち》　電《でん》話浪花五〇一〇番《わなにわごまるいちまるばん》」と記《しる》してある。

「ではあなたは、安藤《あんどう》さんとおっしゃるので、――」

湯河《ゆがわ》は其処《そこ》に立《た》って、改《あらた》めて紳士《しんし》の様子《ようす》をじろじろ眺《なが》めた。「私立探偵《しりつたんてい》」――日本《にほん》には珍《めずら》しいこの職業《しょくぎょう》が、東《とう》京《きょう》にも五《ご》、六軒《ろくけん》できたことは知《し》っていたけれど、実際《じっさい》に会《あ》うのは今日《きょう》が始《はじ》めてである。それにしても日本《にほん》の私立《しりつ》探偵《たんてい》は西洋《せいよう》のよりも風采《ふうさい》が立派《りっぱ》なようだ、と、彼《かれ》は思《おも》った。湯河《ゆがわ》は活動写真《かつどうしゃしん》が好《す》きだったので、西洋《せいよう》のそれにはたびたびフイルムでお目《め》に懸《かか》っていたから。

「そうです、わたくしが安藤《あんどう》です。で、その名刺《めいし》に書《か》いてありますような要件《ようけん》に就《つ》いて、幸《さいわ》いあなたが会社《かいしゃ》の人《じん》事課《じか》の方《ほう》に勤《つと》めておいでのことを伺《うかが》ったものですから、それで只今会社《ただいまかいしゃ》へお尋《たず》ねして御面会《ごめんかい》を願《ねが》った訳《わけ》なのです。いかがでしょう、御多忙《ごたぼう》のところを甚《はなは》だ恐縮《きょうしゅく》ですが、少《すこ》しお暇《ひま》を割《さ》いて下《くだ》さる訳《わけ》には参《まい》りますまいか」

紳士《しんし》は、彼《かれ》の職業《しょくぎょう》にふさわしい、力《ちから》のある、メタリックな声《こえ》でテキパキと語《かた》った。

「なに、もう暇《ひま》なんですから僕《ぼく》の方《ほう》はいつでも差支《さしつか》えはありません、……」

と、湯河《ゆがわ》は探偵《たんてい》と聞《き》いてから「わたくし」を「僕《ぼく》」に取《と》り換《か》えて話《はな》した。

「僕《ぼく》で分《わか》ることなら、御希望《ごきぼう》に従《したが》って何《なん》なりとお答《こた》えしましょう。しかしその御用件《ごようけん》は非常《ひじょう》にお急《いそ》ぎのことでしょうか、もしお急《いそ》ぎでなかったら明日《あす》では如何《いかが》でしょうか？ 今日《きょう》でも差支《さしつか》えはない訳《わけ》ですが、こうして往来《おうらい》で話《はなし》をするのも変《へん》ですから、――」

「いや、御尤《ごもっと》もですが明日《あす》からは会社《かいしゃ》の方《ほう》もお休《やす》みでしょうし、わざわざお宅《たく》へお伺《うかが》いするほどの要件《ようけん》でもないのですから、御迷惑《ごめいわく》でも少《すこ》しこの辺《へん》を散歩《さんぽ》しながら話《はな》して戴《いただ》きましょう。それにあなたは、いつもこうやって散歩《さんぽ》なさるのがお好《す》きじゃありませんか。ははは」

と云《い》って、紳士《しんし》は軽《かる》く笑《わら》った。それは政治家気取《せいじかきど》りの男《おとこ》などがよく使《つか》う豪快《ごうかい》な笑《わら》い方《かた》だった。

湯河《ゆがわ》は明《あき》らかに困《こま》った顔《かお》つきをした。と云《い》うのは、彼《かれ》のポケットには今《いま》しがた会社《かいしゃ》から貰《もら》って来《き》た月給《げっきゅう》と年《ねん》末賞与《まつしょうよ》とが忍《しの》ばせてあった。その金《かね》は彼《かれ》としては少《すく》なからぬ額《がく》だったので、彼《かれ》は私《ひそ》かに今夜《こんや》の自分自身《じぶんじしん》を幸福《こうふく》に感《かん》じていた。これから銀座《ぎんざ》へでも行《い》って、この間《あいだ》からせ・

びられていた妻《つま》の手套《てぶくろ》と肩掛《かたがけ》とを買《か》って、――あのハイカラな彼女《かのじょ》の顔《かお》に似合《にあ》うようなどっ・し・り・した毛皮《けがわ》の奴《やつ》を買《か》って、――そうして早《はや》く家《うち》へ帰《かえ》って彼女《かのじょ》を喜《よろこ》ばせてやろう、――そんなことを思《おも》いながら歩《ある》いている矢先《やさき》だったのである。彼《かれ》はこの安藤《あんどう》と云《い》う見《み》ず知《し》らずの人間《にんげん》のために、突然楽《とつぜんたの》しい空想《くうそう》を破《やぶ》られたばかりでなく、今夜《こんや》の折角《せっかく》の幸福《こうふく》にひ・び・を入《い》れられたような気《き》がした。それはいいとしても、人《ひと》が散歩好《さんぽず》きのことを知《し》っていて、会社《かいしゃ》から追《お》っ駈《か》けて来《く》るなんて、何《なん》ぼ探偵《たんてい》でも厭《いや》な奴《やつ》だ、どうしてこの男《おとこ》は己《おれ》の顔《かお》を知《し》っていたんだろう、そう考《かんが》えると不愉快《ふゆかい》だった。おまけに彼《かれ》は腹《はら》も減《へ》っていた。

「どうでしょう、お手間《てま》は取《と》らせない積《つも》りですが少《すこ》し付《つ》き合《あ》って戴《いただ》けますまいか。私《わたし》の方《ほう》は、或《あ》る個人《こじん》の身元《みもと》に就《つ》いて立《た》ち入《い》ったことをお伺《うかが》いしたいのですから、却《かえ》って会社《かいしゃ》でお目《め》に懸《かか》るよりも往来《おうらい》の方《ほう》が都合《つごう》がいいのです」

「そうですか、じゃとにかく御一緒《ごいっしょ》に其処《そこ》まで行《い》きましょう」

湯河《ゆがわ》は仕方《しかた》なしに紳士《しんし》と並《なら》んで又新橋《またしんばし》の方《ほう》へ歩《ある》き出《だ》した。紳士《しんし》の云《い》うところにも理窟《りくつ》はあるし、それに、明日《あす》になって探偵《たんてい》の名刺《めいし》を持《も》って家《いえ》へ尋《たず》ねて来《こ》られるのも迷惑《めいわく》だと云《い》うことに、気《き》が付《つ》いたからである。

歩《ある》き出《だ》すとすぐに、紳士《しんし》――探偵《たんてい》はポッケットから葉《は》巻《まき》を出《だ》して吸《す》い始《はじ》めた。が、ものの一町《いっちょう》も行《い》く間《あいだ》、彼《かれ》はそうして葉巻《はまき》を吸《す》っているばかりだった。湯河《ゆがわ》が馬鹿《ばか》にされたような気持《きもち》でイライラして来《き》たことは云《い》うまでもない。

「で、その御用件《ごようけん》と云《い》うのを伺《うかが》いましょう。僕《ぼく》の方《ほう》の社《しゃ》員《いん》の身元《みもと》とおっしゃると誰《だれ》のことでしょうか。僕《ぼく》で分《わか》ることなら何《なん》でもお答《こた》えする積《つも》りですが、――」

「無論《むろん》あなたならお分《わか》りになるだろうと思《おも》います」

紳士《しんし》はまた二《に》、三分黙《さんぷんだま》って葉巻《はまき》を吸《す》った。

「多分何《たぶんなん》でしょうな、その男《おとこ》が結婚《けっこん》するとでも云《い》うので身元《みもと》をお調《しら》べになるのでしょうな」

「ええそうなんです、御推察《ごすいさつ》の通《とお》りです」

「僕《ぼく》は人事課《じんじか》にいるので、よくそんなのがやって来《き》ますよ。一体誰《いったいだれ》ですかその男《おとこ》は？」

湯河《ゆがわ》はせめてそのことに興味《きょうみ》を感《かん》じようとするらしく好奇心《こうきしん》を誘《さそ》いながら云《い》った。

「さあ、誰《だれ》と云《い》って、――そうおっしゃられるとちょっと申《もう》しにくい訳《わけ》ですが、その人《ひと》と云《い》うのは実《じつ》はあなたですよ。あなたの身元調《みもとしら》べを頼《たの》まれているんですよ。こんなことは人《ひと》から間接《かんせつ》に聞《き》くよりも、直接《ちょくせつ》あなたに打《ぶ》つかった方《ほう》が早《はや》いと思《おも》ったもんですから、それでお尋《たず》ねするのですがね」

「僕《ぼく》はしかし、――あなたは御存知《ごぞんじ》ないかも知《し》れませんが、もう結婚《けっこん》した男《おとこ》ですよ。何《なに》かお間違《まちが》いじゃないでしょうか」

「いや、間違《まちが》いじゃありません。あなたに奥様《おくさま》がおあんなさることは私《わたし》も知《し》っています。けれどもあなたは、まだ法律上結婚《ほうりつじょうけっこん》の手続《てつづ》きを済《す》ましてはいらっしゃらないでしょう。そうして近《ちか》いうちに、できるなら一日《いちにち》も早《はや》く、その手続《てつづ》きを済《す》ましたいと考《かんが》えていらっしゃることも事実《じじつ》でしょう」

「ああそうですか、分《わか》りました。するとあなたは僕《ぼく》の家《か》内《ない》の実家《じっか》の方《ほう》から、身元調《みもとしら》べを頼《たの》まれた訳《わけ》なんですね」

「誰《だれ》に頼《たの》まれたかと云《い》うことは、私《わたし》の職責上申《しょくせきじょうもう》し上《あ》げにくいのです。あなたにも大凡《おおよそ》お心当《こころあた》りがおありでしょうから、どうかその点《てん》は見逃《みのが》して戴《いただ》きとうございます」

「ええよござんすとも、そんなことはちっとも構《かま》いません。僕《ぼく》自身《じしん》のことなら何《なん》でも僕《ぼく》に聞《き》いて下《くだ》さい。間接《かんせつ》に調《しら》べられるよりはその方《ほう》が僕《ぼく》も気持《きもち》がよござんすから。――僕《ぼく》はあなたが、そう云《い》う方法《ほうほう》を取《と》って下《くだ》すったことを感謝《かんしゃ》します」

「はは、感謝《かんしゃ》して戴《いただ》いては痛《いた》み入《い》りますな。――僕《ぼく》はいつでも（と、紳士《しんし》も「僕《ぼく》」を使《つか》い出《だ》しながら）結婚《けっこん》の身《み》元調《もとしら》べなんぞにはこの方法《ほうほう》を取《と》っているんです。相手《あいて》が相当《そうとう》の人格《じんかく》のあり地位《ちい》のある場合《ばあい》には、実際直接《じっさいちょくせつ》に打《ぶ》つかった方《ほう》が間違《まちが》いがないんです。それにどうしても本人《ほんにん》に聞《き》かなけりゃ分《わか》らない問題《もんだい》もありますからな」

「そうですよ、そうですとも！」

と、湯河《ゆがわ》は嬉《うれ》しそうに賛成《さんせい》した。彼《かれ》はいつの間《ま》にか機《き》嫌《げん》を直《なお》していたのである。

「のみならず、僕《ぼく》はあなたの結婚問題《けっこんもんだい》には少《すく》なからず同《どう》情《じょう》を寄《よ》せております」

紳士《しんし》は、湯河《ゆがわ》の嬉《うれ》しそうな顔《かお》をチラと見《み》て、笑《わら》いながら言葉《ことば》を続《つづ》けた。

「あなたの方《ほう》へ奥様《おくさま》の籍《せき》をお入《い》れなさるのには、奥様《おくさま》と奥様《おくさま》の御実家《ごじっか》とが一日《いちにち》も早《はや》く和解《わかい》なさらなけりゃいけませんな。でなければ奥様《おくさま》が二十五歳《にじゅうごさい》におなりになるまで、もう三《さん》、四年《よねんま》待たなけりゃなりません。しかし、和解《わかい》なさるには奥様《おくさま》よりも実《じつ》はあなたを先方《せんぽう》へ理解《りかい》させることが必要《ひつよう》なのです。それが何《なに》よりも肝心《かんじん》なのです。で、僕《ぼく》もできるだけ御尽力《ごじんりょく》はしますが、あなたもまあそのためと思《おも》って、僕《ぼく》の質問《しつもん》に腹蔵《ふくぞう》なく答《こた》えて戴《いただ》きましょう」

「ええ、そりゃよく分《わか》っています。ですから何卒《どうぞ》御遠慮《ごえんりょ》なく、――」

「そこでと、――あなたは渡辺君《わたなべくん》と同期《どうき》に御在学《ございがく》だったそうですから、大学《だいがく》をお出《で》になったのはたしか大正《たいしょう》二年《にねん》になりますな？――先《ま》ずこのことからお尋《たず》ねしましょう」

「そうです、大正《たいしょう》二年《にねん》の卒業《そつぎょう》です。そうして卒業《そつぎょう》するとすぐに今《いま》のT《ティー》・M《エム》会社《がいしゃ》へ這入《はい》ったのです」

「さよう、卒業《そつぎょう》なさるとすぐ、今《いま》のT《ティー》・M《エム》会社《がいしゃ》へお這入《はい》りになった。――それは承知《しょうち》していますが、あなたがあの先《せん》の奥様《おくさま》と御結婚《ごけっこん》なすったのは、あれはいつでしたかな。あれは何《なん》でも、会社《かいしゃ》へお這入《はい》りになると同時《どうじ》だったように思《おも》いますが――」

「ええそうですよ、会社《かいしゃ》へ這入《はい》ったのが九月《くがつ》でしてね、明《あ》くる月《つき》の十月《じゅうがつ》に結婚《けっこん》しました」

「大正《たいしょう》二年《にねん》の十月《じゅうがつ》と、――(そう云《い》いながら紳士《しんし》は右《みぎ》の手《て》を指折《ゆびお》り数《かぞ》えて、)するとちょうど満五年半《まんごねんはん》ばかり御同棲《ごどうせい》なすった訳《わけ》ですね。先《せん》の奥様《おくさま》がチブスでお亡《な》くなりになったのは、大正八年《たいしょうはちねん》の四月《しがつ》だった筈《はず》ですから」

「ええ」

と云《い》ったが、湯河《ゆがわ》は不思議《ふしぎ》な気《き》がした。「この男《おとこ》は己《おれ》を間接《かんせつ》には調《しら》べないと云《い》っておきながら、いろいろのことを調《しら》べている」――で、彼《かれ》は再《ふたた》び不愉快《ふゆかい》な顔《かお》つきになった。

「あなたは先《せん》の奥《おく》さんを大《たい》そう愛《あい》していらしったそうですね」

「ええ愛《あい》していました。――しかし、それだからと云《い》って今度《こんど》の妻《つま》を同《おな》じ程度《ていど》に愛《あい》しないと云《い》う訳《わけ》じゃありません。亡《な》くなった当座《とうざ》は勿論《もちろん》未練《みれん》もありましたけれど、その未練《みれん》は幸《さいわ》いにして癒《い》やしがたいものではなかったのです。今度《こんど》の妻《つま》がそれを癒《い》やしてくれたのです。だから僕《ぼく》はその点《てん》から云《い》っても、ぜひとも久満子《くまこ》と、――久満子《くまこ》と云《い》うのは今《いま》の妻《つま》の名前《なまえ》です。お断《ことわ》りするまでもなくあなたは疾《と》うに御承知《ごしょうち》のことと思《おも》いますが、――正式《せいしき》に結《けっ》婚《こん》しなければならない義務《ぎむ》を感《かん》じております」

「イヤ御尤《ごもっと》もで」

と、紳士《しんし》は彼《かれ》の熱心《ねっしん》な口調《くちょう》を軽《かる》く受《う》け流《なが》しながら、

「僕《ぼく》は先《せん》の奥《おく》さんのお名前《なまえ》も知《し》っております、筆子《ふでこ》さんとおっしゃるのでしょう。——それからまた、筆子《ふでこ》さんが大変病身《たいへんびょうしん》なお方《かた》で、チブスでお亡《な》くなりになる前《まえ》にも、たびたびお患《わずら》いなすったことを承知《しょうち》しております」

「驚《おどろ》きましたな、どうも。さすが御職掌柄《ごしょくしょうがら》で何《なに》もかも御存知《ごぞんじ》ですな。そんなに知《し》っていらっしゃるならもうお調《しら》べになるところはなさそうですよ」

「あはははは、そうおっしゃられると恐縮《きょうしゅく》です。何分《なにぶん》これで飯《めし》を食《く》っているんですから、まあそんなにイジメないで下《くだ》さい。——で、あの筆子《ふでこ》さんの御病身《ごびょうしん》のことに就《つ》いてですが、あの方《かた》はチブスをおやりになる前《まえ》に一度《いちど》パラチブスをおやりになりましたね、……こうッと、それはたしか大正六年《たいしょうろくねん》の秋《あき》、十月頃《じゅうがつごろ》でした。かなり重《おも》いパラチブスで、なかなか熱《ねつ》が下《さが》らなかったので、あなたが非常《ひじょう》に御心配《ごしんぱい》なすったと云《い》うことを聞《き》いております。それからその明《あ》くる年《とし》、大正七年《たいしょうしちねん》になって、正月《しょうがつ》に風《かぜ》を引《ひ》いて五《ご》、六日《ろくにち》寝《ね》ていらしったことがあるでしょう」

「あああそうそう、そんなこともありましたっけ」

「その次《つぎ》には又《また》、七月《しちがつ》に一度《いちど》と、八月《はちがつ》に二度《にど》と、夏《なつ》のうちは誰《だれ》にでもありがちな腹下《はらくだ》しをなさいましたな。この三度《さんど》の腹下《はらくだ》しのうちで、二度《にど》は極《ご》く軽微《けいび》なものでしたからお休《やす》みになるほどではなかったようですが、一度《いちど》は少《すこ》し重《おも》くって一日二日伏《いちにちふつかふ》せっていらしった。すると、今度《こんど》は秋《あき》になって例《れい》の流行性感冒《りゅうこうせいかんぼう》がはやり出《だ》して来《き》て、筆子《ふでこ》さんはそれに二度《にど》もお罹《かか》りになった。即《すなわ》ち十月《じゅうがつ》に一遍軽《いっぺんかる》いのをやって、二度目《にどめ》は明《あ》くる年《とし》の大正八年《たいしょうはちねん》の正月《しょうがつ》のことでしたろう。その時《とき》は肺炎《はいえん》を併発《へいはつ》して危篤《きとく》な御容態《ごようだい》だったと聞《き》いております。その肺炎《はいえん》がやっとのことで全《ぜん》快《かい》すると、二《ふ》た月《つき》も立《た》たないうちにチブスでお亡《な》くなりになったのです。——そうでしょうな? 僕《ぼく》の云《い》うことに多分間違《たぶんまちが》いはありますまいな?」

「ええ」

と云《い》ったきり湯河《ゆがわ》は下《した》を向《む》いて何《なに》かしら考《かんが》え始《はじ》め

た、——二人《ふたり》はもう新橋《しんばし》を渡《わた》って歳晩《さいばん》の銀座通《ぎんざどお》りを歩《ある》いていたのである。

「全《まった》く先《せん》の奥《おく》さんはお気《き》の毒《どく》でした。亡《な》くなられる前後《ぜんご》半年《はんとし》ばかりと云《い》うものは、死《し》ぬような大患《おおわずら》いを二度《にど》もなすったばかりでなく、その間《あいだ》に又胆《またきも》を冷《ひ》やすような危険《きけん》な目《め》にもチョイチョイお会《あ》いでしたからな。——あの、窒息事件《ちっそくじけん》があったのはいつ頃《ごろ》でしたろうか?」

そう云《い》っても湯河《ゆがわ》が黙《だま》っているので、紳士《しんし》は独《ひと》りで頷《うなず》きながらしゃべり続《つづ》けた。

「あれはこうッと、奥《おく》さんの肺炎《はいえん》がすっかりよくなって、二《に》、三日《さんにち》うちに床上《とこあ》げをなさろうと云《い》う時分《じぶん》、——病室《びょうしつ》の瓦斯《ガス》ストーブから間違《まちが》いが起《お》こったのだから何《なん》でも寒《さむ》い時分《じぶん》ですな、二月《にがつ》の末《すえ》のことでしたろうかな、瓦斯《ガス》の栓《せん》が弛《ゆる》んでいたので、夜中《よなか》に奥《おく》さんがもう少《すこ》しで窒息《ちっそく》なさろうとしたのは。しかし好《よ》い塩梅《あんばい》に大事《だいじ》に至《いた》らなかったものの、あのために奥《おく》さんの床上《とこあ》げが二《に》、三日《さんにち》延《の》びたことは事実《じじつ》ですな。――そうです、そうです、それからまだこんなこともあったじゃありませんか、奥《おく》さんが乗《の》合自動車《あいじどうしゃ》で新橋《しんばし》から須田町《すだちょう》へおいでになる途中《とちゅう》で、その自動車《じどうしゃ》が電車《でんしゃ》と衝突《しょうとつ》して、すんでのことで……」

「ちょっと、ちょっとお待《ま》ち下《くだ》さい。僕《ぼく》はさっきからあなたの探偵眼《たんていがん》には少《すく》なからず敬服《けいふく》していますが、一体何《いったいなん》の必要《ひつよう》があって、いかなる方法《ほうほう》でそんなことをお調《しら》べになったのでしょう」

「いや、別《べつ》に必要《ひつよう》があった訳《わけ》じゃないんですがね、僕《ぼく》はどうも探偵癖《たんていへき》があり過《す》ぎるもんだから、つい余計《よけい》なことまで調《しら》べ上《あ》げて人《ひと》を驚《おどろ》かしてみたくなるんですよ。自分《じぶん》でも悪《わる》い癖《くせ》だと思《おも》っていますが、なかなか止《や》められないんです。今《いま》じきに本題《ほんだい》へ這入《はい》りますから、まあもう少《すこ》し辛抱《しんぼう》して聞《き》いて下《くだ》さい。――で、あの時奥《ときおく》さんは、自動《じどう》車《しゃ》の窓《まど》が壊《こわ》れたので、ガラスの破片《はへん》で額《ひたい》へ怪我《けが》をなさいましたね」

「そうです。しかし筆子《ふでこ》は割《わ》りに呑気《のんき》な女《おんな》でしたから、そんなにビックリしてもいませんでしたよ。それに、怪我《けが》と云《い》ってもほんの擦《かす》り傷《きず》でしたから」

「ですが、あの衝突事件《しょうとつじけん》に就《つ》いては、僕《ぼく》が思《おも》うのにあなたも多少責任《たしょうせきにん》がある訳《わけ》です」

「なぜ?」

「なぜと云《い》って、奥《おく》さんが乗合自動車《のりあいじどうしゃ》へお乗《の》りになったのは、あなたが電車《でんしゃ》へ乗《の》るな、乗合自動車《のりあいじどうしゃ》で行《い》けとお云《い》いつけになったからでしょう」

「そりゃ云《い》いつけました——かも知《し》れません。僕《ぼく》はそんな細々《こまごま》したことまでハッキリ覚《おぼ》えてはいませんが、なるほどそう云《い》いつけたようにも思《おも》います。そう、そう、たしかにそう云《い》ったでしょう。それはこう云《い》う訳《わけ》だったたんです、何《なに》しろ筆子《ふでこ》は二度《にど》も流行性感冒《りゅうこうせいかんぼう》をやった後《あと》でしたろう、そうしてその時分《じぶん》、人《ひと》ごみの電車《でんしゃ》に乗《の》るのは最《もっと》も感《かん》冒《ぼう》に感染《かんせん》し易《やす》いと云《い》うことが、新聞《しんぶん》なぞに出《で》ている時分《じぶん》でしたろう、だから僕《ぼく》の考《かんが》えでは、電車《でんしゃ》より乗合自動車《のりあいじどうしゃ》の方《ほう》が危険《きけん》が少《すく》ないと思《おも》ったんです。それで決《けっ》して電車《でんしゃ》へは乗《の》るなと、固《かた》く云《い》いつけた訳《わけ》なんです、まさか筆子《ふでこ》の乗《の》った自動車《じどうしゃ》が、運悪《うんわる》く衝突《しょうとつ》しようとは思《おも》いませんからね。僕《ぼく》に責任《せきにん》なんかある筈《はず》はありませんよ。筆子《ふでこ》だってそんなことは思《おも》いもしなかったし、僕《ぼく》の忠告《ちゅうこく》を感謝《かんしゃ》しているくらいでした」

「勿論筆子《もちろんふでこ》さんは常《つね》にあなたの親切《しんせつ》を感謝《かんしゃ》しておいででした、亡《な》くなられる最後《さいご》まで感謝《かんしゃ》しておいででした。けれども僕《ぼく》は、あの自動車事件《じどうしゃじけん》だけはあなたに責任《せきにん》があると思《おも》いますね。そりゃあなたは奥《おく》さんの御病気《ごびょうき》のためを考《かんが》えてそうしろとおっしゃったでしょう。それはきっとそうに違《ちが》いありません。にも拘《かかわ》らず、僕《ぼく》はやはりあなたに責任《せきにん》があると思《おも》いますね」

「なぜ?」

「お分《わか》りにならなければ説明《せつめい》しましょう、――あなたは今《いま》、まさかあの自動車《じどうしゃ》が衝突《しょうとつ》しようとは思《おも》わなかったとおっしゃったようです。しかし奥様《おくさま》が自動車《じどうしゃ》へお乗《の》りになったのはあの日一日《ひいちにち》だけではありませんな。あの時分《じぶん》、奥《おく》さんは大患《おおわずら》いをなすった後《あと》で、まだ医者《いしゃ》に見《み》て貰《もら》う必要《ひつよう》があって、一日《いちにち》おきに芝口《しばぐち》のお宅《たく》から万世橋《まんせいばし》の病院《びょういん》まで通《かよ》っていらしった。それも一《ひ》と月《つき》くらい通《かよ》わなければならないことは最初《さいしょ》から分《わか》っていた。そうしてその間《あいだ》はいつも乗合自動車《のりあいじどうしゃ》へお乗《の》りになった。衝突事故《しょうとつじこ》があったのはつまりその期間《きかん》の出来事《できごと》です。よござんすかね。ところでもう一《ひと》つ注意《ちゅうい》すべきことは、あの時分《じぶん》はちょうど乗合自動車《のりあいじどうしゃ》が始《はじ》まり立《た》てで、衝突事故《しょうとつじこ》がしばしばあったのです。衝突《しょうとつ》しやしないかと云《い》う心配《しんぱい》は、少《すこ》し神経質《しんけいしつ》の人《ひと》にはかなりあったのです。——ちょっとお断《ことわ》り申《もう》しておきますが、あなたは神経質《しんけいしつ》の人《ひと》です、――そのあなたがあなたの最愛《さいあい》の奥《おく》さんを、あれほどたびたびあの自動車《じどうしゃ》へお乗《の》せになると云《い》うことは少《すく》なくとも、あなたに似合《にあ》わない不注意《ふちゅうい》じゃないでしょうか。一日《いちにち》おきに一《ひ》と月《つき》の間《あいだ》あれで往復《おうふく》するとなれば、その人《ひと》は三十回《さんじっかい》衝突《しょうとつ》の危険《きけん》に曝《さら》されることになります」

「あははは、其処《そこ》へ気《き》が付《つ》かれるとはあなたも僕《ぼく》に劣《おと》らない神経質《しんけいしつ》ですな。なるほど、そうおっしゃられると、僕《ぼく》はあの時分《じぶん》のことをだんだん思《おも》い出《だ》して来《き》ましたが、僕《ぼく》もあの時《とき》満更《まんざら》それに気《き》が付《つ》かなくはなかったのです。けれども僕《ぼく》はこう考《かんが》えたのです。自動車《じどうしゃ》における衝《しょう》突《とっ》の危険《きけん》と、電車《でんしゃ》における感冒伝染《かんぼうでんせん》の危険《きけん》と、孰方《どっち》がプロバビリティーが多《おお》いか。それから又《また》、仮《か》りに危険《きけん》のプロバビリティーが両方同《りょうほうおな》じだとして、孰方《どっち》が余計生命《よけいせいめい》に危険《きけん》であるか。この問題《もんだい》を考《かんが》えてみて、結局乗合自動車《けっきょくのりあいじどうしゃ》の方《ほう》がより安全《あんぜん》だと思《おも》ったのです。なぜかと云《い》うと、今《いま》あなたのおっしゃった通《とお》り月《つき》に三十回往復《さんじっかいおうふく》するとして、もし電車《でんしゃ》に乗《の》ればその三十台《さんじゅうだい》の電車《でんしゃ》の孰《いず》れにも、必《かなら》ず感冒《かんぼう》の黴菌《ばいきん》がいると思《おも》わなければなりません。あの時分《じぶん》は流行《りゅうこう》の絶頂期《ぜっちょうき》でしたからそうみるのが至当《しとう》だったのです。既《すで》に黴菌《ばいきん》がいるとなれば、其処《そこ》で感染《かんせん》するのは偶然《ぐうぜん》ではありません。然《しか》るに自動車《じどうしゃ》の事故《じこ》の方《ほう》はこれは全《まった》く偶然《ぐうぜん》の禍《わざわい》です。無論《むろん》どの自動車《じどうしゃ》にも衝突《しょうとつ》のポシビリティーはありますが、しかし始《はじ》めから禍因《かいん》が歴然《れきぜん》と存在《そんざい》している場合《ばあい》とは違《ちが》いますからな。次《つぎ》にはこういうことも私《わたし》には云《い》われます。筆子《ふでこ》は二度《にど》も流行性感冒《りゅうこうせいかんぼう》に罹《かか》っています、これは彼女《かのじょ》が普通《ふつう》の人《ひと》よりもそれに罹《かか》り易《やす》い体《たい》質《しつ》を持《も》っている証拠《しょうこ》です。だから電車《でんしゃ》へ乗《の》れば、彼女《かのじょ》は多勢《おおぜい》の乗客《じょうきゃく》の内《うち》でも危険《きけん》を受《う》けるべく択《えら》ばれた一人《ひとり》とならなければなりません。自動車《じどうしゃ》の場合《ばあい》には乗客《じょうきゃく》の感《かん》ずる危険《きけん》は平等《びょうどう》です。のみならず僕《ぼく》は危険《きけん》の程度《ていど》に就《つ》いてもこう考《かんが》えました、彼女《かのじょ》がもし、三度目《さんどめ》に流行性感冒《りゅうこうせいかんぼう》に罹《かか》ったとしたら、必《かなら》ず又肺炎《またはいえん》を起《おこ》すに違《ちが》いないし、そうなると今度《こんど》こそ助《たす》からないだろう。一度《いちど》肺炎《はいえん》をやったものは再《ふたた》び肺炎《はいえん》に罹《かか》り易《やす》いと云《い》うことを聞《き》いてもいましたし、おまけに彼女《かのじょ》は病後《びょうご》の衰弱《すいじゃく》から十分恢復《じゅうぶんかいふく》しきらずにいた時《とき》ですから、僕《ぼく》のこの心配《しんぱい》は杞憂《きゆう》ではなかったのです。ところが衝突《しょうとつ》の方《ほう》は、衝突《しょうとつ》したから死《し》ぬと極《き》まってやしませんからな。よくよく不運《ふうん》な場合《ばあい》でなけりゃ大《おお》怪我《けが》をすると云《い》うこともないし、大怪我《おおけが》がもとで命《いのち》を取《と》られるようなことはめったにありゃしませんからな。そうして僕《ぼく》のこの考《かんが》えはやはり間違《まちが》ってはいなかったのです。御覧《ごらん》なさい、筆子《ふでこ》は往復三十回《おうふくさんじっかい》の間《あいだ》に一度《いちど》衝突《しょうとつ》に会《あ》いましたけれど、僅《わず》かに擦《かす》り傷《きず》だけで済《す》んだじゃありませんか」

「なるほど、あなたのおっしゃることは唯《ただ》それだけ伺《うかが》っていれば理窟《りくつ》が通《とお》っています。何処《どこ》にも切《き》り込《こ》む隙《すき》がないように聞《きこ》えます。が、あなたが只今《ただいま》おっしゃらなかった部分《ぶぶん》のうちに、実《じつ》は見逃《みのが》してはならないことがあるのです。と云《い》うのは、今《いま》のその電車《でんしゃ》と自動車《じどうしゃ》との危険《きけん》の可《か》能率《のうりつ》の問題《もんだい》ですな、自動車《じどうしゃ》の方《ほう》が電車《でんしゃ》よりも危険《きけん》の率《りつ》が少《すく》ない、また危険《きけん》があってもその程度《ていど》が軽《かる》い、そうして乗客《じょうきゃく》が平等《びょうどう》にその危険性《きけんせい》を負担《ふたん》する、これがあなたの御意見《ごいけん》だったようですが、少《すく》なくともあなたの奥様《おくさま》の場《ば》合《あい》には、自動車《じどうしゃ》に乗《の》っても電車《でんしゃ》と同《おな》じく危険《きけん》に対《たい》して択《えら》ばれた一人《ひとり》であったと、僕《ぼく》は思《おも》うのです。決《けっ》して外《ほか》の乗客《じょうきゃく》と平等《びょうどう》に危険《きけん》に曝《さら》されてはいなかった筈《はず》です。つまり、自動車《じどうしゃ》が衝突《しょうとつ》した場合《ばあい》に、あなたの奥様《おくさま》は誰《だれ》よりも先《さき》に、かつ恐《おそ》らくは誰《だれ》よりも重《おも》い負傷《ふしょう》を受《う》けるべき運命《うんめい》の下《もと》に置《お》かれていらしった。このことをあなたは見逃《みのが》してはなりません」

「どうしてそう云《い》うことになるでしょう？　僕《ぼく》には分《わか》りかねますがね」

「ははあ、お分《わか》りにならない？　どうも不思議《ふしぎ》ですな。——しかしあなたは、あの時分筆子《じぶんふでこ》さんにこう云《い》うことをおっしゃいましたな、乗合自動車《のりあいじどうしゃ》へ乗《の》る時《とき》はいつもなるべく一番前《いちばんまえ》の方《ほう》へ乗《の》れ、それが最《もっと》も安全《あんぜん》な方法《ほうほう》だと――」

「そうです、その安全《あんぜん》と云《い》う意味《いみ》はこうだったのです、――」

「いや、お待《ま》ちなさい、あなたの安全《あんぜん》と云《い》う意味《いみ》はこうだったでしょう、――自動車《じどうしゃ》の中《なか》にだってやはりいくらか感冒《かんぼう》の黴菌《ばいきん》がいる。で、それを吸《す》わないようにするには、なるべく風上《かざかみ》の方《ほう》にいるがいいと云《い》う理窟《りくつ》でしょう。するとと乗合自動車《のりあいじどうしゃ》だって、電車《でんしゃ》ほど人《ひど》がこんでいないにしても、感冒伝染《かんぼうでんせん》の危険《きけん》が絶無《ぜつむ》ではない訳《わけ》ですな。あなたはさっきこの事実《じじつ》を忘《わす》れておいでのようでしたな。それからあなたは今《いま》の理窟《りくつ》に付《つ》け加《くわ》えて、乗合自動車《のりあいじどうしゃ》は前《まえ》の方《ほう》へ乗《の》る方《ほう》が震動《しんどう》が少《すく》ない、奥《おく》さんはまだ病後《びょうご》の疲労《ひろう》が脱《ぬ》けきらないのだから、なるべく体《からだ》を震動《しんどう》させない方《ほう》がいい。――この二《ふた》つの理由《りゆう》をもって、あなたは奥《おく》さんに前《まえ》へ乗《の》ることをお勧《すす》めなすったのです。勧《すす》めたと云《い》うよりは寧《むし》ろ厳《きび》しくお云《い》いつけになったのです。奥《おく》さんはあんな正直《しょうじき》な方《かた》で、あなたの親切《しんせつ》を無《む》にしては悪《わる》いと考《かんが》えていらしったから、できるだけ命令通《めいれいどお》りになさろうと心《こころ》がけておいででした。そこで、あなたのお言葉《ことば》は着々《ちゃくちゃく》と実行《じっこう》されていました」

「……………」

「よござんすかね、あなたは乗合自動車《のりあいじどうしゃ》の場合《ばあい》における感冒伝染《かんぼうでんせん》の危険《きけん》と云《い》うものを、最初《さいしょ》は勘定《かんじょう》に入《い》れていらっしゃらなかった。いらっしゃらなかったにも拘《かかわ》らず、それを口実《こうじつ》にして前《まえ》の方《ほう》へお乗《の》せになった、――ここに一《ひと》つの矛盾《むじゅん》があります。そうしてもう一《ひと》つの矛盾《むじゅん》は、最《さい》初勘定《しょかんじょう》に入《い》れておいた衝突《しょうとつ》の危険《きけん》の方《ほう》は、その時《とき》になって全《まった》く閑却《かんきゃく》されてしまったことです。乗合自動車《のりあいじどうしゃ》の一番《いちばん》前《まえ》の方《ほう》へ乗《の》る、――衝突《しょうとつ》の場合《ばあい》を考《かんが》えたら、このくらい危険《きけん》なことはないでしょう、其処《そこ》に席《せき》を占《し》めた人《ひと》は、その危険《きけん》に対《たい》して結局択《けっきょくえら》ばれた一人《ひとり》になる訳《わけ》です。だから御覧《ごらん》なさい、あの時《とき》怪我《けが》をしたのは奥様《おくさま》だけだったじゃありませんか、あんな、ほんのちょっとした衝突《しょうとつ》でも、外《ほか》のお客《きゃく》は無事《ぶじ》だったのに奥様《おくさま》だけは擦《かす》り傷《きず》をなすった。あれがもっとひどい衝突《しょうとつ》だったら、外《ほか》のお客《きゃく》が擦《かす》り傷《きず》をして奥様《おくさま》だけが重傷《じゅうしょう》を負《お》います。更《さら》にひどかった場合《ばあい》には、外《ほか》のお客《きゃく》が重傷《じゅうしょう》を負《お》って奥様《おくさま》だけが命《いのち》を取《と》られます。――衝突《しょうとつ》と云《い》うことは、おっしゃるまでもなく偶然《ぐうぜん》に違《ちが》いありません。しかしその偶然《ぐうぜん》が起《おこ》った場合《ばあい》に、怪我《けが》をすると云《い》うことは、奥様《おくさま》の場合《ばあい》には偶然《ぐうぜん》でなく必然《ひつぜん》です」

二人《ふたり》は京橋《きょうばし》を渡《わた》った、が、紳士《しんし》も湯河《ゆがわ》も、自分《じぶん》たちが今何処《いまどこ》を歩《ある》いているかをまるで忘《わす》れてしまったかのように、一人《ひとり》は熱心《ねっしん》に語《かた》りつつ一人《ひとり》は黙《だま》って耳《みみ》を傾《かたむ》けつつ真《まっ》直《す》ぐに歩《ある》いて行《い》った。

「ですからあなたは、——或《あ》る一定《いってい》の偶然《ぐうぜん》の危険《きけん》の中《なか》へ奥様《おくさま》を置《お》き、そうしてその偶然《ぐうぜん》の範囲内《はんいない》での必然《ひつぜん》の危険《きけん》の中《なか》へ、更《さら》に奥様《おくさま》を追《お》い込《こ》んだと云《い》う結果《けっか》になります。これは単純《たんじゅん》な偶然《ぐうぜん》の危険《きけん》とは意味《いみ》が違《ちが》います。そうなると果《はた》して電車《でんしゃ》より安全《あんぜん》かどうか分《わか》らなくなります。第一《だいいち》、あの時分《じぶん》の奥様《おくさま》は二度目《にどめ》の流行性感冒《りゅうこうせいかんぼう》から直《なお》ったばかりの時《とき》だったのです。従《したが》ってその病気《びょうき》に対《たい》する免疫性《めんえきせい》を持《も》っておられたと考《かんが》えるのが至当《しとう》ではないでしょうか。僕《ぼく》に云《い》わせれば、あの時《とき》の奥様《おくさま》には絶対《ぜったい》に伝染《でんせん》の危険《きけん》はなかったのでした。択《えら》ばれた一人《ひとり》であっても、それは安全《あんぜん》な方《ほう》へ択《えら》ばれていたのでした。一度《いちど》肺炎《はいえん》に罹《かか》ったものがもう一度《いちど》罹《かか》り易《やす》いと云《い》うことは、或《あ》る期間《きかん》をおいての話《はなし》です」

「しかしですね、その免疫性《めんえきせい》と云《い》うことも僕《ぼく》は知《し》らないじゃなかったんですが、何《なに》しろ十月《じゅうがつ》に一度《いちど》罹《かか》って又正月《またしょうがつ》にやったんでしょう。すると免疫性《めんえきせい》もあまりアテにならないと思《おも》ったもんですから、……」

「十月《じゅうがつ》と正月《しょうがつ》との間《あいだ》には二《ふ》た月《つき》の期間《きかん》があります。ところがあの時《とき》の奥様《おくさま》はまだ完全《かんぜん》に直《なお》り切《き》らないで咳《せき》をしていらしったのです。人《ひと》から移《うつ》されるよりは人《ひと》に移《うつ》す方《ほう》の側《がわ》だったのです」

「それからですね、今《いま》お話《はなし》の衝突《しょうとつ》の危険《きけん》と云《い》うこともですね、既《すで》に衝突《しょうとつ》その物《もの》が非常《ひじょう》に偶然《ぐうぜん》な場合《ばあい》なんですから、その範囲内《はんいない》での必然《ひつぜん》と云《い》ってみたところが、極《ご》く極《ご》く稀《まれ》なことじゃないでしょうか。偶然《ぐうぜん》の中《なか》の必然《ひつぜん》と単純《たんじゅん》な必《ひつ》然《ぜん》とはやはり意味《いみ》が違《ちが》いますよ。況《いわ》んやその必然《ひつぜん》なるものが、必然怪我《ひつぜんけが》をすると云《い》うだけのことで、必然命《ひつぜんいのち》を取《と》られると云《い》うことにはならないのですからね」

「けれども偶然《ぐうぜん》ひどい衝突《しょうとつ》があった場合《ばあい》には必然命《ひつぜんいのち》を取《と》られると云《い》うことは云《い》えましょうな」

「ええ云《い》えるでしょう、ですがそんな論理的遊戯《ろんりてきゆうぎ》をやったってつまらないじゃありませんか」

「あははは、論理的遊戯《ろんりてきゆうぎ》ですか、僕《ぼく》はこれが好《す》きだもんですから、ウッカリ図《ず》に乗《の》って深入《ふかい》りをし過《す》ぎたんです、イヤ失礼《しつれい》しました。もうじき本題《ほんだい》に這入《はい》りますよ。――で、這入《はい》る前《まえ》に、今《いま》の論理的遊戯《ろんりてきゆうぎ》の方《ほう》を片付《かたづ》けてしまいましょう。あなただって、僕《ぼく》をお笑《わら》いなさるけれど実《じつ》はなかなか論理《ろんり》がお好《す》きのようでもあるし、この方面《ほうめん》では或《あるい》は僕《ぼく》の先輩《せんぱい》かも知《し》れないくらいだから、満更興味《まんざらきょうみ》のないことではなかろうと思《おも》うんです。そこで、今《いま》の偶然《ぐうぜん》と必然《ひつぜん》の研究《けんきゅう》ですな、あれを或《あ》る一個《いっこ》の人間《にんげん》の心理《しんり》と結《むす》び付《つ》ける時《とき》に、ここに新《あら》たなる問題《もんだい》が生《しょう》じる、論理《ろんり》が最早《もは》や単純《たんじゅん》な論理《ろんり》でなくなって来《く》ると云《い》うことに、あなたはお気付《きづ》きにならないでしょうか」

「さあ、大分《だいぶ》むずかしくなって来《き》ましたな」

「なにむずかしくも何《なん》ともありません。或《あ》る人間《にんげん》の心理《しんり》と云《い》ったのはつまり犯罪心理《はんざいしんり》を云《い》うのです。或《あ》る人《ひと》が或《あ》る人《ひと》を間接《かんせつ》な方法《ほうほう》で誰《だれ》にも知《し》らせずに殺《ころ》そうとする。——殺《ころ》すと云《い》う言葉《ことば》が穏当《おんとう》でないなら、死《し》に至《いた》らしめようとしている。そうしてそのために、その人《ひと》をなるべく多《おお》くの危険《きけん》へ露出《ろしゅつ》させる。その場合《ばあい》に、その人《ひと》は自分《じぶん》の意図《いと》を悟《さと》らせないためにも、又相手《またあいて》の人《ひと》を其処《そこ》へ知《し》らず識《し》らず導《みちび》くためにも、偶然《ぐうぜん》の危険《きけん》を択《えら》ぶよりほか仕方《しかた》がありません。しかしその偶然《ぐうぜん》の中《なか》に、ちょいとは目《め》に付《つ》かない或《あ》る必然《ひつぜん》が含《ふく》まれているとすれば、なおさらお誂《あつら》え向《む》きだと云《い》う訳《わけ》です。で、あなたが奥《おく》さんを乗合自動車《のりあいじどうしゃ》へお乗《の》せになったことは、たまたまその場合《ばあい》と外形《がいけい》においてて・一致《いっち》してはいないでしょうか？　僕《ぼく》は『外形《がいけい》において』と云《い》います、どうか感情《かんじょう》を害《がい》しないで下《くだ》さい。無論《むろん》あなたにそんな意図《いと》があったとは云《い》いませんが、あなたにしてもそう云《い》う人間《にんげん》の心理《しんり》はお分《わか》りになるでしょうな」

「あなたは御職掌柄《ごしょくしょうがら》妙《みょう》なことをお考《かんが》えになりますね。外形《がいけい》において一致《いっち》しているかどうか、あなたの御判断《ごはんだん》にお任《まか》せするより仕方《しかた》がありませんが、しかしたった一《ひ》と月《つき》の間《あいだ》、三十回自動車《さんじっかいじどうしゃ》で往復《おうふく》させただけで、その間《あいだ》に人《ひと》の命《いのち》が奪《うば》えると思《おも》っている人間《にんげん》があったら、それは馬鹿《ばか》か気違《きちが》いでしょう。そんな頼《たよ》りにならない偶然《ぐうぜん》を頼《たよ》りにする奴《やつ》もないでしょう」

「そうです、たった三十回《さんじっかい》自動車《じどうしゃ》へ乗《の》せただけなら、その偶然《ぐうぜん》が命中《めいちゅう》する機会《きかい》は少《すく》ないと云《い》えます。けれどもいろいろな方面《ほうめん》からいろいろな危険《きけん》を捜《さが》し出《だ》して来《き》て、その人《ひと》の上《うえ》へ偶然《ぐうぜん》を幾《いく》つも幾《いく》つも積《つ》み重《かさ》ねる、――そうするとつまり、命中率《めいちゅうりつ》が幾層倍《いくそうばい》にも殖《ふ》えて来《く》る訳《わけ》です。無《む》数《すう》の偶然的《ぐうぜんてき》危険《きけん》が寄《よ》り集《あつ》まって一個《いっこ》の焦点《しょうてん》を作《つく》っている中《なか》へ、その人《ひと》を引《ひ》き入《い》れるようにする。そうなった場合《ばあい》には、もうその人《ひと》の蒙《こうむ》る危険《きけん》は偶然《ぐうぜん》でなく、必然《ひつぜん》になって来《く》るのです」

「――とおっしゃると、たとえばどう云《い》う風《ふう》にするのでしょう?」

「たとえばですね、ここに一人《ひとり》の男《おとこ》があってその妻《つま》を殺《ころ》そう、――死《し》に至《いた》らしめようと考《かんが》えている。然《しか》るにその妻《つま》は生《うま》れつき心臓《しんぞう》が弱《よわ》い。――この心臓《しんぞう》が弱《よわ》いと云《い》う事《じ》実《じつ》の中《なか》には、既《すで》に偶然的《ぐうぜんてき》危険《きけん》の種子《たね》が含《ふく》まれています。で、その危険《きけん》を増大《ぞうだい》させるために、ますます心臓《しんぞう》を悪《わる》くするような条件《じょうけん》を彼女《かのじょ》に与《あた》える。たとえばその男《おとこ》は妻《つま》に飲酒《いんしゅ》の習慣《しゅうかん》を付《つ》けさせようと思《おも》って、酒《さけ》を飲《の》むことをすすめました。最初《さいしょ》は葡萄酒《ぶどうしゅ》を寝《ね》しなに一杯《いっぱい》ずつ飲《の》むことをすすめる、その一杯《いっぱい》をだんだんに殖《ふ》やして食後《しょくご》には必《かなら》ず飲《の》むようにさせる、こうして次第《しだい》にアルコールの味《あじ》を覚《おぼ》えさせました。しかし彼女《かのじょ》はもともと酒《さけ》を嗜《たしな》む傾向《けいこう》のない女《おんな》だったので、夫《おっと》が望《のぞ》むほどの酒《さけ》飲《の》みにはなれませんでした。そこで夫《おっと》は、第二《だいに》の手段《しゅだん》として煙草《たばこ》をすすめました。『女《おんな》だってそのくらいな楽《たの》しみがなけりゃ仕様《しよう》がない』そう云《い》って、舶来《はくらい》のいい香《にお》いのする煙草《たばこ》を買《か》って来《き》ては彼女《かのじょ》に吸《す》わせました。ところがこの計画《けいかく》は立派《りっぱ》に成功《せいこう》して、一《ひ》と月《つき》ほどのうちに、彼女《かのじょ》はほんとうの喫《きつ》煙家《えんか》になってしまったのです。もう止《よ》そうと思《おも》っても止《よ》せなくなってしまったのです。次《つぎ》に夫《おっと》は、心臓《しんぞう》の弱《よわ》い者《もの》には冷水浴《れいすいよく》が有害《ゆうがい》であることを聞《き》き込《こ》んで来《き》て、それを彼女《かのじょ》にやらせました。『お前《まえ》は風《かぜ》を引《ひ》き易《やす》い体質《たいしつ》だから、毎朝怠《まいあさおこた》らず冷水浴《れいすいよく》をやるがいい』と、その男《おとこ》は親切《しんせつ》らしく妻《つま》に云《い》ったのです。心《こころ》の底《そこ》から夫《おっと》を信頼《しんらい》している妻《つま》は直《ただ》ちにその通《とお》り実行《じっこう》しました。そうして、それらのために自分《じぶん》の心臓《しんぞう》がいよいよ悪《わる》くなるのを知《し》らずにいました。ですがそれだけでは夫《おっと》の計画《けいかく》が十分《じゅうぶん》に遂行《すいこう》されたとは云《い》えません。彼女《かのじょ》の心臓《しんぞう》をそんなに悪《わる》くしておいてから、今度《こんど》はその心臓《しんぞう》に打撃《だげき》を与《あた》えるのです。つまり、なるべく高《たか》い熱《ねつ》の続《つづ》くような病気《びょうき》、――チブスとか肺炎《はいえん》とかに罹《かか》り易《やす》いような状態《じょうたい》へ、彼女《かのじょ》を置《お》くのですな。その男《おとこ》が最初《さいしょ》に択《えら》んだのはチブスでした。彼《かれ》はその目的《もくてき》で、チブス菌《きん》のいそうなものを頻《しき》りに細君《さいくん》に喰《た》べさせました。『亜米利加人《アメリカじん》は食事《しょくじ》の時《とき》に生水《なまみず》を飲《の》む、水《みず》をベスト・ドリンクだと云《い》って賞美《しょうび》する』などと称《しょう》して、細君《さいくん》に生《なま》水《みず》を飲《の》ませる。刺身《さしみ》を喰《く》わせる。それから、生《なま》の牡蠣《かき》と心太《ところてん》にはチブス菌《きん》が多《おお》いことを知《し》って、それを喰《く》わせる。勿論《もちろん》細君《さいくん》にすすめるためには夫自身《おっとじしん》もそうしなければなりませんでしたが、夫《おっと》は以前《いぜん》にチブスをやったことがあるので、免疫性《めんえきせい》になっていたんです。夫《おっと》のこの計画《けいかく》は、彼《かれ》の希望通《きぼうどお》りの結果《けっか》を齎《もたら》しはしませんでしたが、殆《ほとん》ど七《しち》分通《ぶどお》りは成功《せいこう》しかかったのです。と云《い》うのは、細君《さいくん》はチブスにはなりませんでしたけれども、パラチブスにかかりました。そうして一週間《いっしゅうかん》も高《たか》い熱《ねつ》に苦《くる》しめられました。が、パラチブスの死亡《しぼう》は一割内外《いちわりないがい》に過《す》ぎませんから、幸《こう》か不幸《ふこう》か心臓《しんぞう》の弱《よわ》い細君《さいくん》は助《たす》かりました。夫《おっと》はその七分《しちぶ》通《どお》りの成功《せいこう》に勢《いきお》いを得《え》て、その後《ご》も相変《あいかわ》らず生物《なまもの》を食《た》べさせることを怠《おこた》らずにいたので、細君《さいくん》は夏《なつ》になるとしばしば下痢《げり》を起《おこ》しました。夫《おっと》はその度毎《たびごと》にハラハラしながら成《な》り行《ゆ》きを見《み》ていましたけれど、生憎《あいにく》にも彼《かれ》の注文《ちゅうもん》するチブスには容易《ようい》に罹《かか》らなかったのです。するとやがて、夫《おっと》のためには願《ねが》ってもない機会《きかい》が到来《とうらい》したのです。それは一昨年《いっさくねん》の秋《あき》から翌年《よくとし》の冬《ふゆ》へかけての悪性感冒《あくせいかんぼう》の流行《りゅうこう》でした。夫《おっと》はこの時期《じき》においてどうしても彼女《かのじょ》を感冒《かんぼう》に取《と》り憑《つ》かせようとたくらんだのです。十月早々《じゅうがつそうそう》、彼女《かのじょ》は果《はた》してそれに罹《かか》りました、——なぜ罹《かか》ったかと云《い》うと、彼《かの》女《じょ》はその時分《じぶん》、咽喉《のど》を悪《わる》くしていたからです。夫《おっと》は感冒《かんぼう》予防《よぼう》の嗽《うが》いをしろと云《い》って、わざと度《ど》の強《つよ》い過酸化水素《かさんかすいそ》水《すい》を拵《こしら》えて、それで始終彼女《しじゅうかのじょ》に嗽《うが》いをさせていました。そのために彼女《かのじょ》は咽喉《いんこう》カタールを起《おこ》していたのです。のみならず、ちょうどその時《とき》に親戚《しんせき》の伯母《おば》が感冒《かんぼう》に罹《かか》ったので、夫《おっと》は彼女《かのじょ》を再三其処《さいさんそこ》へ見舞《みま》いにやりました。彼女《かのじょ》は五《ご》たび目《め》に見舞《みま》いに行《い》って、帰《かえ》って来《く》るとすぐに熱《ねつ》を出《だ》したのです。しかし、幸《さいわ》いにしてその時《とき》も助《たす》かりまし

た。そうして正月《しょうがつ》になって、今度《こんど》は更《さら》に重《おも》いのに罹《かか》って
とうとう肺炎《はいえん》を起《おこ》したのです。……」
こう云《い》いながら、探偵《たんてい》はちょっと不思議《ふしぎ》なことをやっ
た、――持《も》っていた葉巻《はまき》の灰《はい》をトントンと叩《たた》き落《おと》すよう
な風《ふう》に見《み》せて、彼《かれ》は湯河《ゆがわ》の手頸《てくび》の辺《あたり》を二《に》、三度《さんど》軽《かる》く小突《こづ》
いたのである、――何《なに》か無言《むごん》の裡《うち》に注意《ちゅうい》をでも促《うなが》すよう
な工合《ぐあい》に。それから、あたかも二人《ふたり》は日本橋《にほんばし》の橋手前《はしてまえ》ま
で来《き》ていたのだが、探偵《たんてい》は村井銀行《むらいぎんこう》の先《さき》を右《みぎ》へ曲《まが》って、
中央郵便局《ちゅうおうゆうびんきょく》の方角《ほうがく》へ歩《ある》き出《だ》した。無論湯河《むろんゆがわ》も彼《かれ》に喰着《くっつ》
いて行《い》かなければならなかった。
「この二度目《にどめ》の感冒《かんぼう》にも、やはり夫《おっと》の細工《さいく》がありました」

と、探偵《たんてい》は続《つづ》けた。

「その時分《じぶん》に、細君《さいくん》の実家《じっか》の子供《こども》が激烈《げきれつ》な感冒《かんぼう》に罹《かか》って神田《かんだ》のS《エス》病院《びょういん》へ入院《にゅういん》することになりました。すると夫《おっと》は頼《たの》まれもしないのに細君《さいくん》をその子供《こども》の付添人《つきそいにん》にさせたのです。それはこう云《い》う理窟《りくつ》からでした、――『今度《こんど》の風《かぜ》は移《うつ》り易《やす》いからめった・・・な者《もの》を付《つ》き添《そ》わせることはできない。私《わたし》の家内《かない》はこの間感冒《あいだかんぼう》をやったばかりで免疫《めんえき》になっているから、付添人《つきそいにん》には最《もっと》も適当《てきとう》だ』――そう云《い》ったので、細君《さいくん》もなるほどと思《おも》って子供《こども》の看護《かんご》をしているうちに、再《ふたた》び感冒《かんぼう》を背負《せお》い込《こ》んだのです。そうして細君《さいくん》の肺炎《はいえん》はかなり重態《じゅうたい》でした。幾度《いくど》も危険《きけん》のことがありました。今度《こんど》こそ夫《おっと》の計略《けいりゃく》は十二分《じゅうにぶん》に効《こう》を奏《そう》しかかったのです。夫《おっと》は彼女《かのじょ》の枕許《まくらもと》で彼女《かのじょ》が夫《おっと》の不注意《ふちゅうい》からこう云《い》う大患《たいかん》になったことを詫《あやま》りましたが、細君《さいくん》は夫《おっと》を恨《うら》もうともせず、何処《どこ》までも生前《せいぜん》の愛情《あいじょう》を感謝《かんしゃ》しつつ静《しず》かに死《し》んでいきそうにみえました。けれども、もう少《すこ》しと云《い》うところで今度《こんど》も細君《さいくん》は助《たす》かってしまったのです。夫《おっと》の心《こころ》になってみれば、九仞《きゅうじん》の功《こう》を一簣《いっき》に虧《か》いた、――とでも云《い》うべきでしょう。そこで、夫《おっと》は又工夫《またくふう》を凝《こ》らしました。これは病気《びょうき》ばかりではいけない、病気以外《びょうきいがい》の災難《さいなん》にも遇《あ》わせなければいけない、――そう考《かんが》えたので、彼《かれ》は先《ま》ず細君《さいくん》の病室《びょうしつ》にある瓦斯《ガス》ストオブを利用《りよう》しました。その時《じ》分《ぶん》細君《さいくん》は大分《だいぶ》よくなっていたから、もう看護婦《かんごふ》も付《つ》いてはいませんでしたが、まだ一週間《いっしゅうかん》ぐらいは夫《おっと》と別《べつ》の部屋《へや》に寝《ね》ている必要《ひつよう》があったのです。で、夫《おっと》は或《あ》る時《とき》偶然《ぐうぜん》にこう云《い》うことを発見《はっけん》しました。――細君《さいくん》は、夜眠《よるねむ》りに就《つ》く時《とき》は火《ひ》の用心《ようじん》を 慮《おもんぱか》って瓦斯《ガス》ストオブを消《け》して寝《ね》ること。瓦斯《ガス》ストオブの栓《せん》は、病室《びょうしつ》から廊下《ろうか》へ出《で》る閾際《しきいぎわ》にあること。細君《さいくん》は夜中《よなか》に一度《いちど》便所《べんじょ》へ行《い》く習慣《しゅうかん》があり、そうしてその時《とき》には必《かなら》ずその閾際《しきいぎわ》を通《とお》ること。閾際《しきいぎわ》を通《とお》る時《とき》に、細君《さいくん》は長《なが》い寝間着《ねまき》の裾《すそ》をぞろぞろ引《ひ》き擦《ず》って歩《ある》くので、その裾《すそ》が五度《ごど》に三度《さんど》までは必《かなら》ず瓦斯《ガス》の栓《せん》に触《さわ》ること。もし瓦斯《ガス》の栓《せん》がもう少《すこ》し弱《よわ》かったら、裾《すそ》が触《さわ》った場合《ばあい》にそれが弛《ゆる》むに違《ちが》いないこと。病室《びょうしつ》は日本間《にほんま》ではあったけれども、建具《たてぐ》がシッカリしていて隙間《すきま》から風《かぜ》が洩《も》らないようになっていること。――偶然《ぐうぜん》にも、其処《そこ》にはそれだけの危険《きけん》の種子《たね》が準備《じゅんび》されていました。ここにおいて夫《おっと》は、その偶然《ぐうぜん》を必然《ひつぜん》に導《みちび》くにはほんの僅《わず》かの手数《てかず》を加《くわ》えればいいと云《い》うことに気《き》が付《つ》きました。それは即《すなわ》ち瓦斯《ガス》の栓《せん》をもっと緩《ゆる》くしておくことです。彼《かれ》は或《あ》る日《ひ》、細君《さいくん》が昼寝《ひるね》をしている時《とき》にこっそりとその栓《せん》へ油《あぶら》を差《さ》して其処《そ》を滑《なめら》かにしておきました。彼《かれ》のこの行動《こうどう》は、極《きわ》めて秘《ひ》密《みつ》の裡《うち》に行《おこな》われた筈《はず》だったのですが、不幸《ふこう》にして彼《かれ》は自《じ》分《ぶん》が知《し》らない間《ま》にそれを人《ひと》に見《み》られていたのです。――

見《み》たのはその時分《じぶん》彼《かれ》の家《いえ》に使《つか》われていた女中《じょちゅう》でした。この女中《じょちゅう》は、細君《さいくん》が嫁《よめ》に来《き》た時《とき》に細君《さいくん》の里《さと》から付《つ》いて来《き》た者《もの》で、非常《ひじょう》に細君思《さいくんおも》いの、気転《きてん》の利《き》く女《おんな》だったのです。

まあそんなことはどうでもよござんすがね、――」

探偵《たんてい》と湯河《ゆがわ》とは中央郵便局《ちゅうおうゆうびんきょく》の前《まえ》から兜橋《かぶとばし》を渡《わた》り、鎧橋《よろいばし》を渡《わた》った。二人《ふたり》はいつの間《ま》にか水天宮前《すいてんぐうまえ》の電車通《でんしゃどお》りを歩《ある》いていたのである。

「――で、今度《こんど》も夫《おっと》は七分通《しちぶどお》り成功《せいこう》して、残《のこ》りの三分《さんぶ》で失《しっ》敗《ぱい》しました。細君《さいくん》は危《あや》うく瓦斯《ガス》のために窒息《ちっそく》しかかったのですが、大事《だいじ》に至《いた》らないうちに眼《め》を覚《さ》まして、夜中《よなか》に大《おお》騒《さわ》ぎになったのです。どうして瓦斯《ガス》が洩《も》れたのか、原因《げんいん》は間《ま》もなく分《わか》りましたけれど、それは細君自身《さいくんじしん》の不注意《ふちゅうい》と云《い》うことになったのです。その次《つぎ》に夫《おっと》が択《えら》んだのは乗《の》合自動車《あいじどうしゃ》です。これはさっきもお話《はなし》したように、細君《さいくん》が医者《いしゃ》へ通《かよ》うのを利用《りよう》したので、彼《かれ》はあらゆる機会《きかい》を利用《りよう》することを忘《わす》れませんでした。そこで自動車《じどうしゃ》もまた不成《ふせい》功《こう》に終《おわ》った時《とき》に、更《さら》に新《あたら》しい機会《きかい》を掴《つか》みました。彼《かれ》にその機会《きかい》を与《あた》えた者《もの》は医者《いしゃ》だったのです。医者《いしゃ》は細君《さいくん》の病《びょう》後保養《ごほよう》のために転地《てんち》することをすすめたのです。何処《どこ》か空気《くうき》のいい処《ところ》へ一《ひ》と月《つき》ほど行《い》っているように、――そんな勧告《かんこく》があったので、夫《おっと》は細君《さいくん》にこう云《い》いました、『お前《まえ》は始終患《しじゅうわずら》ってばかりいるのだから、一《ひ》と月《つき》や二《ふ》た月《つき》転地《てんち》するよりもいっ・そ・家中《うちじゅう》でもっと空気《くうき》のいい処《ところ》へ引越《ひっこ》すことにしよう。そうかと云《い》って、あまり遠《とお》くへ越《こ》す訳《わけ》にもいかないから、大森辺《おおもりあたり》へ家《いえ》を持《も》ったらどうだろう。彼処《あすこ》なら海《うみ》も近《ちか》いし、己《おれ》が会社《かいしゃ》へ通《かよ》うのにも都合《つごう》がいいから』この意見《いけん》に細君《さいくん》はすぐ賛成《さんせい》しました。あなたは御《ご》存知《ぞんじ》かどうか知《し》りませんが、大森《おおもり》は大《たい》そう飲《の》み水《みず》の悪《わる》い土地《とち》だそうですな、そうしてそのせい・か・伝染病《でんせんびょう》が絶《た》えないそうですな、――殊《こと》にチブスが。――つまりその男《おとこ》は災《さい》難《なん》の方《ほう》が駄目《だめ》だったので再《ふたた》び病気《びょうき》を狙《ねら》い始《はじ》めたのです。で、大森《おおもり》へ越《こ》してからは一層猛烈《いっそうもうれつ》に生水《なまみず》や生物《なまもの》を細君《さいくん》に与《あた》えました。相変《あいかわ》らず冷水浴《れいすいよく》を励行《れいこう》させ喫煙《きつえん》をすすめてもいました。それから、彼《かれ》は庭《にわ》を手入《てい》れして樹木《じゅもく》を沢山《たくさん》に植《う》え込《こ》み、池《いけ》を掘《ほ》って水溜《みずたま》りを拵《こしら》え、又便所《またべんじょ》の位置《いち》が悪《わる》いと云《い》ってそれを西日《にしび》の当《あた》るような方角《ほうがく》に向《む》き変《か》えました。これは家《いえ》の中《なか》に蚊《か》と蠅《はえ》とを発生《はっせい》させる手段《しゅだん》だったのです。いやまだあります、彼《かれ》の知人《ちじん》のうちにチブス患《かん》者《じゃ》ができると、彼《かれ》は自分《じぶん》は免疫《めんえき》だからと称《しょう》してしばしば其処《そこ》へ見舞《みま》いに行《い》き、たまには細君《さいくん》にも行《い》かせました。こうして彼《かれ》は気長《きなが》に結果《けっか》を待《ま》っている筈《はず》でしたが、この計略《けいりゃく》は思《おも》いのほか早《はや》く、越《こ》してからやっと一《ひ》と月《つき》も立《た》たないうちに、かつ今度《こんど》こそ十分《じゅうぶん》に効《こう》を奏《そう》したのです。彼《かれ》が或《あ》る友人《ゆうじん》のチブスを見舞《みま》いに行《い》ってから間《ま》もなく、其《そ》処《こ》には又《また》どんな陰険《いんけん》な手段《しゅだん》が弄《ろう》されたか知《し》れませんが、細君《さいくん》はその病気《びょうき》に罹《かか》りました。そうして遂《つい》にそのために死《し》んだのです。――どうですか、これはあなたの場合《ばあい》に、外形《がいけい》だけはそっくり当《あ》てはまりはしませんかね」

「ええ、――そ、そりゃ外形《がいけい》だけは――」

「あははは、そうです、今《いま》までのところでは外形《がいけい》だけはです。あなたは先《せん》の奥《おく》さんを愛《あい》していらしった、ともかく外形《がいけい》だけは愛《あい》していらしった。しかしそれと同時《どうじ》に、あなたはもう二《に》、三年《さんねん》も前《まえ》から先《せん》の奥様《おくさま》には内証《ないしょう》で今《いま》の奥様《おくさま》を愛《あい》していらしった。外形以上《がいけいいじょう》に愛《あい》していらしった。すると、今《いま》までの事実《じじつ》にこの事実《じじつ》が加《くわ》わって来《く》ると、先《せん》の場合《ばあい》があなたに当《あ》てはまる程度《ていど》は単《たん》に外形《がいけい》だけではなくなって来《き》ますな。――」

二人《ふたり》は水天宮《すいてんぐう》の電車通《でんしゃどお》りから右《みぎ》へ曲《まが》った狭《せま》い横町《よこちょう》を歩《ある》いていた。横町《よこちょう》の左側《ひだりがわ》に「私立探偵《しりつたんてい》」と書《か》いた大《おお》きな看《かん》板《ばん》を掲《かか》げた事務所《じむしょ》風《ふう》の家《いえ》があった。ガラス戸《ど》の嵌《はま》った二《に》階《かい》にも階下《した》にも明《あか》りが煌々《こうこう》と燈《とも》っていた。其処《そこ》の前《まえ》まで来《く》ると、探偵《たんてい》は「あはははは」と大声《おおごえ》で笑《わら》い出《だ》した。

「あはははは、もういけませんよ。もうお隠《かく》しなすってもいけませんよ。あなたはさっきから顫《ふる》えていらっしゃるじゃありませんか。先《せん》の奥様《おくさま》のお父様《とうさま》が今夜《こんや》僕《ぼく》の家《いえ》であなたを待《ま》っているんです。まあそんなに怯《おび》えないでも大丈夫《だいじょうぶ》ですよ。ちょっと此処《ここ》へお這入《はい》んなさい」

彼《かれ》は突然《とつぜん》湯河《ゆがわ》の手頸《てくび》を掴《つか》んでぐいと肩《かた》でドーアを押《お》しながら明《あか》るい家《いえ》の中《なか》へ引《ひ》き擦《ず》り込《こ》んだ。電燈《でんとう》に照《て》らされた湯河《ゆがわ》の顔《かお》は真青《まっさお》だった。彼《かれ》は喪心《そうしん》したようにぐらぐらとよろめいて其処《そこ》にある椅子《いす》の上《うえ》に臀餅《しりもち》をついた。

途上

【凡例】

・本編「途上」は、青空文庫作成の文字データを使用した。

底本：「文豪の探偵小説」集英社文庫、集英社
　2006（平成18）年11月25日第1刷
底本の親本：「谷崎潤一郎　犯罪小説集」集英社文庫、集英社
　1991（平成3）年8月
初出：「改造」
　1920（大正9）年1月

入力：sogo
校正：まつもこ
2016年9月9日作成

・文字遣いは、青空文庫のデータによる。
・この作品には、今日からみれば不適切と思われる表現が含まれているが、作品の描かれた時代と、作品本来の価値に鑑み、底本のままとした。
・ルビは、青空文庫のものに加えて、新字新仮名のルビを付し、総ルビとした。
・追加したルビには文字遣いの他、読み方など格段の基準は設けていない。

大活字本シリーズ
谷崎潤一郎⑤
猫と庄造と二人のおんな

2024年9月18日　第1版第1刷発行

著　者　谷　崎　潤一郎
編　者　三　和　書　籍
©2024 Sanwashoseki
発行者　高　橋　　考
発　行　三　和　書　籍

〒112-0013　東京都文京区音羽2-2-2
電話 03-5395-4630　FAX 03-5395-4632
sanwa@sanwa-co.com
https://www.sanwa-co.com/
印刷／製本　中央精版印刷株式会社

ISBN978-4-86251-555-1　C3093

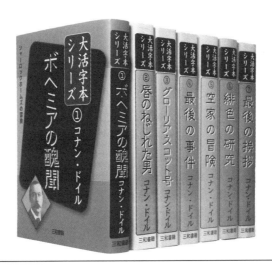

好評発売中

Sanwa co.,Ltd.

江戸川乱歩 大活字本シリーズ

A5 判　並製　全 7 巻セット　本体 24,500 円＋税　各巻　本体 3,500 円＋税

第 1 巻　怪人二十面相
第 2 巻　人間椅子　人間椅子／D 坂の殺人事件／押絵と旅する男／蟲
第 3 巻　パノラマ島綺譚
第 4 巻　屋根裏の散歩者　屋根裏の散歩者／心理試験／芋虫／二銭銅貨
第 5 巻　火星の運河　火星の運河／鏡地獄／月と手袋／白昼夢／人でなしの恋
第 6 巻　黒蜥蜴
第 7 巻　陰獣　陰獣／双生児／赤い部屋

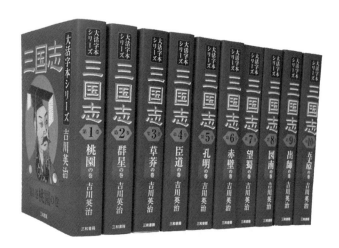